最后一战

# 交手

CROSS SWORD

何常在 著

大结局

北京联合出版公司
Beijing United Publishing Co.,Ltd.

# 目录…

CONTENTS


第一章　最初的三厘米……001

第二章　另辟蹊径的结论……008

第三章　草根励志的教科书……014

第四章　碰壁可以让人清醒……020

第五章　不走寻常路……026

第六章　时间不等人……032

第七章　酝酿风暴的平静期……038

第八章　万万没想到……044

第九章　突然的变化……050

第十章　人生需要储备期……056

第十一章　与其绕行，不如直达……062

第十二章　商战即人性的战争……068

第十三章　资本市场的运作也是心理战……074

第十四章　一变再变……080

第十五章　蓝妹的决心……086

第十六章　决定权……092

第十七章　人生总免不了两难的选择……098

第十八章　棋子或是弃子……104

第十九章　决裂……110

第二十章　局势纷乱时布局……116

第二十一章　形势明朗……123

第二十二章　心量有多大，天地就有多大……129

第二十三章　理念的胜利……135

第二十四章　抄袭也是技术活……141

第二十五章　要当就当主角……147

第二十六章　骑虎难下……153

第二十七章　心态淡然，思路才超然……159

第二十八章　聚会上的意外事件……165

第二十九章　辱人者，人恒辱之……171

第三十章　谁会是下一个三巨头……177

第三十一章　资本铸就人才价值……183

第三十二章　人生之路，有时只需要比别人快上一步……189

第三十三章　三巨头的布局之战……195

第三十四章　生活中处处是考验……201
第三十五章　两个男人因为一个女人的战争……207
第三十六章　两人交手，盛气凌人者胜……213
第三十七章　路演的另一种形式……220
第三十八章　商业策略运作的高手……226
第三十九章　明天的美好是今天努力的延续……232
第四十章　留给何方远的时间不多了……238
第四十一章　前事不忘，后事之师……244
第四十二章　最后的决战领域……250
第四十三章　不宣而战……256
第四十四章　密集交手期……262
第四十五章　碰瓷……268
第四十六章　才华保一时，人品保一世……274
第四十七章　输赢两重天……280
第四十八章　借东风……286
第四十九章　一个奇迹的诞生……292
第五十章　一个创造神话的时代……298
后记　过期不候……305

/ 第一章 /

# 最初的三厘米

“何方远到底想怎样？！”

何方远走后，顾南气呼呼地一摔手中的文件，一屁股坐到了沙发上，“真是小人得志便猖狂，瞧他的德行，雄赳赳、气昂昂的样子，好像已经胜券在握了似的，哼，我不信他一个无根无底的小人物，真能成了大事！”

话虽这么说，顾南心中却是无奈地想，形势比人强，以前的何方远，确实只是一个名不见经传的小人物，但现在，不但乔国界已经奈何不了何方远，就连他和李丛林、梅长河，三个要身份有身份、要社会地位有社会地位的大人物，居然被何方远一个小人物不放在眼里，他说来就来，说走就走，完全就是老子天下第一的跩样，这让他愤愤不平外加十分不满。

“小人得志，君子道消……”顾南虽然平常读书不多，但多少还知道几句古人流传下来的名言，他见李丛林和梅长河都对何方远的离去不动声色，更是火冒三丈，“如果让人格卑下的人取得了权势，君子之道也逐渐消亡……李董，梅董，难道我们就眼睁睁地看着何方远嚣张狂妄下去？”

李丛林和梅长河没有理会顾南莫名其妙的怒火，二人对视一笑，梅长河依然没说话，李丛林却起身打开了窗户，凝望窗外下江的冬天，看到外面寒冷之中顽强的绿色——俊秀飘逸的香樟树和亭亭如盖的法国梧桐，心情忽然就舒展了几分。

诚然，刚才何方远突然结束了对话，说走就走，而且还扔下一句“立化可能会再次上演管理层集体辞职事件，请李董先做好心理准备”的狠话，让他心理也颇不平衡，觉得何方远在他面前过于托大了。但现在窗外开阔的视野和冷空气的涌入，让他的心胸顿时为之开阔了不少，而且头脑也冷静、清醒了许多。

不管是在兴众的等级序列之内，还是从合作者的角度出发，何方远在他面前，都处于从属的地位，在公司是他的下级，在合作中是可以被他左右和摆布的合作伙伴。但现在他才真正想通了一点，从何方远在三剑客辞职时不肯跟随三剑客一起离开，到何方远留在立化之后始终不肯放弃成功的梦想，再到何方远战胜马大勉、楚一亭和黄是道等人，在立化站稳脚跟，再到后马大勉时代何方远被陈果和乔国界困死在立化，不管面对多么艰难的局面，何方远从来没有退缩半步，那么刚才何方远在他面前毅然决然地转身离开，在经历过一系列的事件之后，终于让他彻底看清了何方远的为人……

何方远本身就是一个有梦想、有理想、敢作敢为、不肯久居人下的理想主义者！

既然何方远不想久居三剑客之下，也不肯久居陈果之下，甚至不愿意久居乔国界之下，那么何方远怎么可能甘愿久居他之下？所以何方远一遇风云便化龙，一有机会就一飞冲天，也完全符合何方远一贯的为人。

一个人，时刻有独立精神，始终有创业情怀，永远怀揣梦想，并且等待机会的到来，这样的人，如果还不成功，就没天理了。

或者说，这样的人，在机会来临时，怎么可能还不成功？

“何方远真要掌握主动了？”见顾南怒不可遏的样子，梅长河暗暗摇了摇头，对顾南可以被人一眼看到底的城府深表无奈，又见李丛林依然保持了镇静，不由对李丛林又多了几分信心，“李董，据你推断，何方远到底想要怎样？”

梅长河的问题，其实还是回到了顾南的问题上。

李丛林摇了摇头，说出了一句让梅长河和顾南同时失望的话：“我发现，我越来越看不懂何方远了。一开始，我觉得何方远是想跳出立化，自己创业。后来，他又不想跳出立化，想玩管理者收购的戏法了。但现在，我忽然又觉得，何方远又回到了起点，他可能真的会跳出立化，然后自主创业了。”

如果让何方远听到李丛林对他的评价，他既不会大吃一惊，也不会无动于衷，而是只会淡淡地笑一笑，回答一句：“李董，你不是说我是一个理想主义者吗？不好意思，你对我的判断错误！”

何方远最喜欢的一个故事是：竹子用了四年的时间，仅仅长了三厘米。从第五年开始，以每天三十厘米的速度疯狂地生长，用了七周的时间就长到了十五米。许多人只看到了竹子第五年以后的成长，却不知道在前面的四年里，竹子默默中已经将根在土壤里延伸了数百平方米。

做人做事同样也是如此，许多人总是担心现在的付出得不到回报，其实，此时此刻的付出和努力都是为了扎根和储备，根越深，根基就越稳；根基越稳，以后的成长就会越迅猛。

人生需要一个打根基的阶段，人生也需要熬过严冬，多少人，没能熬过最初的三厘米而功亏一篑，多少人，没能坚持到春暖花开的一天就放弃了和寒冷抗争到底的勇气。

成功者找方法，失败者找理由。失败的人往往不知道，有时候成功和失败之间，隔的不是千山万水的距离，而是仅仅只有三厘米。

一下飞机，北京干冷的空气扑面而来，让何方远禁不住打了一个喷嚏。他身为北方人，久居下江，适应了下江潮冷的冬天，反倒不适应北京冬天干燥的寒冷了。

首都机场人来人往，各色人等熙熙攘攘，和何方远擦肩而过，还有一些人，只在何方远很远的距离之外，甚至连一个眼神的交流都没有，就再次消失在了他的生命之中，从此永不复见。

人生，就是一场又一场的聚散和悲欢，一些人来，一些人去，但总有一些人，始终在原地，守候你所有的四季。

尽管接机的人很多，尽管接机的人中美女如云，花红柳绿的青春女孩活泼，职业女装的白领丽人肃然，休闲装扮的知性女孩随意，而在无数美女的映衬和包围下，何方远还是一眼就看到了掩映在人群之中、卓尔不群的孔祥云。

仿佛穿透了无数年的时光，化身为白领丽人的孔祥云，依然如当年一样，笑脸如春天的迎春花，热情如夏天的阳光，沉静如秋天的落叶，静美如冬天的白雪，施施然站在人群之中，向何方远起劲地挥舞手臂。

在手臂的挥舞中，她的开心和兴奋一览无余。

如果说哪个城市美女最多、最集中，毫无疑问，绝对是北京。作为首都，有太多怀揣梦想的女孩来北京寻找美好未来，她们大多年轻靓丽，不管是出身普通人家的小家碧玉，还是出身诗书之家的温婉女子，又或是出身豪门权贵的大家闺秀，总之，乱花各入人眼，争相斗艳，装点了北京冬天的单调，温暖了北京冬天的严寒。

出身于北方小城的孔祥云，经过岁月的沉淀和出国留学的历练，再加上在大公司工作的自信，使得她站在美女最为集中的首都机场，依然靓丽如一朵七彩祥云，无比闪亮、十分耀眼，成为最吸引目光的一道风景。

和蓝妹的温婉、含蓄相比，北方女孩孔祥云大气、亮堂，如果说蓝妹是精致可口的下江菜，既有粤菜的精美，又有下江菜特有的淳美，那么孔祥云就是一道地道的京菜，味道纯正，老少咸宜，不矫情不做作，纯朴之中，又蕴含着一股特有的清脆、香酥和鲜美。

对，就是鲜美，一身白色羽绒服配蓝色牛仔裤简单打扮的孔祥云，就如一碗清汤龙须面，清清亮亮，耐看养眼。

“方远……”孔祥云快步向前，自然而然挽住了何方远的胳膊，开口的第一句话说的不是公事，而是和何方远来北京的目的无关的话题，“我想问你一个问题，你是一个理想主义者还是一个现实主义者？”

“怎么想起问这个问题？”何方远感受到孔祥云不加掩饰的热情，心想也许是在北京的缘故，又也许是没有蓝妹在侧的原因，此时的孔祥云，就如一颗不加雕饰的珍珠，闪烁的是最纯朴、最动人心魄的光芒，“你说我是什么样的人？”

“理想主义者指善于运用直觉去认识世界，运用情感去对世界做出判断的人……”孔祥云挽着何方远的胳膊，一边朝外走，一边根据她的理解来解释理想主义者和现实主义者的不同，“理想主义者的优点是，对别人的情绪敏感，能理解、体会别人的心情，善于安慰、鼓励别人，擅长策略性思维，但缺点也很明显，有时会仅凭个人的好恶或者价值观来决定事情，有时又很容易将人和事甚至是整个世界理想化，不够实际，不够理智。”

“那现实主义者，又是什么样的人呢？”何方远一边随孔祥云走出机场大厅，一边饶有兴趣地问道，他见孔祥云神采飞扬之外，又有一种异样的开心，不由心中一动。

“现实主义者嘛……”孔祥云歪头想了一想，“现实主义者认为生活就是最实际的东西，人生所奋斗的一切，就是为了活着。而不管做什么事情，只要能够达到想要的结果，就不必在意过程是不是完美。现实主义者往往过于追求现实的成功，而完全忽略心灵上的渴望，对未来没有什么幻想，也没有拯救世界维护世界和平的梦想，并且在现实主义者的世界观中，看到的更多是人性中的恶，对道德进步和人类社会的发展基本上都持悲观主义的态度……”

说话间，到了停车场，孔祥云扬手将车钥匙扔给何方远：“方远，你来开车。记得当年在一起的时候，每次都是你骑自行车带着我，我坐在你的后座上，就觉得自己是世界上最幸福的人了。”

见孔祥云的车是一辆沃尔沃S60，何方远会心地笑了：“从你的汽车是沃尔沃就可以得出结论，你是一个摇摆在现实主义和理想主义之间的矛盾的人。”

孔祥云坐上了副驾驶座，冲何方远微微一笑：“何以见得？”

何方远打开S60比同级别的车都要厚上将近一倍的车门，坐在驾驶座上，他没有发动汽车，而是先弯下身子替孔祥云系上了安全带，随后才按下了启动按键。

孔祥云欣喜地笑了，思绪一瞬间回到了从前，回到了青葱年少的时光里。曾记得，她坐在何方远的车后，沿一条长满高大的白杨树的公路，一路向南。阳光大好，在公路上洒落斑驳的树影，犹如青春里最动人的梦境。

由于是顶风，何方远微微弯了腰，稍有些吃力，夏天的轻风吹乱他的短发，吹动他洁白的衬衫，衬衫的下摆打在她的脸庞上，痒痒的，又有一种异样的幸福感在心中荡漾。

穿了一身绿色连衣裙的孔祥云，只简单地束了一条马尾辫，素面朝天的脸庞之上，未施脂粉，却青春飞扬，写满了满足和幸福。她一双裸露在外的小腿，光洁无瑕，在夏日的阳光下，画出一道闪耀光泽的弧线。裙摆在风中摇摆，欢笑的声音如银铃，随风回响在天地之间。

初恋最是难忘，何况敢爱敢恨的孔祥云又是不爱则已，一爱就爱得轰轰烈烈的性格。何方远说她是摇摆在现实主义和理想主义之间的矛盾性格，一语中的。因为理想，她一直不放弃对何方远最初的爱，因为现实，她始终坚持辛辛苦苦寻找了何方远许多年。

一个摇摆在理想主义和现实主义之间的人，活得既理想又现实，既痛苦又快乐。

孔祥云还记得，当何方远骑着自行车一路南下，行进了五公里之后，终于到了目的地——流沙河时，他累得几乎瘫软在了地上，连站都站不起来了。她就俯身到何方远的耳边，咬着嘴唇，揪住何方远的耳朵，小声而且坚定地说道：“看在你一路带我这么辛苦的分儿上，一会儿换衣服的时候，允许你偷看一下下。”

躺在地上累得跟狗一样的何方远一听，立马如同打了鸡血一样原地复活了，他一张兴奋得几乎失真的脸上除了汗水之外，还有难以置信的狂喜：“真的？只看中间部分的一下下，还是从头看到尾，又或者是，只让看开头和结尾并不重要的部分？”

孔祥云仰起三分羞涩七分坚毅的小脸，一字一句地说道：“我反正早晚是你的人，随便你从头看到尾。不过我有言在先，如果你看了我，以后不娶我的话，我和你没完！”

“娶，一定娶，不娶你，我就不是人。”在青春荷尔蒙的刺激下，别说孔祥云让他娶她了，就是她让他去跳河，何方远说不定也会毫不犹豫地跳进深达三米的河中。

只是，少年的诺言很容易被风吹散，很容易飘散在时间的长河之中，在岁月之手的摧残之下，粉碎如微尘，再也找不回当时的感觉了。

“何以见得？”何方远莫名其妙地笑了，有人说，男人和女人的情绪永远无法同步，但也有例外，他并不知道此时的孔祥云想起了当年在流沙河的往事，如果知道的话，他肯定会吃惊地张大嘴巴，因为此刻的他，想起的也是他全程观看孔祥云换衣服的一幕，“就从你既同意我从头到尾看你换衣服，又要我先答应必须娶你就可以看出，你是既立足于现实又着眼于长远的双重性格，你不但想抓住现实的幸福，还想得到未来的承诺。”

“好吧……”孔祥云哧哧地笑了，咬了咬嘴唇，“又和我的车是沃尔沃有什么关系呢？”

“沃尔沃号称是世界上最安全的汽车，它的所有设计，都是为了安全，不管是操控还是动力，或是外观，甚至是比别的车都小上许多的后备厢，无一处不是为了安全而走火入魔的考虑。沃尔沃有自己专门进行碰撞试验的安全中心，每年要进行400多次的碰撞试验。而每一款上市的新车，最少也要先经过100多次的碰撞试验才会最终定型，对于这样一家追求安全到了极致的厂家，沃尔沃对安全的执着，就如李颜红对搜索引擎的偏执的热爱一样。”

何方远侃侃而谈，作为男人，基本上都天生对汽车感兴趣，因为每个男人的心中都有一个香车美女梦。和别人只做梦不同的是，何方远对于喜欢的东西，会用心研究。不研究的喜欢，只是叶公好龙，他虽不敢自称对豪车了如指掌，但至少也差不多做到了心中有数。

“汽车的功能是什么？或者说，汽车到底是什么东西？归根到底，汽车是一辆可以安全地将人从甲地运送到乙地的交通工具，交通的最重要的前提条件是什么？安全。除了安全之外，其他诸如品牌知名度、身份的象征等，都是浮云。”何方远继续阐述他的理论和见解，“就和对一个人来说，健康最重要一样，健康是1，名声和财产是后面的0，没有了1，后面的0再多，也只是0。你能买得起沃尔沃，就说明你也能买得起宝马、奔驰和奥迪，但你却没有买国人认知度最高的三大豪车品牌，为什么呢？因为你不想要宝马的张扬，不想要奔驰的舒适和安逸，也不想要奥迪的中庸，你想要一辆既豪华又低调，并且又不失身份的好车，同时，还有无与伦比的安全，那么沃尔沃就成了你的唯一选择。想要安全，就说明你是一个现实主义者，又想要低调的奢华，说明你还是一个理想主义者。”

孔祥云掩嘴一笑，笑容中，透露出几分年少时的天真：“照你这么说，李颜红是现实主义者，大马哥是理想主义者，而小马哥就是摇摆在现实主义和理想主义之间的矛盾性格了？那你呢？”

“你说呢？”何方远并不正面回答孔祥云的问题，而是将球踢回到了孔祥云的脚下。

汽车沿机场高速一路疾驶，大好的阳光铺满世界，如同遍地盛开的灿烂。虽是冬天，暖暖冬阳的照耀，也让人对前方的道路充满了憧憬。

不管是何方远还是孔祥云，都没有一见面就谈到何方远北京之行的目的，二人不约而同地先是闲聊，不过二人都清楚的是，其实在闲聊中，话题正一点点地驶向主题。而且看似是随意的闲聊，其实也和二人都关心的主题有关。

/ 第二章 /

# 另辟蹊径的结论

“如果要我说，我会说，你是完美主义者。”不知道想到了什么，一朵红云飞到了孔祥云的脸颊之上，“其实你错了，我不是现实主义和理想主义的摇摆者，我也算是半个完美主义者。再透露给你一个消息，李颜红也是一个完美主义者。”

完美主义者的最大特点是追求完美。

但偏偏世界并不完美，所以完美主义者一生中都为了完美而孜孜以求。他们追求百分之百的完美，小到一部手机没有一丝瑕疵，大到一个庞大计划没有一丝漏洞，他们非常仔细地注意每一件事物的细微之处，往往会达到吹毛求疵的地步。

他们的这种态度，让他们在为人处世时显得十分严谨，也让他们严于律己，同时，严以待人。

何方远并不否认孔祥云对他所下的结论，从不追随三剑客而留在立化，再从留在立化之后，不满足于现状，一心想跳出立化自主创业，再到改变了主意，想要上演一出管理者收购的大戏，再到风云突变，管理者收购因为李丛林横插一手而扑朔迷离，不管道路怎样曲折漫长，他始终不变的是一颗追求完美的心，说他是完美主义者，也算是恰如其分了。

但何方远又得承认，他其实不算是一个真正的完美主义者，因为他也知道，世界并不完美，过分追求完美，往往是自寻烦恼。就如面对乔国界一变再变的想法，他从坚持要从立化跳出自主创业，到后来又想完成管理者收购的壮举，再到管理者收购从一开始的受阻，眼见没有希望时，又重新见到希望，此时的他，心境忽然变得平静了许多。

因为他知道，发生了这么多事情之后，不管最后的结局是什么，他都不再是以前任人摆布的何方远了，他已经拥有了和乔国界谈判的资本，也拥有了和李丛林讨价还价的资格，而且，他还拥有了和李颜红面对面的又一次机会。

不是所有人都有机会可以和李颜红面对面对话，而且还是第二次对话。

当然，必须感谢孔祥云在其中所起到的关键的促进作用。不得不说，当年年少时种下的种子，到现在，已经长成了一棵郁郁葱葱的参天大树。

也不知道是不是有一天参天大树还会结下幸福的果实。

“李颜红也是一个完美主义者？”何方远对孔祥云为李颜红所下的结论大感意外，在他看来，李颜红应该是一个现实主义者才对，而马匀则是理想主义者，“不对吧？我认为，国内互联网的大亨中，只有乔国界一人是完美主义者。”

乔国界在过去的十年中，投资了140多个项目，几乎无一成功。失败的原因就在于乔国界过于追求完美，在对项目稍不满意时就强行中断。

“你还是没有我对李颜红了解得更深刻。”孔祥云的目光望向了窗外，她的眉如黛眼如星，在阳光下晶莹地闪动，“表面上看，技术出身的李颜红是一个技术控，相信科技可以改变世界，但实际上，他骨子里却是一个完美主义者。你肯定知道李颜红现在的座驾是奔驰S600，但你肯定不知道在奔驰S600之前，李颜红还有过两辆车，2005年之前是宝马，2005年之后是奥迪A8，也就是说，BBA三大豪车，从宝马到奥迪再到奔驰，他全部拥有过了。”

三大豪车，每一个品牌都尝试一下，确实符合完美主义者的特征——总是孜孜不倦地追求完美，从宝马的操控再到奥迪的中庸，最后回归到了奔驰的舒适，李颜红的选车之路，也是他逐渐成熟并且稳重的心路历程。

与字如其人道理相同的是，对汽车的选择，也是一个人性格的外在流露。

既然要和李颜红再次面对面，并且有可能上演一场十分艰难的讨价还价，那么提前了解李颜红的为人和性格，不但有必要，而且有助于他在面对李颜红时，不会怯场，也不会被李颜红出的招儿打得没有还手之力。

知己知彼，才能百战不殆。

尽管何方远对李颜红并不算陌生，从方方面面也了解到了不少李颜红为人处世的故事，但有些故事只是逸闻，而且也有可能是外界渲染和夸大的，会失真。

一个人喜欢什么汽车，却是内心最真实的审美观的体现，不会失真。比如乔国界就喜欢A8，因为乔国界喜欢外界将他解读为互联网的传统新锐，有家室、不开快车并且追求安稳低调的奢华。

虽然平常喜欢汽车，也研究过豪车，但何方远还真不知道李颜红居然从宝马到奥迪再到奔驰，全部买了一个遍，不得不说，孔祥云的这个消息对他进一步了解李颜红的为人大有用处。

没想到，孔祥云对三巨头另辟蹊径的了解，倒也很有借鉴意义，何方远一时好奇："那么你是不是也知道大马哥和小马哥都开的什么车？"

蓝妹虽然也有一辆沃尔沃，但显然蓝妹不如孔祥云懂车，一个出身富贵之家的女孩，并且同时拥有两辆以上豪华汽车的富家千金，一般情况下对汽车的认知仅限于认知度高的品牌和外观，是外观控，对于汽车内在的品牌文化，基本上一无所知。

难得孔祥云对汽车也大有兴趣，何方远的谈兴就越来越浓了。

"那还用说。"孔祥云俏皮地嘻嘻一笑，拢了拢头发，"以大马哥天马行空的行事风格，你肯定会认为大马哥的车是很小众或是很个性化的品牌，比如玛莎拉蒂或是帕加尼，错了，大马哥的车是一辆7系宝马，而且还是最普通的款式，不是顶配。"

"其实，我早就猜到了大马哥的车会是宝马。"何方远既为孔祥云对汽车的了解而赞赏，又为她明是谈车其实是暗借谈车和他讨论三巨头的为人，让他更好地看清未来的方向而心生感动，和蓝妹相比，在职场上久经历练的孔祥云更有含蓄的智慧和识人的本领。

"骗人吧？你怎么会知道？你怎么可能知道？"孔祥云笑意盈盈，她嘴上说不信，其实眼神之中流露出来的却是浅浅的欢喜。

"我怎么可能不知道？"何方远意味深长地笑了，孔祥云的笑，还是十几年前他初见她时的笑，那么清澈、那么纯真，谁说人生不能如初见？

"早在我知道当年大马哥在偷井盖事件上的表现时，我就断定，大马哥是一个既理想又现实的人。其实在理想主义和现实之间摇摆的人不是小马哥，而是大马哥。"

"什么偷井盖事件？"孔祥云没有听过大马哥的这一件逸闻。

何方远忽然沉默了，当年他向众人讲起大马哥的这一件逸闻时，听众是梅荏苒、徐子棋、范记安等人，现在却已经物是人非，梅荏苒芳踪杳杳。

"大马哥在创业初期，经常骑一辆大二八自行车在杭州的街头流窜。有一天晚上他回来晚了，路过一个灯光昏黄的路段时，发现有几个人在偷井盖。他见几个人人高马大，没敢管，就骑了过去，觉得不甘心，又绕了回来。本想喊住对方，一想对方人多势众，他一个人打不过，就算好了一个安全的距离，一只脚支在地上，一只脚踩住脚蹬，做好了随时跑路的准备，才冲偷井盖的人大喊了一声住手……"

多少人曾在你生命中来了又去，可总有一人会在你最需要的时刻，陪伴在你身边，她，才是你一生追寻的真爱……何方远讲完了大马哥的逸闻，心中忽然被什么东西触动了，目光中不知不觉流露出少见的深情。

"啊？大马哥做事情要想好了退路再去做，他的性格，既想路见不平一声吼，又做好了打不过就跑的准备，真是一个矛盾型的人格。"孔祥云注意到了何方远眼中越来越浓的爱意，她心满意足地笑了，认识何方远十几年，爱了他十年，苦苦寻找了他四五年，如果说她不是世界上最了解他、最爱他的女人，还能有谁？她不甘心何方远被别人抢走。

不管是梅荏苒还是蓝妹！

女人就要自己努力争取幸福，属于自己的爱情，拼得头破血流也要抢到手中。就和男人拼搏事业一样，要敢想敢争敢抢。当然，男人拼搏事业，凭的是智慧和能力。女人争取幸福，靠的是聪明和心机。

在爱情里，有时适当地使用一些计谋，也不为过。孔祥云暗暗下定决心，何方远的这一次北京之行，不但要让他敲定最终的合作伙伴，还要让他确定唯一的爱情伴侣，不能再让他左右摇摆了。

"那你知道小马哥的座驾是什么车吗？"孔祥云主意既定，而且见何方远心中的天平越来越向她倾斜了，她更是焕发了光彩。

"不知道，不过你先别说出答案，让我猜猜……"和孔祥云无比熟悉并且对她无比了解的何方远，见孔祥云流光溢彩，眼神之中光芒闪动，恍如多年以前她让他偷看她换衣服时既羞涩又得意的神情，不由他不再一次怦然心跳。

初恋情怀最难忘怀，毕竟初恋只有一次，而且初恋时，感情最单纯最真挚，没有任何杂质。

何方远也慢慢摸到了孔祥云的思路，一方面，她希望他在和李颜红见面之前，做到对李颜红全方位的了解，以便可以和李颜红从容交手。另一方面，她希望他这一次北京之行，大获成功——不仅仅是事业上的成功，还有爱情上的成功。

"小马哥既不如李颜红固执而现实，又不如大马哥随心所欲而天马行空，他以模仿起家，一直在模仿，从未被超越，一直在抄袭，从未被起诉。所以我推测，小马哥的座驾是……"何方远微微一笑，一脸笃定的表情，"沃尔沃S80！"

"猜对了。"孔祥云哈哈一笑，一拍何方远的肩膀，"不简单，连这个都能猜中，一般人都会认为小马哥的座驾会是三大豪车之一，都不会想到，在并购和收购中咄咄逼人的小马哥，座驾却是低调的沃尔沃。好吧，闲话少叙书归正传，绕了一个大弯，现在可以归纳结论了——李颜红是个坚定的完美主义者，大马哥算是半个理想主义者，而小马哥，是一个摇摆在现实主义和理想主义之间的矛盾者，所以，综合比较之下，我认为，你的最佳合作对象不是李颜红，而是小马哥……或者我。"

“这么说，你并不看好我这一次和李颜红的见面了？”何方远对孔祥云的话微有触动，一脸深思。

“只从性格上来说，你和李颜红都是完美主义者，两个完美主义者是很难达成一致的，因为都太追求完美了。”

“也未必。”何方远无谓地笑了，“其实和你分开的几年里，我改变了许多，不再过分追求完美了，严格来说，我只能算是半个完美主义者。”

“我是半个完美主义者，是因为我对爱情追求完美，对事业不苛求一定完美，你呢？”孔祥云知道，何方远和大多数男人一样，事业是全部的重心所在，爱情，只是事业的补充。

何方远狡黠地一笑，他听了出来孔祥云对他的试探，笑道：“我也一样，对事业不过分追求完美，对爱情，力争完美。”

“是不是因为和事业相比，爱情更容易完美一些？”孔祥云见何方远的答案和她期待中的一样，更是欣喜了几分。

“事业不仅仅需要付出感情和精力，还需要机遇，而且事业是和一群人的战争，爱情就不同了，爱情只是两个人的战争。”何方远笑了笑，见汽车已经驶进了北京四环以内，就靠边停车，“北京的路我不太熟，接下来，该你开车了。”

“好吧。”孔祥云甜甜地一笑，和何方远换了位置，她稍微调整了一下座椅，熟练地开动了汽车，“快中午了，先吃饭吧，吃饭后，安排一下住处，下午再和李颜红见面，怎么样？”

“嗯，到了北京，你说了算。”不知何故，和孔祥云在一起，何方远觉得最为放松，似乎什么都不用操心，连吃住都不用管了，难道说，在他的心目中，还是孔祥云的分量重一些？

或许只是不同的感觉吧？

和蓝妹在一起，他觉得他是一个顶天立地的男人，而蓝妹是一个未经世事的小女孩，事事都要他照顾，事事都要他操心。而和孔祥云在一起，他觉得他是一个不用操心正事之外的家庭的男人，感觉只要有孔祥云在，不管是事业上的大事还是工作上的琐事，她都可以迎刃而解。

确切地讲，和蓝妹在一起，他责任感很重。和孔祥云在一起，他很放松很安心。对，就是安心，是一种很舒心很享受的安心。

还有一种安全感。男人也需要安全感，难道说，孔祥云才是他的港湾和归宿？

才这么一想，手机突兀地响了，一看来电，何方远无奈地笑了，竟是蓝妹。

“方远，你是不是去北京了？”蓝妹三分慵懒七分轻扬的声音之中，没有责怪，只有一丝好奇和不解，“不是说乔国界要全盘出售兴众了，正在和李丛林谈判，你怎么又跑北京去了？你不怕错过最后的晚餐？”

“不对，你是不是和孔祥云约会去了？”蓝妹午睡刚醒，得到何方远不在下江去了北京的消息后，她的第一反应是担心何方远错过最佳谈判时机，就急忙打通了何方远的电话，电话一通，忽然又想起了北京还有孔祥云。

“……”莫非女人都有第六感？何方远眼前浮现出蓝妹亦喜亦嗔的表情，不用想他都可以猜到此时的蓝妹一脸不满加怒气，就差双手叉腰冲他凶了。

不过何方远并不知道的是，和他想象中的场景完全不同，正在和他通话的蓝妹，刚从一个美梦中醒来，还在回味美梦之中的美好，她穿了一件蕾丝花边的睡衣，玉体横陈，侧卧在床上，横看成岭侧成峰，远近高低各不同，美得心旷神怡，美得赏心悦目，可惜的是，他是无福欣赏了。

蓝妹不但没有丝毫的生气，而且还是一脸浅浅笑意，似乎对何方远的不辞而别一点儿也不生气：“没关系，你告诉我实话，我不会怪你。在你和我没有正式确立恋爱关系之前，我允许你有小小的精神出轨。”

拜托，既然没有正式确立恋爱关系，他不管和谁交往，都不算出轨好不好？何方远含蓄地笑了，不过他没有和蓝妹纠缠她话里的语病，他也知道蓝妹是故意这么一说，同时也是在向他暗示，不要忘了他对她的承诺，她虽然还没有和他正式确立恋爱关系，但他基本上就是她的男朋友了。

“我是来北京了，也和祥云在一起。临时有点紧急事情，事先没有通知你，你别介意。”何方远实话实说，他觉得骗蓝妹总归不好，而且蓝妹也不是小气的人。

孔祥云一边开车，一边朝何方远伸了伸小拇指，意思是嘲笑何方远真诚实，有一说一，真是诚实守信小郎君，一尘不染美少年，是忠诚可靠男人的典范。如果全世界的男人都像何方远一样，那么世界就太平了，肯定不会再有家庭战争了。

## /第三章/

# 草根励志的教科书

“我当然会介意了，不介意的话，你会得意的。”蓝妹假装生气，不过她装得实在不像，声音之中没有一丝不满，反倒有几分撒娇的味道，“你得告诉我，是不是孔祥云牵线搭桥，让你和李颜红又对话了？不是我背后说人坏话，方远，你和李颜红不是一路人，你们不会合作成功的。”

“何以见得？”何方远倒是一愣，怎么连蓝妹也认为他和李颜红不会合作成功，难道说，蓝妹和孔祥云英雄所见略同了？这么说，他这一次急匆匆赶来北京，会是一次无疾而终的会谈了？

不管了，在没有和李颜红面谈之前，一切的推测都是臆想，作为半个完美主义者，在事业上他一直孜孜以求、追求完美，在没有见到最终结果之前，他不会放弃努力。

“李颜红做事情太追求完美了，你也一样。两个完美主义者谈判，注定会是一次无比艰难的谈判。”蓝妹在床上翻了一个身，仰面朝天，由于从小受到良好家教的缘故，她即使躺在床上，也不是四仰八叉，而是双腿并直，十分优雅的姿态。

如果此时何方远站在蓝妹面前，说不定会被蓝妹的优雅吸引。男人都欣赏美的事物，尤其欣赏有教养有内涵的美女。

“你真的这么想？”何方远一愣，什么时候蓝妹也变得这么眼光犀利了？以前没听蓝妹说起过她对三巨头有多了解，又一想，他又笑了，“还是蓝伯伯告诉你的？”

“讨厌。”蓝妹被何方远说破，不甘地嗔怪说道，“你就不能不说破，让我自我陶醉一下下？真无趣。好吧，就是爸爸对我说的，他还说，让我小心你，别一不小心，你不但和别人合作了事业，还和别人合作了爱情，我可就什么都没有了。”

“蓝伯伯怎么说？”何方远对蓝妹话里话外的暗示，假装没有听到，主要现在也不是讨论爱情的时机，他很想知道蓝成器现在对他是什么态度。局势一变再变，相信蓝成器也渐渐失去了耐心。

“爸爸说，你可能不会和他合作了，他感到很遗憾。”蓝妹的声音由刚才的兴奋变成了几分落寞，“是不是真的，何方远？你是不是真的不想和爸爸合作了？还有，如果你真的不和爸爸合作了，你和我怎么办？”

这一次何方远听了出来，蓝妹的声音之中，缺少了底气，他就知道，她心慌了。

“现在到底是继续管理者收购，还是自主创业，都还不好说，你先不要胡思乱想。再说，不管最后是哪一种结果，蓝伯伯都可以以投资的方式和我合作。”何方远尽管知道蓝妹担心他会从她身边飞走，不过他还是不想解释太多，“等我回头再打给你，马上到地方了，要有事情忙了。”

“好吧。”蓝妹听话地挂断了电话。

“蓝妹是不是紧张了？”孔祥云嘻嘻一笑，“不错嘛，她是真的喜欢上你了，恭喜你何方远，你从一个北方的小县城出来，再到下江的大公司工作，再到现在成功逆袭了白富美，你的人生就是一部草根励志的教科书。”

“闭嘴。”何方远没好气地瞪了孔祥云一眼，抬头一看，见汽车已经行驶到了北三环，不由问道，“这是要去哪里？”

见何方远冲她凶，孔祥云不但不生气，反而喜笑颜开：“先去我家。我想了想，你住酒店也不方便，还不如住家里，既安全又卫生，而且还省钱。”

刚和蓝妹通了电话，放下电话就住到了孔祥云家中，是不是太不仁义了？何方远不免犹豫，孔祥云看出了他的顾虑，就笑：“你想哪里去了？虽然以前我是大胆了一些，还主动让你看我换衣服，但现在我想明白了一件事情，男人都一个德行，越是容易得到的东西，越是不知道珍惜，所以，除非你和我结婚，否则，你别想再……”

何方远长出了一口气，嘿嘿一笑：“吓死我了，我以为你要生米做成熟饭，要强迫我做不愿意做的事情。”

孔祥云白了何方远一眼：“一个大男人，一点儿出息也没有。不过我问你，如果我真要……那么做，你会怎么样？”

“我誓死反抗！”何方远一副大义凛然的表情，“头可断，血可流，节操不可丢。”

“去！”孔祥云对何方远故作清高嗤之以鼻，“别在我面前装了，你是什么样的人，别人不知道，我可是清楚得很，当年你看我换衣服时，眼珠子都快掉地上了……”

何方远一头大汗，连忙摆手：“停，打住。好汉不提当年勇，来，先住下，后吃饭，然后商量一下下一步怎么办。”

孔祥云所住的小区叫荣璟台，是一处高端住宅小区，由三栋小高层和两栋商住楼组成，小区虽然不大，但胜在幽静，而且位置非常好。最主要的是，在寸土寸金的地方，还能有低于30层的小高层，十分难得。

现在城市中心都盖起了30多层的高层大楼，是为了多容纳住户，但由此带来的问题是，高楼越高，人越多，人口密度越大，城市中心就越拥挤。为此许多城市也出台了相关政策，不允许城市主城区再盖高层住宅，以免城市越来越拥堵。

没想到，孔祥云不但在北京买了房，还在三环之内，而且还是小高层，说明孔祥云不但有实力，而且有眼光，何方远由衷赞叹：“不错，车如其人，房子也如其人，祥云，你让我刮目相看呀。”

“哼，你现在才知道我的眼光？当年看上你，就证明我比别人眼光长远。”孔祥云熟练地开进了小区，将车停在了地下车库，又带何方远坐上了电梯，按下了7楼的按键，“知道我为什么选择荣璟台吗？一是名字起得好；二是位置好；三是小高层，不拥挤，住户少，不用长时间等电梯。还有一点，荣璟台整体色调是香槟金色，是你最喜欢的颜色。”

最后一句话，让何方远沉默了，没想到分开这么多年，孔祥云依然记得他最爱的颜色是香槟金色，一个人的爱可以坚持多久？一个人的喜欢可以持续多少年？他回答不了自己，孔祥云却用生命演绎了真爱的含义。

孔祥云住在701房间，三室两厅两卫，房间是淡绿色的田园风光色调，也是何方远喜欢的装修风格。何方远暗暗叹息，在孔祥云身上，他处处可以看到自己的影子，和孔祥云在一起越久，以前的感觉就越强烈，难道说，他一直犹豫不定的爱情，就要有了最终的选择？

刚这么一想，孔祥云的手机突然响起。一见来电，孔祥云向何方远做了一个噤声的手势，然后一边打开窗户，一边接听电话：“你好，我是孔祥云。”

几分钟后，孔祥云收起电话，一脸淡淡的笑意，来到何方远面前：“告诉你一个好消息，方远，据可靠渠道传来的内幕，小马哥正在通过中间人和乔国界谈判，有意再次收购立化中文网。”

不是吧？小马哥真的出手了？何方远大吃一惊，小马哥好马再吃回头草也就算了，上次收购没有谈成，他摆了乔国界一道，让立化的市值大跌，现在再次对立化提出收购意向，也符合小马哥摇摆在理想主义和现实主义之间的矛盾性格，问题是，乔国界是一个完美主义者，他难道真能拉下脸面再和小马哥谈判？

作为兴众唯一的帝王，一向深居简出的乔国界习惯了高高在上和说一不二，早在2010年时，他就曾败在小马哥手中，将网游第一的宝座拱手让给企鹅，此事，一直让乔国界耿耿于怀。谁能想到，事隔三年之后，小马哥再次悍然出手，和上次正面过招儿不同的是，他背后出手，直接抄了乔国界的后路，全盘搬走了立化的原班人马！

如果细数企鹅从成立到今天，15年间被其抄死的公司，完全就是一部江湖血泪史。但别人的血泪再多，也比不上乔国界的血泪多，别人顶多被小马哥抄死一次，他倒好，两次都被小马哥抄底了，他对小马哥的痛恨，用咬牙切齿形容，一点儿也不过分。

尽管说来，商人经商求的是财，不是气，气再大，在利益面前，也会消了。但不管怎么说，人要脸树要皮，何况乔国界为人固执，他真的可以拉下脸面和小马哥面对面谈判？

再者，小马哥已经斥巨资创办了开天中文网，现在再收购立化中文网，岂不是多此一举了？还有一个问题是，不是说乔国界要打包出售整个兴众吗，他怎么会一变再变，又要单独拆分出售立化中文网呢？

从利益最大化的原则考虑，拆分出售不符合乔国界追求最大利润的出发点。

“消息属实？”尽管何方远知道孔祥云的消息肯定不是无稽之谈，但他还是不敢相信，忍不住多问了一句。

“你问问海山不就知道了！”孔祥云一边说话，一边手脚麻利地脱下了外套，换上了拖鞋，“不出去吃饭了，我去做饭，你先忙你的事情。”

好吧，何方远现在也无心出去吃饭了，主要也是孔祥云家中温馨的氛围，让他有了一种安心和安逸感，他忽然觉得，是该有一个家了。

此时何方远的心思正沉浸在各方消息的真假之上，并没有深思，不知不觉中，他越来越深陷在了孔祥云的温柔之中不能自拔，有一首歌的名字是《跟往事干杯》，现在的他，却是在和往事碰杯。

孔祥云从房间中出来后，已换了一身居家服，系了围裙，更显腰身细而臀部圆润，他忽然想起以前有一次孔祥云去自己家里玩，等她走后，妈妈对他说，祥云这姑娘不错，腰细屁股圆，好生养，而且肯定生儿子。

爸爸说，祥云眼大嘴大，鼻梁高耳朵厚，里里外外一把手，不但贤惠，而且会持家，长大后，肯定是个好媳妇。

怎么想起了这些？何方远摇头笑了，忙拿起电话，拨通了海山的手机。

“海老大，我是方远，我刚刚听到一个消息，不知道真假。”何方远半是征询半是试探。

“你是说小马哥有意收购立化的消息吧？”海山是聪明人，一下就听出了何方远的言外之意，呵呵一笑，“不瞒你说，方远，小马哥是不是有意收购立化，我无可奉告。”

“……”海山是什么意思，难道提防他了？何方远一时惊讶，海山一向有一说一，为人爽快，怎么突然对他有所隐瞒了？而且小马哥有意收购立化，也不算什么重大的商业秘密。

正当何方远疑惑不定时，海山爽朗的声音再次响起：“哈哈，方远，是不是认为我是故意不告诉你的？实话告诉你，不是我不告诉你，是我也不知道。我也听到了这个说法，但现在开天中文网隶属企鹅文学，几个月后，竞业禁止协议到期，企鹅文学正式成立时，江武会担任企鹅文学的CEO。我目前接触到的层次，就是企鹅文学的层次。再往上的动向，就不清楚了。”

小马哥果然是小马哥，有魄力，有胆识，居然让江武担任企鹅文学的CEO，相当于以前马大勉在兴众文学的地位。等于是说，三剑客从兴众文学跳出之后，不但成为小马哥的爱将，还在企鹅大本营之中占据了一席之地，成了企鹅文学的掌舵者，不错，非常不错。

由此也说明，小马哥对互联网版权产业的重视程度，更说明，小马哥有志于将互联网版权产业推向新高度。如果从企鹅长远的布局考虑，企鹅文学的成立，会是企鹅大文化战略的一个重要组成部分，预示着企鹅以后会逐步向视频、影视方面注入更多的资金并且倾注更大的精力。

海山的言外之意何方远也听明白了，海山明确地告诉他，也许小马哥确实还对立化中文网感兴趣，但这件事情不由企鹅文学经手，也许是由小马哥直接负责，所以，他并不知道内情。

不由企鹅文学经手，由小马哥直接负责，也符合小马哥理想主义和现实主义并重的矛盾性格，企鹅内部有许多并行的竞争部门，两个部门同时开展相同的业务，然后让两个部门内部竞争，最后优秀者胜出，失败者淘汰，是小马哥一贯的做法。所以，小马哥直接和乔国界谈判收购立化中文网事宜，如果收购成功，让立化和开天平行竞争，也不是不可能，而是大有可能。

“谢谢海老大了。”何方远想通了其中的环节，哈哈一笑，“我就提前祝贺海老大荣升企鹅文学的副总裁。”

三剑客的为首者江武成为企鹅文学的CEO，那么毫无疑问，高路和海山，肯定都会是总裁或是副总裁的位置。

“哈哈，方远，企鹅文学的大门，随时对你敞开。当然，你志向更远大，不愿意屈就也可以理解。不过我有一句话，说了，你别生气。”

“海老大尽管说，我是那么容易就生气的人吗？”何方远笑了。

“之前我还支持你对立化实施管理者收购，但现在我改变态度了，我希望你跳出立化，自主创业。好了，我的话说完了，到底怎么做，你自己决定。”

海山倒也干脆，话一说完，就直接挂断了电话，不给何方远问个清楚的机会。

何方远愣了一会儿，手握着电话，站在原地，半天没有动上一步。海山态度突然来了一个一百八十度的转变，背后肯定大有玄机，难道说，海山是在提醒他，小马哥想要收购立化的传闻，不但属实，而且有可能真的成功？

如果小马哥横插一手要收购立化的话，不但李丛林、梅长河和顾南等人对兴众文学的管理收购计划会落空，就连李颜红想全盘接手兴众文学的大计，也会受到影响。小马哥不是一般人，以他的影响力，不出手则已，一出手必定地动山摇。

事情越来越复杂了，不过从另一个角度来说，也越来越有趣了。这么一想，何方远才明白海山为什么让他跳出立化自主创业，在三巨头的争夺战中，他一个小人物，几乎没有任何胜算。

何况除了李颜红和小马哥之外，还有一个李丛林。

如果说来北京之前，何方远感觉前路一片光明，仿佛一切困难即将迎刃而解，胜利就在前方向他招手，那么在来到北京之后，他蓦然发现，举目四望，乌云密布，希望就如躲在云层背后的阳光，若有若无。

孔祥云以理想主义和完美主义作为开篇对他的暗示，其实是想告诉他，李颜红想全盘接手兴众文学，需要一个中间人的角色，虽然他各方面条件很符合李颜红的要求，但由于性格原因，他和李颜红很有可能话不投机。

以及刚刚听到小马哥真的有意再次重提对立化的收购消息，无一不让何方远深深地意识到，商场如战场，真是瞬息万变，在各方力量展示雄厚的资本，以财大气粗的气势炫耀肌肉时，他是那么的弱小和无助，只能在各方力量的夹缝之中，努力争取一丝希望。

/ 第四章 /

# 碰壁可以让人清醒

“饭好了。”

正沉思时，孔祥云欢快的声音在耳边响起，她绾起了头发，双手沾了面粉，一边在围裙上擦了几下，一边将最后一盘菜摆在了餐桌，然后她冲何方远甜甜一笑：“开饭了，天大地大，吃饭最大，有什么事情，都先放到一边，吃饱了再说。”

话虽朴实，却很有道理，何方远欣慰地笑了，卸下了心头重担，和孔祥云面对面而坐，开始享用孔祥云的手艺。

和孔祥云从小一起长大，又同是北方人，口味相同，只不过何方远还从未吃过孔祥云亲自下厨做的饭。第一次品尝孔祥云的手艺，他抱定了哪怕很难吃也不会流露出来的想法，要的是给孔祥云鼓励。

不料一尝之下，顿时让他吃了一惊，孔祥云的厨艺不但精湛，而且味道纯正，既有家乡口味的绵远，又有京味的香酥和鲜美，居然比蓝妹的厨艺更胜一筹，倒让他又惊又喜。

见何方远惊喜的表情，孔祥云更开心了，她一系列的计策奏效了，从和何方远谈理想主义者和现实主义者的差距，到一步步让何方远回忆起往事，再到现在让何方远感受到初恋的美好和家的温馨，相信何方远已经陷入了她的温柔陷阱之中，被往事感动，被她的贤惠打动。

孔祥云不仅仅想把何方远从蓝妹身边拉回到她的身边，还想让何方远放弃对立化实施管理者收购的不切实际的想法，走自主创业道路。诚然，如果对立化的管理者收购计划得以成功，确实可以少走许多弯路，但管理者收购难度太大，耗费精力太多，而且还要周旋在千方和企鹅之间，稍不留神就有可能成为千方或企鹅的棋子甚至是炮灰，最后说不定会落一个双手空空的下场。

就算不被千方或企鹅算计而成为炮灰，也很有可能成为李丛林等人的跳板，而且孔祥云也清楚，何方远一心要推行管理者收购的背后，是蓝成器的推动。蓝成器将和乔国界谈判的最大难题交与何方远，而他只躲在幕后享受成果，对何方远太不公平。

谁不知道乔国界为人固执，很难打交道？谁都知道从乔国界手中分一杯羹，想也别想。

饭后，孔祥云让何方远先休息一会儿，离和李颜红约定见面的时间还早，午休一个小时，有助于恢复精力，以充满斗志的姿态和李颜红正面交手。尽管她对何方远这一次和李颜红的对话不抱太大希望，但不让何方远碰壁，何方远总是不肯回头。

有时碰壁也不全是坏事，碰壁可以让人清醒，可以让人迷途知返。因此，正是出于这样的考虑，在明知希望不大的情况下，孔祥云还是第一时间鼓动何方远进京，她想要的是两个结果，一是何方远彻底死了借助李颜红的千方对立化完成管理者收购的心；二是让何方远淡了对蓝妹的感情，全身心地回到她的身边。

何方远也不知是真累了，还是想借休息为由好好思索一下下一步，他很听话地睡下了。

孔祥云为他特意布置的客房，无比温馨并且充满了儿时的味道，躺在干净的被褥之上，鼻中传来的是在下江几乎闻不到的阳光晒过的被子的清香，何方远舒服地翻了一个身，思绪一会儿回到从前，一会儿落在现在，一会儿又飘向了未来，思绪万千，不知什么时候就睡着了。

“方远，醒醒，快醒醒！”

迷迷糊糊中，何方远被一个声音叫醒了，睁眼一看，吃了一惊，眼前站着的人居然是蓝妹。

怎么会是蓝妹，他明明睡在孔祥云家中，蓝妹怎么会来北京而且又出现在孔祥云家中？太奇怪了。不过不等何方远想明白是怎么一回事儿，他已经被蓝妹从床上拉了起来。

“快跟我走！”蓝妹一脸迫切，拉着何方远就向外走，“我爸在外面等你，他有重要的事情要和你谈。”

“现在？”何方远迷迷糊糊，蓝成器怎么也来北京了？到底出什么事情了？他站了起来，“我刚睡醒，还没有洗脸，你让我清醒一下。”

“不用了，我爸很急，他等不及了，他说，乔国界和小马哥都谈好价格了，再晚一步的话，立化就被卖掉了。”蓝妹一边说，一边用力拉何方远。

何方远被蓝妹拉出了房间，来到了楼道中，心想怎么没见孔祥云出来，怎么一转眼全部乱套了，到底是怎么个情况？

他随蓝妹下楼，到了楼下，才发现天空不知何时布满了乌云，毕竟还是冬天，天一阴，就感觉到了彻骨的寒冷，何方远打了一个冷战，看了蓝妹一眼，心里更奇怪了，天这么冷，蓝妹怎么穿了一身连衣裙，她裸露在外的胳膊和小腿，在冷风中显露出触目惊心的白。

蓝妹却不说话，只是用力拉着何方远，快步如飞，也不回头，毅然决然地朝前方飞奔。

“蓝妹，你先等等，听我说……”何方远总觉得蓝妹哪里不对，好像不认识了一样，他就想停下脚步，和蓝妹说个明白。

“蓝妹，谁是蓝妹？方远，你在说什么胡话，我是荏苒呀，梅荏苒。”前面的蓝妹站住了脚步，回首一笑，她肤白貌美，个子小巧玲珑，戴一副大框平镜，大大的镜框几乎遮住半个脸庞，可爱得如一只百灵鸟，她用手一推大大的眼镜框，萌得一塌糊涂……

这哪是蓝妹，分明是梅荏苒！

何方远惊呆了，梅荏苒不是去了欧洲吗？她怎么会在北京？好吧，就算她回国了，回到了北京而不是回下江，可是她怎么可能知道孔祥云的住处？

“荏苒，你怎么回来了？”何方远忽然觉得他怎么也想不明白一系列的变故了，似乎世界乱套了。

“我怎么就不能回来了？”梅荏苒开心地一笑，和何方远初见她时一模一样，人生若只如初见，“你忘了我说过，一年后，等我重新出现在你面前的时候，将会是一个全新的梅荏苒？如果到时你还是单身一人，那么我不会再让你从我身边跑掉。现在你还单身，我决定了，我要不顾一切地嫁给你。”

“一年后？现在已经是一年后了？”何方远的大脑接近短路了，“我记得才过去几天而已。”

“方远，你在和谁说话，怎么不跟我走了？”正当何方远怎么想也想不明白到底发生了什么事情之时，身后又传来了蓝妹的声音，“你说过要和我在一起的，为什么说话不算话？你到底爱谁？”

回身一看，身后不远处站着一脸幽怨的蓝妹，蓝妹身后，赫然站着一脸怒气的蓝成器。

“何方远，你不但辜负了我对你的信任，也背叛了蓝妹对你的爱情，你背信弃义，你不配成功！”蓝成器对何方远怒目而视。

“我……”何方远平常能说会道，今天却一下不知该如何解释了，他转身看了看身后的梅荏苒，又看了看蓝妹，心思浮沉不定，“我……”

“你什么你，何方远，你给个准话，你到底爱的是谁？”蓝妹也一改平常的温婉和含蓄，向何方远下了最后通牒，“你到底是跟我走，还是跟梅荏苒走？”

“他谁也不跟，他跟我走！”蓝妹话一说完，从旁边又闪出一个人影，不是别人，正是孔祥云，孔祥云施施然来到何方远身边，挽住了何方远的胳膊，盈盈一笑，“从十几年前认识他开始，我就认定他是我一生的爱人。到今天，十几年过去了，我依然不改初心，依然认为，他，也只有他才是我一生最值得珍爱的人，对不起，你们都晚了一步。”

话一说完，她一拉何方远的胳膊：“方远，跟我走！”

“何方远，你敢跟孔祥云走，我恨你一辈子！”何方远还没有迈开脚步，梅荏苒就喊了出来，她双眼满含泪水，紧咬嘴唇，流露出坚毅的表情。

“何方远，你要是跟孔祥云走，我……”蓝妹的泪水也夺眶而出，“我不会恨你一辈子，但我会等你一辈子，等你回心转意的一天。如果你一直不回到我的身边，我会一直等你，直到永远。”

何方远的脚步沉重如山，再也迈不开一步，梅荏苒和蓝妹，一个横眉冷对，一个温婉如水，都是让他无法割舍的情感，他到底该何去何从？

如果将梅荏苒比喻成大刀阔斧的大马哥，那么蓝妹就是魅力四射、让人爱恨交加的小马哥，而孔祥云则是意志坚定、性格固执的李颜红，在三个人之间如何选择，相当于让何方远在三巨头之间做出最终的选择一样，他很难现在就做出最后的决定。

因为，现在时机还不成熟，形势还不明朗。

怪事，何方远连连摇头，怎么忽然间将梅荏苒、蓝妹和孔祥云比喻成了三巨头？不过深入一想，又觉得他的比喻也并非无稽之谈，而是三人和三巨头的性格确实有相似之处，同时，三人和他的复杂关系，也和他目前周旋在三巨头之间的处境颇为相通。

“方远，你跟不跟我走？”孔祥云见何方远迈不动脚步，左右为难，她紧咬嘴唇，一脸坚决，“机会，往往只有一次，错过了就再也没有了。我等了你十几年，找了你四五年，一个女人从懵懂无知到情窦初开再到豆蔻年华，时间都给了你，你如果再负我，你就是世界上最无情无义的人。”

何方远几乎要崩溃了，他双手抱头蹲在了地上：“我该怎么办？我该跟谁走？我……”

“方远，方远，快醒醒！”

感到了胳膊被人抓住用力摇晃，何方远一个激灵从睡梦中惊醒，睁眼一看，眼前站着一脸关怀的孔祥云。

孔祥云伸手一摸何方远的额头，怜惜地说道：“又做噩梦了吧？你一做噩梦就全身大汗，快醒醒。”一边说，她一边揪住了何方远的耳垂，轻轻揉了几下，“摸摸耳垂，不掉魂。”

原来刚才是一场梦，何方远此时才真正清醒过来，感受到孔祥云轻柔的呵护，被她的小手按摩的耳朵无比舒服，他一瞬间又想起了和孔祥云在一起的悠远岁月，情感的天平再一次向孔祥云倾斜了。毕竟要说世界上最了解他的女人，除了妈妈之外，就是和他一起长大的孔祥云了。

“到和李颜红约定见面的时间了？”何方远从床上跳了下来，抬手看了看手表，“走，突围第一战，开战！”

孔祥云会心地笑了：“我就喜欢你不管什么时候都不会退缩的精神。走吧，已经约好了，李颜红在办公室等你。”

坐上孔祥云的沃尔沃，一路奔驰，不多时就来到了千方北京总部。何方远轻车熟路地来到了李颜红的办公室，轻轻敲门，里面就传来了李颜红微带山西口音的普通话。

“进来。”

推门进去，方脸、浓眉、大眼的李颜红端坐在办公椅上，正紧锁眉头，一脸深思，他见何方远进来，也不起身，只是微一点头：“何方远，你来晚了一步。”

“错过了什么？”尽管经过孔祥云对李颜红是完美主义者的形容以及蓝妹也并不看好他和李颜红合作的前景的双重提醒之后，何方远对这一次和李颜红的会面，已经不抱太大的希望了，却没想到，李颜红连和他深谈都没有，上来第一句话就为会面定下了错失良机的基调，还是让他吃了一惊。

“不是你错过了什么，而是我改变了主意。”李颜红站了起来，脸色依然凝重，“接手整个兴众文学对千方来说，不是最好的选择。”

昨天孔祥云透露消息，说李颜红有意接手整个兴众文学，正在寻找中间人和乔国界接触，何方远才第一时间跑到了北京，希望可以充当李颜红和乔国界中间人的角色，从而实现他的大计，才仅仅不到一天时间，李颜红就变卦了，身为堂堂的三巨头之一，李颜红也太善变了吧？

不对，李颜红不是太善变，而是出现了某种他左右不了的变故，否则以李颜红的为人，他轻易不会做出某个决定，一旦做出，也不会随便改变，何方远想通此节，立刻意识到了什么，恢复了应有的淡定："这么说，李董是有意组建千方文学了？现在千方在PC端有驰骋中文网，在客户端有19猫猫看书以及千方书城客户端，成立千方文学的时机，也确实成熟了。"

在千方收购驰骋中文网之前，千方曾经以19亿美元的天价收购了19无线，引起了业界的轩然大波。收购19无线，19亿美元的价格堪称中国互联网收购案的天价，业内分析千方甘愿溢价数倍也要收购19无线的原因有三点：一是19无线移动互联网生态链的自身价值。二是千方收购19无线的迫切性，用金钱换时间——移动互联网对千方来说是关乎未来的重中之重。在移动互联网的构建方面、移动搜索方面，千方最为擅长，在移动生态和应用分发方面，优势地位不是一朝一夕可以构建起来的，收购无疑是一个以金钱换时间的选择。并且，留给千方的时间已经不多。三是250网络公司和芝麻开门搅局的抬价效应。据内部人士透露，企鹅和250都曾参与到对19无线的收购案中。企鹅曾经与19无线接洽过，不过，由于种种原因最后放弃了。而芝麻开门自始至终都在洽购19无线的行列中，并且是积极的抬价者，由此也抬高了19无线的估价，最终让千方下了血本。

当时的收购轰动一时，何方远虽然也有过关注，但一是他离千方的距离太远，对业内高达19亿美元的收购，只能远远地惊叹并且看热闹，并没有深思千方不惜重金收购19无线有多么长远的布局。二是当时他正深陷立化自身的危机之中，没有将目光投向千方的大手笔收购上。

但现在，当他再次和李颜红面对面时，忽然灵光一闪，想通了在收购之中千方深埋的一个伏笔，至此他才恍然大悟，巨头果然是巨头，每一个动作，都出于深藏不露的长远布局。

19无线除了可以弥补千方在无线端布局的薄弱之外，19无线的旗下还有19猫猫看书。猫猫看书有1亿多的装机量，在无线客户端，占据了不小的市场份额，比起立化中文网自己的客户端，可谓强大多了。千方在PC端拥有了驰骋中文网，在客户端有了猫猫看书，再加上千方自己的千方书城客户端，千方在互联网版权产业市场的布局，已经初显端倪！

"成立千方文学？"李颜红轻轻摇了摇头，"现在时机还不成熟……何方远，我本来想接手兴众文学，甚至还想过由你充当中间人和乔国界谈判，你知道为什么现在又改变了主意吗？"

何方远也摇了摇头："我当然不知道李董深谋远虑的想法了。"

## /第五章/

# 不走寻常路

"呵呵……"李颜红难得地笑了起来，"深谋远虑？是不是你觉得到了我这个层次，做什么事情都可以看得非常长远？你错了，我确实可以比你看得稍微长远一些，但也远不了太多，因为和我同层次的太多了，他们的想法，我左右不了，所以，我的想法也经常会受到他们想法的影响，会随时在他们的影响下，有所改变。实话告诉你吧，乔国界确实是想卖兴众文学，但他诚意不够，要价太高。"

原来李颜红已经私下和乔国界直接接触过了，何方远忽然感到了一股悲凉，他一直想充当中间人的角色，希望周旋在三巨头之间成为支点人物，从而让自己成为赢家，现在他才发现，在强大的资本力量面前，在巨大的利益面前，一旦有了另外的渠道，他会被双方无情地抛弃，成为可怜的弃子。

这样看来，也许跳出立化自主创业，才是他的最佳选择。

"既然李董有另外的渠道和乔董沟通，我今天来，就多余了。"何方远很识趣地告辞，"希望以后有机会再和李董合作。"

"机会不在以后，就在当下。"李颜红不慌不忙地说道，"何方远，我很欣赏你审时度势的眼光和一往无前的勇气，其实在你来北京之前，我已经和乔国界接触过了，就千方收购兴众文学一事谈了谈，当然，他想卖，我想买，最终没谈成，肯定只有一个原因——价格问题了。但我还是让孔祥云请你来千方，是想当面告诉你，经过和你的几次接触，以及我对你的暗中观察，我确信你就是我需要的人才，如果你愿意，千方文学成立后，会给你留一个副总裁的位置。"

一年前，何方远还只是立化的小小副总监，在立化危机之中，他连升三级，从副总监到副总再到总经理，完成了许多职场中人不敢想象的火箭式的飞跃。但立化的总经理一职离兴众文学的副总裁宝座，还有不小的距离。而以何方远目前在立化的处境来看，他没有可能再前进一步升任兴众文学的副总裁了。

当然，实际上，何方远也没有想在兴众文学再前进一步的动力。

应该说，李颜红许诺一个千方文学副总裁的位置——虽然千方文学此时还没有成立，但成立只是早晚的事情——似乎是一个不错的诱饵，比他现在的位置又前进了一步，但对何方远来说，跳出立化担任千方文学的副总裁，依然是寄人篱下的角色。

何方远之所以一直想完成管理者收购，或是跳出立化自主创业，要的就是想摆脱别人的掌控，自己掌握自己的命运。

谁不想将自己的命运牢牢掌握在自己手中？何方远微微一笑："谢谢李董的抬爱，不过很抱歉，我不会从一个笼子出来再跳进另一个笼子。"

李颜红愣住了："什么意思？"

何方远没有正面回答李颜红的问题，而是含蓄地说道："从管理者收购到我想成为千方和兴众中间人的角色，李董难道还看不出我的志向？更何况从性格上来说，我们的性格太相似了。"

"哪里相似了？"李颜红不解地问道。

"李董现在的座驾是奔驰S600，听说在奔驰S600之前，李董还有过两辆车，2005年之前是宝马，2005年之后是奥迪A8，也就是说，BBA三大豪车，从宝马到奥迪再到奔驰，李董全部拥有过了，对不对？"何方远一脸淡淡的笑意，问道。

"没错。"李颜红难得有耐心地和何方远周旋，他确实也看重何方远的人品和能力，想重用何方远，换了别人，他才没有这份耐心和对方绕弯，"你到底想说什么？"

"我想说的是，李董从宝马换成奥迪，再从奥迪换成奔驰，德系三大豪车，都尝试了一遍，这就说明李董是一个完美主义者，不断地追求完美。"何方远微微一点头，"而我从副总监到副总再到总经理，职场上的每一个阶段，也分别尝试了一遍，但我还是不安于现状，想要进取，我也是一个完美主义者。完美主义者的最大特征就是会不断地追求完美，千方文学副总裁的位置，也许算是宝马，或者算是奥迪，但不会是奔驰。"

何方远用宝马和奥迪来比喻千方文学副总裁的位置，是明确无误地告诉李颜红，他追求完美的脚步不会停止，而且他的理想和志向也不仅限于一个千方文学副总裁的位置，尽管千方文学副总裁的宝座等于是和海山的企鹅文学副总裁平起平坐了。

不过现在的何方远愈加清醒地认识到了一个现实，就算是副总裁甚至是到了总裁、CEO的地位，又能怎样？江武不就曾经是兴众文学的副总裁吗？不一样因为和乔国界理念不合最终愤而辞职？

如果有机会，一定要自己掌握自己的命运，这才是王道。

“你想直接开奔驰？”李颜红平常不苟言笑，今天罕见地再一次笑了，他是被何方远很有意思的类比逗笑了，越来越觉得何方远是个难得的人才，在IT圈内，从来不缺循规蹈矩的技术人才，而最缺有创意有幽默细胞的管理人才，“没问题，我送你一辆奔驰，而且也许有一天，还会再请你坐千方文学CEO的宝座。”

好嘛，李颜红下了大手笔，何方远越来越看清局势了，其实从一开始李颜红就没有多少诚意收购兴众文学，或许李颜红真和乔国界私下沟通了一下。他相信，李颜红的报价会比乔国界的心理价位低上很多，从李颜红以2亿元人民币的价格收购驰骋中文网就可以得出结论，在千方文学的投入上，李颜红不会付出太多真金白银。

但李颜红愿意花大力气挖掘人才，作为完美主义者的李颜红，他的理念应该是人才大过一切。

“谢谢李董的好意。”何方远心意已决，“可惜我不喜欢奔驰，奔驰太舒适太安逸了，没有激情，我还是喜欢宝马更多一些。”

宝马讲究操控，良好的操控性能让人有驾驶和飞驰的欲望，而奔驰过于舒适的调校以及优良的隔音效果，让人在舒适而安逸的驾驶环境下，多了沉稳而少了激情。

李颜红见何方远不为所动，只好摇了摇头：“作为三大豪车都尝试过一遍的过来者，我有必要提醒你一下，宝马虽然操控性能好，但减震太硬、座椅不舒服，开的时间长了，容易疲劳。奔驰虽然缺少一点激情，但奔驰营造的舒适的驾驶风格，才是最从容淡定的生活。”

“我还年轻，如果在年轻的时候不折腾，到老了，就折腾不动了。”何方远从容地一笑，“对了李董，请恕我直言，互联网版权产业是一个需要激情的产业，太舒适太安逸了，会因为激情不足而导致创作的动力不足。还有，也许等我开够了宝马和奥迪之后，我的最后选择也不会是奔驰……”

李颜红不管是在千方内部还是在日常生活中，都喜欢掌控一切，但现在他没有察觉的是，不知不觉中，他已经被何方远掌控了谈话的节奏，他愣了一下：“不是奔驰，会是什么？”

“沃尔沃。”何方远自信地一笑，“奔驰太完美了，不管是舒适性还是安全系数，和奔驰的完美相比，沃尔沃过于强调安全的造车理念，让沃尔沃既不如宝马操控性能良好，又不如奔驰舒适，但它对安全极致的追求让它获得了世界上最安全的汽车的称号。人生本来就不完美，过于追求完美，反而会自寻烦恼，所以，我不喜欢过于完美的奔驰，却喜欢并不完美的沃尔沃。”

李颜红沉默了，他低头沉思了片刻，像是想起了什么，说道："马化龙也喜欢沃尔沃。"

何方远听出了李颜红话中的暗指之意，笑了一笑："我虽欣赏小马哥的为人，但我未必就会和小马哥合作。"

李颜红见事已至此，只好伸手和何方远相握："千方文学的成立还需要一段时间，你什么时候改变主意了，可以随时让孔祥云联系我。"

"谢谢。"何方远和李颜红握了握手，没再多停留片刻，转身走出了许多人梦寐以求想要进来却不得其门而入的三巨头之一的办公室。

出门之后，何方远直接下楼，来到了孔祥云的办公室。

孔祥云双手抱着一个白瓷茶杯，杯中泡着浓浓的红茶，茶香弥漫，映衬得她的脸庞娇艳如霞。

"怎么样，有没有收获？"孔祥云笑眯眯地凑了过来，伸手将茶杯递给何方远，"来，先喝口茶败败火，冬季天干物燥，容易阴阳失调。"

何方远气笑了，他知道孔祥云是故意逗他的："说吧，你既然明知道李颜红全盘收购兴众文学只是虚晃一枪，他的本意是想让我担任兴众文学的副总裁，你还非急慌慌地请我过来，到底是什么意思？"

"我是什么意思，如果你还猜不到的话，你也就太笨了。"孔祥云笑嘻嘻地弹了何方远一个脑崩，"方远，说实话，局势发展到现在，你还认为乔国界真的想卖兴众文学或是整个兴众吗？或者换个角度说，就算乔国界想卖，真的会有人接手吗？"

也是，何方远的思路忽然又豁然开朗了。之前一直有传言说乔国界不想玩了，想要出售兴众文学，甚至是打包出售整个兴众，他也就一直被这个传言左右了思路，一心认定乔国界真的想出售兴众文学或是整个兴众，甚至还设想过拆分出售兴众文学的可能。但现在看来，或许真如孔祥云所说，不管乔国界是不是真想出售兴众文学或是整个兴众，问题是，以乔国界出的价格，谁会接手？或者是，兴众现在除了兴众文学之外，还有什么值得一卖的优良资产？而以目前的局势判断，千方接手兴众文学的可能性已经被完全排除，而芝麻开门收购兴众文学的意愿也正在降低，那么兴众文学潜在的收购方就只有一个半了。

一个是企鹅，另外半个是还在犹豫的芝麻开门。也就是说，乔国界没有多少选择的余地了。

"如果乔国界发现兴众或是兴众文学无人接手，或是收购方给出的价格远远低于他的心理价位，他真的不卖了，事情就又回到了起点。"何方远接过了孔祥云的茶杯，却没有喝，而是坐了下来，若有所思地说道，“祥云，你说说看，如果我现在跳出立化，该怎么迈出自主创业的第一步？”

“在回答你这个问题之前，我想先问你一个问题……”孔祥云狡黠地一笑，“你自主创业，是打算和蓝妹合作，还是和我合作？”

“和蓝妹合作怎么样，和你合作又怎么样？”何方远早就料到孔祥云会问这个问题。

“如果你和蓝妹合作，你还会走创建一家互联网版权网站的老路，然后用三年时间奠定基础积累版权资源，等到时机成熟时，再延伸到下游的拓展产业，大概还需要两三年时间，我算了一下，如果你和蓝妹合作走自主创业的道路，至少需要五亿元的投资，并且要五年以上时间才有可能盈利。五年时间，变数很大，不但有可能投资方失去信心，不再追加投资，还有可能你的白富美女友也对你失去耐心，从你的身边飞走，嫁给了别人。”孔祥云详细地为何方远分析得失。

“去，别添乱，说正事，公是公，私是私，公私不能混为一谈。”何方远呵呵一笑，“只要你不再动不动就拿我和蓝妹开玩笑，我们就还是好朋友。”

“做贼心虚。”孔祥云才不怕何方远，她可比蓝妹更了解何方远的脾气，“公是公，私是私，公私分明当然好，但有时公私兼顾一下，也不是什么大不了的事情，对不？”

“五个亿，五年，确实风险大了一些。”何方远故意不接孔祥云的话，现在他的思路越来越清晰了，“说说如果我和你合作，会怎样？”

“和我合作的话，最快一年，最晚两年，就可以见到效益。”孔祥云自信地一笑，“不走寻常路，不走老路，我的创意绝对比你的想法更超前一步，而且更有可操作性。”

何方远兴趣大增：“什么创意？说来听听。”

“干吗告诉你？就不。”孔祥云又卖起了关子，“我的创意只和我爱并且也爱我的人分享，我要用来和他共创美好未来。你是谁？你哪位？你贵姓？我宝贵的创意为什么要告诉你一个外人？”

何方远无奈地笑了，被孔祥云将了一军，他无话可说了，又想起了在孔祥云家中做的那个奇怪的梦，心想也许等他最终决定走哪一条道路时，他同时也会决定到底和谁在一起。

“今天不回去了，我明天一早回下江。”何方远转移了话题，“走，陪我转转北京城。”

“好吧，我带你去香山爬山，也许爬一次山，会让你心胸更开阔一些，也更能让你看清未来的方向。”孔祥云并没有对何方远还在犹豫不决感到失望，和蓝妹相比，她有的是耐心。

“何方远去了北京？”正当何方远和孔祥云在香山努力爬山的时候，蓝家，蓝成器坐在客厅之中，听蓝妹说到了何方远的举动，他为之一惊，“去做什么了？”

“如果我没有猜错的话，他应该是在孔祥云的牵线下，去见李颜红了。”蓝妹坐在蓝成器对面的沙发上，蜷了身子，小意而温存，“爸，如果你坚持你只支持何方远管理者收购的想法，不支持他自主创业的话，那么我会告诉你，你失去了何方远。”

“怎么讲？”蓝成器还是第一次见到蓝妹一本正经地和他谈论正事，不由好奇心大起，女儿长大了，也会深入浅出地思索问题了，好事，大好事。

“据我观察，乔国界的算盘落空了。”蓝妹最近也学会了透过现象看本质，从各种财经新闻中发现有用的信息，再经过整理和分析，最终得出了她认为正确的结论，“乔国界想打包出售兴众或是化整为零拆分出售兴众的想法，不会也不可能实现。”

“为什么呢？”蓝成器饶有兴趣地问道，他很为蓝妹开始独立地思索问题而欣喜。

“虽然我在兴众文学工作的时间不太长，但以我对乔国界的了解，尽管现在兴众日薄西山，乔国界却不会低价出售，肯定会要一个高得离谱的价格。要价高不怕，问题在于，兴众现在还有什么可卖的？兴众今年一季度的净营收和业务收入都大幅下滑，兴众游戏公司今年一季度净营收同比下滑9.6%，特别是在代表市场主流趋势的手机游戏业务层面，兴众手机游戏一季度收入环比下滑45.8%，同比下滑38.7%……”蓝妹娓娓道来，说起兴众的现状，如数家珍，“游戏是兴众的支柱产业，游戏业务收入的下滑，让兴众失去了现金流。兴众文学是兴众的优良资产，但经过分裂事件之后，兴众文学的核心资产立化中文网元气大伤，再难恢复到鼎盛时期，明眼人谁还看不出来？兴众真的没什么好卖的了，而且就算卖，也只能贱卖了。”

/ 第六章 /

# 时间不等人

“你说的有几分道理。”蓝成器其实也看了出来兴众现况，他正是基于兴众举步维艰的窘迫，才寄希望于乔国界审时度势、急于出手，才好以较低的价格接手立化中文网，但蓝妹的话又提醒了他，“乔国界肯定不会贱卖，还想卖一个高价，这样一来，就很难找到合适的买家了。买家是想压价，乔国界又不肯让步，僵持时间久了，就会让买方失去耐心。”

“还有一点，爸，有能力吃进并且对兴众文学和整个兴众感兴趣的公司，目前为止只有三巨头了，您说，三巨头中，还有哪一家会真的不惜血本买下兴众文学或是整个兴众？”蓝妹侧躺在沙发上，一副慵懒的样子，似乎要睡着一样，不过她和蓝成器的对话，却又是让人兴奋的话题。

蓝成器沉吟不语，根据他从各方汇总得到的消息，千方对于吃进兴众文学兴趣不大，更不用提整个兴众了，对千方来说，兴众旗下也就是兴众文学还有几分价值，但千方发展的重心似乎不在互联网版权产业之上，尽管千方也有意成立千方文学。

芝麻开门对兴众应该也兴趣不大，或许会对兴众文学有一定的兴趣，但芝麻开门收购了文化中华之后，再收购兴众文学，就有了多余之嫌，那么唯一大有兴趣又有实力并且不惜血本收购兴众文学或兴众的，就只有企鹅一家了。乔国界说：“兴众最有价值的资产依然在游戏和文学，但一个不容忽视的现实却是，今年上半年游戏业务已经占据了国内游戏市场51%的公司是企鹅。也就是说，兴众游戏和国内其他所有的游戏公司加在一起来也才占49%的市场份额，还比不了一个企鹅。至于兴众本身，游戏已经排不进市场前五了，对于企鹅来说，花不菲的价钱买下兴众游戏只能算是鸡肋……”

“对呀，兴众游戏对企鹅来说是鸡肋，兴众文学现在对于已经拥有了开天中文网并且即将成立企鹅文学的企鹅来说，不一样是鸡肋吗？”蓝妹云淡风轻地笑了笑，

“兴众文学的核心资产是立化，立化经过分裂之后，管理人员走了四分之三，版权方走了三分之二，现在的兴众文学，今非昔比，更何况立化分裂出来的管理人员和版权方都归到了开天也就是未来的企鹅文学旗下，企鹅又有什么必要再花大价钱买下兴众文学呢？挖走了兴众文学最核心资产的核心资源之后，企鹅的目的就已经达到了。”

“这么一分析，兴众还真卖不出去了。”蓝成器呵呵一笑，“既然兴众或是兴众文学卖不出去，我再要求何方远完成管理者收购，就是强人所难了，是不是？小妹，你是不是想让我改变主意，不再坚持何方远必须完成管理者收购，转而支持他跳出立化自主创业？”

蓝妹嘻嘻一笑，却没有正面回答蓝成器的问题：“也许传出企鹅还想收购兴众文学的消息，也不是无稽之谈，而是企鹅更感兴趣的是兴众文学的版权资源，在游戏IP开启天价模式的时代，一次性买下积累了无数版权作品的版权富矿兴众文学，再逐步挖掘成为游戏，说不定是一笔非常不错的生意。但如果说企鹅想买下整个兴众，可能性还是不大，唯一能解释马化龙内心欲望的是，企鹅希望通过收购兴众，让其他公司无法收购，阻止其他公司整合兴众的游戏资源，避免出现另一个向企鹅挑战的游戏公司。因为人人都知道兴众游戏的衰落是兴众自己的管理模式所致。如果兴众被企鹅的竞争对手比如芝麻开门拿去，以芝麻开门的实力，只要完成兴众游戏与文学的内部整合，就具备了再次挑战企鹅游戏市场、一家独大的能力。”

蓝成器几乎要拍案而起：“小妹，你太有见地了，你不要告诉我，刚才你的一番话都是你自己想到的。如果真是你自己得出的结论，我会说，你真的已经长大了。”

蓝妹俏皮地吐了吐舌头：“不好意思爸爸，让你失望了，刚才我的一番高深高明并且一针见血的见解，是剽窃了何方远的思路。”

“啊？”蓝成器吃惊不小，“这么说，何方远已经得出了兴众出售最后会不了了之的结论？岂不是说，他现在已经准备好了后路？”

“不怕告诉你，爸，如果你觉得何方远真的一直义无反顾地走在管理者收购一条路上，你就大错特错了，从一开始他就没有孤注一掷，他一直在两条腿走路。知道为什么吗？因为何方远不是你认为的完美主义者，他其实是一个摇摆在完美主义和现实主义之间的中间派。”蓝妹轻轻摇了摇头，微微叹息一声，“也不怪他会有矛盾性格，他既无资源又无资金，周旋在各方势力之间，不但要看准方向，还要留意脚下，一不小心摔倒的话，就有可能一败涂地。”

“……”蓝成器沉默了，他站了起来，在客厅中来回走了几步，意味深长地看了蓝妹一眼，“小妹，你是想劝我改变主意，主动提出支持何方远自主创业？我问你，你在和何方远的合作中，是不是掺杂了太多的私人情感？”

蓝妹脸微微一红，既没承认又没否认，说道：“相处久了，肯定会有感情的因素在内。我只是想提醒爸爸一个事实，何方远现在有退路了，如果你不及时调整战略的话，你会失去最后一次和何方远合作的机会。而我，也会失去他的爱情……”

“其实，我也不想失去和何方远合作的机会，你和何方远的感情，我也赞成，只是……”蓝成器一时犹豫，毕竟做出投资数亿并且三五年之内没有回报的决定不是那么容易，“我再考虑一下。”

“还要考虑多久呀？”蓝妹表面淡定，其实内心很是焦虑，何方远去北京是不是能和李颜红达成共识、敲定合作暂且不论，只说他和孔祥云进一步走近，就让她多了紧迫感，谁也不想让到手的幸福溜走，但幸福是不是溜走，决定权又不在她手中，“爸，时间不等人呀。”

蓝成器岂能不知蓝妹的焦虑是什么，他微微一笑：“你和何方远的感情再重要，也不能拿几亿的投资当赌注，事缓则圆，现在的何方远，也许正想等我改变主意主动找他，他好大提条件。”

“如果蓝成器改变了主意，主动对你说，他愿意拿出三五个亿的资金助你自主创业，你会怎么选择？”在香山之巅，孔祥云擦一擦头上的汗水，对身边同样一头汗水并且气喘吁吁的何方远说道，“你会不会立刻调头驶向蓝成器的方向？”

何方远没有说话，极目四望，冬天的北京城一片萧索，但在萧索之中，却又蕴含了即将欣欣向荣的勃勃生机。

沉默了一会儿，他才笑了一笑：“实话告诉你，祥云，不管是事业上的下一步还是感情上的最终归宿，我都还没有想好。别怪我优柔寡断，每个人在面对人生的重大转折时，都会有瞻前顾后的困惑。不过我可以明确地告诉你，蓝成器就算改变了主意，愿意拿出三五亿的资金让我和蓝妹创业，我也不会接下。”

“为什么？”孔祥云并没有因何方远说他还没有决定到底和谁在一起而感到沮丧，相反，她隐隐有欣喜之意，因为直觉告诉她，这一次的北京之行，何方远的想法改变了许多。

“我不打算再从事互联网版权产业了……”何方远在爬山的时候，想了很多，从立化的分裂到开天的成立，再到千方收购驰骋，以及即将成立的企鹅文学和千方文学，甚至是以后有可能成立的芝麻开门文学，三巨头争相跳入了互联网版权产业的池子之中，三头巨象的涌入，让本来不大的池子更显得拥挤不堪了，其他的互联网版权产业网站或是公司，就只能在夹缝中生存了。

“也是，论实力，蓝成器远远比不上三巨头的其中之一，论渠道，更是差了十万八千里，在三巨头都盯上了互联网版权产业金矿的今天，再想从三巨头的手中争夺市场分一杯羹，难度太大了。”孔祥云斜靠在一块石头上，北风吹乱了她的长发，让她有飘然出尘之感，不过有出尘之感的她关注的却是尘俗中事，“蓝成器也是对重新上马一个互联网版权产业网站信心不足，所以才只让你完成管理者收购，现在管理者收购的前景一片黯淡，方远，苦海无边，回头是岸。”

“哈哈……”何方远哈哈一笑，举目四望，在香山之巅，大半个北京城尽收眼底，他意气风发地笑道，“祥云，我知道你的心思，管理者收购没戏了，自主创业也没有前景，我现在就相当于站在了悬崖边上，前面没路可走，只能原路下山了。”

“什么时候想通了，就什么时候再来北京找我，我有一个助你一飞冲天的计划，当然了，前提是，你得和我合作。”孔祥云又含蓄地提醒了何方远一次。

“我知道了。”何方远拉长了声调，心领神会地笑了。

次日一早，何方远告别孔祥云，飞回了下江。住在孔祥云家中一晚，他还以为会发生什么意外事件，结果一晚上他睡得香甜，孔祥云也睡得安稳，二人相安无事，谁也没有对谁有不轨行为。

不过何方远心里清楚得很，这一次的北京之行，孔祥云巧手推动，在他心中种下了几粒有望长成参天大树的种子，一粒是事业，一粒是爱情，还有一粒是久远的友情。人生在世，谁能逃得过事业、爱情和友情的缠结？

虽然何方远没有明确答复孔祥云，但实际上，何方远心中已经有了一个答案，只不过他还在等最后一个时机的到来。

最后一个时机是什么？是企鹅文学的成立。如果企鹅文学成立之后，兴众文学还没有卖出的迹象，那么就几乎可以断定，兴众文学不会卖掉了。

回到下江后，何方远没有直接回公司，而是先回到了家中，他想先休息一下。

中午先舒服地睡了一大觉，醒来后，习惯性地打开电脑，上网查看新闻收发邮件。刚打开企鹅，一条消息跳了出来。

“方远，我在哥德堡，在你最喜欢的汽车品牌沃尔沃的总部参观。流连在沃尔沃的发展史中，我深深地感受到了一家有社会责任感的企业的高度，从发明安全带到无偿将专利提供给任何一家汽车公司使用，挽救了全球数百万的人生命，再到发明三元催化器，为净化空气减轻污染做出巨大的贡献，同样，沃尔沃也放弃了专利……我希望你能和沃尔沃一样，始终坚持社会责任感，成就一番了不起的事业。”

是梅茬苒的留言。

梅茬苒的留言时间是昨天，现在她已经不在线了。何方远感慨良久，没想到在梅茬苒和他断绝联系许久之后，她的第一次说话居然是有关沃尔沃的发展史。是梅茬苒长大了，还是她和他之间终究有了隔阂，有些话不再方便明说，非要拐弯抹角地暗示？

以前何方远曾经半开玩笑半是认真地对梅茬苒说过一句话：“等我在下江赚到了一套房子，不需要太大，100平方米足够，再有了一辆汽车，不需要多好，沃尔沃XC60就行，我就娶了你，怎么样？”

当时梅茬苒愣了一下，然后笑得十分开心：“为什么是沃尔沃而不是宝马？”

何方远的回答是：“宝马太张扬了，沃尔沃低调又安全，符合你邻家小妹式的优雅而从容的风格。”

摇了摇头，驱散了脑中的胡思乱想，何方远没有回复梅茬苒，而是关了电脑，下楼了。

到了立化，何方远穿过办公区，推开了自己办公室的房门，一抬头愣住了，他的办公椅上坐着一人，正笑意淡然地等他。

不是别人，正在梅长河。

如果说是李丛林甚至是顾南在等他，何方远也不至于十分惊讶，但偏偏是梅长河，就不由他不心中大跳了——怕是又出了什么变故。

果然，梅长河一见何方远进来，起身迎接：“方远，我不经你允许就进了你的办公室，你不会怪我吧？呵呵，是我让范记安打开了你办公室的大门，他看在茬苒的面子上，不好意思拒绝我的要求。”

原来是范记安多事，何方远知道范记安对梅茬苒一向关心，不管是蓝妹还是孔祥云，在他的心目中都不如梅茬苒亲近。所以梅茬苒的爸爸梅长河让范记安打开他办公室的门，范记安才敢胆大包天连向他请示一声都没有就照办了。

回头可得好好批评范记安一番，让他记住一个原则——公私分明。

“当然不会怪梅伯伯了……”何方远淡淡一笑，“不知道梅伯伯有什么指教？”

称呼梅长河为梅伯伯而不是梅董，也算是何方远为梅长河留了几分情面，他同时也是在暗示梅长河，公是公，私是私，公私最好不要混为一谈。

梅长河自然听懂了何方远的暗示，也明白何方远对他闯入他办公室的做法微有不满，不由呵呵一笑：“方远，我是不想让别人看到我走进了你的办公室，所以才采用了不得已的办法。先前你谈到一半就不辞而别，李董和顾南对你很不满意。”

“先前是我失礼了，我会向李董道歉。”何方远只提李丛林不提顾南，明显是将顾南排除在他的合作对象范围之外的节奏。

“李董倒没有太生你的气，他和我一样，对你到底想要怎样很感兴趣。”梅长河来到门前，轻轻关上了房门，慢慢切入了正题，“听说你去北京是和李颜红见面了。怎么样，有没有收获？”

不简单呀，消息够灵通，他才和李颜红见了一面，梅长河居然就知道了，可见梅长河也是手眼通天的人物，何方远微微摇了摇头：“一无所获。”

梅长河虽然知道何方远是和李颜红见了一面，但何方远和李颜红的谈话内容，他当然不会知道，就继续追问：“李颜红是不是想全盘收购兴众文学？”

梅长河是真不知道李颜红已经和乔国界谈崩了，还是故意假装？何方远的目光在梅长河的脸上停留了三秒钟，见梅长河一脸平静，看不出他的真实想法，也就不再费心去猜测梅长河的心思，而是如实地说道：“李颜红是有这个意思，但乔董要价太高，吓走了李颜红。”

真相，永远具有动人心魄的威力。何方远此话一出，梅长河为之一惊：“你的意思是说，李颜红不会接手兴众文学了？”

“梅伯伯，如果你是李颜红，你会接手兴众文学吗？”何方远反问了梅长河一句，又笑了笑，“李颜红对未来规划的重心不在互联网版权产业上，他收购驰骋中文网只花了2亿元人民币，很明显，他不想在互联网版权产业上投入大手笔。乔董接二连三地释放出想要出售兴众文学的消息，却又不肯在价格上有丝毫让步，让许多想乘机捡便宜的买家大失所望，不出所料，兴众文学是卖不出去了。”

/ 第七章 /

# 酝酿风暴的平静期

“好吧，就算李颜红不肯接手兴众文学了，乔国界在没有选择的情况下，也只能同意李丛林的管理者收购提议，对你来说，不是一个天大的利好消息吗？”梅长河一脸淡然的笑意，“方远，成大事者不拘小节，先前你谈到一半不辞而别，丛林和我都不会怪你什么，但既然是合作，你也得拿出相应的诚意才行……”

原来梅长河是当说客来了，何方远总算听明白了梅长河的言外之意，如果没有北京之行，他现在还一心想完成管理者收购计划，但北京之行改变了他的看法，他的目光更长远了。

梅长河如此迫切地想要和他合作，看重的是他的管理才能，还是别的什么？何方远笑了一笑，问道：“梅伯伯，我们也不算是外人了，有什么话您就直说吧。”

“既然你这么说，我也就不绕圈子了。”梅长河长出了一口气，不知何故，和何方远这个后生小辈对话，总让他有一种莫名的压迫感，似乎何方远的笑容中总有让人琢磨不透的意味深长的内容，他努力让心情平静下来，“丛林和我对你寄予厚望，一是希望你不要再伤害立化了；二是关于管理者收购的资金分配问题，可以再谈，如果丛林对兴众文学的管理者收购计划成功，你出3亿美元完成对立化的管理者收购，也不是没有可能。”

原来李丛林是怕他再上演一出集体辞职大戏，所以让梅长河出面来和他谈判，再以3亿美元收购立化的空口许诺作为交换条件，不得不说，李丛林也好，梅长河也罢，吃相都太难看了。

不过也可以理解，在商言商，涉及各自的根本利益时，每退一步都无比艰难。何方远没有说话，而是若有所思并且很有节奏地敲击办公桌，发出了“砰砰”的轻微的声响。

梅长河也表现出了足够的涵养，笑意淡然地注视着何方远，十分耐心地等着何方远的回答。

过了几分钟，何方远才缓缓地开了口："梅伯伯，我可以答应不会再出现集体辞职事件，但3亿美元的价格，我不会同意。"

"你肯出到多少？"梅长河心中一紧，何方远越来越难对付了，如果说以前的何方远是一块软豆腐，那么现在的他，已经变成了一块硬骨头。

"一分钱也不出。"何方远自信地笑了，见梅长河一脸紧张，心想果然是关心则乱，就算强大如梅长河者，也有失态的时候。

"什么？你这是什么意思？"梅长河完全摸不清何方远的思路了。

"对不起梅伯伯，我改变主意了，放弃对立化的管理者收购，从此在兴众文学老老实实当一名职业经理人，当好立化的总经理。"何方远十分肯定地说道。

"怎么可能？何方远为了完成对立化的管理者收购，前期做了大量的工作，甚至不惜得罪了乔董，他突然又不想对立化进行管理者收购，还想继续在立化干下去，他疯了吧？"在李丛林的办公室，听到梅长河转述何方远的话，顾南怒极反笑，冷笑连连，"他是不是吃了什么消化不了的东西，或是被谁刺激到了？他这么做，等于是死路一条。他以为乔董真有雅量可以继续容忍他在立化胡作非为下去？我看他是作死……"

"先不要急着下结论。"李丛林挥手制止了顾南对何方远长篇大论的讽刺，他微一沉思，"据我分析，何方远这么做有三方面原因：一是他真的不想对立化进行管理者收购了，幕后原因，要么是资金不到位，要么是时机不成熟。二是他只是虚晃一枪，想以逸待劳，或者说是守株待兔，想等我们成功地完成对兴众文学的管理者收购之后，他再伺机而动。三是他看出了形势有变，认为乔国界不想再出售兴众文学了，所以，他彻底打消了管理者收购立化的念头，另谋出路了。"

"我觉得是第一种。"顾南对何方远成见很深，一心认定何方远没什么本事，只会虚张声势，"何方远自己没几分钱，只不过凭借身为立化总经理的优势，再加上有几个死心塌地的追随者，所以就借机抬高了身价。资方找到了可以替代他的人选之后，他就不值一文了。"

"不会是第一种，应该是第二种。"梅长河并不喜欢顾南在涉及何方远的任何事情上，都带着明显的偏见，这样很容易失之偏颇，"何方远的北京之行，肯定有收获，他却说一无所获。以他的级别和在业内的影响力，不至于惊动李颜红接连两次见他。但李颜红却偏偏两次和他会面，就证明他确实有过人之处。我怀疑何方远采取的是以退为进的手法，想等我们完成对兴众文学的管理者收购之后，再和我们讨价还价。李董，你怎么看？”

“不管怎样，我相信何方远既然说出了不会再来一出集体辞职的大戏的话，他肯定说到做到……”李丛林目光深邃，眉头紧锁，停顿了片刻，才又说道，“也许是何方远比我们都更有远见，推测乔国界最终卖不掉兴众文学，所以，他有了新的选择。”

“卖不掉？李董的意思是，兴众文学最终还会砸在乔国界手里？”顾南一时讶然，“如果乔国界真的不想卖兴众文学了，我们之前的努力和付出，岂不是白费了？”

“生意有时就是赌博，有成功就会有失败，不要以为所有的付出都可以得到回报，如果你总觉得只要付出了就可以有回报，你就还没有长大。”李丛林不轻不重地敲打了顾南一番，才又说到了正题，“乔董精心培养了十年的互联网版权产业市场，现在被企鹅抢走了一大半资源，本来就心有不甘，如果兴众文学再卖一个低价，他更是无法接受。但现在想接手兴众文学的巨头，都是想捡一个便宜的，这样一个要价过高，一个出价过低，以我对乔董的了解，他宁肯再继续融资，也可能不会低价抛售。”

“啊？”顾南大惊失色，“乔国界如果真的不想卖兴众文学了，我们的大计不就落空了？”

“……”沉默了半晌，李丛林说了一句意味深长的话，“乔董不想卖，我们可以促使乔董下定决心卖，只要策略得当，尽管价格不合适，乔董也会改变主意非卖不可。”

一个月后。

尽管梅茌苒已经远去，何方远几人的定期聚会还是作为传统节目保留了下来。周末的聚会，地点依然选在正大广场六楼的自助餐厅。

窗外，还是奔流不息的黄浦江水。冬天已经过半，下江的春天比北京来得早，窗外的绿色提醒了何方远一个事实——明年3月份，将会迎来一个重要的日子。

是三剑客正式回归以及企鹅文学成立的大日子。

“何哥，别惆怅了，面包会有的，未来会有的，媳妇也会有的……”范记安见何方远凝望窗外出神，以为因为管理者收购立化不成，再加上梅茌苒远走他乡以及孔祥云再无音讯，而且今天的聚会蓝妹也没有到场，让他触景生情，一时感伤，就想劝劝何方远，“瓜瓜有一个姐妹叫花花，长得肤白貌美，闭月羞花，要不要给你介绍一下？”

付瓜瓜忙接过范记安的话：“真的何哥，记安这一次没夸张，花花确实长得貌美如花，最主要的是，她还纯洁无瑕，完全符合你的审美……”

徐子棋推了推眼镜，冲常辛儿挤了挤眼，常辛儿却摇了摇头，否决了徐子棋对她的暗示。徐子棋是想让她也开导何方远几句，她却看出来，何方远的情绪并没有低落，他只是在思考问题。

何方远不是一个遇到困难就会情绪低落、不知所措的人，常辛儿不敢说她最了解何方远，但她自认比范记安和徐子棋更清楚何方远的性格。

果然，何方远从出神的状态中恢复过来，哈哈一笑，伸手弹了范记安一个脑瓜崩：“记安，人生不怕犯贱，怕的是犯贱而不自知，梅茬苒是远走他乡了，孔祥云最近是没有动静了，蓝妹今天是没来，但她们只是暂时远离了而已，她们说回来就回来了。你要给我介绍女朋友，等她们回来了，你说我会被吵死还是会被烦死？”

“好吧，何哥，你永远伟大光辉正确。”范记安一本正经地说道，表情严肃得好像他从来不会说笑一样，“你告诉我实话，梅茬苒、孔祥云和蓝妹，你到底选择哪一个？别这么吊胃口了成不？你不确定一个正牌女友，我天天都难受得吃不下饭……”

说话间，范记安张开血盆大口，残忍地一口咬掉了半根鸡腿。

“孔祥云是初恋，梅茬苒是办公室恋情，蓝妹是职场爱情，各有特色，要是我，也是难以取舍呀。”徐子棋眨动一双小眼睛，闪了几闪，嘻嘻一笑，“以前我和范记安坚定地支持梅茬苒，现在我们同时从支持名单上划掉了梅茬苒，为什么呢？因为和她在一起，何哥背负了太多不该背负的重担。爱情本该是美好的情感，如果有太多的苦难和折磨，就不叫爱情而叫悲情了。现在我支持孔祥云……为什么我又支持孔祥云呢？一是孔祥云是何哥的初恋；二是孔祥云对何哥爱得深沉、爱得长远；三是孔祥云和何哥一样是平民出身，不像蓝妹是白富美，她和何哥在一起，何哥最轻松，没有压力。”

“对，现在我们投票决定何哥的爱情人选吧……”徐子棋一开口，常辛儿也跟着起哄，“我也投孔祥云一票。”

“投票就投票，谁怕谁？”范记安哼了一声，不以为然地白了徐子棋一眼，“小眼棋眼睛太小，看人不准，孔祥云虽然各方面条件堪称完美，但我还是支持蓝妹。为什么我要支持蓝妹呢？一是蓝妹在何哥最艰难的时期，对何哥不离不弃，一直守在何哥的左右，为何哥加油；二是蓝妹虽是白富美的身份，但在何哥面前从来不自傲、不高高在上；三是蓝妹出身名门，以后会在事业上对何哥有莫大的帮助，找一个既深爱自己又会在事业上对自己有帮助的女朋友，对每一个男人来说，都是一个可遇而不可求的美梦。所以，我投蓝妹一票。”

范记安在陈述他的三条理由时，模仿徐子棋的声调，不但模仿得惟妙惟肖，还多了几分滑稽，就引得众人哈哈大笑。

“我附和范记安，也投蓝妹一票。”付瓜瓜一副夫唱妇随的温顺模样，“这下好了，孔祥云两票，蓝妹两票，何哥，到底选谁，你一票定乾坤。”

何方远哭笑不得，几人在为他的婚姻大事操心，他身为当事人却没有发言权，这也太不公平了，他摆了摆手说道：“你们能不能说一点正事？都什么时候了，还有心思八卦？”

“不管什么时候，饮食男女也是人之大欲。”范记安才不理会何方远想要岔开话题的想法，他继续在议论婚姻大事的道路上越走越远，“何哥，不是我说你，你不要怀念万恶的旧社会，也不要幻想犯罪可以逍遥法外，做人要凭良心，你已经耽误了孔祥云十几年的青春，不能再让人家无限期地白等下去，你应该马上娶了蓝妹，用事实告诉孔祥云，对不起祥云，谢谢你爱我，但我只能娶蓝妹一个。如果你愿意，可以默默地当我的小三……”

“啪！”

范记安话未说完，脑袋上已经挨了付瓜瓜一巴掌，付瓜瓜对范记安横眉冷对：“犯贱，你不犯贱是不是就浑身皮痒痒？如果你真浑身皮痒痒了，我不怕累也要帮你松松骨。”

“停，停！”范记安嬉皮笑脸地急忙叫停，“我是说何哥吃着碗里的想着锅里的，又没说我。我是天下第一好男人，从来用情专一，只爱你一个。”

“少来！”付瓜瓜翻了翻白眼，对范记安的回答不是十分满意，不过她的注意力显然不在范记安身上，又转身对何方远说道：“何哥，你到底是怎么想的，给个准话，成不？我和范记安天天因为你最后会娶谁猜来猜去，猜得头都大了。”

何方远无奈地一摊双手：“现在前途未卜，未来不明，如果一步走错，我们说不定连饭都吃不上了。一个连自己都养活不了的人，还在大言不惭地讨论娶谁当媳妇这种成家立业的大事，你们不觉得羞愧吗？反正我脸上发烧，都快要无地自容了。”

还好，何方远一句十分有杀伤力的话，将范记安、徐子棋拉回了现实，范记安睁大了眼睛，一脸难以置信的神情：“不是吧何哥，情况真有这么严重？”

“知道今天的聚会，为什么樊铮和付锐没有参加吗？你不是邀请了他们吗？”何方远没有直接回答范记安的问题，而是先抛出了另一个问题。

“付锐说家里有事，要回天津一趟。樊铮是感冒了，不太舒服。两个人的理由都很充分，也很正常呀。”范记安一下没转过弯来，张口就来，说完之后他才想明白了什么，恍然大悟，“哦，我明白了，他们看形势不对，要和我们保持距离了。”

“切，什么人这是！见风使舵。”徐子棋气愤难平，嗤之以鼻。

何方远从北京回到下江的一个月里，表面上一切风平浪静，其实暗中一直潜流暗涌，在酝酿最后的冲击波。

和梅长河在办公室交手之后，李丛林也好，顾南也罢，一个月内，再也没有出现在何方远面前，似乎从何方远的生命中消失了一样。与此同时，有关兴众文学或是兴众打包出售的消息，也偃旗息鼓，没有了任何传言或是流言，一切恢复了正常。

何方远以为乔国界或是李丛林会有一人找他的麻烦，辞退他或是架空他。让人奇怪的是，不但乔国界和李丛林就像忘记了他的存在一样，就连陈果最近也消停了，不再大力推动樊铮上位，而且陈果似乎在忙什么事情，成天来去匆匆，不见人影。

立化进入了一个自从分裂以来前所未有的平静期，平静得让人觉得仿佛所有的困难都已经过去，就如下江短暂的冬天一样，美好的明天很快就会伴随着春天的脚步而来临。

只有包括何方远在内的立化以及兴众文学的高层心里清楚，兴众文学的危机，还远远没有结束。

难得的一段平静期，不仅仅是立化的平静期，也是整个业界的平静期，三巨头，不管是企鹅还是千方，又或者是一向不甘于沉寂的芝麻开门，最近都沉寂了。

沉寂，是在酝酿力量，是在暗中推动另一场风暴的到来。毕竟，互联网版权产业市场的争夺战，才刚刚开始。毕竟，企鹅文学和千方文学以及芝麻开门文学，都还没有成立。

一个月来，何方远安心工作，坚定地执行陈果制定的各项政策，循规蹈矩，从不僭越一步，完全就是一个乔国界眼中安分守己的好人形象。或者说，就算有人想挑他的毛病，指责他工作中的失误，也很难下手。

/ 第八章 /

# 万万没想到

因此就有人认为何方远是服软了、妥协了，是为了保住饭碗不得不由以前的激进改成了绝对服从，就连顾南也一度认为，何方远锐气已失、进取全无，成了一个地道的职业经理人。

当然也有明白人，如李丛林和梅长河，二人都对何方远的表现冷眼旁观，猜测何方远如此低调和墨守成规，肯定是在等待一个机会的到来，到底是什么机会，二人也猜不到。

其实不只李丛林和梅长河猜不到何方远在等待一个什么机会，就连何方远自己也不知道他在等待什么。不过他心里清楚的一点是，他确实是在等一个契机，但到底这个可以改变他一生命运的契机是什么，或者说，是由兴众文学内部引发，还是由外部的三巨头之一引爆，他也不敢肯定。他只知道，他必须要有足够的耐心等待一个关键时刻的到来。

在樊铮和付锐看来，何方远的改变相当于何方远彻底失败的标志，同时二人也隐隐听到了风声，尽管乔国界有抛售兴众或是兴众文学的迹象，但到目前为止，没有一家公司有接手的兴趣。也就是说，兴众的大船暂时不会改变航向，也不会“城头变换大王旗”，兴众还会是乔董一个人的帝国。再加上何方远似乎对跳出立化兴趣不大，二人也就慢慢歇了跟随何方远的心思。还是个人前途重要，谁也不愿意将赌注下到一个没有前景的人身上。

更何况二人又远不如范记安和徐子棋对何方远有感情因素在内。

“其实，樊铮、付锐和我保持距离是好事。”何方远却不如范记安和徐子棋一样对樊铮和付锐愤愤不平，相反，他不但理解并且尊重二人的选择，同时也认为二人的做法有利于他的下一步布局，“等他们提出辞职的时候，就不会有人认为是我在背后推动了。”

“什么？樊铮和付锐要辞职？怎么可能？”范记安又震惊了，“何哥，你到底在打一个什么样的如意算盘，或者说，在下一盘什么样的棋，提前透露一点给我们，也好让我们吃一颗定心丸，不至于两眼一抹黑跟着你，最后说不定连怎么死的都不知道。”

“今天和你们坐在一起，就是要和你们好好说说我的计划，你们非要捣乱，非要说感情上的事情，所以我决定，今天不说了。”何方远欲擒故纵，故意吊几个人的胃口。

“何哥，不，何总，你这样就不地道了，我可是你的狗头军师，你瞒谁都不应该瞒我呀。”范记安急了，忙不迭地说道，“快告诉我你的布局，何哥，你放心，我不会告诉徐子棋。”

徐子棋被范记安的犯贱气笑了：“范记安，什么时候你能有何哥一半的聪明再加上有我一半的稳重，你就有了大将之风。”

“一边儿去，你那不叫稳重，叫肥胖过度。”范记安对徐子棋讥笑一声，正要继续加大嘲讽力度，忽然眼睛直了。

“何、何哥……外面的人是、是、是谁？”范记安的目光透过窗户落在了远处的江边，江边人流如织，人流中，有两个人并肩而行，穿梭在络绎不绝的人群之中，毫不起眼。

何方远没有说话，他比范记安更先一步看到江边的二人，尽管离得远，尽管此时已是黄昏，光线不好，他还是一眼看清了江边漫步的二人。

二人随意漫步的悠闲姿态，以及既客气又有几分热切的对话表情，让何方远大吃一惊！

因为二人不是别人，正是乔国界和……小马哥！

如果仅仅是乔国界在江边漫步，尽管知道乔国界一向深居简出，很少抛头露面，何方远也许只会微微吃惊乔国界有如此闲情雅致，却不会过于吃惊。但偏偏和乔国界一起漫步的人竟是企鹅帝国的缔造者小马哥，就不由得他不震惊莫名了。

令他震惊的不仅仅是乔国界和小马哥轻松而悠闲的漫步姿态，犹如多年的好友一般——向来视小马哥为平生最大对手的乔哥为了商业利益和小马哥摒弃前嫌、握手言和倒也没有什么，从来就是只有永恒的利益没有永远的敌人——还有在一个月的沉寂之后，在何方远认为千方、芝麻开门和企鹅都不会接手兴众或是兴众文学之时，万万没有想到，小马哥曲径通幽，居然亲自跑来下江和乔国界在江边漫步。

以乔国界的深居简出和小马哥的日理万机，二人绝对都没有可以忙里偷闲到黄浦江边散步的悠闲，那么二人在江边的漫步只能说明一个问题——二人在某个共同关心的重大问题上达成了初步共识。

乔哥和小马哥会有什么共同关心的重大问题？除了兴众或是兴众文学的归属之外，再无其他！难道说，和传闻中一样，小马哥真的有意豪掷数十亿美元全盘买下兴众？

如果不是为了买下兴众或是兴众文学，下江还有什么值得小马哥亲自到此一游的亮点？何方远心中的震惊久久无法平息，眼前真实发生的一切提醒了他一个必须面对的事实——如果企鹅真的买下了整个兴众或者哪怕只是单独吃下兴众文学，对业内造成的震撼，绝对不亚于一场地震。同时，对他重新规划的下一步，也会带来致命的不可逆转的影响。

“啊？”徐子棋顺着范记安的目光望去，也发现了乔哥和小马哥的身影，顿时目瞪口呆，“不是吧？我没看错吧？乔哥真和捅了他两刀的小马哥握手言和了？天啊，在资本力量面前，即使强大如乔哥者，也得忘记过去的耻辱，和曾经撬了自己墙脚的人谈笑风生。”

徐子棋想的是个人恩怨，范记安脑子迅速一转，想的却是长远大计：“何哥，乔哥和小马哥在江边散步，讨论的肯定不是人生和爱情，而是生意……啊，是不是小马哥真要全盘接手兴众了？”

“谁知道呢？”何方远愣了愣神儿，脑中迅速闪过了无数个念头，他忽然想起了什么，用手一指范记安，“赶紧上网查一下新闻，看看有没有什么突发的重大消息。”

“马上。”范记安从包中拿出微软的平板电脑Surface Pro 2，上了网，刚打开网页，一则消息就跳了出来——传芝麻开门收购兴众，五大业务打包35亿美元！

“果然有新闻了，何哥太厉害了，快看，传言芝麻开门要打包收购兴众了。”范记安掩饰不住一脸的兴奋，将Surface Pro 2推到几人面前。

何方远俯身一看，新闻首发在微信的几大公众号中，然后迅速蔓延开来，在网上形成了一股强劲的风声。

关于芝麻开门收购兴众的传闻，条理很清晰，显然是出自高人之手：“兴众五大业务打包出售，收购价约35亿美元。据业内人士透露，乔国界正打算将兴众游戏、闪7、兴众云、兴众文学、智安市场这五大业务打包，一并出售给芝麻开门，交易已经深入到了比较细节的部分，收购价在32到35亿美元之间。

“透露相关消息的人士表示，一旦上述交易完成，兴众游戏、闪7、兴众文学都将交由此前芝麻开门从企鹅挖墙脚挖过来的芝麻开门数字娱乐事业群总裁李春村管理，分析称，兴众帝国即使备受诟病，但仍称得上豪门贵族。

“业内人士分析称，即使今天人们对兴众有再多诟病，也改变不了兴众游戏还是有底蕴的豪门贵族这一事实。作为传统端游公司的兴众，其经验、用户、IP、资源，在手游市场过了拼时机、到了拼实力的今天，将开始展露威力。

“无论是在业务的层面，还是在提升上市后投资者期待的层面，相较于芝麻开门投资组合里许多杂七杂八的公司，兴众游戏确实是一块优质资产。”

传闻的背后，再次强调了传闻的真实性：“针对以上传言，芝麻开门方面在接受媒体连线时予以了明确否认。兴众总裁办相关人士则回答称，目前内部并未得到这样的消息，我们不予评论。有业内人士表示，今日关于兴众打包业务出售给芝麻开门的消息，不排除是故意制造的一枚烟幕弹，意在为潜在相关交易中的一方造势，也有可能是兴众为了抬高自我价值而有意吹风。”

“何哥，你怎么看？”范记安不愧为范记安，从最初的震惊之中清醒过来之后，看出了传闻背后的推手的真实意图，嘿嘿一笑，“谁说乔董不想卖兴众了？乔董只是一心想卖一个高价罢了。现在放出烟幕弹，制造兴众还十分抢手的假象，要的就是一直对芝麻开门无比提防的企鹅动心，这不，前脚才放出烟幕弹，后脚小马哥就来下江和乔董在江边漫步了，这绝对不是巧合。”

当然不是巧合，何方远深知商业策略上虚虚实实的手法。最近一个月的沉寂，确实如他所预料的一样，是在沉寂中酝酿新一轮较量——心理较量和商业手法谁高谁低的较量。芝麻开门以35亿美元的高价收购兴众的传闻，是真是假暂且不论，但消息的透露方肯定不是芝麻开门，而是兴众。

近一个月来，何方远一直在沉默，他是在冷静地等待破局，因为他虽然不再一心想完成管理者收购，也不再想跳出立化自主创业，但他重新规划的全新之路，和乔国界最终是卖是留兴众文学有着直接的干系。所以他始终在暗中观察乔国界的一举一动，想要知道乔国界最终会怎样处置兴众文学或是兴众帝国。

以他的推测，乔国界确实真心想卖掉兴众或兴众文学，只要有人出价合适，不管是单独购买兴众文学或是打包买走整个兴众，他都不会拒绝。但乔国界一向自视过高，即使是抛售兴众或兴众文学，他也不愿意贱卖，而想卖一个合理的高价。

巨头之间的商业并购，有十亿甚至十几亿美元的溢价出入，是常事。就拿千方收购19无线来说，19亿美元的高价，几乎比19无线10亿美元的市场估值多出一倍有余。在乔国界的心目中，兴众文学虽然受到了立化分裂的重创，但根基还在，并且拥有十几年积累的版权资源，是一座取之不尽的宝藏，放眼国内，依然占据独一无二的地位，卖一个高价，也情有可原。

兴众虽然已经没落，但在乔董的心中，仍然是“有底蕴的豪门贵族”，对，从刚才的新闻中何方远完全摸清了乔国界对兴众的定位——和其他新兴的互联网公司相比，曾经身为国内第一的兴众，底蕴还在，精神还在，贵族的气节还在。

“乔董从来没有放弃过卖出兴众的努力，何哥，我们到底是等乔董卖出兴众之后，再玩管理者收购的游戏，还是跳出兴众自主创业呢？”范记安的思路又落到了自身的前途之上，“最近一段时间，你太低沉了，低沉得让人怀疑你失去了斗志。”

“记安，帮我演两出戏。”何方远笑了，“别急，心急吃不了热豆腐。你一个人单身了这么多年，都快30岁了，不是才遇到瓜瓜？机会该来的时候，就会来了，只要你时刻做好准备就行了。”

“我早就准备好了……”范记安一脸要办坏事的兴奋，“演什么戏？我最喜欢演坏人，什么地主恶霸、流氓无赖、富二代官二代，我手到擒来。”

“第一场戏是你最近一个月内，劝樊铮和付锐辞职……”何方远见范记安兴奋莫名，嘿嘿一笑，抛出了第一个难题。

“啊？”范记安惊呆了，“这个，这个，为什么要劝樊铮和付锐辞职？这个难题有点难度，我怕完不成任务。主要是没理由说服他们呀！”

“为什么劝他们辞职，用什么理由说服他们，是你的问题，不是我的问题。”何方远才不理会范记安的一脸为难，笑道，“第二场戏是你现在马上跟我下楼，出现在乔董和小马哥面前，然后……”

范记安立马又兴奋了：“这个好玩，这个戏有挑战性，我喜欢。”

“演戏？演戏不叫我怎么能行？”范记安话音刚落，蓝妹的声音在背后响起，“我紧赶慢赶才赶来，没错过最精彩的部分吧？”

范记安一脸沮丧：“你没错过最精彩的部分，而是正好赶上最精彩的部分，我说蓝妹，你就不能晚到一会儿？你一来，肯定会抢了我的角色，你也知道，何哥太重色轻友了。”

“一边儿去。”何方远踢了范记安一脚，看向了蓝妹：“乔董和小马哥在江边散步，我想……”

不等何方远说完，蓝妹就会心地笑了：“我知道，你想找人和你演戏，然后假装无意中出现在乔董和小马哥眼前，是不是？除了我，谁会是你的最佳配角？别忘了，上次在北京，是谁帮你打通了和大马哥的对话？”

忽然又想到了什么，蓝妹话一说完，脸上就飞起了两朵红云。

范记安眼尖，注意到了蓝妹的异常，他就敏感地抓住了节点："蓝妹，你和何哥的北京之行，有没有发生什么擦枪走火的意外事件，或是发生什么意乱情迷的旖旎事件？"

"发生你个大头鬼。"蓝妹脸又红了，她效仿何方远，抬腿踢了范记安一脚，"狗嘴里吐不出象牙，你就不能多想一些正事？天天想乱七八糟的事情。"

"我怎么啦我？亏我还坚定地支持你嫁给何哥，蓝妹，你不能这么对我。"范记安连连叫屈，"你知不知道你现在的位置岌岌可危？听我一句劝，早一天生米做成熟饭，早一天安全。否则等什么时候何哥结婚了，新娘却不是你，后悔都晚了。"

"不听你胡说了。"蓝妹白了范记安一眼，也不知是听进去了还是没听进去，反正她的神态又恢复了自然，伸手一拉何方远，"方远，走，去会一会小马哥。我也想见识一下小马哥的风采……"

等蓝妹和何方远的身影消失在了电梯之中，范记安摇了摇头："我说什么来着？重色轻友！何哥什么都好，就是在女人的问题上太优柔寡断了，从梅荏苒到孔祥云再到现在的蓝妹，哪一个都处过一段时间，结果哪一个都没有推倒，你说他还是男人吗？"

"哧……"付瓜瓜被范记安的愤愤不平逗乐了，"敢情说了半天，你不是怪何哥没有选择其中一个，而是怪他一个也没有拐上床，是不是？如果何哥是你说的那种人，辛儿也难保了。"

徐子棋吓得赶紧抱住了常辛儿的肩膀："别，别，何哥的事情千万别和辛儿扯在一起，他和梅荏苒是恋爱，和孔祥云是初恋，和蓝妹是爱情，和辛儿什么都没有，是不是辛儿？"

常辛儿幸福地笑了："方远是一个好男人，他没有和梅荏苒三个人之中的任何一个发生点什么，正体现了他尊重女人的绅士风度。当年他和我，连手都没有拉过……"

"古董呀。"范记安沉重地摇了摇头，"如果我是他，一定会把梅荏苒、孔祥云和蓝妹三个人全部拿下，至于以后到底娶哪一个先不管，反正先到手了再说。"

/ 第九章 /

# 突然的变化

“切！”付瓜瓜怒了，“就凭你？犯贱，你犯贱一辈子也不会有两个以上的女人喜欢你，也就是我可怜你，才会收留你。如果你再敢胡思乱想，小心我废了你。”

范记安连忙求饶：“瓜瓜，美瓜，我不就是幻想一下下吗？你别生气，我对你忠心不贰。其实我想说的是，如果说把梅茬苒、孔祥云和蓝妹比喻成三巨头，你们说，梅茬苒对应的是千方、企鹅还是芝麻开门？”

“这个比喻有意思……”徐子棋乐了，想了想，“梅茬苒对应的应该是芝麻开门。”

“为什么？”常辛儿很是好奇，同时又觉得很新奇，“为什么梅茬苒不是企鹅？”

“因为梅茬苒善变的性格和大马哥天马行空的想法很相似，还因为，不管何哥下一步想借助哪个巨头成就一番事业，他应该不会借助大马哥的力量了，也就是说，大马哥出局了。同样，梅茬苒在何哥的感情世界里也出局了。”范记安抓住了一个闪光点，“是不是可以这样说，如果说孔祥云对应的是千方，蓝妹对应的是企鹅，那么最后何哥借助哪一个巨头的力量，他就会选择娶和哪个巨头对应的姑娘？”

“打个赌怎么样？”徐子棋眼前一亮，注意力被范记安的比喻抓住了，“范记安，赌一台微软Surface 3怎么样？”

“好呀，谁怕谁？”范记安挺胸抬头，好像挺有气势一样，“我赌何哥最后会借助企鹅的力量，并且娶了蓝妹。”

“我赌何哥最后会和千方达成共识，然后娶了孔祥云。”徐子棋习惯性地一推眼镜，笑眯眯地说道，“和千方合作才是王道，诸葛一生唯谨慎，何哥事事唯小心。何哥是一个完美主义者，李颜红也是，孔祥云也是，所以，他借千方之力和孔祥云结婚，才是最明智的选择。”

“一台Surface 3？你不后悔？”范记安不再和徐子棋辩论，而是直接下了战书，“记住了，不是最便宜的一款，是最贵的一款。”

“别最贵的一款了，中间的款式就行了，I5的CPU，4G的内存，128G的硬盘，大概7000块吧？我是为你着想，让你少出点儿血。”徐子棋信心满满。

“行，就这么定了。”范记安哈哈一笑，对付瓜瓜和常辛儿说道，“瓜瓜、辛儿，你们都是见证人，如果到时徐子棋要赖不认账，你们可要替我做主。”

“放心吧范记安，不就是一台Surface 3吗？七八千块钱的东西，徐子棋还输得起。”常辛儿替徐子棋接下了战书，“他不会赖账，你也得一样，男人就得有男人样，说一不二，愿赌服输。”

“快看，快看，何哥和蓝妹离乔董和小马哥越来越近了，好戏上场了，来，瓜子、汽水、花生米，看戏了。”范记安的目光一扫，看到了窗外何方远和蓝妹正在迅速逼近乔国界和小马哥十米以内。

到底何方远和蓝妹会怎样演一场异彩纷呈的好戏吸引小马哥的注意力，又到底何方远在吸引了小马哥的注意力后，想要达到什么效果，不只是范记安好奇，徐子棋、付瓜瓜和常辛儿也十分想知道会有怎样的一出喜剧上演。

何方远和蓝妹下楼后，二人小声说了几句什么，蓝妹喜笑颜开，开心之余，还轻轻打了何方远一拳。

“你也太坏了，这样捉弄乔董和小马哥，他们知道了真相，肯定会气得不行。”蓝妹眉眼带笑，笑意中，又有一丝爱怜，“和你认识越久，我就越发现，在你正派的外表下，有一颗不安分的心。”

“不安分倒没有什么，就怕一个人在正派的外表下，有一颗放荡的心。”何方远呵呵一笑，抬头一看，距离乔国界和小马哥已经在二十米之内，他不由得心跳加快，想起和李颜红的会面，最为中规中矩，没有创意也没有惊喜，而和大马哥的见面，则充满了神来之笔般的意外惊喜。那么现在和小马哥的见面，又将是怎样的一次别开生面的偶遇呢?

离得近了，何方远才发现和电视上相比，现实生活中真实的小马哥要稍瘦一些，戴无框眼镜的小马哥，长方脸、浓眉、高鼻梁，依然不改当年的英气。和乔国界站在一起，尽管他比乔国界还大上两岁，但却显得比乔国界还年轻了三五岁一样。

穿一身休闲西装的小马哥，刻意保持了低调，不过在大多数只知道追星不知道崇拜真正成功的精英人士的今天，小马哥和乔国界漫步在江边，周围人群如潮，却没有一人认出身边淡定从容的二人是在国内商界可以呼风唤雨的举足轻重的重量级人物。

不得不说这是时代的悲哀，一个只知道追星而不知道崇尚为社会做出巨大贡献的成功人士的时代，不是一个最好的时代。

正在和乔国界散步的小马哥，丝毫没有注意到身后何方远和蓝妹的悄然逼近，他正沉浸在和乔国界的斗智斗勇之中。

“芝麻开门真的有意一口吃下整个兴众？”小马哥的声音不大，在周围人群的嘈杂声干扰下，传不出多远，何况还有江水哗哗的水流声，而且周围浮躁的人群压根也不会对一些高深的话题感兴趣。

还好，何方远既和小马哥保持了安全的距离，又可以听清小马哥和乔国界的对话。他和蓝妹漫步江边，假装成一对热恋的情侣。

蓝妹配合他演戏，比范记安得心应手多了，或许也是因为他有过几次和蓝妹配合演戏的经历，二人的默契达到了心意相通的地步。

“刚刚的消息，你也看到了……”乔国界缓缓地说道，“芝麻开门开价32亿，我要到35亿，暂时还没有在价格上达成一致。如果价格上达成了一致，企鹅就没有机会了。一旦兴众被芝麻开门全盘吃下，就会弥补芝麻开门在游戏、互联网版权产业以及客户端的短板，芝麻开门就会如虎添翼了。”

“芝麻开门最近大撒现金四处收购，从长远看，是在布一个大局，从短期看，是为了上市。”小马哥不为乔国界的鼓动所动，不慌不忙地说道，“乔董真要退休吗？真的要退出中国的主流商业圈吗？乔董还年轻，还有再次一战的士气和勇气。”

“呵呵……”乔国界笑了笑，“我不想做实业了，想集中精力做一些资本市场运作的事情。”

小马哥点了点头，停下了脚步，望向奔流不息的黄浦江水：“芝麻开门报价归报价，我怀疑马匀还有没有实力吃下兴众。有两个问题：一是芝麻开门还有没有足够的资金；二是吃下兴众后，有没有整合能力。”

“哦……”乔国界见小马哥和他散了半天步，说了许多话，自始至终一直不肯开口报价，他就知道小马哥是在和他较量耐心，既然小马哥来到了下江，他是在主场，耐心他有的是。

“去年，芝麻开门为了应对虎雅以及备战收购，从多家金融机构贷了80亿美元的现金，其中40亿美元用来偿还了退市的贷款，等于说，余额只有40亿了。据我所知，芝麻开门集团的现金储备大概是50亿到70亿美金。考虑到过去一年芝麻开门的整体情况，从自身盈利、投资力度以及收购花掉的现金来看，芝麻开门最少花掉了40亿美元，也就是，芝麻开门目前的现金储备应该还在50亿到70亿美金左右。”小马哥背起双手，面朝黄浦江，背对何方远，和乔国界并肩而立。

停顿了片刻，他继续说道："以这个体量来看，芝麻开门用现金吃下兴众的可能性不大——如果用现金吃下兴众，等于是芝麻开门手中只剩下了30多亿的现金，那么在面对企鹅、千方大手笔收购时大兵压境的逼迫，会让芝麻开门疲于应付。而且相对企鹅和千方而言，芝麻开门在现金流上占据的优势并不明显。"小马哥笑了笑，又说，"如果芝麻开门用现金加股权的方式收购兴众，以乔董向来喜欢掌控一切的性格来看，乔董肯定不愿意兴众搭上马匀的便车，宁肯全盘卖出，抽身而退，也好过芝麻开门成为兴众的大股东，到时乔董还得受马匀的气……"

乔国界不动声色地笑了笑，并不对小马哥的说法有所表示，他只是不以为然地问道："第二个问题呢？"

"第二个问题是整合问题，退一万步讲，就算马匀以现金吃下兴众，不怕因为吃下兴众后现金流不足而导致被企鹅和千方围攻，那么在收购了兴众之后，如何整合兴众才是最关键的问题。如果整合不好，兴众对芝麻开门来说就不是有益的补充，而是拖累的包袱。兴众网络、兴众游戏、兴众文学和诸多子公司之间错综复杂的关联交易，对于芝麻开门和马匀来说都是一件天大的麻烦事儿，整合起来难度颇高。所以，综合分析之后不难得出结论，基于以上的难题，芝麻开门收购兴众的可能性不大。"

乔国界不置可否地点了点头："意思是说，千方退出了竞争，芝麻开门又收购不成，就只剩下你一家了？如果你报一个低价，我只能接受了？"

"报价多少是我的事情，接受不接受，就看乔董的意愿了。"小马哥重新迈步朝前方走去，走了没几步，他又说道，"兴众目前合理的价位，在30亿美元上下浮动。"

"30亿美元？"乔国界终于意味深长地笑了，"你这个价格就是趁火打劫了。"

"乔董的心理价位是？"小马哥也笑了，笑得很轻松，"兴众游戏目前大概有20亿美元的市值，每年四五十亿元人民币的收入和十亿元人民币左右的利润，利润合1.6亿美元。兴众文学每年的利润往高里说，也就是1亿多美元，其他子公司的利润，基本上不值一提，这样算来，兴众一年的利润是2.6亿美元，按照盈利十倍收购，30亿美元的价格，也算不错了。"

"你在下江还要停留几天？"乔国界没有接小马哥的话，突兀地转移了话题。

小马哥愣了愣，知道乔国界是要结束谈话了，他也没有勉强，既然谈不成，也勉强不来，何况谁都知道乔国界的性格十分刚强。

"乔董有事可以先走，我再欣赏一会儿黄浦江的美景。"小马哥也不生气，冲乔国界微微一点头，示意乔国界可以先走一步。

乔国界说走就走，居然真不尽地主之谊，只冲小马哥点了点头，转身扬长而去，扔下了小马哥一个人。

有个性，有魄力，何方远本来还想当着乔国界的面和小马哥来一出意外相遇的好戏，没想到，计划赶不上变化，乔国界话不投机，居然走了。

不过走了也好，省得他顾忌乔国界在场，有些话反而不太好说出口。

何方远朝蓝妹使了一个眼色，蓝妹会意，咯咯一笑，声音不大不小，不大，是不足以引起周围人群的注意，不小，是完全可以让小马哥听得清清楚楚。

“何方远，我劝你不要做白日梦了，小马哥是多么高高在上的人物，他才对你没有兴趣，更不会见你。”

小马哥此时距离何方远和蓝妹有十米左右的距离，蓝妹的话说完之后，正在迈步前进的小马哥身形明显停顿了一下，不过却没有停下来，依然继续大步向前迈进。

如果只一句话就让小马哥停下他的脚步，小马哥也就太没有城府和涵养了。何方远见状，接过蓝妹的话说道：“如果让小马哥知道我对乔国界的点评是多么准确，他不但肯见我，而且还得主动请我过去面谈。”

“吹，吹牛不上税，吹牛不花钱。你就随便吹吧，小马哥什么样的人没有见过？你在他面前，没有发言权。”蓝妹不遗余力地打击何方远的自信心。

“哎，知我者谓我心忧，不知者谓我何求……我空有一腔才华却无处施展，人生，就是这么寂寞如雪呀。”

“哧……”蓝妹笑出声来，见小马哥脚步未停，离她和何方远越来越远，她不免微有焦虑之意，“何方远，你虽然是立化中文网的总经理，但在小马哥眼里，你还是互联网业内的菜鸟。一个菜鸟怎么敢点评兴众帝国的帝王？别看兴众帝国现在衰落了，但瘦死的骆驼比马大……”

何方远朝蓝妹悄一点头，二人迈开脚步，悄然地跟在了小马哥的身后，一边走，他一边说道：“在外界人眼里，兴众最优良的资产是游戏和文学，所以许多人都一厢情愿地认为，兴众因为在互联网游戏和版权富矿上的高度，可以卖一个好价钱。其实都错了，不管是千方还是企鹅，或是芝麻开门，只对兴众旗下的兴众文学感兴趣，而且，三巨头对兴众文学感兴趣，都不是想将互联网版权产业做大做强，而是另有目的……”

“什么目的？”蓝妹及时配合了何方远演戏，还好，虽然小马哥的脚步依然匆匆前行，但步伐明显慢了几分，而且注意力也被她和何方远吸引了，也就是说，她和何方远旁敲侧击的方法初步奏效了。

“都是想利用互联网版权产业的版权资源下一盘很大的棋……”何方远故意拉高了声调，他今天的目的是想引起小马哥的注意，而不是和小马哥面谈，只要让小马哥听进去他的见解，他想要的效果就达到了。

“下一盘什么很大的棋，你一口气说完行不行？也不怕噎着。”蓝妹的话，就如热恋的女孩对男孩半是嗔怪半是欣赏的口气。

“进军影视行业！”何方远清晰地吐出了这句话后，就停顿不说了，目光落在小马哥的背影上，心想如果他的推测没错的话，小马哥应该停下脚步，回头冲他一笑才对。

但让他失望的是，小马哥别说停下脚步了，连停顿一下也没有，而是继续大步流星地向前行进。

何方远心中一沉，难道说他的推测错误？不应该呀，不管是从哪个角度来看，三巨头对未来的发展重点必然是影视业，不管是线下的影院还是线上的视频网站，三巨头肯定会争相杀入利润巨大、前景无限的影视领域，怎么可能他的话就没有在小马哥的心中带来一丝触动呢？

一定是力度不够，何方远并不气馁，继续和蓝妹一起跟在小马哥身后，继续说个不停：“2010年，国内的票房突破了100亿大关，而到了2013年，全国票房收入已经达到217亿，其中通过互联网卖出的大概40亿！2014年预计全年票房会高达260亿，假设一下，如果三巨头进入电影票补贴促销大战中，今年票房说不定会轻松突破300亿，甚至更多！因为，通过互联网售票可能接近100亿的规模，占了三分之一的比重，未来三到五年，互联网售票达到三分之二也不是没有可能，而是很有可能！”

何方远慷慨激昂，滔滔不绝地说个不停，他之所以由互联版权产业跳跃到影视产业之上，正是因为在他全新的设想中，他的未来也要超越互联网版权产业的高度，不再只从源头做起，而是要直接进军利润巨大、前景无限的影视业。

/ 第十章 /

# 人生需要储备期

何方远一番演讲结束，小马哥的脚步终于慢了下来，而且微微侧了耳朵，明显表现出了浓厚的兴趣。

呼——何方远暗中长出了一口气，幸亏他经过北京之行，在孔祥云的影响下、在李颜红的推动下，迅速转变了思路，才让他在最近一个月的时间内，理清了脉络并且重新规划了前景，让他抛弃了一心扑在互联网版权产业之上的保守想法，决定开拓一条全新的创业之路。

也正是有了一个月的谋划和筹备，何方远才对国内正在释放巨大威力的影视产业做了系统的研究，完善了知识储备，让他今天有机会得以在小马哥的面前——不对，是背后——阐述他对三巨头进军影视业的看法。

相信已经拥有了开天中文网并且即将成立企鹅文学的小马哥，不会再对任何与互联版权产业有关的事情感兴趣，况且以小马哥的高度，互联网版权产业的规模和市值收益，远远入不了他的法眼。

2013年互联网版权产业市场的规模才40多亿，到2015年有望突破70亿，70亿人民币也就相当于10多亿美元，连实体书的市场也比不上，更别说直逼300亿的电影票房了。而且300亿的票房仅仅是指电影市场，如果再加上电视剧和网络剧市场，有可能会是一个千亿规模的庞大市场。

“所以呢？所以关于芝麻开门想要收购兴众文学的传闻，肯定是无稽之谈了？”蓝妹见何方远的计划奏效了，心中总算舒了一口气，暗想何方远到底是一个怪才还是一个鬼才，他怎么总能知道三巨头眼下最感兴趣的话题？当然，她不知道的是，一个月前在何方远刚到北京之时，他和孔祥云有过一番关于完美主义者和现实主义者的对话，在对话中，让何方远更深一步地了解了三巨头各自的为人。

人性即商性，一个人再高高在上，再怎么了不起，他首先也是一个人，每个人都有自己的惯性，而且还很难突破惯性。所以研究清楚每一个大人物的个性和喜好，知道他的优点和缺点是什么，知道他最感兴趣的话题是什么，那么想要接近他，只要有相遇的机会，哪怕只是偶遇，只要把握住了时机，也有可能成功地进入他的视线。

何方远现在不但对三巨头每个人的性格都有过详细而系统的研究，同时，对企鹅、千方和芝麻开门各自的布局，也有过深入的推测，尽管他的推测未必正确，但他相信，他大概摸到了三巨头的脉搏。

“也不一定是无稽之谈，也许芝麻开门真的有意收购兴众文学，但依我看，不管是芝麻开门还是企鹅，收购兴众文学对他们的布局来说，已经意义不大了。”何方远终于说出了他认为最能打动小马哥的话，“三巨头中，千方最保守，但千方也最持重，千方第一个退出对兴众文学的收购，就说明千方在收购了驰骋中文网之后，对互联网版权产业的兴趣只是到积累版权为止，并不热衷于继续培育互联网版权产业市场发展壮大，我认为，千方的做法最明智。”

此话一出，小马哥顿时停下了脚步，虽然还没有回身直视何方远，但他掩饰不住地倾听的姿态彻底暴露了他的好奇和兴趣。

何方远和蓝妹也停下了脚步，二人手拉手站在河边，离小马哥有十几米的距离，就如一对在江边漫步的情侣随意赏景聊天一样。而小马哥也没有表露身份，假装只是江边一个普通的游客。

“兴众文学还是在乔董手中才能价值最大化，不管被谁买了去，都只会沦落为源头的版权提供渠道，而不会有更大的发展。”蓝妹见小马哥和她并肩而立，距离不远，摆出了聆听的姿态，她心中大喜，思路也越来越顺畅了，“我觉得芝麻开门也会放弃对兴众文学的收购，有消息说，芝麻开门要打包收购整个兴众，这个传闻太离谱了，芝麻开门未来的布局不是游戏，也不是互联网版权产业，而是影视，收购兴众对芝麻开门来说，是包袱而不是资源。”

“我想不用多久，就会有企鹅要打包收购整个兴众的新闻出来。”何方远意味深长地笑了，“而且我相信在传闻中，企鹅打包收购兴众的价格会比芝麻开门的35亿美元又高出一大截，最少40亿美元起。”

“你的意思是，是兴众自己在炒作、在自我抬高价格？”

“是呀，虽然我是兴众人，但我还是要实事求是地说，乔董确实是想卖掉兴众文学或是整个兴众，但又想卖一个高价，怎么办？商战和战争一样，兵不厌诈，多放烟幕弹、多炒作，制造兴众买家众多有人争抢的新闻，才会逐步抬高兴众的售价。在商言商，乔董的做法无可厚非。但如果我是三巨头之一，我肯定不会上当。”何方远偷偷看了小马哥一眼，见小马哥还站立原地不动，目光落在滚滚的黄浦江水之上，似乎在思索什么重大的人生命题，其实他知道，小马哥是在听他演讲。

“你又不是三巨头，你怎么知道三巨头的想法？”蓝妹知道最关键的部分就要来了，就问了出来。

“我虽然不是三巨头，但我除了没有和小马哥接触过之外，和李颜红、马匀都有过会谈，甚至和李颜红还有过两次会谈，其中有一次还是正面交手。还有，我又是兴众文学的员工，所以，只有我具有得天独厚的条件，可以站在兴众的立场上，真实地分析三巨头的真正想法。”

“哎呀，你到底是在吹牛还是在骗人？我读书不多，你可不要骗我。”蓝妹半是玩笑半是认真，当然，更多的是为了演得逼真，让小马哥不起疑心。

“哈哈，你读书不多？别开玩笑了。”何方远很为蓝妹的入戏而高兴，不知道为什么，和蓝妹在一起，总能让他演什么像什么，难道说有蓝妹在场他才有表演欲？他摇头驱散了内心不安分的想法，继续最关键部分的话题，“千方、企鹅和芝麻开门虽然立足点不同，千方是搜索，企鹅是社交，而芝麻开门是电商，但三巨头发展到今天，千方不再专注于搜索，企鹅不再专情于社交，而芝麻开门也不再专一于电商，现在的三巨头，都在为将来布局一个可以良性循环的生态圈，也就是说，未来的三巨头之争，是生态圈之争。”

何方远只顾投入地演讲了，没有注意到他的这一番话说出之后，小马哥微不可察地点了点头，很明显，他的话终于触动了小马哥。

“但拓展渠道多布局，并不代表每一个行业都要涉足，有些行业，浅尝辄止就行，不一定非要深入。其实我完全可以理解李颜红的思路，他只花了2亿收购了驰骋中文网，再加上原有的一些资源，完全就可以成立千方文学了。千方文学成立后，就会成为未来的千方影业的版权基地。同样，芝麻开门收购了文化中华以及数家传媒集团，也是为未来的芝麻开门影业打下基础。而企鹅成立了开天中文网，并且在不久之后也将成立企鹅文学，也是在为将来的企鹅影业奠定根基。”何方远深吸了一口气，知道到了结束演讲的时候了，见好就收也很考验一个人的眼力和控局能力，“所以说，其实三巨头到目前为止，都已经完成了成立影业的布局，收购不收购兴众或是兴众文学，对三巨头的未来来说，起不到决定性的作用。我估计，千方和芝麻开门已经彻底放弃了对兴众或兴众文学的收购，企鹅早晚也会放弃。”

“你为什么不看好企鹅对兴众的收购呢？”蓝妹听出来何方远要总结发言了，最后的落脚点还得落到企鹅身上，毕竟身边的人是三巨头之中的小马哥，“我倒觉得，现在也只有企鹅有实力和兴趣收购兴众了。”

“许多人认为企鹅收购兴众，逻辑上很完美，理由可以罗列十几条，我只说其中让人听上去最信服的五条，第一，在芝麻开门即将赴美上市的前夕，企鹅突然收购了兴众，是为了从战略上狙击芝麻开门的上市，是想给芝麻开门的泛娱乐战略致命一击。第二，收购兴众，企鹅是为了减少一个潜在的竞争对手。因为企鹅一直视芝麻开门为最大的竞争对手，而一直有传言说芝麻开门对兴众的兴趣最大，与其让芝麻开门将兴众纳入旗下，充实了芝麻开门的实力，还不如企鹅自己收购，完全堵死芝麻开门收购兴众之路。”

何方远侃侃而谈，小马哥在一旁露出一脸淡然的笑意，细心聆听。二人一个假装不知道正主小马哥就在身边，一个假装没有在听何方远的高谈阔论，应该说，二人都是演技不错的演员。

“第三，企鹅端游市场份额正在下降，其在游戏领域的话语权到了移动互联网时代也在变弱，收购兴众能很明显地巩固自己的游戏霸主地位。第四，兴众有视频、文学、游戏，这些都和企鹅的泛娱乐战略互补。企鹅收购之后，经过简单的整合就会焕发全新的活力了。第五，企鹅游戏的增长现在正处于一个瓶颈阶段，而且现在企鹅的股价也已经很稳定，上升的势头不大。出于资本增值的考虑，花200多亿元人民币收购兴众，打造一个超级娱乐帝国，等于又有了新的增长点，也可以向市场讲故事了，估计股价又得大幅上涨一阵子。股价上涨带来的收益完全可以弥补收购兴众的支出，或者因此企鹅市值突破2000亿美元不在话下，这样算下来，这笔交易不是很划算，而是非常划算。”

“是呀，听上去理由很充分，逻辑很完美，但你为什么非要说企鹅早晚也会放弃对兴众的收购？”蓝妹的问题，也正是小马哥想要问出的问题。当然，小马哥不会真的开口问何方远，他必须保持应有的神秘感和距离感。

“只需要三个理由就可以完全驳倒企鹅必须收购兴众的五个完美理由……”何方远知道此时是他在小马哥心目中树立形象的最关键时刻，有时候决定一个人在另一个人心目中的分量，往往只需要一两句话，所以，他不能出现一丝差错，稳定了一下心神，他再次理顺了思路，很认真地说道，“第一，巩固游戏，兴众不是企鹅的菜，更不是企鹅的救命稻草。企鹅客户端网络游戏的市场份额已经接近50%，目前其市场份额仍然还在增长中，其他几大游戏巨头已经被企鹅碾压得毫无还手之力。企鹅客户端网络游戏收入下降，并不是因为市场上出现了有竞争力的对手，而是整个市场出现了疲软。

“第二，狙击芝麻开门，兴众根本帮不了企鹅的忙。不，应该说从正面帮不了什么忙，还有可能帮倒忙。利用兴众狙击芝麻开门不但是一个荒唐的理由，而且还是一个十分可笑的理由。芝麻开门的核心商业模式是广告，企鹅的核心商业模式是游戏，随着企鹅的进一步扩张，广告也会成为企鹅的核心商业模式之一。但芝麻开门和企鹅的差异性依然会相当明显，一个是基于电商平台，一个是基于社交网络。收购兴众，改变不了企鹅社交网络的基因，而且芝麻开门想要进军娱乐业，企鹅收不收购兴众，都无法阻止。

“第三，也是最后一个理由，有人说兴众旗下的游戏企鹅看不上眼，总可以看得上兴众文学吧？不错，兴众文学确实是兴众旗下最优质的资产了，但自从企鹅挖走了兴众文学的核心资产立化中文网的管理层和版权方资源之后，企鹅完全可以凭借自身的力量源源不断地制造版权作品，何必再花大价钱购买兴众文学呢？更何况经过分裂事件之后，兴众文学由于高价买断的原因，成了一个大大的包袱，现在买兴众文学，太不划算了。”何方远微微一笑，做了总结性发言，“以我的判断，企鹅收购兴众哪怕是兴众文学，也会是一笔不划算甚至是得不偿失的生意，更何况小马哥比我目光更长远、看问题更透彻，岂会看不出这一点呢？”

“听你说得头头是道，我还真信了你的邪。”蓝妹咯咯一笑，眼睛的余光一扫，见小马哥微微一笑，随后不动声色地转身离去，她就知道，今天的表演到此结束了，“别装了，小马哥走了，从头到尾，他没有多看你一眼，也没有和你有一个眼神的交流，更没有问你的名字，方远，你今天的表演，是不是失败了？”

“怎么会？”何方远自得地笑了，“如果失败的话，小马哥应该提前十分钟就离开了。他一直在旁边听了我十分钟的演讲，放眼国内，有谁的演讲可以吸引小马哥十分钟以上？蓝妹，你就知足吧。可以让堂堂的小马哥专程停留十分钟以上的戏，都是好戏大戏。”

“这么说，小马哥听了进去？”蓝妹欣慰地笑了，“总算不辱使命，又帮你完成了一项光荣而艰巨的任务。不过我不明白，你为什么一心要阻止小马哥对兴众或是兴众文学的收购？如果小马哥真的收购了兴众或是兴众文学，不是有利于你的管理者收购吗？”

“我已经放弃了管理者收购的思路，今后所做的一切，不再围绕管理者收购的目的展开了。”何方远伸手抚摸了一下蓝妹的头发，十分自然而娴熟的亲昵动作，显示出他和蓝妹之间越来越亲密的关系，“既然不想完成管理者收购，那么从大局出发，为兴众文学未来的做长远打算，兴众文学还是留在乔董手中更有前景。如果企鹅收购了兴众文学，再整合了开天中文网，那么互联网版权行业将会重回以前兴众文学一家独大的局面。任何时候，一家独大都不利于一个行业的健康发展。我还是希望即将成立的企鹅文学和兴众文学开展良性竞争，这样，互联网版权产业才能迎来百花齐放的春天。”

“哟，原来你还心胸广阔、志存高远，还这么有大局观。”蓝妹取笑何方远。

“那当然了，干一行爱一行，既然从事了互联网版权产业，就要一心为这个产业的未来着想。尽管我人微言轻，但能出一分力就多出一分力，也算是对得起几年的热爱了。再说了，互联网版权产业健康而有序的蓬勃发展也有利于未来的影视业。”

“方远……”蓝妹背起双手，踮起脚尖，沿着江边朝前方走去，她仰起小脸，一脸幸福和甜蜜，“陪我走走，我有话要对你说。”

何方远虽然没有闻香识女人的本事，但和蓝妹熟了，见蓝妹春心萌动、春意盎然，就猜到了她想说些什么。但明知道蓝妹的情意，他不能逃避只能面对。

“好吧，不过我先打一个电话告诉范记安他们一声，说我们不回去了。”

/ 第十一章 /

# 与其绕行，不如直达

“何哥，刚才你怎么没有和小马哥握手交流呀？我们看了半天，就看见你和蓝妹跟在小马哥身后嘀嘀咕咕半天，也不知道说了些什么，到最后，小马哥看也没有看你一眼，到底是什么情况呀？”电话刚一接通，不等何方远开口，范记安就立刻表达了他强烈的不满。

范记安的不满是有原因的，包括他在内的几个人，不管是徐子棋、付瓜瓜还是常辛儿，都满怀希望，想要欣赏一出何方远力战小马哥的大戏，结果看了半天，只看了一出波澜不惊的哑剧，让几人看得着急上火，深为何方远的出师不利而担心。

还以为何方远先抑后扬，到最后关头会和小马哥有正面接触直接交手，没想到，一直等小马哥转身离去，何方远都没有和小马哥有过一个照面，这……这也太失败了。几人站在窗前像傻子一样向下面观望了半天，却只看到了这样一个结果，都不免心中有气。

“什么什么情况？”何方远还不知道几人都在为他担心，担心过度，就都变成了火气，他轻描淡写地笑道，“我是告诉你一声，我和蓝妹刚才的表演很成功，收到了预期效果，还有，我们不回去了，你们想散就散了吧。”

“什么什么？”范记安的贱劲又上来了，他瞪着眼睛站在窗前，此时天色渐黑，在暮色中已经看不清何方远的表情了，“何哥，你现在是和蓝妹去她家过夜还是去开房，我都不管，我只想问你一句，刚才你们跟在小马哥后面半天，当了半天跟屁虫，到底有没有收获？”

“收获当然有，而且还不小。有时，成功不一定惊天动地，还有一种是于无声中听惊雷的成功。”何方远直接忽略了范记安对他和蓝妹的编排，“你赶紧进行下一步，等樊铮和付锐辞职之后，就轮到你辞职了，事情最好悄无声息地进行，不要宣扬。”

“啊？我也要辞职？为什么呀？何哥，你到底演的是哪一出，给我透个底，成不？喂？喂？”见何方远挂了电话，范记安气呼呼地扬手扔了手机，“男人啊，重色轻友是你的天性。”

苹果5S被范记安扔到了沙发上，又弹了起来，摔到了地上。

“哎哎，范记安，干什么摔手机？”付瓜瓜怒了，捡起了手机，“你快挨收拾了。”

徐子棋咧嘴一笑，落井下石：“瓜瓜，你还是不太了解范记安，范记安的最大优点就是一犯贱就想换手机，这不苹果6明年就要上市了，他现在摔苹果5，是为明年换苹果6做好准备。”

范记安苦着脸：“小眼棋，你能不能别编排我？我怎么为了换新手机非要摔了旧手机不可？我是那种喜新厌旧的人吗？你以为谁都跟何哥一样，喜新不厌旧，三任女友全部不放手，不对，是两任，梅荏苒已经出局了……”

“行了，别在背后说何哥坏话了，何哥为了我们共同的未来殚精竭虑，已经够累了，你们还这样编派他，你们还是他的哥们儿吗？”常辛儿看不下去了，出面阻止范记安，“你们现在要做的是：一、紧跟何哥的步伐；二、坚决执行何哥的指示，完成他交代的任务。”

“遵命，常总。”范记安很犯贱地朝常辛儿敬了一个礼，嘻嘻一笑，“我不是怀疑何哥的能力，我只是质疑他的自控力。不过也好，他现在反正和蓝妹在一起，真要和蓝妹成了好事，我就赢了。”

“真没出息。”常辛儿见范记安的话题又落到了赌注上面，鄙夷地白了他一眼，“鼠目寸光，不就是一台Surface 3吗？撑死了一万块，能是什么大事儿？何哥现在谋划的是大手笔，我相信，他对未来的前景规划，会比原先设想的自主创业还要更有前途。”

“方远，你真的决定完全放弃管理者收购了？也不打算和我一起创办互联网版权产业网站了？你对未来新的前景规划，真的会比原先设想的自主创业还要更有前途？”蓝妹走了没几步，又自然地挽住了何方远的胳膊，她将头轻轻靠在何方远的肩膀上，目光微有几分迷茫，“我怎么总觉得你好像要离我远去了？”

“傻丫头。”何方远笑着轻轻敲了敲蓝妹的脑袋，又下意识裹紧了上衣，毕竟还是冬天，夜风还是有几分深深的凉意，“为什么总要把公事和私事混为一谈呢？”

“好吧，不混为一谈了。”蓝妹又笑了，似乎她刚才的忧郁只是昙花一现，聪明的女孩都知道男人不喜欢太忧郁、太固执的女孩，适当的忧郁是气质，过多的忧郁就是有病了，“你真的觉得向影视发展有前途？”

“嗯，很有前途。”何方远虽然还没有向范记安等人透露他新的设想，但刚才和和蓝妹在小马哥身后说的一番话，让蓝妹听出了他的想法，“三巨头都会进军影视业，我推测，未来国内的影视公司，都将会为三巨头打工，全部沦落为三巨头的附庸或是子公司。既然互联网版权产业的渠道拓展，其中最有前景的就是影视业，为什么我们还要从源头做起，再绕一个大弯，最后还是要向影视靠拢？与其绕行，不如直达。”

“话是这么说，可是你又没有从事过影视行业，鲁莽地杀进去，会不会一头摔倒，摔个头破血流呀？”蓝妹既是在劝说何方远，又是想向何方远说明一件事情，“我正在努力说服爸爸不再强求你完成管理者收购，希望他改变主意，支持你自主创业，现在他的态度刚刚有了一点松动，如果我告诉他，你的自主创业不是创办一家互联网版权产业网站，而是要成立一家影视公司，他肯定毫不犹豫地不会向你投资一分钱。”

“先不说投资的事情了，我再为你分析一下三巨头的性格和他们未来布局的相通点，好不好？”何方远嘿嘿一笑，顾左右而言他了。

“说吧说吧，你怎么说，我怎么听。可是我听了不算，说服我容易，说服我爸难，得我爸点头了才有资金。”蓝妹无奈地笑了笑，“你不是想借孔祥云的资金和孔祥云合作开影视公司吧？”

何方远没有回答蓝妹的问题，而是将他一直以来思索的一个问题说了出来，蓝妹有幸成了他的第一个听众。

性格即命运是一句老话，但事实证明，许多时候一个人的所作所为，确实又和性格有着密不可分的关系，也就是说，许多人做出的决定，或渺小，或重大，都在性格的影响之下，脱离不了性格的掌控，即使是如三巨头一样的重量级人物，也是一样。

从近期看，芝麻开门又陆续投资了文化中华、泰银集团、生恒电子、中学传媒等。据不完全统计，过去两年中芝麻开门体系相继通过投资和并购花费掉的资金已超了80亿美元，不仅被喻为买下半个互联网，更被夸张地形容为要买下整个世界。三巨头之中，围绕着芝麻开门生态圈的一个庞大的商业帝国已显雏形，马匀的布局，是在编织一张密不透风的互联网。

马匀的野心很多，不但想在未来要做影业，而且还想做一个虚拟的商业社会甚至是商业政府。一旦马匀完成商业社会和商业政府的布局，马匀的芝麻开门帝国将会成为无敌的存在。

和芝麻开门的疯狂布局一样的是，企鹅的布局也近乎疯狂，而且也很土豪。以微信和企鹅为中心，企鹅采取的方式是能买就买，疾风骤雨、挥金如土式的并购，让整个互联网圈和投资界都为之惊叹。马化龙的布局，由点到面，四处开花。

相比芝麻开门和企鹅的疯狂，千方明显落后了许多，或许和李颜红过于保守、谨慎的性格有关，除在移动端和电商的布局上落后于芝麻开门和企鹅之外，千方在各个行业的出手速度，明显慢了芝麻开门和企鹅半拍。以至于有人认为，未来的三巨头之争，或许会变成马匀和马化龙的两马之争。

从有意收购兴众一事上也可以看出三巨头性格上的差异带来的行事风格上的不同，李颜红对兴众从未表现出过浓的兴趣，对兴众文学也是如此。而业界先是传出大马哥有意收购兴众文学后，又传出他有意收购整个兴众，由此可见大马哥天马行空的想法以及疯狂的布局。

小马哥的行事风格也同样让人叹为观止，谁能想到在一个不经意的时刻，小马哥会突然出现在下江，和乔国界在江边散步，商谈收购兴众大事？

孔祥云说得对，李颜红是一个完美主义者，行事风格过于谨慎并且步子太小，何方远和李颜红终究不是一路人，但他到底是借助大马哥的力量一飞冲天，还是借助小马哥的气势直上九霄？

尽管何方远已经有了一个明确的目标，但到底最后怎样实现价值最大化，到底是再和大马哥喝茶论道，还是和小马哥继续下一次江边“对话”，他还没有拿定主意。

“我不看好你的前景。”蓝妹虽然听了进去何方远对三巨头的分析，也知道何方远背后下了很大功夫，但她还是不认为何方远的计划可行，“我还是坚持我的看法，跳出立化，自主创业，创办一家互联网版权产业网站。”

“这么说，我们达不成共识了？”何方远笑眯眯地说道，“什么时候有时间，我去你家做客，我想当面和蓝伯伯谈谈。”

“不需要！”蓝妹拒绝了何方远的提议，“爸爸现在没兴趣和你谈，而且你也没有资本和他讨价还价了。方远，如果还从事互联网版权产业，你是业内既有资历又有实力和影响力的不二人选，但如果从事别的行业，对不起，在资方眼中，你的价值会大打折扣。”

何方远见蓝妹态度坚决，知道蓝妹对他失望了，但他不能因为蓝妹的失望而改变主意，而且他一直坚信，这一次的决定，会是他的最终决定。

时局在变，形势在变，人在潮流之中，就应该有审时度势的眼光和一变再变的勇气。改变也不是一件很容易的事情，许多人都愿意继续从事熟悉的行业，不愿意挑战全新的领域。但不挑战一下自己，又怎能知道自己的潜力到底有多大？如果当年李颜红在加利福尼亚一直安逸地生活下去，不试图改变现状，不回国创建千方，他现在也许还是一个在国外生活的小人物。

如果大马哥当年安稳地在国有单位工作，不思进取，小富则安，不放弃铁饭碗而投身到一个陌生的领域之中创业，他现在也不会是芝麻开门帝国的创始人。

如果小马哥当年不是突发奇想，邀请几个志同道合者一起创建企鹅，那么现在的小马哥，或许只是一家事业单位的副处级以上领导，大腹便便、饱食终日而无所事事。

经历过一系列的变故之后，何方远深刻地认识到了一点，在三巨头呼风唤雨的今天，在弱肉强食的互联网业界，遵循的其实一直是强者为王的丛林法则。他几次改变对未来的规划，不是他善变，而是面对形势改变时，他只能顺应潮流，毕竟，不管是三巨头一举一动都可以影响中国互联网未来格局的惊人实力，还是乔国界的任何一个决定都可以改变无数人命运的影响力，与之相比，他还是无比渺小。

好在经历了这么多，一变再变的何方远终于长大并且成熟了，也总算看清了方向、确定了最终目标，而且他告诫自己，这一次，他不会再改变主意，一定要一条道走到黑。

因为他相信他认准的行业是未来的潮流，是三巨头都争相进军的朝阳产业，在三巨头正在开始布局源头产业时，他直接进军了终端产业，会有怎样激动人心的前景？

“你的话也有道理。”何方远先是肯定了蓝妹的话，又委婉地说道，“蓝妹，我想和你说清一件事情，我和你的感情，和蓝伯伯投不投资无关。”

“我知道……”蓝妹也相信何方远不是一个事事和利益绑在一起的人，何况是爱情，但她还是不太放心，“可是如果你和孔祥云合作了，你会天天和她在一起，你们本来就有过一段过去，再天天在一起的话，肯定会旧情复燃，到时我就会被你抛到了脑后。”

何方远含蓄地笑了：“蓝妹，你说如果我跳出立化后，自主创业失败了，你爸和你妈会同意我们在一起吗？”

“……”蓝妹一下愣住了，她还真没有设想过这种可能，愣神了片刻，她忽然恼了，用力一推何方远，“何方远，我恨你！”

恨就恨吧，因爱成恨的事情太多了，可是恨他也犯不着推他，推他也没什么，但问题是，他身边就是滚滚的黄浦江！

何方远没有防备之下被蓝妹推了一把，身子朝后一仰，就要跌落到黄浦江中。

虽然何方远会游泳，但现在是冬天，天寒地冻，掉进江里可不好玩，不但不好玩，而且说不定还有性命之忧——他会游泳，但是在奔流不息的黄浦江中，怕是也难以保命，毕竟他不是游泳高手。

“啊！”蓝妹只是下意识随手一推何方远，没想到用力过大，竟然要将何方远推落到江水之中，她顿时花容失色，身子向前一扑，伸手去抓何方远，想拉何方远一把。

眼见她的手就要和何方远的手抓在一起之时，千钧一发之际，何方远手一偏，躲过了蓝妹的手，因为他知道，如果他拉住蓝妹，以他下坠的速度和力度，蓝妹不但救不了他，还会被他也拖进滚滚的江水之中。

与其两个人一起坠落，还不如他一个人落水。

“不要，方远！”蓝妹猜到了何方远的意图，惊呼一声，身子再次朝前一扑，做好了随时跳入水中的准备。

正在此时，一个人影不早不晚及时赶到了，他身子一闪就挡在了何方远的身后，随后双手平推，推在了何方远的后背之上，何方远堪堪站稳了身形，在距离江水只有半米之遥时，总算止住了下坠之势。

好险！何方远惊出了一身冷汗。

回头一看，身后站着一人，一脸怒容，眼神中满是不屑和居高临下的轻视，不是别人，正是顾南。

没想到，关键时刻顾南还救了他一把，何方远不管顾南对他的轻蔑，点头朝顾南表示了感谢：“谢谢你顾南。刚才要不是你，我就掉江里了。真的谢谢你！”

“不用谢我，我不是为了你，哼。”顾南对何方远不假辞色，“我是为了蓝妹。你掉江里是变成王八还是死鱼，我才不关心，但我怕蓝妹一时犯傻也跳进去，万一她因为你丢了命，就太不值了。你是什么货色，她又是什么出身？”

/ 第十二章 /

# 商战即人性的战争

又来了，顾南的唯出身论和自命不凡的性格什么时候能改一改？一个人的出身自己无法选择，但未来却可以通过努力掌控在自己手中。

“不管怎样，你刚才救了我，我就要谢谢你。”何方远再次对顾南表示了由衷的谢意，对他唯出身论的观点，就直接当成耳边风了。

“何方远，你还记得我们的第一次见面吗？”顾南想起了什么，眼中闪动着胜利的光芒，“上次就是在这里，我和蓝妹因为一点儿小事争吵，正好撞见了你，当时蓝妹还拿包打了你一下。没想到，和你还真有缘，到今天，你居然骗得蓝妹死心塌地地喜欢你。早知有今天，当初我说什么也不会让蓝妹到立化了。”

还真是……何方远的记忆复苏了，当时就是在这里，他和蓝妹第一次见面。谁能想到，偶遇之后，他和蓝妹还成了同事，并且一步步走到了今天？江水奔流不息，时间一去不复返，唯有最真实的记忆留在心间，永不磨灭。

在时间的长河中，每个人都会遗忘许多往事，但真正的美好却永远不会遗忘，会在一个不经意的时刻，再次浮现在眼前，让人生充满了惊喜。

“顾南，你总算做了一件好事，不容易呀。”蓝妹惊魂未定地拍了拍胸口，起伏的山峰在迷离的灯光下，有一种让人目眩神迷的诱惑，“谢谢你呀，回头我请你吃大餐。”

“免了。”顾南也不领蓝妹的情，他现在对何方远充满了怨恨，向前一步，他站在距离何方远不到半米之处，气势凌人地说道，“就在这里，第一次见面时，何方远，你还记得你对我说过什么吗？”

何方远一愣，顾南是想翻旧账还是怎么着？

不等他开口，顾南又说话了：“当时你牛烘烘地对我说——告诉你顾南，富二代不会永远是富二代，贫二代也总有逆袭的一天，也许有一天我们再见面时，你会发现，原来我比你有钱多了！”

“哈哈哈哈……”顾南模仿完何方远说话的腔调之后，仰天大笑，“现在我们又见面了，何方远，你逆袭了吗？你成功了吗？你比我有钱多了吗？说大话吹牛皮谁不会，我还就告诉你了，这年头，还真是有钱的才是大爷。以前是有钱人都装穷人，现在反了，穷人偏偏要装有钱人。”

原来顾南真是在翻旧账，何方远一下想起来了，当时他和顾南、蓝妹第一次见面，起了冲突。顾南以富二代有钱人的身份压他，他还以颜色，对顾南大加辩驳，顾南对他的回击是：“告诉你，穷光蛋，就凭我比你有钱这一条，你就永远被我踩在脚下。一个男人，不高不要紧，不帅也不要紧，如果没钱，长得再高再帅，也是软蛋。”他也不甘示弱，回敬了顾南一句刚才顾南重复的话。

顾南说得也对，他当时是豪气冲天地说有朝一日一定会比顾南有钱，但到目前为止，他还没有成功，确实还是没顾南有钱。

当然，他是穷人不假，尽管他现在身为立化的总经理，年薪百万不止，但和顾南一比，还是没房没车没有下江户口的三无穷人。

“顾南，你别那么小心眼好不好？多大点儿事儿，记得这么清楚，斤斤计较，一点儿也不男人，完全就是典型的下江小男人德行。”蓝妹看不过，出面维护何方远，“方远现在是没你有钱，但总有一天他会超过你。莫欺少年穷，懂不懂？”

“别和我讲大道理，我不懂，也不想懂，我只知道现在是一个实力为尊的世界，有实力就有发言权，就有社会地位，没有实力就什么都没有。什么都没有的人，老老实实地当一个随波逐流的跟随者就行了，却偏偏还想傲立潮头，也不看看自己有几斤几两，真是可悲。”顾南继续对何方远不遗余力地打击，“何方远，你上次不是说过，要和我平起平坐，不，要比我还有钱吗？到底什么时候才会实现你的大话呢？一年、十年还是下一辈子？你千万别告诉我，你只有在做梦的时候才比我强，哈哈。”

“够了，顾南，你闭嘴。”蓝妹气坏了，扬手就要打顾南。

“让他说，没关系。”何方远制止了蓝妹，脸上挂着若有若无的笑意，“我能理解他的愤怒，本来我答应和李丛林、梅长河还有他，要一起完成管理者收购，但我中途反悔了，不，也不能说是反悔了，而是觉得管理收购的想法已经不再适应一变再变的形势了。可惜的是，看不清形势的顾南顾董事还非要坚持管理者收购的计划不变，并且认为我背叛了他的信任。所以，他对我恼羞成怒，认为我好高骛远自高自大，不足以担当重任，他对我冷嘲热讽，是想让我看清现实，我只有紧跟他和李丛林、梅长河的脚步，才会有明天……”

“哼，哼！”顾南对何方远的说法嗤之以鼻，尽管他不得不承认何方远确实猜透了他的心思，但他嘴上却不会承认，“何方远，你是一个做事情没有长性、见异思迁并且瞻前顾后的人，我现在可以明确地告诉你，你以后不会有多大的成就。想要和我平起平坐，想比我还有钱？送你两个字——做梦！送你四个字——痴心妄想！实话告诉你，离了你，我们管理者收购的计划一样可以成功。我还告诉你，你并不是什么不可替代的人选，樊铮和付锐，都可以接替你成为立化新的总经理。”

“说完了吗？”何方远很有涵养、一脸笑意地听顾南说了半天，不但没有据理力争反驳顾南一番，反而气定神闲、若无其事，似乎顾南说的是别人一样，“说完了，我和蓝妹要回去了，江边风大，太冷，容易感冒。”

“何方远！”顾南怒了，他原以为他的话会激怒何方远，让何方远暴跳如雷，他才好更进一步羞辱何方远，没想到，何方远居然无动于衷，完全当他的话是放的屁一样。对一个人最大的轻蔑不是谩骂，而是完全的无视，于是他就暴起了：“你还是不是一个男人？是男人的话，就和我交手！”

“交手？”何方远不笑了，一脸冷峻，他搓了搓手，挽起了袖子，“你的意思是说，打一架？看在你刚才救我的分儿上，我让你三拳。来吧，像个男人一样打一架。”

顾南可不敢和人高马大的何方远过招，其实按照平均身高计算的话，何方远并不算太高，连一米八都没有，也不算太壮，小身板比弱不禁风强得有限，但和个子矮小身体瘦弱的顾南相比，就算得上强壮了。见何方远挽袖子伸胳膊，真要和他动手一样，顾南吓得一缩脖子，跳到了一边，朝何方远挥舞了几下手臂：“君子动口不动手，动不动就打架的人，是窝囊废。”

喜欢动手的人是不是窝囊废，何方远不会和顾南去争辩，他只是笑了一笑，收回了胳膊，冲顾南挥了挥手：“谢谢你呀，顾南。也祝你成功。”

“何方远，你站住。”顾南伸手拦住了何方远的去路，“我还想再问你一句话。”

真啰唆，一个大男人，怎么婆婆妈妈的？何方远站定，好整以暇：“问吧。”

“你什么时候才会比我有钱？有没有一个时间表？”顾南得意扬扬地笑了，他坚信何方远错过了管理者收购的机会之后，就再也没有机会崛起了。

“我想想……”何方远煞有介事地低头想了一想，盘算了片刻，“大概一年后吧。”

“哈哈……”顾南现在的身家少说也有几千万，何方远现在年薪百万以上，一年后，也不过是一个不值一提的百万富翁，和他相比，差了几十甚至上百倍，以这样的起点，一年后就能超过他，简直是开国际玩笑，是天方夜谭，他开心地大笑，“好，耐心是一种美德，我再给你一年的时间。一年后如果你还没有超过我，我们打一个赌怎么样？”

“赌什么？”何方远挠了挠头，一脸真诚，也不知道他是真傻还是装得太像了。

“如果一年后你还是没我有钱，你趴在地上学三声狗叫，然后离开蓝妹，永远不许再纠缠她……敢不敢赌？”顾南故意用激将法刺激何方远。

“怎么不敢？”何方远一脸坚定，仿佛一年之后成为亿万富翁只是举手之劳一样，“如果我比你有钱了，你怎么办？”

“我趴在地上学三声狗叫，然后再叫你三声爷爷，怎么样？”顾南才不信何方远一年后就会超过他，尽管他见多了暴富的奇迹，但何方远一没资金二无权势，想靠炒作地皮一夜之间成为亿万富翁的可能性是零。

“你学三声狗叫就行了，别叫我爷爷了，我可不想当狗爷爷。”何方远笑着摆了摆手，“好了，赌也赌了，各回各家吧。”

蓝妹听出来何方远话里话外暗骂顾南是狗，她忍住笑，没有当面揭穿。等她和何方远远离了顾南，确信顾南再也听不到她和何方远说话时，她才打了何方远一拳：“讨厌！你和顾南赌什么气？再说你们赌气，为什么拿我当赌注？”一年后，你真能超过顾南？方远，你也太自信了吧？蓝妹嗔怪之后，不免为何方远担心。

“不给自己一个没有退路的前进动力，谁也不知道自己的潜力到底有多大。”何方远仰望星空，在城市灯光的漫射下，夜空之中，看不到几颗星星，他感慨地说道，“星空很浩瀚，人类很渺小，但渺小的人类，依然可以生发崇高的理想。”

“哟，成哲学家了。”蓝妹见何方远对未来充满了信心，她也就安心了，“我又改变主意了，也许你可以说服爸爸，你什么时候有时间和我爸好好谈一谈，希望你能说服他支持你的新设想。”

“好吧，听你一次。”其实以何方远本意，他本不想再和蓝成器对话，倒不是说他不缺资金，不需要蓝成器的支持，而是他不想过早地和蓝成器接触，他想等一个最恰当的时机。但既然蓝妹提了出来，他理解蓝妹迫切的心情。

“打算什么时候从立化出来？”蓝妹问到了一个最关键的问题。

“一步步来，不急。至少也要等企鹅文学和千方文学成立之后，等确定兴众文学或是整个兴众卖不掉之后。”何方远心中的规划路线很清晰，他要留给自己充足的时间，以便走好每一步，“最好的结果是和乔董好合好散，而不是闹僵。”

“不来一出集体辞职的大戏了？”蓝妹笑眯眯地问道，笑容中，有三分坏意七分期待。

“不了。”何方远摇了摇头，一脸淡然，“做人留一线，日后好相见，再说也没有必要了，我以后要走的道路和乔董又不构成直接的竞争，相信他也不愿意和我闹得太不愉快。”

“一次愉快的分手，也可以正面提升乔董的形象，让外界也看看，和乔董合作过的管理层，分手的时候，也不都是以大打出手结局，也有和平分手的例子。同时，如果兴众文学卖不掉，你选择平稳地从兴众文学出来，对兴众文学也是一件好事，让兴众文学在三剑客分裂事件之后，不至于因为人事变动再蒙上一层阴影。行呀，方远，知道替别人着想了。”

“商场上的战争，其实也是人性的战争，你替别人考虑了，别人也会在适当的时候，为你着想。”何方远淡淡地笑了笑，夜色越来越深了，他的脸在半明半暗的灯光的照耀下，呈现出阴晴不定的效果，似乎勾画出了一幅前景不明的未来画面。

次日一早，何方远刚进办公室，陈果就敲门进来了。

“方远，有时间不？我想和你谈一谈。”陈果自顾自地关了门，又坐到了沙发上，摆出了一副长谈的姿态。

陈果要谈，何方远没时间也得有时间了，他起身来到陈果面前：“陈总，请指示。”

“今天和你谈的不是公事，而是私事。”陈果笑着摆了摆手，故作很随和的样子，“方远，来，坐。”

何方远就势坐在了陈果身边，他心里还纳闷，私事？他和陈果之间可没有什么私事可谈，何况他和陈果也没有什么私交，不过既然陈果说是私事，他就姑且听之好了。

“方远，最近工作上有没有什么困难？”陈果很关切地一拍何方远的肩膀，“最近我忙了一些，顾不上关心立化的事情，立化的工作，一直还顺利吧？”

立化的工作既顺利又不顺利，顺利是对内来说的，一切步入了正轨，因分裂事件引发的动荡已经平静下去，人员各归其位，恢复了一个公司应有的正常秩序。不顺利是对外而言的，外部环境和以前立化一家独大时大不相同了，不但来自方方面面的压力倍增，而且整个行业的竞争和以前相比，也残酷了许多。

互联网版权产业发展到今天，在PC（电脑）端的流量已经趋向了饱和，开始向无线（手机）端转移，立化领先业内多年，主要的优势基本上都集中在PC端，在无线端的市场，立化并没有太大的优势。

但未来却偏偏又是无线端的未来，现在还有谁有大把的时间坐在电脑前？基本上都是利用上下班坐车的时间，用手机完成了大量的碎片化的阅读。在无线端的劣势，是未来立化被竞争对手超越的最大隐患。

不提千方在无线端的布局已经远超立化，就是和立化竞争最激烈的开天，因为有企鹅的渠道，庞大的手机企鹅以及微信一旦成为开天无线端的拓展平台，将带来一场真正的革命。

许多业内人士的共识是，中国互联网的第四次浪潮，将会是无线市场的浪潮。

得无线者得天下。

“还算顺利，但也有一些客观困难克服不了。”何方远见陈果口头上说是私事，张口谈的却是公事，他也没心思琢磨陈果到底是为公、为私，还是公私兼顾，反正他只要在立化一天，就会履行立化总经理的职责，处处为立化的发展着想，“外部环境是不如从前了，立化如果在无线端的市场再不打开局面，恐怕会在无线兴起的大潮中被淹没。”

立化其实错过了几次一统天下的大好时机，当年早在马大勉担任兴众文学的CEO时，立化就打通了支付宝支付的通道，可以直接用支付宝为立化的账号充值。这本来是一件双赢的好事，打通之后，立化的充值数量和额度激增了50%以上。

正当马大勉沉浸在初战告捷的喜悦之中时，乔国界得知了此事，果断叫停了支付宝的接入。乔国界的理由很充分：“为什么要用支付宝充值？这是在为别人培养客户。兴众文学要培养自己的生态圈，而不是借助外来的力量。”

结果支付宝通道被关闭之后，立化的充值数量和额度急剧下降，马大勉有心无力，只好无奈地接受了乔国界一心“闭关锁国”的保守思路。

/ 第十三章 /

# 资本市场的运作也是心理战

以何方远的看法，如果早早打通了支付宝的支付通道，到今天，立化的市场份额应该还可以至少上升四五个百分点。封闭的策略，确实可以在一定程度上封堵对手，但实际上更多的是封死了自己的路，况且和芝麻开门的支付宝相比，立化不管是实力还是影响力，都不是同一个数量级上的对手。封闭的直接后果就是杀敌一千，自伤两千。

“外部的大环境，我们左右不了。内部的小环境，才是我们工作的重点。”陈果接了一句不咸不淡的话，又问，“方远，对立化的前景，你有什么看法？不要有什么顾忌，大胆地说，我刚才也说了，我们是私人谈话，不是公事，你就当是一次茶余饭后的闲聊，别有心理负担。”

原来陈果一上来就说找他有私事，是为了让他说实话说真话，陈果太矫情了，就算他不强调他和何方远的对话是闲聊，何方远也会实话实说，而且不会有任何心理负担。因为何方远既然决定了未来的发展方向，他不会在立化将自己定位为一个唯命是从的好人角色，他希望在他的任期之内，能为立化留下一些什么。

在其位谋其政，是每一个有职业道德和社会责任感的职业经理人必备的素质。

“陈总，我先引用一段网上对立化最近一系列举措的评价，如果网上的评论有过激之处，您不要生气。”何方远从桌上拿过微软Surface平板电脑，打开网页，将其中的一段评论指给了陈果。

评论一共分为六点，每一点都直接命中兴众文学或是立化的要害，可谓一针见血。何方远当时看到这个评论后，先是愣了半天，虽然心中闪过一丝愠怒，但怒气过后，他又不得不承认对方的话，确实击中了兴众文学的痛处。

有痛处，就是有短处，有短处，就是有不足。

“自从立化分裂之后，为了挽回影响，避免更大的动荡和损失，立化以及兴众文学采取了一系列的反制手段。这些手段到底收效如何，或者说，有没有达到想要的效果，下面，我一一列举兴众文学和立化所下的几步臭棋。一、乔国界为了力挺马大勉，曾经说过一句话——空中书城是兴众文学的根本，是兴众文学未来的希望。结果呢？2013年，空中书城先裁员后解散。二、马大勉上任时，信誓旦旦地宣称——我们会推出六大举措，我们会推出大数据系统，让版权方的收入翻倍。结果呢？话音未落，马大勉先是被送进医院，后从兴众文学辞职。”

只看了开头部分，尽管事先有何方远的提醒，陈果的脸色还是为之大变！可恶，太可恶了，什么人这是？！在网上口无遮拦地胡说八道，这人绝对是开天粉立化黑，专业黑立化的五毛党。

何方远注意到了陈果脸色的变化，暗暗一笑，既然从事的是互联网事业，就要有足够的心理承受能力，互联网是一个开放的平台，谁都可以在上面发表言论，尽管确实有些言论带有明显的攻击倾向，但本着有则改之无则加勉的出发点来欣赏，才是可取的态度。

“陈总，要不……不看了？”何方远怕陈果会失态，就想关了电脑。

“不，让我看完。”陈果几个呼吸之间，脸色又恢复了正常，“说得对的地方，是对我们的促进。说得不对的地方，也是对我们的鞭策，为什么不看？”

“陈总雅量。春风大雅能容物，秋水文章不染尘……”何方远呵呵一笑，不轻不重地拍了一记马屁。

陈果脸色又舒缓了几分，继续浏览帖子了。

“三、兴众文学某高管的豪言壮语——我们投资10亿元人民币成立编剧公司，要打造中国最大的编剧平台。结果呢？编剧公司2013年底，裁员倒闭。四、在获得了空行1.1亿美元的融资之后，兴众文学某高层对外宣称——此次融资获得的1.1亿美金，将全部用于提高版权方待遇、强化内容。结果呢？据内部人士透露，1.1亿美元的融资均已用于归还集团债务。五、立化编辑部大声宣布——200亿！200亿！200亿立化币（2亿元人民币）将全部发放给所有版权方，让全体版权方的稿酬翻番三倍以上！结果呢？结果所谓的200亿立化币连一个水花也没有激起就不见了，成了今年互联网业界最大的笑话和泡沫。”

还好，陈果的脸色没有再次出现变化，而是一脸平静，何方远暗暗点头，好歹陈果也是兴众文学的老人了，从事互联网工作多年，见多了网上此起彼伏的硝烟，再历练不出养气功夫，也太没城府了。

“六、立化编辑部高调声称——我们宣布一个史无前例的大动作，收入不再按照比例分成，而是百分之百全部回馈给旗下的版权方。结果呢？结果就是设置了一个高高的门槛，有99%的版权方拿不到最后的30%的收入，更气人的是，在大动作开始后，向来是五五分成的无线稿费，被史无前例地悄然克扣了25%，用于补充运营费用……以上六点，一家之言，如有不对之处，敬请海涵。如果兴众文学和立化有人不服，欢迎和我辩论，随时恭候。”

发帖人的真实身份，自然无从考证了，但帖子所罗列的六点，不但句句切中要害，而且还直陈了兴众文学以及立化的全部失误，无一遗漏，也无一夸大其词。

“会不会是立化或是兴众文学的内部人士干的？”见陈果看完了帖子，脸色还算平静，没有失态的迹象，何方远提出了自己的疑问，当然，他也不是想在陈果面前为自己撇清干系，“如果不是内部人士，谁会对兴众文学的事情了解得这么清楚？”

“不用内部人士，只要是圈内的人，只要关注了立化的分裂事件，再多少注意分裂事件之后兴众文学采取的一系列举措，就会得出上面的结论。”陈果叹了口气，“不得不说，这个帖子虽然偏激了一些，但说的大部分是事实。我也有同样的忧虑，所以我才来和你聊聊，方远，你说立化再这样下去，会不会真的没落？”

陈果到底是真对立化没有信心了，还是故意来试探他？何方远不敢确定陈果的真实想法，毕竟陈果是乔国界信任的好人之一。

对了……何方远忽然脑中灵光一闪，八成陈果是来故意试他一试，陈果的背，可能出于乔国界的授意。乔国界采取了一系列的措施——兴众文学是兴众最后的优质资产，而立化又有兴众文学的核心资产，所以立化在分裂事件之后任何一项举措的出台，背后都会得到乔国界的首肯，立化为了解决现在面临的困境需要做什么，乔国界一清二楚——既想挽救立化，又要让立化重新回到业内第一的宝座之上，如此，才能更好地抬高立化市值。

立化的市值决定了兴众文学的市值，兴众文学的市值又决定了兴众的卖价，说到底，立化的未来，关系到整个兴众的未来，也关系到打包出售兴众或是单独出售兴众文学的最终价格。

乔国界虽然是兴众唯一的帝王，但他对立化的了解也仅限于资本市场的运作，远不如何方远作为在立化成长起来的一代经理人对立化的管理模式以及市场前景预期判断准确，那么乔国界想通过陈果来听听他对立化前景的预期，也就在情理之中。

这么说，乔国界还是想一心卖掉兴众文学或是整个兴众了？是不是可以说，立化的前景越好，乔国界的信心就越足，要价就会越高？何方远心中有底了。

“立化目前还是国内互联网版权产业市场的第一，市场份额依然高居60%以上，现在说没落，还为时尚早。”何方远主意既定，决定有一说一，“但立化现在面临的挑战也很严峻，先不提三巨头对互联网版权产业的虎视眈眈，只说现在形势的改变，由PC端向无线端市场的过渡，会是下一轮互联网浪潮的重新洗牌。而无线端恰恰是立化的最薄弱之处。如果立化赶不上无线端兴起的大潮，几年之后走向没落，也不是没有可能。”

“除了无线端的劣势之外，你认为立化的不足还有哪些？”无线端的不足，陈果早已心知肚明，他想知道更多立化的短板，以便及时弥补，避免木桶效应在立化的身上上演。

木桶效应是指想将一只木桶盛满水，必须每块木板都一样平齐且无破损，如果这只桶的木板中有一块不齐或者某块木板下面有破洞，这只桶就无法盛满水。一只木桶能盛多少水，并不取决于最长的那块木板，而是取决于最短的那块木板。木桶效应通常也称为短板效应。

“资金不足是立化目前最大的不足。”何方远现在愈加肯定了陈果前来和他进行所谓闲聊的真正目的，就是想知道他对立化前景的真实看法，好吧，既然乔国界如此看重他的意见，但不好意思直接当面问他，而是由陈果代劳，那他就将他的真实看法告诉陈果，由陈果转述给乔国界，也算他不辜负了乔国界对他的信任以及对得起他给的百万年薪。

“资金不足？是指哪方面？”陈果继续追问。

“兴众现在是不缺资金，但立化作为兴众的全资子公司，很缺资金。本来立化一年的利润在一个亿左右，但经过分裂事件之后，立化为了留住几个顶尖的版权方，开出了天价的买断价格。结果就导致了所有版权方身价倍增，几乎每一个留在立化的版权方，都溢价三倍以上买断，甚至有溢价十倍的特例。陈总，光是买断版权方的支出，应该不少于3亿元吧？等于是说立化三年的利润全部扔了进去。”

站在全局的高度看待问题，何方远当然知道立化高价买断版权方的背后，是因为花费3000万留下一个版权方，在转手卖出的时候，可以要价一个亿甚至是三个亿，是一笔只赚不赔的生意。至于版权方以后的长远发展，卖掉兴众文学之后，就和兴众无关了，在乔国界眼中，所有的版权方只不过是可以提高兴众文学售价的筹码而已。

一个筹码的未来和长远发展，向来不在资本力量的考虑范围之内。

但任何事情都是双刃剑，高价留住版权方，固然可以提升兴众文学的形象，提高兴众文学的价值，但相应地，也会拖累兴众文学的利润，让兴众文学从一只绩优股迅速坠落成为垃圾股。从资本的角度考虑，如果在时机合适的时候，兴众文学可以从容脱手，那么高价买断版权方的后续费用，就是收购一方的开支了。

虽然为版权方开出了极高的价格，但由于互联网版权产业的连载性，是每月按照字数的多少付费，不需要一次性付清，比如说5000万的买断费用，或许需要三年以上的时间才会陆续支付完毕，中间会有一个很长的时间差。如果在一年之内卖出了兴众文学，兴众只需要支付高价买断版权方一年之内的买断费用，后续费用不会再花兴众的一分钱。

虽然算盘打得很精明，但问题是，谁也不是傻子，谁都会精确地算账。兴众文学对版权方以高出市场价数倍的溢价买断，也就是说，是赔本买卖，据何方远统计，兴众文学买断的版权方，95%以上会是巨额亏损。换句话说，现在兴众文学为了留住版权方所采取的高价买断政策，导致兴众文学成为一个巨额亏损的公司。

再从另一个角度来分析问题，兴众文学为版权方开出的高价，收购方未必承认兴众文学开出的价格符合市场预期，这样的话，兴众文学想把3000万价格买断的版权方卖成一个亿甚至是三个亿的美好想法，不好实现，除非……除非兴众文学十分抢手，有几家收购方争相哄抢，由哄抢而造成了不理智的出价，最终引发兴众文学溢价数倍卖出。

就如之前千方收购19无线一样，估值10亿美元的19无线最终被千方溢价一倍以19亿美元收购，其中芝麻开门和250对19无线的哄抢是造成19无线溢价的最大推手。以兴众文学在业内的独一无二的地位可以判断，如果芝麻开门和企鹅争相收购的话，兴众文学为了留住版权方付出几个亿，不但不算什么，而且还可以成倍地收回。

资本市场的运作其实有时也是心理战，刚刚放出的关于芝麻开门有意打包收购兴众的消息，就是十分明显的商战策略，是商业战术中常见的一种。

到目前为止，虽然不断传出有资方对兴众或是兴众文学感兴趣的消息，但据何方远推测，还没有一个消息真正进入到实质的操作阶段，虽然以他的级别接触不到兴众文学层次的商业机密，但综合各方消息判断，再加上他和李颜红的对话以及听到的小马哥和乔国界的谈话，可以得出一个八九不离十的结论——兴众或者是兴众文学想要哄抬价格的战术，没有奏效。

没有奏效的原因是什么，何方远也大概可以推测出来：一是千方的退出，让三巨头之争变成了两巨头之争，竞拍的人一少，价格就相应地缩水。二是芝麻开门的兴趣从浓厚迅速降低成为意兴阑珊，导致兴众或是兴众文学由高高在上跌落尘埃，成为门前冷落鞍马稀的明日黄花。三是乔国界对兴众或是兴众文学期望过高，要价过高，导致芝麻开门和企鹅犹豫不定。

“虽然高价挽留版权方是为了保证兴众文学的可持续发展，但由于溢价太多，同时，开天方面为了挖人，也是溢价数倍买断版权方，如此一来，造成了互联网版权产业一派虚假繁荣的景象，泡沫很大很多，版权方是得到实惠了，但泡沫过后却发现整个市场一片狼藉，怎么办？还有，兴众文学可以承受几年以上的亏损？三年？五年？现在兴众文学获得融资了，但投资方又能有多大的耐心？”何方远的担忧不无道理，收入的迅速提高让许多版权方以为互联网版权产业的春天已经到来，其实不是，从立化高价买断的版权作品大部分赔得一塌糊涂就可以看出，互联网版权产业市场因为企鹅的杀入，进入了第一个泡沫阶段。

到最后，泡沫是破碎还是越吹越大，就不得而知了。从资本的角度考虑，在泡沫膨胀的阶段将兴众文学卖出，可以收到收益最大化的效果。至于最后泡沫破灭在谁的手中，就不在乔国界的考虑范围之内了。就资本运作的手法而言，何方远其实挺佩服乔国界的策略。

但策略再高明，最后换不到真金白银也是无用。现在的兴众文学，不再是乔国界一个人的帝国，因为有了空行的注资，持股20%的空行，在兴众文学有很大的发言权。而且作为资方，空行会对兴众文学的盈利有一定的要求，如果盈利达不到预期，空行说不定会撤资。

# /第十四章/

# 一变再变

空行一旦撤资，会对本来已经亏损的兴众文学造成致命一击。

说到这里，何方远就更能理解乔国界急于抛售兴众文学的迫切心思了。

“空行暂时还没有对盈利有明确的要求，至于兴众文学的亏损问题嘛……”陈果暗暗佩服何方远的眼光，怪不得何方远可以得到各方的赏识，他对兴众文学现状的了解，对整个互联网版权产业的看法，确实超过别人许多。而且他还经常会有一些闪亮点迸现，和他谈话，每次都会大有收获。

何方远直了直身子，想听听陈果的高见。

不料陈果话说一半，却又收了回去：“至于兴众文学的亏损问题，李董肯定早有长远规划了，而且以乔董的魄力，也不会让兴众文学一直亏损下去，肯定有补救的办法。好了，不多说了，我该回去了。”

何方远起身送陈果出门，临到门口，他突兀地问了一句：“陈总，乔董如果真的一心想要卖掉兴众文学，只从三巨头身上下功夫显然不够，据我所知，三巨头都陆续对兴众文学失去了兴趣。”

陈果愣了愣，似乎对何方远单刀直入的话一时没有反应过来，过了一会儿他才勉强笑了笑：“谁说乔董要卖掉兴众文学了？也许现在外界盛传的各种小道消息，只是烟幕弹，最后到底会是一个什么结果，说不定会让所有人都大吃一惊。”

陈果话里有话，望着陈果消失在电梯之中的背影，何方远陷入了沉思之中。

中午下班时，范记安偷偷摸摸地溜进了何方远的办公室。何方远因为没有胃口，没去吃饭，他也不知是故意表现还是有求于何方远，居然替何方远打了一份饭菜。

“来，何哥，人是铁饭是钢，一顿不吃饿得慌，我帮你打了你最爱吃的红烧茄子和烙饼，赶紧趁热吃，凉了就不好吃了。快点，别跟我客气。跟我客气我跟你急！”范记安一脸讨好的笑，笑容如花儿一样怒放。

“无事献殷勤，非奸即盗。说吧，你有什么事情想请我帮忙。”何方远将饭菜推到一边，他一点儿也没胃口。

范记安嘿嘿一笑：“我真没有什么事情要请何哥帮忙……这样吧，我还是先向何哥汇报一下工作进展。”

也别说，范记安犯贱的时候，很惹人烦，让人恨不得踢他一脚打他一拳，但他汇报工作的时候，也是一本正经、有模有样的。一个人，该正经的时候，有正形；该放松的时候，有贱样，也算是一个难得的人才。

近来立化的工作没有太大的波动，进入了平稳期。开天的网站虽然已经上线，但互联网版权产业的积累，不是一朝一夕的事情，需要时间，而且开天的格局比立化更开阔，眼界更高，并不想只和立化争夺PC端的王座。所以，立化的危机感并没有预计中强烈。

尽管立化周围强敌环伺，立化至少到目前为止，依然保持了PC端第一的市场份额，正因如此，立化上下在开天成立之初生死存亡的危机感中跳了出来，现在一切又恢复了正常秩序。

当然，明眼人还是可以清楚地看到在不久的未来，立化的隐患依然巨大，立化第一的宝座不保只是时间问题。但谁会想那么长远呢？得过且过当下心安就行了，何况对许多人来说，就算想得长远也没用，决定权又不在自己手中。

“最近有几个版权方的合同即将到期，但对方对立化几次提出续约的提议含含糊糊，我估计，对方是在等开天方面开价。现在只要是合同到期的版权方，都在观望，都抱定了哪边价格高去哪边的想法，唉，这一次的分裂事件，表面上看是版权方受益了，其实养大了版权方的胃口，照这样下去，互联网版权产业的泡沫早晚破裂……”范记安沉痛地摇了摇头，“不出高价吧，又怕开天出高价挖走；出高价吧，签得越多，赔得越多。也不知道乔董到底是什么想法，能不能向我们多少透露一下？如果真是想卖掉兴众文学，高价签版权方就高价签吧，反正最后风险会转移到收购方手里；如果不想卖的话，就不用非得和开天比谁更能烧钱了。”

何方远点了点头：“不管卖或不卖，留下版权方都是当务之急。版权方是不可再生的资源，流失一个少一个。开天方面也会有同样的困惑，不过他们比我们更有优势的是，企鹅财大气粗，不怕烧钱，而且企鹅据说拿出十个亿让开天去烧三五年，没有盈利方面的要求……牛气冲天呀，我们没法比。资本市场的较量，还是资本为王，谁有钱，谁就是大爷。”

一时间何方远又想起了顾南在江边的趾高气扬，不由感慨，人和人之间，公司和公司之间，比来比去，归根结底比的还是实力。有钱人可以装穷人，但穷人却装不了有钱人，在实力硬碰硬的碰撞中，谁强谁弱一目了然。

“有几个版权方合同快要到期了？”何方远不负责和版权方谈判，买断价格由樊铮一言而定。但樊铮对版权方自身价值的判断又经验不足，只以版权方在立化PC端的成绩作为参考，有失公允和公正。

一个只在PC端拥有巨大的影响力的版权方，如果没有其他的版权拓展，比如实体、影视和游戏，那么这个版权方在PC端的收入再高，顶多也就是千字四五百元的水平。如果以千字千元以上的价格买断，并且买断字数是600万字，那么几乎可以预见的是，这个版权方会为立化带来300万元的亏损，甚至更多。

未来是渠道为王的时代，自身作品无法在多个渠道打开市场的版权方，就不是一个优秀的版权方。而樊铮由于从业时间短，并且在相当长一段时间内负责外围工作，在版权拓展方面是门外汉。而且他对未来版权拓展的方向，所知也是相当有限。让他负责和版权方商谈价格，是陈果的决定，说句不客气的话，凭樊铮的眼光，他签下一个版权方就会亏损一个，说不定还是巨额亏损。

何方远痛心也没有办法，谁让陈果只相信樊铮呢？这些年兴众一直积重难返，一步步从一流的IT公司沦落为二流的IT公司，最大的原因在于用人不当。

“五个之中有三个是在相关类型中有很大影响力的一流版权方。”范记安不无忧虑地说道，“但三个一流版权方的创作方向在渠道拓展上没有优势，三者虽然在PC端有很大的影响力，在无线端却影响力一般，在实体书市场，销量也是极其一般，至于游戏和影视的拓展，几乎可以说没有。但樊铮就是只认三者在PC端的影响力，开出了溢价三倍的价格，结果三者还嫌少，想要四倍的溢价。我以为樊铮多少会有点商业头脑，不会答应，没想到，他居然答应了，我去，照他这么下去，别说兴众文学扛不住了，整个兴众也会被他大手大脚地烧钱玩死。”

何方远无奈地笑了笑：“你着哪门子急？花的又不是你的钱。”

“何哥，你这话就说得不对了，我至少现在还是立化的人，就得为立化着想。”范记安义正词严地拔高了自己形象，忽然又嬉皮笑脸地笑了，压低了声音说道，“对了，你知道樊铮为什么肯出溢价四倍的买断价格吗？”

何方远一愣，像是想到了什么，问：“你的意思是说，还有隐情？”

“没错，太对了。”范记安露出一脸淫荡的笑容，以低低的声音说道，“我原以为樊铮为人刻板，长得也是一副正人君子的形象，没想到，他心理也挺阴暗，为人也挺放荡。”

“你又听到什么说法了？”

“有版权方私下对我说，想要买断的价格高，就得向樊铮有所表示。”

“送礼？”

“不是送一般的礼，何哥，你怎么也想不到樊铮会好哪一口！”范记安笑得更下贱、更淫荡了，“有版权方请樊铮大保健，樊铮就会答应版权方提出的高价，不管是溢价三倍还是四倍。”

“啊？”何方远也着实吃了一惊，他确实怎么也没有想到樊铮会是这样的人，看来人不可貌相的说法真的没错，“真的假的？大保健？大保健是什么？”

“啊？”范记安大吃一惊，像是不认识一样地看着何方远，“何哥，你作为一个年轻有为、血气方刚的男人，居然不知道什么是大保健？你是污辱我的智商还是对你自己的演技太自信了，以为你真的可以假扮纯洁善良小郎君？”

“哈哈……”何方远被范记安的夸张逗乐了，“这事儿不要外传，省得樊铮脸上挂不住，也免得陈果多心，怀疑是我们散布的流言。”

“可是，眼睁睁看着立化就这么被樊铮的大保健败掉了，我心急火燎呀。作为立化人，不能容忍这种无耻行径。”范记安做出一副义愤填膺的样子，似乎他真的要为正义而战一样，“一个大保健才多少钱？可是一个大保健却会让立化损失几百甚至上千万，你说如果乔董知道了这件事件，会不会整死樊铮？”

“算了，不说这事儿了。”何方远知道范记安只是假装正义，他很清楚以范记安的聪明，不会真的天真到以为向乔国界反映一下此事，乔国界就真的会关注并且亲自处理，先不提乔国界相不相信，就算他相信确有此事，也许为了大局，乔国界也会当作什么也没有发生，“说说你今天来找我的真正目的吧。”

说了半天，何方远很清楚范记安还是没有说到正题。

“樊铮既然是这样的人，劝他辞职的事情，我看就算了吧。”范记安刚才提到了樊铮的隐私之事，不是无的放矢，而是为了引出下面的话题，“他这样的人，以后不可大用呀，何哥。”

“好吧，是我看错人了，把樊铮从备用名单中划掉了。”何方远勇于承认他的失误，谁也不是神仙，不可能看人一看一个准，之前他还有意重点培养樊铮成为他的助理，现在看来，一个小小的大保健就可以让樊铮失去原则，由此可见此人人品不行，不堪大用。

“那么何哥你身边可用的人就只剩下我、徐子棋还有付锐了，付锐我上午和他接触了一下，委婉地提出了辞职离开立化的建议。他听了，不置可否，只问我什么时候辞职。他还说，如果我先辞职，他会毫不犹豫地跟在我的后面辞职。”范记安眨了眨眼睛，开始问到了核心的部分，“何哥，你看我是你最忠实的追随者，事事听你的安排，你说让我跳黄浦江，我绝对不敢跳长江。你说让我现在辞职，我绝对不会等到明天，但是你总不能让我一猜二猜都猜不明白到底你在下一盘什么样的棋吧？”

何方远并不是不想告诉范记安他想投身到影视业之中的设想，主要是怕范记安知道了真相之后，信心不足，影响士气，他伸手拍了拍范记安的肩膀：“记安，你年薪多少？”

“……”范记安翻了翻白眼，“是你的三分之一，怎么了，要救济我一部分，是不是？”

“笨，听不明白我的意思。”何方远笑了，“我宁愿放弃百万的年薪，也要跳出立化，肯定已经做好了万全的准备，你的年薪才到我的三分之一，你怕什么？到最后就算输了，也是我的损失大，你难道比我还输不起？”

“何哥，我当然输得起，可是，你总得多少透露一点消息，让我知道我正在朝哪个方向前进，成不？”见何方远还是不肯透露半分，范记安不干了，“何哥，你这是对我不信任呀，我很伤心。”

何方远意味深长地笑了，他理解范记安的心思，范记安和徐子棋不一样，只要为徐子棋指定一个方向，徐子棋就会埋头前进，不问前方到底有什么风景。范记安却不，他不问个清楚，他会心里没底，主要也是范记安喜欢琢磨事情、思索形势。

“这样吧，你什么时候劝说付锐辞职了，我就什么时候告诉你在前方会有什么风景。”何方远还是不说，有时适当制造一点神秘感，反而会更有助于事情的推动。

“好吧。”范记安很是不满地回敬了何方远一个极度鄙视的眼神，然后他又愤愤不平地说道，“画饼充饥好歹还有一张画中的饼，你现在玩的完全是空中楼阁的手法呀，不走寻常路虽然说起来好听，但走起来可就没那么容易了。何哥，真的不走互联网版权产业的路了？”

“不走了。”何方远微微一笑，“以前我还雄心勃勃地觉得互联网版权产业正在兴起，借三巨头的东风，肯定可以有所作为，现在越来越深入了解到了三巨头对未来的发展方向之后，我才发现，以前的设想还是太短见了。三巨头的重心并没有放到互联网版权产业之上，所以，我们如果还从源头的互联网版权产业做起，至少还需要三五年的时间才能见到成效，而三五年时间，三巨头已经一统天下，哪里还有我们的活路？”

“唉，何哥，不是我说你，你太善变了。先是喜欢梅荏苒，然后又喜欢上了蓝妹，到现在，又喜欢孔祥云了，人呀，怎么可以这样见异思迁、喜新厌旧呢？”范记安抓住了机会，赶紧讽刺何方远几句，以作为何方远对他保密的报复，“一变再变，总不如以不变应万变。”

“别扯别的。”何方远懒得再修理范记安了，“不管是和兴众相比，还是和三巨头相比，我们都太弱小了，弱小到了经不起三巨头任何一次收购的冲击，但三巨头虽然是巨头，也有巨头的苦恼，就是尾大不掉，而我们却是船小好掉头。抢在三巨头布局的必经之路上先占领一个据点，等三巨头布局完毕，在攻城略地的时候，我们的据点，就是三巨头绕不过的关卡。”

“明白了，明白了。”范记安多少猜到了何方远的思路，他一向自诩为何方远的狗头军师，对何方远的意图从来都是第一个领会的，偏偏在何方远的思路突然拐弯之后，他忽然发现他跟不上何方远的思路了，这就让他又急又恼，觉得和何方远的距离突然疏远了许多。

和何方远距离的疏远让他很不舒服，及时领会何方远的意图才是他最大的优势，也是他在未来何方远组建团队时安身立命的最大资本，如果他不能在第一时间领悟到何方远的思路，他将会失去他最引以为傲的资本。

虽然何方远多少透露了几分未来的规划，虽然范记安多少摸到了几分何方远的思路，但范记安还是猜不透何方远的下一步到底要怎么走。三巨头未来的布局太庞大、太复杂了，他不可能从中发现何方远想要走的是哪一条路。

算了，不去想了，范记安又想明白了，与其去费尽心机猜测何方远的布局，还不如踏踏实实做好眼前的事情，以他对何方远的了解以及何方远和他的亲密关系，不管何方远走到哪一步，都不会忘了他。

何哥如果能赚一个亿，他跟着赚一千万问题不大。何哥如果能赚十个亿，他说不定也能一夜暴富，成为亿万富翁。

## / 第十五章 /

# 蓝妹的决心

等范记安走后，何方远一个人站在窗前想了半天事情，也不知道想到了什么，含蓄地笑了。

时间过得飞快，转眼间过了元旦。元旦放假，何方远回了一趟家。有一段时间没回家了，他很想念父母。和他同时回家的还有孔祥云。

自从上次北京一别之后，孔祥云再也没有催促过何方远一次，她很聪明地选择了沉默，因为她相信，何方远已经被她说动，改变了一心要走互联网版权产业之路的决心。至于何方远什么时候开始着手下一步，她不急，反正她在和蓝妹的争夺战中胜了一局。

其实以孔祥云的心思，她一心想让何方远放弃走互联网版权产业之路，并不是只为了将何方远从蓝妹身边拉到她的身边，她确实是为了何方远的未来着想。她希望何方远走一条不同寻常的道路，而不是再一次从头做起，艰辛而漫长。

听说元旦期间何方远要回家，她当即决定和何方远一起回去，离开家乡多年了，她还真有些想念家乡的一草一木。

当然，隐藏在内心深处的另一个想法是，她想和何方远一起出现在何方远的父母面前，让何方远的父母认可她和何方远的爱情。

何方远也猜到了孔祥云的心思，猜到了但不能说破，孔祥云说要回家乡看一看，理由正常而充分，他没有理由拒绝。

何方远的家乡——也是孔祥云的家乡——是北方大地上的一个不起眼的小县城，何方远的父母曾经都是乡村教师，后来落实政策时，都转正成了公办教师，二人在县城一中教学，一辈子桃李满天下，是一对可敬可亲的老人。

何父何子天，何母董明月，二人一生只养育了何方远一个儿子。何父对何方远寄予厚望，希望何方远可以功成名就，成就一番事业。何母却对儿子没有太大的期望，只希望何方远衣食无忧，一生平平安安、顺顺利利就足够了。

住在一处不大的院落之中的何父何母，正在家中剥花生。虽然是教师，但空闲时间，二人种了一亩地，倒不是为了补贴家用，而是闲不住。

院子不大，平房六间，其中三间正房，三间偏房。何家位于县城的南部，不算正中，但也不算太偏远，毕竟县城不大，一共才几万人口。人少，就显得安宁而岁月静好。

“方远元旦估计不回来了，多半过年才回来。”何父一边剥花生，一边捶了捶后腰，“老毛病又犯了，天一阴就腰疼。”

“回头去医院好好看看，虽然不是什么大病，但总不能一直拖下去。还有方远也是，你回头说说他，总这么下去也不是个事儿，他也老大不小了，该成家了。”何母想起儿子到现在还没有女朋友，不由得又多了一份担心，“再不找一个女朋友，好的都让人挑走了，他最后捡人家剩下的，多不好。现在不是有一个名词叫什么来着，剩女！剩女你懂不懂？就是挑剩下的女人。”

“你就知道瞎操心，咱儿子长得帅，收入又高，怎么会找不到女朋友？好女孩多的是，怎么可能挑得完？再说了，和他年纪差不多的女孩挑完了，他可以挑年纪小的，男人嘛，找一个比自己小上五六七八岁的，没问题，又不是女人，年纪一大，就不好找了。”何父一提起何方远就很是得意，何方远是他一辈子最满意的作品，“儿孙自有儿孙福，说不定什么时候儿子就会给你一个惊喜，直接带一个媳妇回家。”

“要带也带北方的姑娘，可别找一个下江的女孩。听说下江的女孩挑得很，好吃懒做，而且下江的丈母娘又是出了名的难伺候，还是北方姑娘大气。你看新闻上说，下江的剩女最多，这就很说明问题了，下江的女孩，眼光高，挑剔，挑来挑去，结果剩下了自己。”何母越说越有劲头，好像何方远真的找了一个下江女孩似的，“如果方远真找一个下江女孩的话，我就决定不和她妈妈见面，省得被她妈妈骂我是乡巴佬。”

“你不要对下江女孩有偏见，下江女孩有好有坏，不能一棒子打死。”何父教的是语文，思维比教数学的何母开阔多了，“如果方远真的找了一个下江女孩，只要她知情达理，我就不会反对。”

“有人吗？”何父话音刚落，外面传来了一个女孩脆生生的声音，“请问，这里是何方远的家吗？”

何父何母对视一眼，二人一脸惊愕，什么情况这是？怎么刚刚说到儿子的婚姻大事，突然就有女孩上门了，这也太神奇了吧？

“谁呀？”何父愣了片刻，连忙站了起来，出去开门，何母也连忙起身，随何父一起来到院外。

打开院门一看，门口站着一个女孩，亭亭玉立，她瓜子脸，丹凤眼，眉如黛，面如月，漂亮是漂亮，只是眉宇间微有几分冷傲之色，一看就是出身于大户人家的女孩。

“你是？你找谁？”何父又是一愣，眼前的人，他没有一点儿印象，不用想，肯定不认识，连见也没有见过。

“我找何方远，请问这里是何方远的家吗？”女孩虽然微有冷傲之色，但面对何父何母，还是努力表现出了应有的恭敬之意，“请问您二老是？”

“这里是何方远的家，我们是何方远的父母……你找方远有什么事情？”何父对这么漂亮的女孩，实在升不起警惕之心，尽管对方始终没有说她到底是谁，他还让女孩进门了，“快进来，外面冷。”

“嗯。”女孩乖巧地笑了笑，跟随在何父何母的身后进了门，她四下打量了一番院子，开心地笑了，“何方远从小就在这里长大的呀？这里也太好玩了。”

院子虽然不大，但院中有秋千，有果树，还有葡萄架，在不远处的角落里，甚至还有几件自制的木头玩具，有木马木牛以及一个圆圆的木球。

女孩看到木球的一瞬间，扑哧地笑了，仿佛她回到了从前，看到了何方远一脸泥土、满脸鼻涕，在木球上滚来滚去，一会儿骑到了球上，一会儿又跌到了泥中，浑身上下没有一处干净的地方，脏得比泥猴还脏。

如果她从小和何方远一起长大该有多好，郎骑竹马来，绕床弄青梅。同居长干里，两小无嫌猜……真这样的话，她和何方远的感情，就不会出现任何变故了，经过岁月考验的感情，才最长久。

可问题是，和何方远有经过岁月考验的感情的人是孔祥云。

进了屋里，感觉到暖和了一些，女孩呵了呵手心，跺了跺脚：“我以为北方有多冷，没想到，比下江也没冷多少，而且房间里都有暖气，又不潮，北方的冬天比下江的冬天舒服多了。”

下江？何母和何父对视一眼，脸色微微一变，真是怪了，才说不让方远找一个下江女孩，这不，就有下江女孩找上门了，何母心思闪动间，就问：“姑娘，你是方远的什么人？”

“我呀……”女孩优雅地笑了笑，歪头想了一想，“我是他的女朋友。”

“女朋友？”何母和何父面面相觑，刚刚还在说儿子还没有女朋友，结果倒好，突然就有一个自称是他女朋友的女孩上门了，可是，正主没来，怎么女朋友反而一个人独自来了？

“你是下江人？”何母问到了她最关心的问题，她上下打量女孩几眼，看出了女孩一身衣服都是名牌，价值不菲，“家庭条件不错？”

女孩见何母似乎对她有某种程度上的偏见，忙甜甜地笑了笑：“是的，阿姨，我是土生土长的下江女孩。我的家庭条件说不上多好，但也不差。”

“肯定比我们家强多了吧？”何母的目光之中，多了几分冰冷。

“你看你，孩子大老远来家里，你不请人坐下，也不请人喝水，你是在查户口还是怎么着？”何父见状，忙出面打圆场，热情地请女孩入座，“来，姑娘，坐。喝什么茶？铁观音还是红茶？”

“红茶好了，谢谢叔叔。”女孩很有礼貌地表达了谢意，坐在了椅子上，见何母对她依然投以不太友好的目光，吓得又站了起来，“伯母，您对我是不是有什么偏见？或者是方远和您提起过我？”

“没有，方远没有和家里说过他有女朋友。”何母又问女孩，“你到底叫什么名字？”

“我叫蓝妹。”

“蓝妹？哪个妹？”何母审视的目光十分犀利。

“妹妹的妹。”蓝妹有点儿害怕何母过于严厉的目光，她不知道她哪里得罪了何母，心里忐忑不安，难道这一次来何家，是走错了一步？

蓝妹临时起意，决定来何方远家中一趟，是因为范记安告诉她，何方远元旦的时候回家，会和孔祥云一起回去，如果她再没有什么动作的话，孔祥云将会捷足先登，被何父何母接纳。

一旦孔祥云被何父何母接纳并且认可为何家未来的儿媳，再加上孔祥云本来就和何父何母认识在先，到时蓝妹将会完全没有机会和何方远在一起了。

一听之下，蓝妹顿时心急如焚，她现在对何方远已经用情过深、无法自拔了，如果现在眼睁睁地看着何方远从身边溜走，那将会是她一生最大的遗憾，不行，说什么也不能坐以待毙，可是，怎么办才好呢？

于是范记安为她出了一个主意——范记安知道何方远的航班和回家确切日期——他让蓝妹提前一天到何家，先和何父何母见面，争取抢先一步，赢得何父何母的好感和认可，她就成功了一大半。

范记安告诉蓝妹，何方远是一个孝子，非常孝顺父母，对父母的话一向言听计从，如果父母指定了她是何家的儿媳，何方远不敢违抗父母之命。

蓝妹情急之下，并没有深思范记安为什么要帮她，她当然不知道范记安的出发点是为了一台Surface 3。不过话又说回来，范记安其实也没有这么见小，为了赢徐子棋只是他一个基本的出发点，更多的还是因为他觉得蓝妹更配得上何方远。

在范记安看来，世界上许多事情，表面上看是不公平的，其实在不公平之中，也有一个重新进行公平分配的过程。比如有钱人的身边美女多，就是社会资源向有钱人倾斜的一种最直观的现象。而草根二代甚至是贫二代，难道一辈子也没有机会娶一个美女甚至是一个白富美吗？也未必。女人可以凭借美貌和身材，改变出身贫寒的先天不足，嫁给富二代或是嫁入豪门。男人为什么不可以凭借自己的本事，娶个白富美，从此完成人生的逆袭之路呢？

范记安知道他是没有机会逆袭白富美了，付瓜瓜已经把他吃死了。他是没有机会了，但何方远还有机会。何方远如果成功地娶了蓝妹——其实在他看来，何方远想要娶蓝妹在程序上已经没有任何问题了，万事俱备只欠东风，东风是什么？就是何方远的决心——也相当于是他的成功，或者说，是全天下草根出身、奋发向上的男人的成功。这么有励志意义的事情，他一定要一手促成。他也相信，何方远的励志故事，一定会激励无数人前赴后继地奋斗在拼搏的道路上。

正是在范记安的通风报信加鼓励下，蓝妹终于下定了决心，要为了自己的幸福赌上一把，尽管她从小到大还没有一个人出过远门，更不想坐飞机以外的交通工具，因为她有洁癖，但为了何方远，她什么都不顾了。

从下江坐飞机到石门，再从石门坐火车到单城，再从单城坐汽车到何方远家所在的县城，一路折腾下来，蓝妹差点没有累趴下，还好，她忍住了一路的颠簸，忍受了晕车的痛苦，更忍受了和别人接触带来的不适和恐慌，终于比何方远先一步来到了何家。

却万万没有想到，何母对她却有着无法理解的偏见，这让她心中一时又冰又冷，险些支撑不住要转身离去了。

不过……转念一想，她又咬了咬牙，和何方远一个人在下江闯荡相比，她比他经历的困难和挫折少多了。何母对她的挑剔，也许缘于何母对下江人的偏见，她是下江人不假，但未必所有的下江人都是势利眼。

“阿姨，也许您对下江人有什么看法，是，我是下江人，但我想对您说的是，我身上没有外界传言中下江人身上的缺点。”蓝妹挺直了身子，十分自信地说道，“我是从小生活在富裕的家庭，但我身上没有什么大小姐脾气，也从来不会看不起别人。如果我真的有一堆这样那样的缺点的话，方远也不会喜欢我。伯母，您不相信我可以，但您一定得相信您儿子的眼光。”

这一句话说得何母心里熨帖，她的目光柔和了许多，也是，不相信眼前的蓝妹，总得相信儿子的眼光，她的脸上终于露出了一丝笑容：“蓝妹，你大老远跑来，是有什么事情吗？为什么方远不和你一起回来？”

“我……”蓝妹迟疑了一下，不知道该怎么开口，范记安告诉她，到了何家之后，必须坚定立场，不能心软，要让何父何母先入为主，认定她先和何方远谈恋爱，然后孔祥云作为后来者，非要拆散她和何方远的美满爱情，这样，才能让何父何母和她建立统一战线。

不过话到嘴边，蓝妹却又说不出口，生性善良的她，实在不好意思说假话：“我就是想来看看叔叔阿姨，同时也想让你们知道，我是真心和方远好，想嫁给他。”

此话一出，何父和何母对视一眼，都从对方眼中看出了疑惑。二人都是过来人，看出了蓝妹的语气中有闪烁之意。

“好孩子，有什么话尽管对我们说。如果是方远欺负了你，我们替你做主。”何父拿出了父威，大手一挥，“是不是你们之间出了什么问题？”

“也是，也不是。”蓝妹吞吞吐吐地说道，“本来我和方远好好的，感情一点点加深，谁知道突然有一天，他的初恋女友又出现在了他的面前，结果他就又左右为难了。”

“初恋女友？”何父愣住了，“谁是他的初恋女友？”

“孔祥云。”蓝妹鼓足勇气说出了孔祥云的名字，心中暗暗自责，对不起了祥云，为了我的幸福，只能牺牲你了，谁让你晚来了一步呢？你不要怪我，要怪，只怪何方远好了，谁让他在感情的问题上总是左右摇摆不定呢？

如果让何方远知道蓝妹对他的腹议，他一定会大呼冤枉，他在感情的问题上不是想左拥右抱，天地良心，他绝对没有娶一个再霸占另一个的心思，之所以在感情问题上没有下定最后的决心，是因为他不知道他的未来到底是花团锦簇还是荆棘遍地。万一他的设想失败了，不管是娶了蓝妹还是孔祥云，都是害了人家。

/ 第十六章 /

# 决定权

如果非要让何方远承认他心中的天平更向谁倾斜，他会说是蓝妹。但在他和蓝成器的合作告吹而且前途未卜之际，他不敢对蓝妹有太多的奢想，相信如果他功不成、名不就，蓝成器再大气，也不会同意蓝妹嫁他。

何况还有一个对他更有成见的陈容。

“孔祥云？”何母惊呆了，“小时候和方远一起长大的孔祥云？她不是出国了吗？以前听方远说，他和孔祥云早就失去联系了。”

“孔祥云又联系上了方远，不但联系上了，关系还很密切，主要是她不但了解方远，而且还想和方远在事业上合作……”蓝妹不好意思说孔祥云的坏话，主要也是因为在她看来，孔祥云虽然是想从她身边抢走何方远，但她人并不坏，“不瞒叔叔阿姨，她现在应该正和方远一起，在回家的路上，估计不出一个小时，他们就会到了。”

“这，这，这闹的是哪一出呀？”何父不知道是该庆幸儿子不但不用他操心婚姻大事，而且还有两个女孩争他，还是该为何方远被两个女孩抢来抢去而头疼，“祥云是个好丫头，以前要不是她家搬走了，她早就成了何家的媳妇。现在她又回来了，回来得却不是时候，对不对？方远已经有了你，小妹呀，你是不是想让叔叔阿姨支持你？”

何父问得直接，蓝妹不好意思地低下了头：“我很喜欢方远，不想他被别人抢走。可是祥云姐和方远是青梅竹马，而且她又和你们认识，是你们看着长大的，你们肯定更喜欢她多一些。”

何母总算看清了事情的来龙去脉，她想了想，朝何父使了一个眼色，何父会意，转身出门：“你们先聊着，我去烧壶水泡茶。”

何父一走，何母拉着蓝妹的手坐在炕头：“孩子呀，你也好，祥云也好，都是好孩子，伯父伯母对你们都没有远近亲疏的分别，最后你们谁会和方远在一起，还得让方远自己拿主意。来，和我说说你和方远是怎么认识的，你们又有什么故事……”

“我们的认识，既偶然又有必然……”说到自己和何方远的相识，蓝妹脸上飞起了一片红晕，想起了她和何方远在江边的初见，然后是在立化的相识，再到她和何方远慢慢接触之后，被何方远的百折不挠、奋发向上的精神所折服，再到几次出差引发的意乱情迷的事件之后，她慢慢喜欢上了他，再到今天，她对他爱得不能自拔，一件件，一桩桩，往事如昨，似乎就在触手可及的眼前。

“……”听完蓝妹讲述她和儿子的认识过程以及相恋经历，何母的眼神之中既有光彩闪动，又有一丝无奈，她听出来了，蓝妹的家境何止是富裕，完全可以用大富之家形容，儿子只是普通人家的孩子，和富贵人家出身的蓝妹，在家世上相差了太多，“孩子，我说一句话，你别多想，老一辈留下的传统向来是高门嫁女低门娶妇，方远和你门不当户不对呀。”

“没有，没有这回事了阿姨，现在都是新时代，早就不讲究门当户对了。再说，我爸我妈也很喜欢方远，对他一点儿偏见也没有。还有，方远以后也是做大事的人，他不是富二代，但他以后一定会是富二代的爸爸。”蓝妹最怕的就是何母嫌弃她出身太好，门槛太高，一听何母果然说了这话，忙不迭解释一番。

“富二代的爸爸？什么意思？”何母一下没反应过来。

蓝妹又脸红了，小声说道：“就是说，他一定会成功，会赚大钱。他成功了，就是富一代，他的孩子不就是富二代了吗？现在每一个有理想有追求的人，都以当富一代为荣，富一代才是一个人最大的成功！”

何母的脸色这才缓和了几分，她微微一笑：“孩子，我和你说一句心里话，祥云从小在我的眼皮底下长大，她是什么样的孩子，我清楚得很。如果说方远选择了她，我没意见，更不会反对。但你就不同了，今天我们是第一次见面，你以前怎么样，是什么性格，又做过什么，我都不知道，如果只凭三言两语就对你下一个结论，既不准确又对你不公平。这样吧，等方远和祥云回来后，你们三个坐在一起，当着我和方远他爸的面，我让他做一个决断，不管他最后和谁在一起，都必须拿出态度来，不能耽误别人的青春。”

蓝妹点了点头，何母不偏不倚的态度，也是她所能想到的最好的结果了，既然已经争取到了最好的结果，那么最终的决定权就交给何方远了。只要何父何母不偏向孔祥云，她相信她的胜算会大过孔祥云。

“叔叔又是什么想法呢？”何母是居中的理智派，何父的态度也很关键，蓝妹必须问个清楚，否则她心里没底。

“我和方远他妈的想法一样，孩子们的事情让孩子们自己决定，我不干涉。”蓝妹话音刚落，何父从外面推门进来，笑眯眯地说道，“你们都是好孩子，我不偏不向，成不？”

“成。”蓝妹开心了，点了点头，“谢谢阿姨，谢谢叔叔。”

何父摆了摆手：“不要谢我，要谢就谢你自己。什么事情都应该靠自己争取，不靠别人施舍。自己不努力，就永远没有成功的可能。”

忽然，“咚咚……”外面传来了敲门声。

何方远和孔祥云重回阔别的家乡，二人走在熟悉的街道上，一草一木、一人一狗，都是那么熟悉，无数记忆重新复苏，在脑海中翻滚。

何方远不禁大加感慨，他和孔祥云共同的回忆太多了，多到不用深想就可以捡起许许多多的趣事。青梅竹马的童年，两小无猜的少年，以及情窦初开的中学阶段，都因故乡熟悉的景色和曾经一起走过的乡间小路而在眼前一一浮现。

下车之后，二人都没有说话，只是默默地走路。此时无声胜有声，对于拥有共同回忆的初恋男女来说，情话都是多余的，共同的经历是谁也替代不了的最真实的情感。

到了家门口，何方远才开口说话：“也不知道蓝妹知道了你和我一起回家会怎么想。我只告诉她说，我要回家一趟，没有说你和我一起。”

“蓝妹是个好姑娘，但好姑娘太多了，难道你要告诉每一个好姑娘你和我一起回家了吗？”孔祥云耍赖似的回答了何方远，然后一脚踢开了路上的一粒小石子，又嘻嘻地笑了，“她不知道其实是好事，如果知道了，她不但过不好节，也肯定睡不着觉。不提蓝妹了，方远，你多少向我透露一下，你想选择一个什么样的时间节点？”

何方远知道孔祥云问的不是他什么时候决定和谁结婚的感情问题，而是在问事业问题，他笑了笑：“总要等芝麻开门成立了芝麻开门文学或是芝麻开门影业，以及企鹅和千方都成立了企鹅文学和千方文学之后再伺机而动……祥云，你觉得三巨头之中，谁会更先一步成立影视部门？”

“我估计会是芝麻开门，因为芝麻开门在影视方面最落后，不但没有自己的版权渠道，也没有自己的视频网站，但在收购了文化中华和中学传媒之后，芝麻开门在影视上的布局，已经抢先了企鹅和千方一步。”说到三巨头的布局时，孔祥云讲得头头是道，“相比芝麻开门大跃进式的布局，企鹅和千方的布局，就显得稳妥了许多。千方有了爱奇艺，企鹅也有自己的企鹅视频，所以两家都不急于成立影业公司，都还在有条不紊地布局版权源头的工作，对企鹅和千方来说，成立影业公司只是一个形式，磨刀不误砍柴工，先打好基础，做好前期工作也不晚。”

“为什么芝麻开门不从互联网版权产业的源头做起，而是要直接收购几家成熟的公司呢？以芝麻开门的实力，完全可以自己打造一家从源头到生产线再到影视成品的公司。”何方远有意考一考孔祥云，既然孔祥云坚定地支持他跳出互联网版权产业的圈子，将目光放到更长远的影视行业之中，那么孔祥云应该心中早有了一个蓝图，他想知道在孔祥云的蓝图中给他的舞台有多大。

“芝麻开门没时间了。”孔祥云猜到了何方远对她的考验意图，笑了，“芝麻开门现在大规模的收购，号称买下了半个互联网，看似是漫无目的撒钱，其实不是，马匀是个聪明人，赶在芝麻开门上市前夕收购几家业内领先的公司，花50亿元人民币买下，上市后，也许可以带来20亿美元的市值回报，绝对是一笔既合算又大赚特赚的生意。”

见孔祥云对三巨头的布局十分明了，何方远又问了一句：“为什么芝麻开门不买下兴众文学然后再借上市赚取回报呢？”

“兴众文学？”孔祥云咯咯地笑了，“方远，你的考题太没创意了，兴众文学有过数次在美国上市失败的经历，马匀还买兴众文学做什么？除非他想让兴众文学成为芝麻开门上市的绊脚石。”

对呀，孔祥云的话让何方远恍然大悟，以前他怎么没有想到这一点呢？如果他早就想通了这一点，就完全可以将芝麻开门排除在兴众文学潜在的收购者之外了。

再联想到刚刚放出芝麻开门有意打包收购兴众的传闻，何方远更是含蓄地笑了，不管从哪个角度看来，马匀对兴众也好，兴众文学也罢，已经完全失去了兴趣，因为在马匀的资本运作的规划之中，兴众或是兴众文学起不到任何推动作用。

不过由此也说明，孔祥云对三巨头的了解以及对整个互联网动向的观察，比蓝妹深入了许多。

也许是和何方远心意相通，孔祥云忽然意味深长地笑了：“所以说，方远，别看我不如蓝妹出身好，也不如蓝妹有钱，但我比她更有眼光，对市场的分析和把握也更透彻，你娶了蓝妹，等于是只娶了一个白富美。但娶了我，却相当于娶了一个贤妻良母外加事业上的得力助手。哪头轻哪头重，你自己好好计算一下。”

说话间，二人来到了何家门前。何方远没有回答孔祥云的话，抬头望了望天空，下午的阳光明媚而忧伤，有一种时光静止的假象，他收回了目光，摇头笑了笑，敲响了家门。

“吱”的一声，门开了，何方远和孔祥云只看了一眼，就同时惊呆了！

惊呆不是因为门口站着三个人，而是三个人之中，当前一人正是蓝妹。

蓝妹？怎么可能？她怎么在他的家里？何方远不敢相信自己的眼睛，揉了揉眼，确认眼前站着的是蓝妹无疑，更确认的是，刚才替他们开门的，也是蓝妹。

“蓝妹，怎么是你？”孔祥云吃惊的程度不比何方远小，一瞬间她甚至怀疑是何方远故意安排的，还多看了何方远一眼，见何方远的震惊不是假装的，她就知道蓝妹的突然出现，是蓝妹自己的决定，“你来怎么也不说一声？提前说一声，我们三个一起回来多好，也省得你一个人坐车了。”

蓝妹还以为她突然出现在何方远和孔祥云面前，会让何方远生气、孔祥云难堪，没想到，何方远只是微一震惊，然后又若无其事了，而孔祥云更是态度亲切，丝毫没有对她这个不速之客有任何不满。

“我、我是突然做出的决定，来不及通知你们了，就自己过来了，方远、祥云，我没有给你们添麻烦吧？”蓝妹也不想在孔祥云面前露怯，落落大方地笑道。

何父和何母对视一眼，二人心意相通，同时心想，现在的女孩比以前可是大方多了，方远这孩子，没女朋友的时候让人担心，有了女朋友，却又更让人担心了，真不是一个让人省心的孩子。

“叔叔、阿姨！”和蓝妹寒暄过后，孔祥云的目光落在了何父何母身上，多年不见，何父何母依然如当年一样慈祥，她心中无比激动，无比温暖，“我回来了。”

话一说完，就扑入了何母的怀中。

在小时候，孔祥云不但被何母抱过，还吃过何母的奶，对她来说，何母就和自己的母亲没有区别。

何父何母也是一时唏嘘，尤其是何母，抱住了孔祥云，泪光闪动：“孩子，好孩子，回来了就好。阿姨还以为这辈子都见不到你了……”

话未说完，泪水就流了下来。

孔祥云也是泪雨纷飞：“阿姨，我好想你们呀。出国后，我一直想和你们联系，却联系不上。我找了方远四五年，最后才通过企鹅找到他。如果不是他有用自己名字当企鹅昵称的习惯，也许我真的一辈子也见不到你们了。”

蓝妹在一旁也被感动得眼睛湿润了，心中在想，何方远如果不用“何方远”作他的企鹅昵称，会不会孔祥云永远也找不到他了呢？唉，人生的缘分真是奇妙，记得有一次她还对何方远说过，谁会傻到用自己的真名当企鹅昵称，真二。何方远却振振有词地说道，行不改名坐不改姓，用真名当昵称，正是他心胸坦荡的体现。

人生没有假设，蓝妹暗中摇了摇头，说不定没有孔祥云的出现，何方远和她的感情还不会一日千里地发展。只是不知道如果梅莅苒也在场的话，又会是怎样的情景。

想到了梅莅苒，蓝妹的思绪又飘远了，如果有一天她真的失去了何方远，她也要和梅莅苒一样，到欧洲一个古老的小镇去旅游，去散心，去生活一段时间，借空间和时间上的两重距离来忘掉何方远。

何家很久没有这么热闹了，一下多了三个人，虽是冬天，家中却春光明媚，温暖如春。何父端出了花生和糖果，何母泡了好茶，几人围坐在一起，既熟悉又陌生，既亲热又疏远，气氛在热烈之中，又有一丝复杂难言的默契。

何父是一个爽快人，开始的热闹过后，他就直接说到了正题："儿子，蓝妹为什么来家里，刚才她也对我和你妈说过了，不用我多说什么，你肯定也可以想到。人家姑娘大老远过来了，不容易，也很有诚意，你就把话说明白了，别再拖下去了。"

蓝妹低下了头，手中拿着一粒花生，转来转去。

"不管是蓝妹还是祥云，在我们眼里，都是好孩子。方远，你到底是怎么想的，当着爸妈的面儿，这不，蓝妹和祥云都在，你说实话。"何母也直截了当地给何方远施加了压力。

"爸、妈！"何方远头大了，想挠头，却又觉得不太合适，只好苦笑了一声，"现在不是时候，我现在不想谈论这个问题。"

"现在不是时候，什么时候是时候？既然都坐在一起了，就当面说个清楚多好。不行，你今天必须给所有人一个交代。"何父以父权压何方远。

/ 第十七章 /

# 人生总免不了两难的选择

何方远没办法了，一脸为难，他见孔祥云目光清澈、蓝妹目光单纯，二人都充满了期待，不由心中喟叹一声，是不是每个男人都会因为情深而误一个美人？

“好吧……”何方远从小到大都是一个听话的好孩子，尽管工作之后，在关于未来的规划上，他一向自己做主，但在婚姻大事上，必须充分尊重父母的意见，“我也不是非要拖着不说个清楚，主要也是因为现在我的心思都放到了工作上，我的真实想法是，等有一天我在事业上有所成就时，我才有资格向我喜欢的女孩求婚。”

何方远的话，还是没有明确地说出他喜欢谁，蓝妹和孔祥云都微露失望之色。

“古人说，成家立业，成家在前立业在后，你先结婚后事业也没什么。”何父又发话了，“如果你一辈子事业成功不了，就一辈子不结婚了？没有这个道理。”

何方远见实在躲避不了了，只好硬着头皮说道：“在祥云没有出现之前，我和蓝妹有了一定的感情基础，在祥云出现后，我和蓝妹又进一步加深了感情。其实我的真实想法是……”

“不要说了，方远，不要太为难自己了。”孔祥云打断了何方远的话，她淡淡一笑，拢了拢头发，“有人生活在过去，比如我；有人生活在现在，比如方远；也有人生活在未来，比如蓝妹。生活在过去的人，总以为过去的事情会决定现在的事情。生活在现在的人，把握当下，既不被过去的事情影响，又不被未来的事情左右。生活在未来的人，不关心过去不在意现在，只追求未来。相比之下，生活在现在的人，是摇摆在现实主义和完美主义之间的矛盾者。生活在过去的人，是一个可悲的固执的现实主义者。生活在未来的人，是一个永远充满乐观的完美主义者。”

何父何母一时没明白孔祥云的一番长篇大论到底想要表达什么，何方远和蓝妹却领会了孔祥云的意思，蓝妹心中一阵感动：“祥云姐，谢谢你，让你受委屈了。”

孔祥云却大方地一笑："不用谢我，我也没受委屈，何方远以后也许会在感情上属于你，但我不会放弃和他在事业上的合作，蓝妹，我要明确地告诉你一件事情，在关乎何方远未来事业发展的问题上，我不会向你妥协半分，我会坚持让他走我设想的道路。"

蓝妹愣了一愣，也欣慰地笑了："我还是坚持我的看法，不提感情上的因素，我认为方远还是和我合作，才更有前景。"

"好，既然你这么说，那就让我们拭目以待，看看最后方远会选择哪个方向。"孔祥云伸手和蓝妹握手，"对不起蓝妹，你还是没有我了解方远。"

蓝妹也不甘示弱："不好意思祥云姐，过去的何方远和现在的何方远，已经改变了许多，你以他的过去来判断他的现在，很容易犯错。"

"是吗？"孔祥云自信地一笑，"以现在来判断未来，也会犯错。"

何父何母对视一眼，无奈地摇了摇头，表面上儿子选择了蓝妹，但实际上，隐患还在，冲突也没有完全化解，但他们又不好再说什么了，总不能让儿子在感情上选择蓝妹的同时，在事业上也选择蓝妹吧？何况他们一向不干涉儿子在事业上的决定。

晚饭由何母做主厨，孔祥云和蓝妹打下手。一进厨房，何母就暗暗摇头，儿子应该在事业上选择蓝妹，在感情上选择孔祥云，因为孔祥云手脚勤快，一看就是里里外外一把能手的贤妻良母。而蓝妹明显没有干过什么家务，虽然不能说是笨手笨脚，但还是能看出来平常很少下厨房。

其实以何方远的眼光来看，蓝妹算是白富美中比较有内涵而且还会干家务的少数优秀者，上次她也为他做过一次饭，味道也算可以。不过以何母身为女人的挑剔眼光来看，蓝妹在厨艺上还处于初级阶段。

好在何母也不是一个特别挑剔之人，又一想，每一代人有每一代人的活法，也许以后蓝妹也会进步，又也许以后家中会请保姆，总之不管了，儿孙自有儿孙福，只要儿子明确地选择一个，她就不说什么了。

蓝妹在自己家中进厨房时，也没有这么小心翼翼，在何家，她处处小心，唯恐让何母对她产生什么不好的看法，更怕碰倒瓶子或是摔坏一只碗。做一顿饭用了不到一个小时，对她来说却如同一天一样漫长，好在一切顺利，平安过关了。

何家有三间正房三间偏房，正房中有何方远的房间，晚上休息的时候，就安排蓝妹和孔祥云住在一偏房。本来安排的是一人一间，孔祥云主动提出和蓝妹共住一间，蓝妹也没拒绝。

蓝妹知道，孔祥云有话要和她说。

县城的夜晚格外安静，又是冬天，外面没有虫鸣鸟叫，除了寂静就是寂静。蓝妹平生第一次睡在炕上，觉得十分新鲜，除了炕太硬硌得后背不舒服之外，大红的被褥、墙上的年画以及古色古香的家具，一切都让她大感兴奋和好奇。

房间正中有一个大炕，炕很大，并排睡下三四个人都没有问题，蓝妹和孔祥云同炕而眠。一向有洁癖的她，也不知道是因为在何方远家中的缘故，还是因为初战告捷的兴奋，她没有丝毫不适，反倒翻来覆去难以入眠。

“火炕真是热……”蓝妹知道孔祥云没有睡着，她没话找话，想听听孔祥云还有什么话要和她说。

“蓝妹……”孔祥云刚才一直闭着眼睛，她不是假寐，而是在想事情，“你不请自来，一个人来到方远家，是不是就为了当着方远爸妈的面，逼他表态？”

“没有，我没有这个意思。”蓝妹矢口否认，倒不是她故意撒谎，而是在她的内心深处，其实更多的是想和何方远进一步加深关系，而不是真的想逼何方远什么，“方远不是一个喜欢被人逼迫的人，你知道这一点，我也知道。我只想到他长大的地方走一走、看一看，也好对他有更深的了解。”

“你应该不知道方远的家，是……范记安告诉你的吧？”孔祥云猜到了事情背后有范记安的影子。

“嗯。”蓝妹天生不会撒谎，她很老实并且善良地出卖了范记安，“范记安也是出于好心，你别怪他。”

“我才不会怪他，呵呵。”孔祥云轻笑一声，索性披着被子坐了起来，“来，坐着好说话，古人说，促膝谈心，我们今天也学学古人。”

蓝妹也坐了起来，和孔祥云面对面，由于火炕的缘故，她的脸庞红红的，好像抹了一层红云一般，很是好看。

“其实不管是我还是你，争来争去，却都忘了一个最可怜的女孩……”孔祥云平常一向是活泼开朗的性格，此时却突然发出感慨，“蓝妹，你有没有想过，如果不是刘薇薇的阻拦，或许何方远现在和梅荏苒已经结婚了？”

“他们之间……是可惜了。”蓝妹对梅荏苒没太多的感情，虽然她还和梅荏苒共事过一段时间，不知什么原因，她对孔祥云的好感远大于对梅荏苒，“这事儿，不怪方远，怪只怪梅荏苒不够坚强。如果她再坚强一些，能够顶住家庭的压力，她和方远就已经幸福地在一起了。”

“我想问你，蓝妹，你爸妈知道你来方远家吗？你爸妈完全同意你和方远的事情吗？你有没有想过，现在方远还只是一个小小的立化总经理，而且他还有可能孤注一掷跳出立化走一条全新的道路，万一他失败了，他有可能一无所有，在他什么都不是的结局之后，你爸妈还会同意你嫁给他吗？”

“爸妈不知道我来方远家，我骗了他们，告诉他们，我要去北京一趟。”蓝妹的声音低落了几分，眼神中闪过一丝无奈，“你说的问题，我何尝没有想过？所以我才想让方远在事业上也和我合作，继续走互联网版权产业之路，哪怕三五年后他失败了，他也赚到了钱，赢得了业内的名声，同时……也娶了我。”

孔祥云点了点头，她能充分理解蓝妹的想法，作为职业经理人，何方远如果和蓝成器合作开办一家互联网版权产业网站，三五年后，就算赔得一塌糊涂，三五时间里，何方远只凭年薪也可以收入几千万。而且三五年的时间，确实足够何方远娶了蓝妹了。同时，也让何方远更加奠定了他在业界的地位。就算失败了，他也完全可以再找到下家，以不低于300万的年薪继续他的职业经理人生涯。

赔钱的只是资方，又不会是他。

对何方远来说，这个选择，是旱涝保收的选择，是最稳妥的选择，寻常路虽然走起来没有什么创意和新意，但胜在安全，而且他还可以利用这三五年时间娶妻生子，完成人生中的一件大事。

相对来说，她为何方远所出的主意，则是一条充满了风险的荆棘之路。当然，风险越大，挑战越大，同时收获就越大。如果何方远成功了，将会一跃由职业经理人的高度上升到坐拥亿万财富的资方高度，从此奠定在影视业的江湖地位；如果机遇到了，说不定他还可以成为新的行业的新贵；再如果他的能力够大机遇够好，成为如三巨头一样的开山级人物也不是没有可能。

但话又说回来，如果失败了，何方远也许会因此失去蓝妹，失去蓝成器这样一个有雄厚实力的老丈人，再失去上升的渠道，从此被失败打倒，一蹶不振，永远失去了东山再起的机遇。

人生总免不了两难的选择，何方远现在明显向她的建议倾斜的立场，让她很是感激。因为她知道何方远做出这样的决定要拿出多大的勇气、下多大的决心。通常情况下，很少有人可以放弃唾手可得的利益，而去争取需要努力拼搏也未必可以到手的利益。

就如一个人的面前有两条路可走，一条路是前方十公里处有100万的收益，而且道路广阔，没有任何陷阱。另一条路前方一公里处有1000万甚至一个亿的收益，但道路充满了各种未知的凶险，而且漆黑一片，没有路灯，更主要的是，前方一公里处的1000万或是一个亿的收益，也许存在，也许还不存在。

一百个人里面，有九十九个会选择第一条路。何方远却偏偏是唯一的百分之一，选择了另一条路。孔祥云除了敬佩何方远的勇气之外，更对何方远多了感激，因为她为何方远提供的道路，也是她的梦想。只是她一个人实现不了她的梦想，需要一个合作伙伴，何方远是她视线范围之内最优秀也是最值得信赖的合作伙伴。

人不能太贪心，既然何方远肯放弃容易到手的利益而选择和她一路风雨同行，她不能既要何方远的才干，又要何方远的爱情。如果不管何方远是成功还是失败，蓝妹都对他痴情不变，那么就让何方远娶了蓝妹，也算是多了一条退路。万一何方远和她联合创业失败，至少何方远的背后还站着一个财大气粗的老丈人蓝成器。

只是问题是，如果何方远不走蓝成器安排的道路，蓝成器肯让蓝妹嫁给何方远吗?

“蓝妹，我想告诉你一个必须接受的现实。”孔祥云抓住了蓝妹的手，蓝妹的小手柔软而温暖，是一双没有经历过岁月的风霜雨雪洗礼的完美之手，也不知道她的手能不能抓住她的幸福，“方远应该是已经拿定了主意，不会再回头了，他不会再和蓝伯伯合作了。如果你确信在这样的情况下，你依然深爱何方远，不管他是贫穷还是富有，都要坚定地和他在一起，那么我会祝福你和他一辈子幸福。如果你做不到，我劝你现在就放手，省得以后痛苦。”

“他真的拿定主意了？”蓝妹不肯放弃她的坚持，“元旦后，我想让他和爸爸好好谈一谈，也许他会改变主意，接受爸爸的安排，也许爸爸会改变主意，支持他新的创意。不管是哪一种，我现在都不会放弃改变他的努力。”

孔祥云无奈地摇了摇头：“做任何事情，都要以最坏的打算去做最大的努力，蓝妹，我还是那句话，如果何方远不管怎样都不和蓝伯伯合作了，而蓝伯伯觉得何方远失去了价值，并且没有了未来，他不同意你和他在一起，你会怎么办？”

“我不会像梅茬苒一样屈服于家庭的压力，我会义无反顾地嫁给他！”蓝妹挥了挥拳拳，似乎下定了多大的决心一样，“幸福要抓在自己手中才稳妥。”

“我有一个建议，你要不要听？”孔祥云心中长叹一声，她是多么希望蓝妹能有一丝的犹豫，这样，她就会继续守候在何方远身边，随时替补上阵，成为何方远的港湾，偏偏蓝妹十分坚决，她只能选择在感情上远离何方远了。同时她也相信，她成全何方远和蓝妹的爱情，不管是对她还是对何方远或是对蓝妹来说，都是一件好事。

“嗯，要听。”

“元旦后回到下江，你就和方远去领结婚证。”孔祥云忍住眼泪，努力在笑，“省得夜长梦多。这样一来，方远就算违背了蓝伯伯的意愿，蓝伯伯不想让你嫁给方远，他也只能接受现实了。”

“这样呀……”蓝妹的脸红了一红，犹豫了片刻，“我只是很喜欢他很爱他，但还没有想过要和他结婚，我总觉得结婚是天大的事情，你这么一说，我觉得很突然。”

孔祥云转身躺下，泪水夺眶而出：“我只是一个建议，听不听由你。睡吧，我困了。”

蓝妹也躺下了，过了一会儿，她轻轻推了推孔祥云的肩膀：“谢谢你祥云姐，我永远记住你的好，永远。”

永远有多远？谁也承诺不了永远。也许很快，蓝妹就会忘记今天的事情，在时间的长河中，一件件事情就如一朵朵跃出水面的浪花，只一瞬就消失了，谁会记得曾经哪一朵浪花让自己心动过？算了，就让她和何方远的初恋如一朵浪花湮灭在回忆之中吧，如果有可能，她希望在以后的某一天，蓝妹对何方远说起今天的事情，何方远听了之后会怅然若失。

次日一早，孔祥云睁开眼睛，见蓝妹已经起床收拾停当，正坐在椅子上发呆，她伸了伸懒腰，打了一个哈欠：“才几点就起来了？这么早。”

“我习惯了早起。”蓝妹笑了笑，“要不要一起出去跑步？”

“好呀。”孔祥云迅速起床，洗漱完毕，陪蓝妹一起出了家门。

早晨的空气格外清新，又是冬天，清冷的微风吹来，让人精神为之一振。蓝妹和孔祥云沿何家门口的小路跑步，二人亮丽的俏影和优美的身姿，成为县城的早晨最动人的风景。

“祥云姐，我想了一晚上，想好了。”蓝妹一边跑，一边擦额头的汗珠，“等回到下江，我就瞒着家里和方远领了结婚证。当然前提是，他得同意。”

/ 第十八章 /

# 棋子或是弃子

“他肯定同意，这么好看的媳妇他不要，他傻呀？他又不傻。”孔祥云咯咯一笑，她拢了拢凌乱的头发，眼神中的忧伤一闪而过，“恭喜你蓝妹，终于要和方远修成正果了。从此以后，你就要迈入人生的新阶段了。希望你和方远以后相濡以沫，夫唱妇随，幸福永远。”

“谢谢祥云姐，不过我还有一件事情要祥云姐帮忙。”蓝妹站住了，目光充满了期待。

“什么事儿？你尽管说。”孔祥云大方地一挥手，“不说你是我的好姐妹，就算何方远是我的发小，我也会尽力帮忙。”

“结婚的时候，我想请你当我的伴娘。”蓝妹不好意思地笑了，“是不是有点强人所难？”

“没有，没问题。”孔祥云一口应下，“我不当伴娘谁当？义不容辞。”

“谢谢祥云姐。”蓝妹拉着孔祥云的手，开心地笑了，笑容中有幸福也有感动。是的，她发自内心地感谢孔祥云，她看出了孔祥云对何方远深深的爱意，但孔祥云最终选择了退出，并且真心为了她和何方远的幸福着想，她除了感激和感动还能说些什么？

“别跟我客气了，走，回去，开早饭了。”孔祥云拉着蓝妹的手，和蓝妹沐浴在初升阳光的光辉之中，二人如同仙女一般熠熠生辉。

何方远、蓝妹和孔祥云，在家中待了一天，在领蓝妹转了转县城并且看了看何方远高中的教室之后，何方远一行踏上了归途。

来的时候，蓝妹是独身一人，回去的时候，是三人同行。

一路北上到了省会之后，何方远和蓝妹就与孔祥云分开了，孔祥云坐高铁去北京，何方远和蓝妹坐飞机回下江。

在飞机上，蓝妹坐在何方远的内侧，靠着窗户。她先是凝望着窗外的蓝天白云出了半天神，等飞机快要降落的时候，她抱住了何方远的胳膊，用低低的声音说了一句话：“方远，我想和你结婚。”

飞机落地后，何方远和蓝妹没有停留，直奔蓝家而去。不过，何方远可不是去求婚，而是要和蓝成器面谈。

到了蓝家小区的门前，何方远又看到了上次的花店——差九十年的百年老店，正在店里忙碌的正是上次骗了何方远的清丽女孩古玉。

何方远悄悄一捏蓝妹的手：“走，买束花。”

“又来了，就这点儿事情，你又翻旧账。”蓝妹被何方远气笑了。

“真不是翻旧账，是真买花。”何方远笑了笑，来到古玉面前，“古玉，来一束勿忘我。”

古玉正忙个不停，一回头见是何方远，冷不防吓了一跳，又见何方远的身后跟着蓝妹，才又放心了，嫣然一笑：“恭喜你们，看来好事将近了。送你们一束勿忘我，不收费。”

“你还想收费？”何方远想起上次被古玉欺骗的事，一时来气，伸手作势要打古玉，“不收拾你就不错了。”

古头抱头而跑：“蓝妹救我，你男人要打我，你快管管他！”

一笑之后，何方远随蓝妹来到了蓝家大门前。

奢华的欧式铁门，铁门两侧的大理石柱，门前冷峻的全石材台阶，以及全部被上等的石材包裹的别墅，无一不宣示着别墅主人的富足和社会地位。站在蓝家门前，何方远深吸了一口气，心情忽然平静了下来。

“哎……”蓝妹用手指捅了捅何方远的胳膊，“在飞机上的话，你还没有回答我呢。”

在飞机上，蓝妹对何方远说她想嫁给他，何方远没有回答，只是笑了笑。

现在再次被蓝妹问起，何方远依然只是笑了笑，没有正面回答：“有时，没有答案的答案，才是最好的答案。”话一说完，他就按响了蓝家的门铃。

“来了。”蓝成器的声音响起，随后人影一闪，他出现在了何方远和蓝妹面前。

蓝妹懊恼地拧了何方远一下，可惜的是，冬天天冷，穿的衣服多，何方远没什么感觉。

“你们怎么一起回来了？方远，你也去北京了？”蓝成器见蓝妹和何方远在一起，一时惊讶。

“没有，我回家了，一回家，就发现了藏在我家里的蓝妹，然后我就把她领了回来，还给蓝伯伯。”出乎蓝妹意料的是，何方远上来就透露了她的行踪，顿时让她又气又恼。如果不是蓝成器在场，她说什么也要收拾何方远一顿。

蓝成器脸色为之一变：“蓝妹，你不是说去北京有事吗？你怎么可以这样！”

蓝妹噘了嘴：“我是大人了，有权决定自己去哪里。”说完，转身走了，扔下了蓝成器和何方远，一个人进门了。

何方远之所以开门见山地告诉蓝成器实情，是因为他不想让蓝成器误会他，如果蓝妹真的背着家里和他领了结婚证，事后蓝成器才知道蓝妹去他家的事情，说不定会被蓝成器和陈容误认为是他故意设计蓝妹。

在蓝成器面前，唯有坦荡才最有可能赢得他的信任。

“方远，来，快进来。”蓝成器又换了一副热情的笑容欢迎何方远，一边领何方远进屋，一边又问，“小妹不懂事，私自跑到你家里……没有发生什么不愉快的事情吧？”

“没有，没有。”何方远忙摆了摆手，露出一脸真诚的笑意，“我是和孔祥云一起回去的，到了家里才知道蓝妹不请自来，本来我还发愁怎么安排孔祥云住，蓝妹来了，她们正好可以做伴。”

何方远的话，有两重意思：一是告诉蓝成器，孔祥云现在和他关系密切；二是向蓝成器暗示，蓝妹在他家里，一切安好，没有任何不该发生的事情发生。

不过，何方远拿孔祥云当幌子，意在让蓝成器清楚一个事实，他有路可退，并非只有借助蓝成器一条道路可走。

孔祥云此时在何方远的语境中代表的不是爱情，而是事业，是千方。

蓝成器脸色微微一变，随后又恢复了正常，淡淡一笑：“我听小妹说过孔祥云，孔祥云是一个好姑娘，听说她和你从小一起长大，青梅竹马？”

“是呀，从小就在一起，一直到高中才分开，基本我年纪多大就认识她多久了。”何方远微微一笑，又强调说，“她从国外留学回来后，到千方工作，现在很受李颜红重视。”

蓝成器岂能听不出何方远话里话外的暗示，他笑而不语，等到了客厅之后，请何方远入座，然后冲楼上喊道：“小妹，泡壶茶。”

楼上却没有传来蓝妹的声音，楼梯一响，陈容从楼上缓步下楼。她一身雍容华贵的装扮，神情漠然而高傲，从楼上以俯视的姿态冷漠地打量了何方远几眼，才缓缓地来到了何方远的面前。

“方远，我听小妹说，你不想完成管理者收购的计划了。”陈容微有怒容，居高临下地盯着何方远的双眼，“何方远，你到底想要做什么？”

何方远多少明白几分陈容为什么对他发怒，他不想完成管理者收购计划，等于是变相拒绝了蓝成器的好意，在陈容看来，他不过是一个小小的职业经理人，居然还有胆子拒绝资方，职业经理人在资方眼中，不过是高级打工者而已。既然是打工者，就要事事听从老板的安排才对。

“不是我不想完成管理者收购计划，而是管理者收购计划失去了意义。”何方远不想向陈容透露他的真实想法，只想告诉陈容，形势比人强，此一时彼一时，现在实施管理者收购，已经没有成功的可能了。

“什么意思？”陈容想问个清楚。

“兴众文学不会卖掉了。”何方远对陈容的态度不以为意，他能充分理解陈容对他态度大变的出发点。如果和蓝成器合作，他就是有用的棋子；如果不和蓝成器合作，他对陈容来说，就是路人乙。

比路人甲稍远比路人丙稍近。

“兴众文学不会卖掉了？是什么意思？是乔国界不想卖掉了，还是卖不掉了？”陈容又急不可待地追问了一句，露出一脸轻视的表情，“你一个小小的立化总经理，轻描淡写地说出兴众文学不会卖掉的话，你不觉得有点口出狂言吗？”

何方远淡淡地笑了笑，对陈容咄咄逼人的话既不生气也不反驳，只是继续客观地陈述他的看法：“兴众文学不是乔董不想卖，而是卖不掉了。”

“卖不掉了？”蓝成器愣住了，一脸都是难以置信的神色，“怎么最近的风声越传越多，说是芝麻开门和企鹅都有意收购兴众文学，甚至是收购整个兴众呢？方远，你是有内幕消息，还是只凭自己的判断？”

“风声只是风声，商业战争上，也是阴谋阳谋轮番上阵，兵不厌诈是商场之争中惯使的手段。”何方远坐在蓝成器的对面，见蓝成器脸色愈加严峻了几分，心中更加清楚了一个事实，他和蓝成器之间，怕是很难达成共识了，就如他和李丛林之间因为利益的共同点消失之后就很少再有共同语言一样，基于利益的合作，利益一旦没有了，合作的基础也就消失了。

“这么说，你是只凭自己的判断就得出了兴众文学卖不掉的结论？”蓝成器不以为然地笑了笑，又说，“方远，你还年轻，经事少，所以以后遇事要避免先下结论，要多等一等看一看，有时候风声的背后，也许是空穴来风，也许又是无风不起浪，以前有许多次放风，比如芝麻开门要收购文化中华，结果呢？真的收购了。”

传闻成真的例子有，但传闻成空的例子也数不胜数，何方远不会和蓝成器在兴众文学到底能不能卖掉的事情上讨论个没完，他并不想说服蓝成器相信他的判断，既没必要也没意义，时间总会证明一切。他今天来，只想告诉蓝成器一个事实：“蓝伯伯，我想明确地告诉您，我正式退出管理者收购计划，谢谢您曾经对我的信任和支持。”

蓝成器微有愠怒，见何方远连解释都欠奉，他就知道何方远心意已决，就冷冷地问道：“方远，你是想以此要挟我改变主意支持你自主创业？”

“没有，没有。”何方远连忙谦逊地摆手，“我绝对没有这个意思，蓝伯伯，其实我还想对您说一件事情，就是我不但正式退出管理者收购计划，同时，我也不会再考虑创办互联网版权产业网站的创业思路了。”

“什么？”蓝成器猛然站了起来，如果说刚才何方远无比自信地说出兴众文学卖不掉的结论之时，他还只是觉得何方远太自信、太自以为是了，还想好好为何方远上一课，让何方远收起不应有的傲慢，那么当何方远说到要退出管理者收购计划并且不会再考虑创办互联网版权产业网站的创业思路之时，他彻底被何方远震惊了！

等于是说，何方远主动关闭了和他合作的全部大门，就算他想转而再支持何方远自主创业，创办一家互联网版权产业网站，对不起，何方远也不需要了。

蓝成器感觉受到了莫大的侮辱！

何方远只不过是一个名不见经传的小人物，既没有显赫的身份，又没有过人的资本，在业内还没有呼风唤雨的影响力，何方远凭什么主动关上和他合作的大门！

要关，也应该由他提出才对，他才是资方，才是拥有决定权的一方。

“你的意思是，就算我改变主意，想出资支持你创办互联网版权产业网站，你也不会和我合作了？”蓝成器失去了平常的镇静和从容，声音甚至有了几分颤抖，“何方远，你也太狂妄了吧？”

何方远也赶紧站了起来，他怎么也没有想到，他的话会激起蓝成器这么大的反应。又一想，多少明白了几分，在蓝成器眼中，他还是一个可以任意摆布的棋子，也就是说，他只有事事听话服从安排，他才是好孩子，否则，他就是不识时务、不识抬举的坏孩子。

一个不听从指挥的棋子，就不是好棋子，就是弃子。

“我不是狂妄。”何方远尽管心中一阵悲凉，但他一直信奉一句话，在你没有成功之前，世人不会在意你的尊严，所以他强压心中的不快和不满，不让所有的负面情绪写在脸上，努力淡淡地一笑，“我是审时度势，及时调整了方向。对不起，蓝伯伯，让您失望了。但我还是想走自己的路，想走一条前所未有的创新之路。”

“何方远，年轻人有想法有激情是好事，但好高骛远、不知天高地厚，就不是好事了，是张狂，是不可一世！”陈容比蓝成器还愤怒，本来她一开始就对何方远有偏见，虽然后来在蓝成器的劝说下，勉强接受了何方远，甚至也愿意考虑接受何方远和蓝妹的感情。也是因为在她看来，何方远是一个诚实、踏实并且有前途的年轻人，但现在何方远突然改变了主意，想要抛开蓝成器单飞，她对何方远仅有的一丝好感也瞬间消失殆尽了。

“爸、妈，你们不要逼他了好不好！”蓝妹从楼上下来了，她换了一身休闲装，头发简单地束在了脑后，更显洒脱和干练，她脸上微有不满之色，“他想做什么，让他去做好了。如果你们有一个儿子，你们是希望他永远被庇护在你们的羽翼之下，还是希望他自己有能力翱翔蓝天？方远有了新的志向，你们应该支持他、鼓励他才对，为什么要指责他？”

“在羽翼未丰之前，就想搏击蓝天，不是志向高远，而是好高骛远。”蓝成器虽然隐隐觉得自己不该动怒更不该失态，但何方远实在太托大、太自大了，一想到这点他就控制不住怒气了，“翅膀还没有长硬，就想飞高，很容易摔下来。”

“爸！”蓝妹从小到大虽然不是一个地道的乖乖女，但一向也很听父母的话，今天是她第一次和父母顶嘴，“方远的翅膀已经长硬了，我相信他的眼光，你也应该相信你女儿的眼光。”

“我只相信我几十年的投资经验。”蓝成器缓缓地坐回了座位，也是，几个人都站着说话，颇有剑拔弩张的架势，没有必要，也显得过于小题大做了。他心中忽然闪过一个强烈的念头，为什么他这么在意何方远的决定？到底是在个人感情上他认可了何方远和蓝妹的恋爱，还是在合作的事业上认定何方远的能力并且认为何方远一定会跟随他的脚步？

又一想，从何方远在集体辞职时不跟随三剑客前去开天，再到后来他又不事事听从陈果的安排，再到他想跳出立化自主创业，接着又改变了主意想完成管理者收购。直到今天，他再一次改变了主意，不但放弃了管理者收购计划，也不再创办互联网版权产业网站，一切的一切说明何方远是一个从来不会追随别人脚步而始终坚持自己想法的年轻人。

不过，蓝成器却还是认为何方远过于自信了，年轻人有自信是好事，但过于自信的话，就是自大了：“以我几十年的投资经验判断，创新是好事，但创新失败的概率太大了。”

/ 第十九章 /

# 决裂

“是，我知道创新失败的概率很大，但我还年轻，还有失败之后再站起来的机会。”何方远也坐了下来，他朝蓝妹投去了感激的一瞥，“我不想等我到了承受不起失败的年龄时，再走创新之路。不管是马匀、马化龙还是李颜红，在他们走创新之路时，他们都和我现在的年纪差不多。”

“三巨头，全国才有几个？”蓝成器对何方远所举的例子颇不以为然，“以我几十年的投资经验判断，以后不会再出三巨头一样的人物了。”

“以蓝伯伯几十年的投资经验判断，当年马化龙创业之初，陷入财务危机时，他四处寻找融资，四处碰壁，如果当时马化龙找到了您，您会为他投资吗？”何方远听蓝成器再三强调他几十年的投资经验，不由暗笑蓝成器虽然在投资业界是一个举足轻重的人物，却还是被经验主义限制住了。

经验是双刃剑，在科技发展缓慢的社会，经验是宝贵的财富。而在科技发展迅速的今天，经验有时却是制约思路开拓的束缚。从某种意义来说，经验主义害死人，一点儿也不假。

蓝成器被何方远极有针对性的问题一下问住了，顿时愣在当场，半天回答不上来。对何方远来说，他的问题只是假设，但对蓝成器来说，却是致命一击，因为当年马化龙四处寻找融资时，确实还和他有过交集。只不过当时他凭借多年的投资经验，认为马化龙的公司不值得投资。而到今天，事实证明了他当年走错了一步。

不，是一大步！

如果他当年向马化龙注资100万元，对，仅仅是100万元人民币，就可以换取企鹅10%以上的股份。再如果他有耐心等到今天，以企鹅高达1500亿美元的市值，10%的股份相当于150亿美元。以100万元的投入，耐心等上十几年，得到150亿美元的回报，完全是无法想象的奇迹！

“何方远，你的假设既不成立，也没有什么意义。此一时彼一时，当年是互联网新兴之时，现在互联网业界已经尘埃落定，三巨头已经统一了天下，创意或是创新，很难再有出头的机会了。”蓝成器还想说服何方远，“方远，你和我好好说说，你为什么要放弃管理者收购的想法，又为什么连互联网版权产业网站也不想创办了？你到底想做什么？”

见蓝成器恢复了几分平静和理智，何方远也知道他欠蓝成器一个解释，就说：“放弃管理者收购的想法，是因为兴众文学卖不掉了，既然兴众文学卖不掉，管理者收购的可能性就大大降低了。连和三巨头的价格都谈不拢，我们的出价，肯定更入不了乔董之眼。不想创办互联网版权产业网站，是因为随着三巨头对互联网版权产业布局的收紧，以及三巨头未来的发展方向越来越清晰，现在再进入互联网版权产业，等于是和三巨头赛跑，在实力和渠道完全不在一个数量级之上的前提之下，创办一家新的互联网版权产业网站，只有死路一条。”

陈容听了一半，正要开口再反驳何方远几句，何方远却没有给她机会，冲她点头一笑，又继续说道：“当然，如果我只想求稳，也可以说服蓝伯伯不再坚持管理者收购的想法，支持我创办互联网版权产业网站，至少三五年内，以我年薪300万的收入，也可以赚到1000万以上，同时，在此期间，娶了蓝妹应该也不成问题，至于三五年后，是赚是赔，反正我钱也到手了，蓝妹也娶了，人财两得……但我不想这么做，亏损的虽然不是我的钱，却是我的人品和信誉。”

这一番话说得合情合理，陈容听后被何方远抢话的怒火就熄灭了一半，蓝成器也若有所思地点了点头，对何方远的以诚相待表示了认可。

但认可的只是何方远的态度，不是何方远的见解，蓝成器还是想说服何方远，希望他能够改变主意，继续为了共同的大计通力合作：“方远，你到底想要做什么？步子迈得太大了，不好。听伯伯一句话，现在回到正常的轨道上，还来得及。”

何方远轻轻摇了摇头，很谦逊但是却很坚定地拒绝了蓝成器的好意：“对不起，蓝伯伯，让您失望了，我已经决定了，不会再走互联网版权产业之路了，我想走一条版权拓展之路。”

“不从源头做起了？要直接做终端？”蓝成器多少明白了何方远的意思，“直接做终端，确实见效快，容易出成绩？但你想过没有，方远，源头的版权掌握在别人手中，等于是你永远受制于人。互联网版权产业虽然见效慢，战线拉得长，但却是一个富矿，是可以做得长远的大事业，不管你是做终端的游戏还是影视，都会在版权问题上受制于人。而且不管你做得再大，最终还是难逃被人摆布或是收购的命运……”

何方远笑了：“蓝伯伯，如果我想说，其实我的想法就是赚一笔快钱，您会不会觉得我太短见了？”

“不会吧，方远，在我的印象中，你是一个有长远目光、不会只图眼前利益的人，怎么会转变得这么快？”蓝成器大吃一惊，像不认识一样上下打量了何方远几眼，“你是不是受了什么刺激，亟须用钱来证明自己？”

“也是，也不是。”何方远在蓝成器惊讶、陈容震惊，以及蓝妹不解的目光中，依然保持了镇静从容，“钱虽然不能证明一个人的能力，但至少可以证明一个人在某一方面的成功。我也不是非要用钱来证明自己什么，但如果真的可以短时间内大赚一大笔钱，我也不会拒绝。”

陈容终于按捺不住了，冷哼一声：“何方远，你也太天真了吧？这年头，想赚钱的人多得跟蚂蚁一样，但能赚到钱的人，少得跟熊猫一样。你不要以为自己就有多幸运，想赚快钱就可以赚到，你真以为地上到处是钱，你随便弯腰就可以捡到？做梦！天真到一定程度，就是傻瓜！”

“方远！”蓝妹见形势越来越紧张，对立的气氛越来越浓，她心中焦急，暗示何方远适可而止，不要再说了。

“如果我不走管理者收购和创办互联网版权产业网站这两条路，而走另外的第三条路，蓝伯伯，您肯定不会再支持我了，对吧？”何方远无视蓝妹的暗示，继续说道，“或者说，除了管理者收购之外，蓝伯伯不会支持我的任何决定？”

蓝成器之前支持何方远和蓝妹自主创业，是因为他认为互联网版权产业市场前景大好，后来又改变了主意，只支持何方远实施管理者收购，是因为他认识到在三巨头争相杀入的市场之上分一杯羹太难了，不如直接由管理者收购了立化更有胜算。却没想到，形势一变再变，到今天，形势已经复杂得让他不知道该朝哪个方向前进了。

何方远到底是真的想一意孤行，去做他自己认定的事情，还是只是虚晃一枪，以退为进，故意提出完全退出合作，以换取他对他创办互联网版权产业网站这一自主创业的支持？蓝成器沉吟片刻，决定不被何方远牵着鼻子走，瞬间有了决定：“如果你按照约定，完成了对立化的管理者收购，我承诺的几亿资金，可以随时到位。”

话不用说得太明，点到即可，何方远明白了蓝成器的意思，他微一点头：“我明白了，谢谢蓝伯伯。”

蓝成器站了起来，和何方远握了握手：“什么时候想通了，欢迎随时回来。”

何方远知道蓝成器要送客了，商场上的事情有时也确实是利益至上，没有谈妥，连午饭也不留他了。他也站了起来，和蓝成器一握手：“好的，蓝伯伯。谢谢蓝伯伯对我一直以来的关照，这一束花送您。”

在“百年老店”买的那束勿忘我，何方远进门之后放在了沙发上，没有拿出来，现在送给了蓝成器，大有深意。

“勿忘我？”蓝成器接过花，愣了一下，又摇了摇头，“方远，商场上的事情，来不得半点温情。”

何方远也不过多解释，向蓝成器和陈容礼貌地告别，转身离开了蓝家。

蓝妹送了出来。

一出门，蓝妹就气恼地一推何方远：“你诚心的是吧？你故意气我爸，让我爸断了和你合作的念头，然后你才可以轻装前进，没有任何心理负担地和孔祥云合作，对不对？”

见蓝妹真的生气了，何方远也一脸严肃地说道：“不是，蓝妹，你误会我了。孔祥云再有钱，也没有蓝伯伯有钱，我还是希望蓝伯伯能够支持我的新规划。但如果从正面提，蓝伯伯跟我之间肯定会没有商量余地，但如果以退为进，也许事情还有转机。”

蓝妹不相信何方远的话：“真话还是假话？我怎么总觉得你是在骗我？我说要和你结婚，你理都不理，有多少高富帅跪在地上向我求婚，我都不看他们一眼。你倒好，我低声下气地主动向你求婚，你还拿起了架子，哼！我越想越觉得你口是心非，当着你爸你妈的面说要选择我，既然要选择我，为什么不和我结婚？”

站在蓝家别墅小区的门口，望着高耸的欧式风格大门以及尽职尽责的保安，还有进进出出的各式豪车和衣着光鲜的上流人士，何方远轻轻搂住了蓝妹的腰，俯身到她的耳边小声地说道：“我不是不想娶你，而是现在娶不起你。我在下江一没有房子，二没有汽车，三没有户口，拿什么娶你？好吧，就算户口问题不再是一个问题，我们结婚后，住在哪里？你住惯了别墅，住得惯租来的80平方米的房子吗？你开惯了豪车，开得惯20万以下的经济型车吗？你住惯了干净整洁、来往都是精英的高档小区，住得惯杂乱无序、进出的都是市井小民的低端小区吗？”

何方远发自真心地叹息了一声：“我想娶你，但我现在还养不起你！”

“我生气了！”蓝妹一把推开了何方远，一脸怒气，“我真的生气了！何方远，没想到认识你这么久了，你还这样看我，好吧，既然你这么说，我们以后就不要再见面了！绝交！再见！”

话一说完，蓝妹转身离去，只留给何方远一个窈窕却毅然决然的背影。

何方远站在原地未动，愣了半晌，摇头无奈地笑了一笑，正要迈开脚步，忽听到身后传来一个清脆的声音："何方远，你太不了解蓝姐姐了，真的。你也太自以为是了，真的！"

回身一看，身后不远处站着一个女孩，亭亭玉立，犹如一株生机勃勃的向阳花，正是古玉。

"古玉，你又有什么高见？"何方远努力笑了笑，尽管他现在的心情很不爽。

"你刚才就应该直接对蓝姐姐说——你若不离不弃，我必生死相依！热恋中的女孩，都喜欢海誓山盟，都喜欢一个人对她承诺永远。你却瞻前顾后，把她当成了一个爱慕虚荣的女孩，你太伤人心了。"古玉对何方远刚才很没男人气概的表现愤愤不平，"要是我，我就直接拉她去民政局登记结婚。我认识的蓝姐姐，善良美好，是一个有主见、轻易不会改变的好姐姐。"

何方远默默地点了点头："谢谢你古玉，是我太多虑了。也许，我就应该不顾一切地娶了她，谁又知道以后我不会成功地让她过上好日子呢？"

"这才像个男人。"古玉上前一步，一拳打在何方远的胸膛上，"男人就应该坚强挺拔，让女人觉得可以依靠，可以托付一辈子。"

没想到古玉的劲儿还挺大，打得何方远生疼，他又不好意思表露出来，省得又被古玉说他不够男人，笑道："你心目中的男人是什么样子的男人？"

"一身肌肉、孔武有力、柔情似水、温文尔雅。"古玉一脸向往地回答了何方远。

"噗……"何方远笑喷了，"一身肌肉、孔武有力的男人，怎么也不会柔情似水、温文尔雅。通常情况下，四肢发达的男人，多半头脑简单。"

"去你的。"古玉气着了，扬手要打何方远，"敢诋毁我心目中的完美男人形象，看我不打你……"

何方远才不会被古玉打着，哈哈一笑，一溜儿烟跑了。

元旦一过，春节就快到了。春节期间，何方远又回了一趟家，不过这一次他既没有带孔祥云，也没有蓝妹随行，他一个人孤单地回到了家里，在家里住了一周后，就返程了。他并没有先回下江，而是去了北京。

在家期间，父母问他婚姻大事的问题，他的回答是——五一之前将会确定下来。

五一之前真的能确定下来吗？何方远不敢回答自己，但他敢回答自己的是，在五一之前，可以确定下来的事情有很多，包括他酝酿已久的下一步。

去北京是为了见孔祥云。

在和孔祥云见面之后，谈了差不多一天时间，基本上敲定了全部的合作细节，甚至连第一步的规划都做出了构思，何方远见已经万事俱备只欠东风了，就准备回下江。

刚要动身的时候，接到了一个陌生的电话。

“方远，你在哪里？我想见你。”话筒中传来的声音，既熟悉又陌生。熟悉的是，曾经多少次在他耳边响起；陌生的是，随着时间的推移，再熟悉的人和事，也会因为时间的流逝和空间的遥远而变得越来越淡漠了。

比如蓝成器，比如梅长河，再比如梅荏苒。

没错，来电之人，正是梅荏苒。

“是荏苒？”坐在何方远身边的孔祥云听出了声音的主人是谁，她压低了声音，悄悄一笑，“你们老情人约会，我就回避好了。”

“别。”何方远不让孔祥云走，“你留下，有你在，我和梅荏苒之间，许多话也好明说。”

和梅荏苒约好了在北京的望京见面，放下电话，孔祥云取笑何方远：“我都已经选择退出了，结果倒好，你和蓝妹又冷战了不说，梅荏苒又出现了，方远，你让我说你什么好呢？你什么时候才能长大，理清纷乱的感情关系？”

“我已经长大了。”何方远很严肃、很认真地说道，“让你留下来，就是想借你当挡箭牌，和梅荏苒做一个了断。”

“真的？”孔祥云喜上眉梢，忽然又神情落寞，“我怎么觉得，这样对荏苒太不公平了？”

“可是没有办法呀。”何方远摇了摇头，一脸无奈，“我还能承诺荏苒什么？既然什么都承诺不了，为什么还要给她虚无缥缈的希望？让她放下过去，重新开始新的生活，才是对她最大的公平。”

“说得也是。”孔祥云可以理解何方远的想法，何方远现在不是说对梅荏苒没有感情了，而是对她没有承诺的资本了，所以，他要断了她的期望。

/ 第二十章 /

# 局势纷乱时布局

下午时分，在望京的一家咖啡馆门前，何方远等来了姗姗来迟的梅茌苒。数月不见，梅茌苒依然清瘦，只是眉宇之间多了一丝经历过许多世事的从容。

是呀，梅茌苒年纪轻轻就经历过了许多不该经历的沧桑，和同龄人相比，背负了太多的人生包袱。也许人生对她太不公平了，可是谁又知道公平和不公平的界限又在哪里？坦然地面对人生的种种巨变，才是积极向上的正确态度。

见何方远身边还有孔祥云，梅茌苒眼中燃烧的热情，瞬间黯淡了许多，她先是意味深长地看了孔祥云一眼，才又淡淡地对何方远说道："方远，好久不见，你一切还好吗？"

"还好，一切安好。"何方远想和梅茌苒握手，却觉得握手过于正式了，想和她拥抱，又觉得拥抱过于热情了，想来想去，只是原地站立，笑了一笑，"你呢？都还好吧？"

"都还好。"梅茌苒也笑了笑，只不过笑容中有几分勉强，"我刚从国外回来，想和你见上一面，有几句话想和你说清楚。"

"好，外面冷，到里面坐。"何方远的态度不冷不热，请梅茌苒入内。

"不用了，我忽然觉得没必要了。"梅茌苒摇了摇头，一脸坚决，"长话短说，不管是站着说还是坐着说，都一样。"

"祥云姐……"梅茌苒抱住了孔祥云的胳膊，似乎她和孔祥云关系很密切一样，"你在照顾方远，我就放心了，你和他从小一起长大，知道他的脾气、他的喜好，以及他的一切，而且你温柔大方，肯定不会让他受气。他爱吃面食，尤其爱吃烙饼。不过米饭他也能吃，虽然吃得不多，而且挑剔，不吃南方米，只吃东北的大米。他不爱穿西装，总说西装穿上太别扭，其实他不知道，他穿上西装最帅了。他还不喜欢台式机，嫌台式机没有安全感，一断电就丢数据，而且不方便携带。他最喜欢超极本，也喜欢平板，不过不是苹果的平板，在他看来，苹果的平板就一台便携游戏机，没有多少工作价值……”

梅茬苒说是长话短说，却絮絮叨叨地说了十几分钟，从何方远的生活习惯说到了他的工作习惯，以及他的种种或好或坏的喜好。何方远在一旁黯然无语，孔祥云一脸淡然笑意，不时地点头。

“好了，总算说完了，是不是太啰唆了？”梅茬苒松开了孔祥云的胳膊，向前一步，轻轻抱了一下何方远，“方远，再见了，以后我不会再出现在你的生命中，打扰你平静的生活。就这样吧，明日隔山岳，世事两茫茫，再见，我的爱。”

“茬苒……”何方远蓦然从心底深处迸发出一股不可压抑的悲伤，泪水夺眶而出，“对不起！”

“没有必要说对不起，也许，该说对不起的是我。”梅茬苒没有回头，她不想让何方远看到她的泪水，“我谁也不怪，怪只怪自己没有和你在一起的幸运。”

虽是初春，依然春寒料峭，梅茬苒微冷的背影消失在了北京初春的街头，消失在了何方远的视线之中，也不知道是不是从此就走出了何方远的生命。

也许，一个简单的告别才是最真实的告别。

“方远，茬苒真的很可怜，她真的很爱你。”孔祥云也哭了，她被梅茬苒的悲情感动了。

何方远一狠心，擦干了脸上的泪，上次他和梅茬苒在夜晚的北京街头吻别，以为真的从此天各一方、永不相见了，没想到，今天在北京的街头再一次告别。他隐隐有一种预感，从此以后，他和梅茬苒或许真的不再相见了。

不再相见了也好，他是该理清身边剪不断理还乱的一堆事情，轻装前进了。

“希望有一天，我们告别时，不要这么悲惨才好。”孔祥云也擦了擦脸上的眼泪，忽然又破涕为笑了，“我想通了，如果我对你用情不那么深，对你没有那么多的期望，等我们分别的时候，我也就不会那么悲伤了。”

何方远轻轻一拍孔祥云的后背：“想太多了吧，祥云？行了，走了，我该回下江了，希望我下一次再来北京的时候，前期工作已经完全准备就绪了。”

“嗯，尽管放心。”孔祥云本来就是烂漫的性格，她不如梅茬苒一样容易背负沉重，转眼就雨过天晴烦恼皆忘了，“情场失意的话，一定会商场胜利。等我的好消息吧，方远，你给我一份信任，我还你一个奇迹。”

何方远的飞机落地之后，前来接机的人不是蓝妹，是范记安。

“何哥，蓝妹怎么了？我问她接不接你，她气呼呼地说，何方远是谁？她不认识。这是什么节奏？是吵架、冷战，还是分手？”一接上何方远，范记安就问了一连串的问题，他一脸好奇加八卦的表情，让他看上去颇有几分滑稽。

“咸吃萝卜淡操心，好好开你的车。”何方远没理会范记安熊熊燃烧的八卦之火，他把头靠在座椅之上，闭目养神，心中却是心潮起伏，一时想了许多。

上次从蓝家出来之后，他的一番话惹得蓝妹生气了，他还以为蓝妹没多大的气性，转身就忘了，没想到，蓝妹居然一个多月都没有和他联系！

怪事，蓝妹什么时候也这么倔强了？印象中，蓝妹是一个很聪明、很淡然率性的女孩，通常情况下，她懂得见好就收的道理，不会无理取闹。

何方远也试着联系了蓝妹几次，不管是电话、企鹅还有邮件，都没有回音。电话打不通，企鹅不回，邮件不理，仿佛蓝妹凭空从世界上消失了一样，踪迹全无。

怎么回事？何方远想不明白，却又不好打电话向蓝成器问个明白。正好春节前的工作很多、很棘手，他也就暂时将蓝妹的事情放到一边，想等春节之后再说。

听范记安的意思，他打通了蓝妹的电话，而且蓝妹还说了一些气话，何方远就放心了，蓝妹还有气，就证明了蓝妹没事，只是还在和他进行持久战罢了。

“何哥，你别睡了成不？我有事情要和你说。”范记安一边开车，一边摇晃何方远，“和付锐谈得差不多了，他同意辞职，但他有一个条件……”

“什么条件？”见事情有了初步进展，何方远睁开了眼睛。

“他要和你谈一谈。”范记安挤了挤眼睛，意味深长地笑了，“我知道他的意思，我的承诺他不信，他想亲耳听到你的承诺。”

“没问题，你现在给他打电话，晚上就可以见面。”必须要积极地推动下一步了，企鹅文学成立在即，据说，千方文学的成立也提上了日程，他关于未来的规划，也该迈出关键的第一步了。

“好。”范记安当即给付锐打了一个电话，约好了晚上见面的时间和地点，就挂断了电话，“何哥，樊铮和几个版权方谈好了合同，以溢价四倍的价格，留下了三个版权方。”

“溢价四倍？大手笔呀。”何方远摇了摇头，无奈地一笑，“真要和开天比烧钱吗？就是把整个兴众都压上，也比不了企鹅的几十分之一，拿什么和企鹅比实力？难道说，乔董还真以为溢价四倍的版权方在转手卖出的时候，可以以溢价十倍的价格赚回来？”

范记安嘿嘿一阵干笑：“我就不明白了，为什么乔董高高在上，反而目光还不如我看得长远？以目前的形势看，明显是没有下家肯接手兴众文学了，他还要不惜血本地留住版权方，难道仅仅是为了不让开天挖人的图谋得逞？真的是为了面子，也太不值了。”

“估计乔董还有另外的谋算，以乔董的境界，他肯定已经设想好了兴众文学万一卖不出去之后的困境，不要替别人操心了，樊铮的大保健早晚会事发，等乔董的布局完成之后，他会成为整顿立化的第一个牺牲品，被踢出立化。”何方远其实也想到了乔国界肯定还有后手，具体后手是什么，他不好猜测，毕竟他还没到乔国界的层次。

快到公司时，何方远的手机响了。

是李丛林来电。

说来有很长一段时间没有和李丛林有过任何形式上的接触了，突然又接到了李丛林的电话，何方远心中一紧，不知道又有什么意外事情发生，忙接听了电话。

“李董好。”

“方远呀，有时间的话来我办公室一趟。”李丛林的声音还是和以前一样平和中正，有一股一切尽在掌握的从容。

“半个小时后，不知道李董方便不？”既然李丛林要和他面谈，肯定有要事，何方远也不敢怠慢，想第一时间和李丛林见上一面。

“可以。”

“李董找你？”范记安一脸的不解，“他找你有什么事情？不是和他已经各走各路了吗？”

“形势一变，各自的立场都会改变，以前是各走各路，说不准以后还会通力合作。”何方远一拍范记安的肩膀，“记住了，商场不比官场，官场上的敌对有时没有化解的可能，商场上的敌对，很容易就化敌为友了。利益的支点一变，每个人的位置也都会随之一变。”

“何哥高明。”范记安哈哈一笑，“有局可借时，控局。无局可借时，谋局。局势纷乱时，又该怎么办呢？”

“布局。”何方远也哈哈一笑，“就像蜘蛛一样，你织网我也织网，织好网后，就守株待兔，看谁的网中最先有上门的飞虫。”

“这样呀……”范记安挠了挠头，“说了半天，原来布好局后，谁是最后胜利者，还要看运气。”

“运气是一方面，眼光也是一方面，就看谁织的网位置更好、更有预见性。当然，还有要看谁更有耐心了。”何方远见汽车已经驶进了停车场，呵呵一笑，“范记安，你打算什么时候和付瓜瓜结婚？”

“结婚？我现在没房没车没前途，三无人员，拿什么结婚？等何哥的事业成功的一天，我星星跟着月亮走，也沾了光，到时也许才会有结婚的能力。”范记安大彻大悟地摇了摇头，“相爱总是简单，结婚太难，尤其是在下江结婚，更难。”

“你的想法不对。”何方远虽然自己在结婚的问题上，和范记安想的一样，但他还是劝说范记安不要太在意生活上的条件，“该结婚就结婚了吧，房子车子在结婚后一样可以买，岁月却等不起。徐子棋不是说今年就要和辛儿结婚？他不是和你一样，什么也没有？”

“我得向何哥看齐。”范记安眨眨眼睛笑了，“何哥如果今天结婚，我明天就结婚。紧跟领导的脚步，肯定不会犯错。”

何方远这才知道上了范记安的当，知道蓝妹肯定向范记安抱怨什么了，怒笑：“你是不是听蓝妹说什么了？”

“没有，绝对没有。”范记安锁好车后，转身就跑，跑得比兔子还快，跑了几步，确信何方远打不着他了，才又回头贱贱地笑了，“何哥，是男人就不要耽误女人的青春。娶了蓝妹吧，她不会嫌弃你现在什么都没有，她说了，投资一个原始绩优股，一步步看着自己的男人成长起来，才是一个有眼光的女人的英明决定。”

何方远冲范记安的背影嚷了一句：“我的事情你少管。”

话虽这么说，心里却还是有了触动，好吧，等忙完了手头的事情，就去找蓝妹，当面向她求婚。

到了办公室，稍事停留，就上楼直奔李丛林的办公室而去。不料一上电梯，却无巧不巧地遇到了陈果。

“方远？”陈果微微一愣，见何方远按下了18楼的按钮，眼眉一挑，“去见乔董？”

“不是，是李董。”何方远实话实说，他作为立化的总经理，越过兴众文学的CEO和兴众文学的董事长见面，也不算是什么大逆不道的事情，也符合职场规矩，“陈总去见乔董？”

陈果点了点头：“乔董让我准备一份媒体采访提纲，他准备接受媒体采访。”

什么？何方远心中一跳，乔国界自从淡出了公众视线之后，迄今为止足足有五年时间没有接受过任何媒体采访了，怎么突然之间主动要接受媒体采访了？看来，乔国界的动作不断，说明他迫切想要改变外界对兴众今非昔比的印象了。

“这是好事，乔董是该站出来，正面回应外界媒体的各种猜测了。”何方远随口说了一句，眼见到了18楼，他冲陈果微微一点头，就直奔李丛林的办公室而去。

望着何方远的背影，陈果眼神复杂，也不知道在想些什么。

“方远来了。”敲开李丛林办公室的门，刚一进房间，李丛林就热情地迎了过来，和何方远握手，“天气要转暖了，春天要来了。春天总是让人感觉到希望和生机，方远，喝茶还是喝水？”

李丛林的话，似乎前言不搭后语，但如果仔细一听，还是可以听出其中隐晦的暗示，何方远就知道，今天的会面，李丛林要和他谈话的内容，恐怕会有意想不到的变化。

冬去春来，季节变迁的同时，往往也会带来许多期待中的变迁。

“喝水好了。”何方远本想说什么都不用喝，话到嘴边又改变了主意，决定喝一杯水，由以前李丛林问他喝什么茶变成了现在的是喝茶还是喝水，他在李丛林心目中的分量，明显又轻了几分。

说喝水是想告诉李丛林，君子之交淡如水。

李丛林微微一怔，似乎没有想到何方远会提出要喝水，随即他又淡淡地笑了，亲自倒了一杯水递到了何方远手上：“据科学研究发现，人渴的时候，还是喝白水最解渴，也对身体最有对益。”

何方远接过水，一饮而尽：“是呀，越是平淡的事物，才越有大用，才越长久。我们生活在这个世界上，感谢这个感谢那个，其实最应该感谢的是阳光、空气和水，没有阳光、空气和水，我们早就没命了。不过我们习惯了大自然无偿地奉献，日用而不知，就忽略了一个道理——生命中最宝贵的东西，都是免费的。”

“呵呵，这句话说得好呀，生命中最宝贵的东西，都是免费的……爱也是免费的。”李丛林对何方远的这一句感慨，很是赞同。

“爱其实不是免费的，大多数的爱，都是有附加条件的，包括恋人之间的爱，包括父母之爱。”何方远顺着李丛林的话向下说，他很清楚李丛林的话不是漫无目的地聊天，而是有所延伸，“恋人之间的爱，希望对方对自己一心一意，从来没有无私的爱，不可能只爱对方而不希望对方为自己付出。父母之爱也是一样，父母深爱自己的孩子，似乎是无私之爱，其实也包含了望子成龙的寄托，希望孩子可以出人头地，这样，自己也脸上有光。”

“照你这么一说，人间的爱，还真是没有无私的大爱了？”李丛林为自己倒了一杯茶，慢慢品，耐心十足。

“也不是，人间也有大爱，比如白方礼老人。从1987年开始，74岁的白方礼老人连续十多年靠自己蹬三轮的收入帮助贫困的孩子实现上学的梦想，直到他将近90岁。2005年9月23日，92岁的白方礼老人安详地离开了人世。蹬三轮近20年，35万元善款，圆了300个贫困孩子上学梦！”说到白方礼老人的事迹，何方远心中很是感动，“一个馒头，一碗白水，他曾如此简单地生活；三百学子，35万元捐款，他就这样感动中国！白方礼老人的善举，就是真正的无私之爱，是人间大爱。”

/ 第二十一章 /

# 形势明朗

李丛林不说话了，目光深沉地望向了窗外，或许是心灵受到了触动，或许是他的思路被何方远带动得偏离了方向，总之，在沉默了半天之后，他才又开了口："方远，今天叫你来，是想告诉你一件事情……"

何方远站了起来，恭敬地说道："请李董指示。"

李丛林挥了挥手，意思是让何方远不必这么正式："我当初来兴众的时候，乔董就明确地告诉我，我来兴众的最大目的就是推动兴众文学上市。马大勉和我一样，也是肩负着让兴众文学上市的使命。现在兴众文学上市无望了，马大勉离开了兴众，外界就在盛传，我在乔董眼中的价值，也远不如以前了，真的是这样吗？"

"其实在空行向兴众文学注资1.1亿美元的时候，李董已经完成了乔董赋予的重任。"何方远插了一句话。

李丛林点了点头，很为何方远能够及时领会到他的意图而欣慰："1.1亿美元融资额度，已经超过了很多公司IPO的规模。兴众文学谋求上市，预期的融资金额也不过是2亿美元，1.1亿距离2亿，相差不大了。可以说，我已经完成了乔董的指标，只不过不是公开发行上市，而是私募股权融资。"

隐隐中，何方远觉得他要抓住李丛林谈话的节奏了，一个答案即将呼之欲出！

"上次正在谈话时，你不辞而别，我还觉得你太自以为是了。但现在我才发现，方远，你还真是一个很有眼光的年轻人呀。"李丛林的话题终于驶到了快速路上，"几天前，乔董和我有过一次长谈，他问我对兴众文学以后的长远规划是什么，一听他的语气我就知道了一个事实，兴众文学，估计卖不掉了。"

乔国界这么快就放弃理想了？尽管早有心理准备，何方远亲耳听到李丛林证实了他的推测之时，还是禁不住心中既惊又喜！

惊的是，他居然真的看清了局势，猜对了结局；喜的是，由此也证明他的眼光确实不错，推而广之，岂不是也说明他不再坚持互联网版权产业的思路的正确性？这么一想，他对他的全新规划更加信心十足了。

所谓当局者迷，旁观者清，何方远并不是觉得乔国界连他也不如，而是乔国界置身其中，身为当事人，兴众文学上下浮动一两亿美元的卖价，自然会让他有患得患失的心理，谁也不是先知先觉的圣人，身在局中，一时看不清方向也很正常。

更何况这些年来，乔国界的诸多决定之中，败多胜少，他早已不是事事稳操胜券的帝王了。

兴众文学卖不掉的话，李丛林的管理者收购计划就搁浅了，那么李丛林肯定也要顺应形势的变化而改变策略了。

"不是说芝麻开门和企鹅都和乔董有过接触吗？"何方远不是明知故问，而是想借李丛林之口，更多地了解一些内幕，毕竟若论与乔国界关系的远近，他远不如李丛林。

"芝麻开门是谈过，没谈成。企鹅也有意向，上次接近谈成了，连马化龙都亲自跑来下江准备签合同了，结果乔董临时反悔，想要提价，马化龙一气之下，决定再也不和兴众合作，企鹅的大门也关上了。"李丛林没再向何方远隐瞒兴众的最高商业机密，"到现在为止，三巨头都对兴众文学失去了兴趣，兴众文学出售的可能性大大降低了，在这种情形下，乔董又想继续规划兴众文学的未来了。"

见李丛林对他颇有知无不言、言无不尽的信任，何方远也就奓着胆子问道："李董，兴众文学的未来规划，着重落在哪儿方面？"

李丛林作为集团总裁，不但亲自担任了兴众文学的董事长，在管理上也是事无巨细，由此也可以看出乔国界对兴众文学的重视程度。

"有五个方面。"李丛林摆出了长谈的姿势，"第一，积极引入战略投资。早在两年前，兴众文学就引入过两家投资集团的财务投资，但财务投资除了财务上的助力外，在资源方面对兴众文学并没有太多帮助，对兴众文学的长远发展，作用也极其有限。以后，要努力为兴众文学引入战略投资者。相关谈判已经开始，外界所能想象到的公司基本都开始接触了。但引进战略投资不是要出售兴众文学，所以谈判极其缓慢并且谨慎，财务投资像男女恋爱，双方有很好的退出机制，不合适就可以及时退出。但战略投资像结婚，必须谨慎。结婚不比恋爱，一旦结婚了，一方想要退出，就要耗费大量精力和时间了。

"第二，'大神'（对版权方中部分顶尖版权方的称呼）流失是客观现实，不过重金挖墙脚已经过时了，给‘大神’建立工作室才是未来的发展之路。在新的竞争环境下，‘大神’版权方流失不可避免。过去兴众文学是行业的绝对统治者，对于一个正常的行业来说，百分之百的垄断是不正常的。所以，随着行业的完善，‘大神’版权方的流失不可避免，也不用担心害怕。重金笼络版权方是最早期的玩法，兴众文学已经超越了初期阶段。

“第三，成立版权营销中心，实现版权的集中变现。为了更好地促进作品版权变现和渠道拓展，新成立的版权营销中心由我亲自担任负责人，下设影视编剧部、游戏业务部、线下出版部、漫画事业部、音乐事业部和衍生商品事业部。以后，所有的版权作品的变现和渠道拓展，必须要由总部批准。

“第四，兴众文学自己如何消化版权。一是线下出版公司，在这方面兴众文学有长期积累，还有自己的漫画公司；二是游戏的运营，可以靠兴众文学母公司以及兄弟公司；三是视频运作，这方面进行自营挑战很大，更多的是尝试与影视圈合作，兴众文学扮演IP、数据提供方和投资方角色。

“第五，维持兴众文学目前的架构不变，集中发展移动端的布局。”李丛林一口气讲完，见何方远在整个过程中，一直静心聆听，没有插嘴，心想何方远确实比其他人更有耐心、更有涵养，“方远，以上五点，你听了有什么想法？”

想法不但有，还有很多，何方远却不会和盘托出他的真实想法，而是说道：“思路很清晰，规划很有力度，如果执行到位的话，兴众文学在未来几年内，依然可以保持领先的优势。”

从一系列的措施可以明显看出，对于兴众文学未来的规划，乔国界也好，李丛林也好，基本上心中都有一个清晰的蓝图。也必须承认，以上五点，可以在一定程度上维持兴众文学目前的地位，稳定兴众文学的军心。

但从中也不难看出，兴众文学确实有财务危机了！

从第一点强调引进战略投资来看，说明兴众文学没钱了。不管怎么用战略投资而不是财务投资来掩饰兴众文学财务吃紧的真相，没钱就是没钱了。在才从空行融资了1.1亿美元之后不久，又想进一步扩大引资规模，由此也说明，兴众文学由于高价买断版权方支出过大，导致了资金严重短缺。

而且何方远也从中发现了蛛丝马迹，引进战略投资，其实和变相卖掉兴众文学区别不大。只不过引进战略投资是部分卖掉，而直接卖掉则是一锤子买卖。

同时，战略投资如果慢慢增资，最终战略投资者控股了兴众文学的话，也相当于兴众文学卖出了。以前，乔国界的性格是卧榻之侧不容他人酣睡，现在迫于形势，他也只能放权了。或者说，在资金短缺的巨大压力下，在兴众文学没有办法一次性卖掉的前提下，他只能退而求其次，允许外面的投资者进入兴众文学，以资本的力量削弱他对兴众文学说一不二的掌控力了。

其实也可以这样说，现在找不到一个可以全盘接手兴众文学的下家，那么不如先以股份换资金，来暂时缓解兴众文学目前资金紧缺的现状。先要渡过眼下的难关再说，至于以后的路怎么走，以后再说。

何方远最关心的是第一点，后面几点，都是对第一点的补充，比如不再重金挖墙脚、成立版权变现中心、自己消化版权，等等，看似眼花缭乱，归根结底只围绕了一个中心——钱。如果说引进投资是从外部变现，那么后面的几点就是从内部变现。

以兴众文学如此老牌并且实力雄厚的互联网版权产业公司，面临三巨头的围猎，不对，其实兴众文学沦落到今天的地步，只有企鹅一家正面出手了，千方和芝麻开门并没有对兴众文学展开正面狙击，即使这样，兴众文学十年的布局还是毁于一旦，那么换了他，就算有蓝成器几个亿的资金作为助力，也难以抵挡三巨头之中任何一家的打压。

如果是三巨头联合出手的话，相信兴众文学连喘息的机会都没有就一败涂地了。

由此，何方远更加肯定了自己的判断，兴众文学风向大变，乔国界眼见卖出无望，开始改变思路，要由以前的打包改为化整为零出售了，他及时调整了策略，不再介入互联网版权产业市场的厮杀，当真是明智之举。

不管怎样，以股份换资金的方式，总好过将兴众文学拆分出售，因为一旦兴众文学旗下的立化中文网卖出的话，兴众文学就成了一个空壳。

“方远，乔董的思路一转变，我们也要跟着转变思路，及时跟上乔董的步伐呀。”李丛林意味深长地看了何方远一眼，“管理者收购计划，就这样过去了。”

管理者收购计划搁浅，对何方远来说没有什么损失，他在管理者收购计划之中，只投入了部分精力和时间，并没有押上太多的赌注。相比来说，顾南就惨了，顾南私下收购了大量兴众文学的期权，现在兴众文学又回到了原点，出售无望，也上市无望，顾南手中的期权，从一堆废纸摇身一变，变成了另一堆废纸。

当然，对李丛林来说，也不是什么好消息，李丛林也许可以借助兴众文学的抛售，完成管理者收购计划的壮举，从而纵身一跃由经理人的角色前进一步，成为资方。但就目前的形势来看，乔国界心理价位过高，连三巨头都接受不了乔国界的要价，更何况李丛林。

“李董，乔董既然和外界谈不妥价格，您这个时候向他提出管理者收购，不正是最佳时机吗？”何方远故意有此一问，也是想确定乔国界是不是心意已决。

“之前我和乔董谈过这件事情，当时乔董的态度还不明确，主要也是因为乔董想看看形势，以为兴众文学可以卖一个不错的价格。现在形势明朗了，他反而又不想卖了，或许在乔董看来，现在卖掉，不能卖一个合适的价位，还不如再等等，等大环境越来越好的时候再卖，说不定价格会比现在翻番。”李丛林很有耐心地回答了何方远的问题，“所以，我觉得已经没有必要再向乔董提出管理者收购了，就算提出来，最后价格谈不拢，也是无用功。”

何方远点头说道：“也是，与其谈不拢，还不如不提。”

谈话进行到现在，基本上主题已经表明了，接下来就该是表明立场的时候了，李丛林深深地看了何方远一眼：“方远，我放弃了管理者收购计划，一心要经营好兴众文学，你有什么想法，尽管说出来，只要合理，我都不会拒绝。”

李丛林的意思是要继续重用他了？何方远总算完全摸到了李丛林的脉搏，他恭敬地说道：“我的想法就是，坚决落实李董的各项指示。”

见何方远只说套话，李丛林起身来到何方远身前，拍了拍何方远的肩膀：“方远，在我面前，有什么说什么，我们又不是陌生人。现在的形势你也看得很清楚了，既然乔董有意继续发展壮大兴众文学，那么能人和明白人就会得到重用，我已经向乔董暗示过了，只有你才是兴众文学最合适的CEO人选。”

兴众文学的CEO，年薪至少300万，比何方远现在的收入翻了三倍有余，而且还会有股权奖励。从职业经理人的角度来说，担任兴众文学的CEO，会是何方远职业生涯的第一个高峰。以他现在的年纪，哪怕等上两年之后才当上兴众文学的CEO，也会在他的履历上留下十分浓重并且光彩的一笔。从长远看，有朝一日他成为打工皇帝唐俊一样的顶尖职业经理人，也不是没有可能。

唐俊可是年薪数千万甚至上亿的传奇人物！

好在何方远头脑还算清醒，知道兴众不是久留之地，曾经唐俊也被乔国界以高薪聘请到了兴众，最后却还是壮志未酬而离开兴众，更不用提在业内闹得沸沸扬扬的马大勉事件了。

马大勉论资历和人脉都比他强多了，最终还是难逃被过河拆桥、扫地出门的下场，他又有什么资格可以幸免呢？何方远坚定地摇了摇头：“谢谢李董的厚爱，我资历太浅、经验不足，不足以胜任兴众文学CEO的重要工作……”

李丛林用探究的目光打量何方远几眼：“形势和以前不一样了，方远，你也该跟上形势，改变以前不切实际的想法。难道说，除了管理者收购之外，你还有别的打算？是不是想跳出立化？”

“是。”何方远没再隐瞒，直截了当地说出了他的真实想法，“我在立化的时间，不会太长了。谢谢李董对我的信任和照顾，不过对不起，我估计要辜负李董的信任了。”

“你跳出立化，不管是跳到企鹅、千方还是芝麻开门，你都有竞业禁止协议在身，一年之内不能从事同行业的工作。一年的时间虽然不长，但一是没多少收入；二是你现在正处在事业上升阶段，耽误一年就等于耽误三五年，再说现在正是局势一变再变的非常时期，万一在这个期间机会来临了，你只能眼睁睁看着错过，该是多大的遗憾。”李丛林很看重何方远的为人和能力，不想放何方远离开兴众文学，“方远，你要考虑清楚了，你现在留在兴众文学，一年之后，你的收入不但可以翻倍，而且在你的职业经理人履历中，还多了非常关键的一笔，轻重缓急，你要分得清。”

何方远当然分得清，而且分得很清，他很感谢李丛林对他的重视和耐心，恭恭敬敬地说道：“非常感谢李董对我的关爱，不过我已经决定了，抱歉让李董失望了。我跳出立化后，不会再从事互联网版权产业了……”

李丛林被何方远胸有成竹的自信震惊了，他愣了半天才难以置信地问道：“方远，你真的决定了？你要放弃眼下收入丰厚、前景不错的工作跳出兴众文学，而且以后不再从事已经在业内拥有一席之地的互联网版权产业了？你知道你这么做等于是放弃了以前一切的成就，从零开始吗？”

/ 第二十二章 /

# 心量有多大，天地就有多大

“知道。”何方远诚实地点头，“我已经想好了一切后果，也做好了惨败的心理准备。”

“我想不通。”李丛林无奈地摇了摇头，“方远，既然风险这么大，你为什么非要走这条路呢？”

“也许……”何方远沉默了片刻，又一字一顿地说道，“也许我很傻很天真，想自己掌控自己的命运，不想再在各方势力的夹缝中生存了。”

下楼的时候，何方远又遇到了陈果。正在打电话的陈果顾不上和何方远说话，只是匆忙点了一下头，就迅速离去了。何方远从陈果的电话中隐约听到了几个关键词：“采访、乔董、下江主流媒体……”

这么说，乔董真的要面对媒体高调刷存在感了？从之前传出的芝麻开门要全盘收购兴众的消息，再到现在乔董主动邀请媒体上门采访，说明在围绕兴众或是兴众文学出售的问题上，出现了巨大的转折。

乔董的公开发声，其实也是一种商业策略，是一种宣示，也是一种主动出击，是想向外界表明，乔国界还活跃在国内互联网的舞台上，兴众帝国依然是国内互联网业界举足轻重的公司。

等乔国界的专访出来之后，一定要好好看看乔国界到底想向外界传递什么信息，何方远一边想，一边回到了办公室。

才坐下，还没有处理几件手头的工作，办公桌上的电话突然响了。

“何总，是我，樊铮。”

“樊铮，怎么了？”樊铮来电，而且听上去声音似乎有几分急促，何方远不慌不忙地朝椅背一靠，“有什么大事发生了？”

“刚刚接到内幕消息，江武将担任企鹅文学的CEO，高路和海山会是副总裁！”樊铮对他刚刚收到的消息感到十分震惊，他原以为江武等人过去，顶多就是开天中文网的总经理的职务，就算小马哥再有魄力，江武到了企鹅文学副总裁的位置也就顶天了，却没想到，小马哥真敢放权，直接将企鹅文学交给江武几人了。

基本上可以说，企鹅文学以后就是江武等人的天下了。

此事给樊铮带来的触动极大，他在兴众文学的时间虽然不长，却很清楚兴众文学的董事长以及CEO绝对是乔国界的亲信，如果不能成为乔国界的亲信，想在兴众文学担任要职，完全没有可能。但江武的任命却说明，想在企鹅文学担任要职，不一定非要成为小马哥的亲信，只要有能力就行。

樊铮本来决定要在兴众文学一直干下去的信心又动摇了。

“很正常呀，有什么问题吗？”何方远的心思不在樊铮身上，自然不知道樊铮对兴众文学的信心又动摇了，他慢条斯理地说道，“以小马哥的魄力，江武担任企鹅文学的CEO，早就不是秘密了。”

“可是，可是江武刚加盟企鹅，小马哥就把企鹅文学交给他，太不可想象了。”樊铮心中震撼不已，如果他跳槽到企鹅文学，几年后，肯定会比待在兴众文学有前景多了。

何方远终于听出来樊铮是什么意思，无声地笑了，可惜的是，在大保健事件上，他对樊铮已经失去了信心和兴趣，自己跳出立化自主创业时，不会让樊铮加入团队了：“不要用兴众文学的思维来想象企鹅的做事风格，兴众的市值和企鹅的市值就说明了一切，心量有多大，天地就有多大。”

见何方远始终没有说出他想听的话，樊铮失望了，挂断了何方远的电话后，他在房间中转了几圈，自言自语道：“到底何方远在谋划什么呢？看样子，他是不打算带我一起玩儿了。算了，与其去赌输赢各一半的未来，不如抓住现在，何方远一走，我就是立化的总经理了……”

晚上，何方远和范记安先来到位于万达广场的一家咖啡店，等候付锐到来。才坐下不久，付锐就准时赶到了，时间掐得很准，误差不超过一分钟。

何方远就喜欢准时的人，准时不但是对别人的尊重，也是个人修养的体现。一般来说，准时的人，在工作上也会有积极认真的态度。

“何哥……”付锐见何方远比他早到一步，歉意地一笑，“不好意思让何哥久等了。”

“是我来早了。”何方远无所谓地一挥手，“喝点什么？”

“一杯拿铁好了。”付锐招手叫来了服务员，点了咖啡，然后开门见山地问道，“听记安说，何哥不打算再从事互联网版权产业了。要我跳出立化可以，但我有三个问题想问清楚。”

“问。”何方远也很干脆，和聪明人打交道的省心之处就在于，说话不必拐弯抹角。

“第一个问题，我加入何哥的团队，会是一个什么位置？”付锐也知道何方远让他辞职，是为了避免以后何方远和范记安等人的陆续辞职会引发乔国界的怒火和反弹，他先辞职，会制造一个假象。同时，何方远以后的创业，会需要他。

“总裁或是副总裁。”在何方远的未来规划中，付锐会是他的团队中的一员干将。

“第二个问题，我有没有股份？”

“有。”

“第三个问题，如果创业失败了，有没有退路？”

“没有。”何方远直视付锐的双眼，“我没有退路，你没有退路，大家都没有退路。赢，也许赢得花团锦簇。败，也许败得一败涂地。”

付锐搅动了几下杯中的咖啡：“明白了。我明天一早就递交辞职信！”

够干脆、够利落，何方远很是欣赏付锐的魄力，在没有问清他到底会从事什么行业之时，就决定和他一起打天下了，这样忠诚的干将，以后必定会是团队中的顶梁柱。

忠诚和信任，是一个团队取得胜利的至关重要的前提条件之一。

“在你之后，一个月内，徐子棋也会辞职，然后是范记安，最后是我。”何方远轻轻抿了一口咖啡，“最后才是我……付锐，我希望你有足够的耐心。”

“我的耐心一向很好。”付锐一口喝干杯中的咖啡，顺手拿出了手机，“不出意料，今晚会有很有意思的新闻出现……出来了。”

何方远和范记安也翻出了手机，看到了各大网站纷纷转载的一则新闻。

正是乔国界的专访——“阔别”媒体五年之久的兴众创始人、董事长乔国界近日首度“开腔”，接受了下江主流媒体的采访。

“最近五年，一些互联网企业动作频频，风头劲，很风光，而兴众看上去好像不那么风光了。在别人很风光的时候，乔国界有没有仍然为某一件事情感到骄傲？对于这个问题，他很哲学地笑道，我这五年最大的动作就是忍住不做动作，这也是我最大的骄傲。为什么呢？我按照我设计的人生，逐渐从台前后撤。能走好自己设计的人生之路，也是一种难得的成功。

“乔国界坦言，这种所谓风头、所谓上台和下台，其实不是别人让你上台，而是你的内心把你弄上去。他强调，如果要说风头正劲，该劲的我已经都劲过了，所以一般人按照他的想法把我放在一个位置上，似乎乔国界要永远这么走下去才是正确的。坦率地说，他们很难理解我的心态。2009年的时候我们就已经有两个30亿美金的公司，当时很多现在所谓的巨头都还没有起来。但2009年开始，我就不接受任何记者的采访，因此我还得罪了很多人。2009年之后的两年才是我最痛苦的时候，因为无数的记者要采访你，无数的奖金、奖项要发放你，无数的颁奖仪式要你出席，无数的演讲要你去。但是我很自豪的一点就是，我顶住了这种诱惑这种压力，我按照我设计的人生，逐渐从台前后撤。

“曾经罩在乔国界头上的风光，依然清晰地印在人们的记忆中。30岁出头的他就已经身家100亿，凭白手起家成为全国首富，央视有史以来最年轻的年度经济人物。而现在，从41岁的乔国界的思考，看得出他经历了时光的洗礼，沉淀了人生的智慧和沧桑。乔国界认为，关键是，我们怎么样正确地认识自己，正确地告诉自己我不是全能的，正确地把位置让给下一个风头最劲的人，正确地告诉自己一个人不可能一辈子风头都很劲，正确地让自己从风头劲到风头不劲。他说，我觉得这个才是我最自豪的事。如果我现在还来说，我某项业务是最好的，那我还不如自己去做就行。我最觉得自己很不容易的一点，就是我看着别人把我下面某个企业做差了，我还是没有自己再跳进去做CEO。为什么呢？我已经证明了我可以做King，我应该去不断地帮助别人做事情。

“乔国界说，2009年游戏上市，当时兴众账面上有20多亿美元的现金，旗下还有两个30亿美元以上的公司，游戏收入遥遥领先于其他公司。在面临是一个个相继把游戏、文学等产业做出来，无穷无尽地重复下去，还是把自己转型成为一家投资控股公司的抉择时，最后决定应该转成一家以互联网创新为核心的投资控股公司。我们可以把一个产品做得很优秀、把一个企业做得很优秀，但是文化产业属于创意型的产业，而创意永远不可能存在于同一个人身上，它是不断在所有的群众中发现的，所以我在2008年已经开始转变思路，希望成为英雄的帮助者、支持者、缔造者。我们本身不想也不可能永远成为英雄，世界上没有谁可以永远成为英雄，尽管比尔·盖茨那么优秀，微软在互联网、移动互联网的背景下不也只能黯然失色？

“其实忍住不做动作的兴众，动作频频，而坚持忍住不做动作的乔国界，也迎来了兴众集团的全新变脸。兴众集团在2012完成整体下市，私有化以后，通过资产整顿和清理，坐拥近600亿的资产，而且没有一分钱负债，手里现金规模高居互联网行业前三。乔国界如是说，下市后，和其他互联网公司不一样，我们100%拥有这些现金，现在我们可以关注更多的领域，帮助更多的人了。”

“英雄赞歌？哧……”看完新闻，范记安习惯性的嘲讽的语气又忍不住冒了出来，“通篇都是赞歌、吹捧，乔董到底是不甘寂寞跳了出来，还是不得已为了兴众造势呀？我想，估计两个原因都有吧。可怜的乔董，一心向佛，深居简出这么多年，最终还是被逼得出来站台了，有时想想所谓的风云人物，也有可怜、可悲的一面。”

范记安的话虽然不好听，却是大实话，这篇新闻不管怎么看，不管从哪个角度，谁都可以一眼看出是一篇对乔国界和兴众拔高的文章，乔国界完全站在一个过来人的角度，以互联网教父的身份指点江山，并且含蓄而冷峻地告诫互联网的后生晚辈，不要小瞧了兴众，也不要以为兴众落魄了，你们错了，兴众现在依然坐拥600亿的资产，并且百分之百拥有这些现金，依然有令人胆寒的一战之力！

何方远摇了摇头，含蓄地笑了，从某种意义上来说，乔董高调宣布阔别媒体五年之久首次接受采访这件事本身，就流露出了迫不及待的意味，而且时间的节点也把握得很好，赶在企鹅文学即将正式成立之前，既有对企鹅文学的明显狙击之意，也有让外界对兴众以及对他本人重建信心的深意。

不得不说，五年没有接受媒体采访的乔国界，打破了五年的沉默，挺身而出，站在了媒体面前，确实很勇敢，也很有创意，只不过勇敢和创意挽救不了兴众的颓势。同时业界稍有眼光的人都可以看出，在乔国界豪气冲天的豪言壮语背后，其实是生怕外界对兴众信心不足的担心。

说到底，不仅仅是外界对兴众信心不足，乔国界也对兴众信心不足了。

“好汉不提当年勇……”付锐意味深长地笑了，“一个人如果在人前人后，开口闭口就是想当年我怎样怎样，其实已经说明，他老了，已经被时代抛弃了，只能在缅怀过去的荣光时，才找回一些心理上的优越感。”

话一说完，付锐站了起来：“我先走了，何哥，再见面时，我就是自由身了。”

何方远起身送付锐：“后会有期。”

付锐走后，何方远和范记安并没有随后离开，二人又坐了一会儿，说了一些闲话。

听何方远说到梅荏苒在北京和他的告别，范记安愣了愣神，长出了一口气，一脸的深沉：“梅荏苒的彻底出局，也意味着你可以放下过去的包袱，轻装跑步前进了。何哥，恭喜你，辞旧迎新，向着未来迈开大步。要不要我帮你联系一下蓝妹？”

何方远正有此意，笑道：“你别告诉蓝妹我在。”

“放心吧，骗小姑娘的事情，我在行。”范记安嘿嘿一阵奸笑，似乎又意识到容易引起误会，忙解释说道，“我说的骗只是心理上的善意的欺骗，不是别的方面，何哥，你可千万别误会，我对蓝妹可是没有半点非分之想。不过话又说回来，就算想也是白想，蓝妹太难摆平了，也就是何哥你才能完成这样的壮举。”

“少废话，赶紧打电话。”何方远抬脚就要踢范记安，被范记安躲开了。

蓝妹现在不接何方远的电话，让何方远想当面向她道歉并且解释清楚的意愿都无法实现。

范记安随即拨打了电话，一打就通。

“喂，蓝妹，我是范记安，你现在方便过来一趟吗？我在街角咖啡馆，有件非常非常重要的事情要和你说。”范记安不等蓝妹说话，上来就直奔主题。

“你是谁？”话筒中传来的不是蓝妹婉转动听的女声，而是一个十分陌生的男声，不但陌生，说话的声调还十分古怪，明显不是中国人的语调，“你找蓝妹？她不在，有什么事情需要我转达吗？”

“你是谁？”范记安吃了一惊，蓝妹的手机怎么会在一个外国男人手中？他激动得一下站了起来，“你是蓝妹的什么人？”

“我是她男朋友，你又是谁？”陌生的外国男人的声音也透露出几分惊讶，“蓝妹正在洗澡，现在不方便接听电话。如果你有什么事情请我转达，就赶紧说；如果没有，我就挂电话了。”

男朋友？在洗澡？范记安凌乱了，脑中浮现一个粗脖子、大耳朵、浑身长满体毛的外国男人形象，而蓝妹正在磨砂玻璃后面轻舒玉体淋浴，场面十分香艳，却又令人气血上涌，他顿时大怒：“什么？你他妈的是蓝妹的男朋友？你放屁！你他妈的到底是谁？你他妈的又在哪里？”

“你怎么骂人？”外国男人似乎很绅士、很有礼貌，“我叫史蒂文，我现在和蓝妹在欧洲度假。如果你再不说你的名字，我就挂断电话了。”

“你告诉蓝妹，我叫何方远，让她马上给我回电话！”范记安气得几乎要暴起了，话一说完，当即就摔了手机，“真他妈的太气人了，蓝妹和新男朋友到欧洲度假去了，而且她的新男朋友还是一个老外！气死我了。”

## /第二十三章/

# 理念的胜利

何方远刚才已经听到了范记安的电话内容，双眼喷火，也是差一点就摔了杯子、踢了桌子，还好，他努力克制了情绪，毕竟是在咖啡馆中。

“怎么办，何哥？”范记安见何方远强忍怒火，知道何方远也真的生气了，他一把从地上抓起手机，“不行，我要给蓝成器打电话，质问蓝成器到底是怎么一回事。就算要分手，也要好合好散对吧？不能这样不明不白地就把人给甩了，气人，太气人！我怎么也没想到，蓝妹怎么会是这种人？前脚还口口声声说要嫁给你，后脚就和一外老外出去度假了，我去，什么玩意儿！”

何方远感觉胸膛似乎要炸开了一样，蓝妹的背叛太突然、太意外了，让他猝不及防，一下被打得晕头转向了。在他的眼中，蓝妹不是一个这么容易就见异思迁的人，可是事实摆在面前时，他又该怎样形容蓝妹的为人？

尽管不愿意相信蓝妹真是一个见异思迁的女孩，更不愿意相信蓝妹会这么随便就和新男友去度假，而且还……住在一起了，但范记安的电话又是活生生的事实，何方远无力地坐在椅子上，想站却觉得浑身没有了力气。

就在他决定不顾一切也要和蓝妹在一起时，蓝妹却离他而去，和他开了一个天大的玩笑，他无法形容他此刻的心情了，是沮丧，是无奈，还是无语？

“何哥……”也不知过了多久，何方远被范记安惊醒了，只见范记安挥舞手中的手机，冲他嚷道，“蓝成器也不接电话，看来蓝家一家人都是忘恩负义的小人。算了何哥，这样也好，是蓝妹负你，不是你负蓝妹。要我说，你现在马上给祥云姐打电话，祥云姐一接到你的电话，就会飞到下江，扑到你的怀中，安慰你受伤的心灵。然后你们马上开房，争取一个月内怀孕，十个月后生孩子，抢在蓝妹面前把所有事情都办了，气死她。”

何方远站了起来，没理会范记安的胡说八道，转身就走：“走，该干什么干什么去，什么事情也阻挡不了我在事业上前进的脚步。对了，这事儿你先不要告诉祥云。”

范记安一脸委屈地跟在何方远身后：“为什么不告诉祥云姐？为什么？难道你想告诉梅茬苒？”

“谁也不要告诉！”何方远狠狠地瞪了范记安一眼，吓得范记安一缩脖子，不敢再多说一句了。

回到家里，何方远什么事情也没做，既没有大吵大闹，也没有打出一个电话，只是冲了一个澡，然后倒头便睡，一觉就睡到了天大亮。

有人一醉解千愁，有人一睡解千忧，醒来后，何方远又精神饱满了。

到了公司，停车的时候，他意外地遇到了顾南。

“哟，何方远……”顾南阴阳怪气地来到何方远身边，上下打量何方远几眼，“不错嘛，气色还挺好，怎么，最近没受到什么打击和刺激？”

顾南是在暗示蓝妹的事情？何方远冷冷一笑：“不劳你操心，顾董，还是管好你自己吧。”

“哈哈，我当然会管好我自己，同样的话，也送给你。”顾南哈哈大笑，他的笑声是胜利者对失败者的嘲笑，“何方远，人呀，只有放对了自己的位置，明白了自己的处境，才不会痛苦。一个什么都不是的小人物，却偏偏想成为呼风唤雨的大人物，肯定是神话故事看多了，相信什么鱼跃龙门的鬼话，鱼跃过了龙门还是鱼，不会是龙。”

何方远毫不生气，淡淡一笑：“我是没你有钱，你生下来就是富二代，可是你不要忘了，乔董不是富二代，大马哥、小马哥和李颜红都不是富二代。现在呼风唤雨的大人物中，没有几个是富二代，从这个角度来说，顾董，你多半也成不了什么大人物。”

“你！”顾南一时语塞，脸都红了，他气急败坏地干笑一声，“别拿几个成功的特例来安慰自己，你不是万里挑一的幸运者。你天生不是富二代，想靠逆袭白富美找一个有钱的老丈人成为富二代的美梦也破灭了。何方远，我真的很可怜你。”

“我也很可怜你。”何方远笑得很含蓄很轻松，“你费尽心机收购了兴众文学的期权，却怎么也不会想到，兴众文学卖不掉了，管理者收购没戏了，你前期的努力，都打了水漂。我再告诉你，当时我故意用期权当诱饵来骗你上钩，换取你的合作，结果你还真乖乖听话了，哈哈。反正我已经得到了我想要的一切，而你，却只得到了一堆废纸。”

“何方远，你无耻！”顾南被何方远气得暴跳如雷，盛怒之下，他就想动手，不料刚有所动作，却见何方远已经拉好了架势，他又退却了，哼了一声，“君子动口不动手，不和你这种货色一般见识。被蓝妹甩了的感觉很不错吧？哈哈，好好品味吧，何方远，你痛苦的日子才刚刚开始。以后，你在立化会永远被我踩在脚下！”

说完，顾南嚣张地挥了挥手，扬长而去。

如果何方远一直在立化，如果顾南一直担任空行的资方代表，顾南刚才的狂言，还真有可能实现。只要顾南担任一天的兴众文学的董事，何方远就会一天受到顾南的制约。

刚一上班，就接二连三传来了几个令人震惊的消息。

首先是付锐的辞职引起了陈果的强烈反应，陈果再三挽留付锐未果，一怒之下声称不放付锐离开立化。付锐干脆直接收拾完东西走人了，扔下陈果直接不管了，气得陈果当即摔了杯子。

如果说付锐的突然辞职还没有在立化引发什么延伸的想象的话，那么企鹅文学的正式成立，就在立化以及兴众文学引发了轩然大波！

沉寂了半年之久，企鹅文学终于高调亮相，宣布在北京正式成立企鹅文学，由江武担任首席执行官（CEO）。企鹅文学对江武的定位是——中国互联网版权产业现行商业规则缔造者。

发布会规格之高、对江武的定位之高，明显可以看出企鹅对企鹅文学的重视程度，远远超过之前外界的预期。

与江武一同亮相的还有高路和海山。

在企鹅文学的发布会上，一年没有露面的江武明显胖了几分，或许是心情大好的缘故，江武红光满面，在台上的发言也是充满了激情和对未来的展望。

高路还是和以前一样淡然，站在江武的身边，一脸平静。倒是海山，神情颇有扬眉吐气，也是，被关了一段时间，现在总算守得云开见月明，相信乔国界看到他站在台上的风光，心里也会颇不是滋味。

立化上下，几乎所有人都停下了手中的工作，在网上观看企鹅文学成立的直播仪式。

其实早在去年9月，企鹅在北京就召开了“文学新生态，成长大未来”企鹅文学战略发布会。备受业内人士关注的“企鹅文学”正式系统亮相，成为企鹅旗下重要的互动娱乐业务之一。之前的亮相，只是宣告初步成立，并没有宣布企鹅文学的管理层构成和未来规划。今天直播的是企鹅文学互动娱乐年度发布会，同时也是正式向外界宣告企鹅文学的规划和运营事宜。

如果说企鹅文学由江武担任首席执行官，充分展现了小马哥极有魄力的一面，那么在企鹅文学互动娱乐年度发布会上，企鹅集团的副总裁兼企鹅文学的董事长平文正式宣布，企鹅文学成立之后，将以子公司的形式展开独立经营并由江武全权负责企鹅文学的管理和运营工作之时，整个立化，不，整个兴众观看直播的人，不但包括何方远、范记安等人，甚至还包括陈果、李丛林等人，都惊呆了！

这是何等的魄力！这是何等的信任！等于是说，小马哥要钱给钱要资源给资源要渠道给渠道，最后搭建好了一个舞台，又将舞台全权交由江武来负责运营，企鹅集团不再过问企鹅文学的运营状况，不插手企鹅文学的管理，全权放手。

不只何方远震惊于小马哥的大手笔，就连陈果也是感慨不已，更让李丛林深深地体会到了人和人的境界差距果然有天壤之别。乔国界是事无巨细地抓权，小马哥是大手大脚地放权。创始人风格决定了一家公司的高度，企鹅有今天的成就，和小马哥敢于放权、用人不疑的人格魅力密不可分。

直播结束后，立化上下一片沉默，三巨头之中最有活力、最有侵略性的企鹅率先杀入了互联网版权产业，而且还是惊人的大手笔，从此以后，兴众文学不再一家独大，不再风景这边独好，市场要有巨变了。

因为谁都知道，和千方、芝麻开门相比，企鹅的进入，更有杀伤力，也更有搅局的能力。因为企鹅走的一向是模仿、抄袭，最后抄死被抄袭的公司的复制之路。企鹅高调宣布成立企鹅文学，并且充分放权让企鹅文学独立经营，剑锋所指之处，不仅仅是作为行业龙头老大的兴众文学，而是整个互联网版权产业市场。

如果回顾一下那些年曾经被企鹅抄死的公司，别说陈果了，就连李丛林也感觉到一阵阵寒意袭来，让他无法再安然地坐在椅子上。

在互联网业界，有一句话很形象地形容了一家巨头公司的发展之路——一直在模仿，从未被超越；一直在抄袭，从未被起诉。相信对互联网业界稍微有些了解的人都会知道，被“盛赞”的公司是企鹅。

三巨头之一的企鹅，三巨头之中市值第一的企鹅，市值堪比国内四大国有银行之和的企鹅。

一个靠模仿和抄袭起家的公司，只用了短短15年的时间，就建立了一个庞大的商业帝国，难道仅仅靠模仿和抄袭就可以拥有只能用奇迹和神话形容的成功吗？如果谁觉得模仿和抄袭就可以打下江山坐稳天下，那么谁大可以试上一试，看看最后会是怎样的下场。

企鹅的模仿和抄袭之中，从来都伴随着创新和远见的融合，如果没有创新和远见，现今的企鹅，别说可以位列国内互联网三巨头之首，成为世界互联网排名前四的帝国了，恐怕早就被湮灭并掩埋在了历史的尘埃之中。

向来都是失败者找理由，成功者找方法。

企鹅的看家本领也是发家软件，就是人人都在使用、人人都爱使用的即时通信软件企鹅，其实，最早的时候，企鹅模仿的是一家以色列公司的软件ICQ。ICQ即“I SEEK YOU（我找你）”的意思。1996年，ICQ一经推出，即刻风靡全球，凭借着前所未有的创意很快在全世界拥有了大批的用户，即使在当时互联网不太发达的亚洲，用户量也占到了市场的份额70%，在国内更是占到了80%。

1998年，企鹅的创始人小马哥，蜗居在深圳的一个民房里，埋头研发了半年时间，在ICQ的基础上开发出一款属于中国的即时通信软件，即大名鼎鼎的企鹅。企鹅推出时，国内市场上的即时通信软件并非只有ICQ一种，还有PICQ、TICQ、GICQ、新浪寻呼、雅虎即时通，等等，相当于硝烟四起，遍地狼烟。换句话说，当时模仿ICQ的国内软件，并非企鹅一款。

但最终混战的结果是怎样的呢？结果就是，现在谁家的电脑之上，还有除了企鹅之外的即时通信软件呢？不要小瞧了企鹅的成功，当时的企鹅非常弱小，和新浪寻呼相比，要资金没资金，要实力没实力，要宣传窗口没宣传窗口，但企鹅硬是从中杀出了一条血路，大获成功，其中的原因既非偶然又非侥幸，而是得益于企鹅的创新。

与众不同的创新。

第一，ICQ的全部信息只能存在于用户端，也就是说，一旦你换了电脑登录，你的联系人就全部不见了，更不用说聊天记录了。第二，ICQ只有在好友在线时才能聊天，而企鹅首创了可以离线隐身聊天。这些在今天看来非常普通的功能，在当时却是开天辟地的创新。

倒退到十几年前，有同样的两款软件，一款一换电脑就全部信息变为空白，想对离线或隐身的好友说话都不能，而且还是英文界面，而另一款，不但是中文界面，还完全弥补了上一款软件所有缺点，你会选择哪一款软件？

也可以这么说，当时ICQ的理念是软件理念，只当自己是一款软件，局限在软件的思维之中。而企鹅却当自己是整个互联网，换句话说，马化龙的企鹅从推出的时候，秉持的就是用户体验至上，就是互联网理念。

互联网理念打败软件理念，是必然的结局。

2000年时，企鹅打败了ICQ，成为国内即时通信软件的王者，同时，国内的其他即时通信软件，也在企鹅的迅速崛起中，慢慢地销声匿迹了。

如今的企鹅，已经完全垄断了国内的即时通信市场，而曾经的王者ICQ，不但在国内完全失去了市场，在国外，也逐渐被人遗忘了。作为第一家被企鹅抄了后路的公司，ICQ成全了企鹅崛起的基石——企鹅，从此，以企鹅为依托，一个巨头正在冉冉升起。

如果只有一次抄死别人的战绩，企鹅不可能成就今天的辉煌。抄死别人一次，自身提高一个等级，似乎是网游中的套路，然而让人难以置信的是，15年间，企鹅一次又一次上演了抄死别人、提升自己实力的大戏。

不，不是大戏，或者用奇迹来形容更为贴切。

在即时通信软件市场上的大战，企鹅除了抄死了ICQ之外，还曾经抄死了比ICQ更有实力、更来势汹汹的MSN。不过和抄死ICQ相比，抄死微软MSN的战例，其实并不值得大书特书。尽管当时的企鹅还没有找到盈利点；尽管为了发工资，企鹅出售了40%的股份换取了200万美元；尽管当时MSN大打所谓的白领牌，尤其是北京和下江等地的所谓白领们，以使用MSN聊天为荣，以使用企鹅聊天为耻，但微软的小伎俩和小白领们的虚荣心，还是没能阻止企业版企鹅TM以不可阻挡之势将MSN碾压成灰尘的历史潮流。

也不知道现在有多少当年坚守MSN的小白领，一手企鹅一手微信，浑然忘记了当年的幼稚和傻气。

企鹅帝国利润的主要来源，是企鹅游戏。而企鹅游戏也不是企鹅独创的，是企鹅借鉴了联众，或者更直白地说，是企鹅抄袭了联众。

2003年的时候，联众是世界上最大的休闲游戏平台，以棋牌类游戏为主，拥有2亿注册用户，月活跃用户1500万，最高同时在线人数60万，年收入超亿元。其时，联众、边锋、中游是休闲游戏市场上的三巨头，三巨头名气之响、影响之广，不亚于现今的三巨头……

/ 第二十四章 /

# 抄袭也是技术活

2003年，企鹅终于按捺不住在游戏市场迅速扩张的野心，悍然出手，效仿联众，也推出了企鹅游戏平台，专攻棋牌类的游戏。企鹅游戏推出第一个版本，拥有打牌升级、四国军棋、象棋三个游戏。联众创始人鲍岳桥上去玩了一下，觉得很是稀松平常，认为企鹅的模仿威胁不到联众的地位，更不足以动摇联众的根本，于是决定将研发重心投入到新的项目“联众新世界”中去，原有系统也就不再更新，只需要守成就完全可以保住江山。

联众并没有将企鹅的介入放在心上，也忘记了企鹅打败了ICQ和MSN的辉煌战绩，以为企鹅只是一个即时通信公司，却没想到，企鹅打败联众，取代联众成为国内互联网游戏的霸主，只用了短短一年时间！

2003年8月，企鹅游戏第一个公测版本上线，尽管从平台到游戏设计，企鹅游戏完全是联众游戏的翻版，但到了2004年9月，企鹅游戏平台就将联众赶下了中国第一休闲游戏门户的宝座！

作为被企鹅抄到衰落的又一家大型互联网公司，联众的失败之处在于，一是过于轻敌，认为企鹅远非对手；二是过于自信，在游戏界面上不如企鹅精美，操作上也不如企鹅人性化，在用户体验上，更是被善于揣摩用户心理的企鹅甩了几条街。

别忘了，小马哥早在和ICQ过招时，就初步具备了互联网理念，互联网理念的最基本出发点就是创新和用户体验。

联众被企鹅赶下国内第一休闲游戏门户的宝座之后，十几年间，几番起伏，却再也没有翻身。虽然没有死去，但几次挣扎在奄奄一息的边缘，从此再也没能重回辉煌。

除了抄死了联众之外，企鹅还抄了兴众的后路，通过自主开发或者引入的韩国网游获得成功，通过引进研发再加微创新的复制，到2010年，企鹅打败兴众，问鼎网游市场第一的宝座。

谁也忘不了的是，仅仅三年之后，在2013年，企鹅再一次抄了兴众的后路，直接端走了兴众培育了十年的互联网版权产业的盘子，分裂了兴众旗下业内排名第一的立化中文网，成立了开天中文网，让兴众的十年之功毁于一旦。

而现在，成立了开天中文网的企鹅并没有停下前进的脚步，而是成立了企鹅文学以对战兴众文学。联想到兴众和企鹅两次过招两次全败的战绩，在未来，企鹅文学是不是可以抄死兴众文学，从而取代兴众文学登上业内第一的宝座，所有兴众文学的员工，都对未来信心不足，并且心有戚戚。

当然，不可否认的是，企鹅也并非市场上的常胜将军，抄袭之路，也多有夭折的产品。所有成功的产品，都是企鹅拿来之后，再度创新才得以超越，比如企鹅，再比如微信；所有失败的产品，都是单纯的模仿，比如SOSO，比如企鹅杀毒，等等。成功，都是在模仿的基础之上，再加以创新和整合，所以如果企鹅文学只是简单地模仿兴众文学，那么最后谁胜谁负还不一定。

坐在办公室中看完了整个直播，何方远坐在座位上，沉思了半晌。从企鹅文学高调亮相来看，企鹅方面对企鹅文学寄予厚望，而且从管理层的构成来看，基本上立化分裂出去的一帮人掌控了大局。可以看出，企鹅布局深远，对互联网版权产业市场的主导权志在必得。

毕竟，江武等人是中国互联网版权产业市场的开拓者，他们玩转互联网版权产业市场，轻车熟路。不过从更长远的布局来看，互联网版权产业市场并非企鹅的最终目标，企鹅的最终目标还是互联网版权产业市场的拓展。

包括网络视频和线下影视。

“何哥，何哥……”正当何方远深思之际，门被人一下推开了，徐子棋风风火火地冲了进来，“何哥，到底是怎么一回事儿？蓝妹和你分手了？”

“关上门，你又没长尾巴。”何方远瞪了徐子棋一眼，对徐子棋的大惊小怪表示了强烈不满，“不过是小事一件，值得大呼小叫吗？”

“小事？这可不是小事，是天大的事情。”徐子棋关上了门，拉了一把椅子坐在了何方远的对面，“何哥，你和蓝妹的感情经历了多少波折，又历经梅荏苒和孔祥云的挑战，眼见就要修正成果了，连我也准备认栽，赔范记安一台Surface 3了，没想到，峰回路转，怎么你和蓝妹又突然分手了？”

徐子棋脸上的表情说不出来是庆幸还是遗憾，总之他眉飞色舞的样子，让人很想朝他的胖脸上打上一拳：“这下好了，范记安要出血了，我一定要一台I7版本256G

硬盘的Surface 3，价格在一万两千元左右，哈哈。”

“滚蛋！”何方远气笑了，“拿我的婚姻大事打赌，你和范记安还真有人品！范记安又犯贱，这事儿他怎么就告诉你了？”

“何哥，你还真冤枉范记安了，还真不是他告诉我的。”徐子棋翻了翻他的小眼睛，“是顾南。”

“顾南？”何方远想起了在停车场和顾南的一场冲突，不由无奈地摇头，“他怎么说的？”

“顾南真是一个小人呀。”徐子棋愤愤不平地说道，“他像吃了兴奋剂一样，到处乱转，每到一处，就绘声绘色地说起蓝妹甩了你，说得眉飞色舞，好像当时他在场一样。笑得也很淫荡很下贱，对，比范记安还贱。说到得意的地方，还哈哈大笑。在他的描述中，何哥，你的形象全毁了，好像不只是蓝妹抛弃了你，而是全世界都抛弃了你。”

徐子棋大摇其头：“我当时差点朝他的脸上来上一拳，后来一想，君子动口不动手，算了，不和他一般见识。不过等他走后，我朝他的背影吐了好几口……”

何方远本来郁闷的心情，被徐子棋一闹腾，反倒开朗了许多，他摇头笑了笑：“不管他，嘴长在他的身上，他爱怎么说是他的事情……”

“不对，何哥，我总觉得哪里不对。”徐子棋眨动一双虽小但精光四射的小眼，“根据我多年浪迹花丛的经验判断，蓝妹不是见异思迁的女孩，好吧，退一万步讲，就算她不爱你了，对你失望了，她也犯不着这么快找一个男朋友为了气你而恶心自己吧？你想想，蓝妹有洁癖，让她在短时间接受一个男人太难了。还有一点，顾南说起蓝妹和你分手的细节，绘声绘色，好像他在现场一样。但根据我从范记安那里得到的详细情况却是，范记安打了蓝妹的电话，接电话的是一个外国口音的男人，他说他和蓝妹在国外度假，你想呀，他和蓝妹在国外度假，顾南肯定不会一起，顾南怎么就对电话内容知道得这么详细？”

也别说，技术出身的徐子棋就是心细，他这么一分析，还真让何方远也愣住了，又深入一想，何方远也发现了其中的猫腻：“对呀，自始至终，蓝妹都没有出面，只是一个外国口音的男人在自说自话。以蓝妹的性格，真要分手的话，她也会当面和我说个清楚才对。”

“就是嘛，何哥，这件事情，我严重怀疑背后有什么问题。”徐子棋一推眼镜，得意洋洋地笑了，“怎么样何哥，在对细节的把握上，我还是比范记安强多了，是不是？”

“没错，在这一点上，你确实有过人之处。不过……”何方远心情大好，越想越觉得事情的背后有蹊跷，说来还真得感谢徐子棋，如果不是徐子棋的分析，他还真没想到其中的漏洞，“不过，你刚才说根据浪迹花丛多年的经验，我问你，你哪年哪月浪迹花丛了？”

“我……”徐子棋不好意思了，他从小到大只谈过一次恋爱，就是和常辛儿，所谓浪迹花丛一说，不过是自吹自擂罢了，“吹牛又不犯法，也不用上税，偶尔吹两句有益于身心健康，并且可以憧憬未来。”

“哈哈……”何方远放声大笑。

一个月后，春天来了。

和北京相比，下江的春天来得早，才三月，街头上已经到处鲜花盛开了。漫步在下江的街头，感受到春回大地的暖意，让人浑身舒畅。

一个月内，业界没再发生什么大事，同时，何方远的日子也过得十分平静，平静到了让许多人以为何方远从此消磨了斗志，只想在立化得过且过下去了。

一个月内，还是没有蓝妹的任何消息，何方远又打过几次蓝妹的电话，要么关机，要么无人接听，仿佛蓝妹真的远在欧洲度假，永远不再理他一样，让他心里很是没底。虽然徐子棋的分析合情合理，但在没有亲自听到蓝妹的答案之前，他还是忐忑不安。

有些时候，耐心也是一种美德，何方远只能这样安慰自己。当然，也不仅仅是自我安慰，而是他确实在沉寂中等待时机的到来。

“方远，曙光越来越近了。”何方远下班回家的路上，接到了孔祥云的电话，“明天有重磅消息要发布。”

“好呀，终于等来了。”何方远十分高兴，“我也告诉你一个好消息，祥云，明天，徐子棋就会辞职，然后他就会去北京，听从你的指挥，开始着手开展前期准备工作。对了，付锐也会和他一起。”

“这样吧，我还是先见见他和付锐，先聊一聊，熟悉一下，也好开展工作。”孔祥云咯咯一笑，“怎么样，你没意见吧？”

何方远猛然意识到了什么：“啊，你在下江了？”

“没错，我在你家门口等你。”孔祥云忍住笑，她最喜欢听何方远惊讶的声音了。

“好……吧。”何方远只好接受了孔祥云突然杀到的现实，“我现在就通知徐子棋、范记安和付锐，晚上一起吃饭。”

徐子棋还好，一听孔祥云来到了下江，当即表示要放弃和常辛儿的烛光晚餐，赴孔祥云之约；付锐也是没有二话，说马上就到；只有范记安磨磨叨叨，说是他不想见孔祥云，一见孔祥云就想起了蓝妹，一想起蓝妹他就伤心欲绝。

最后还是何方远骂了他几句，他才老实了，乖乖答应马上动身。

不多时，徐子棋和范记安就来到了何方远小区的门口，何方远所住的小区，虽然不算什么高档小区，但位置还不错，周围有多家饭店。

何方远在保定会馆订了一个雅间。

保定是河北省的一个地级市，曾经是河北的省会，后来省会迁到石家庄，保定就不复以前的名气和名声了。不过保定菜却是河北一绝，何方远特意选定保定会馆的原因也是因为孔祥云是北方人，是为了照顾孔祥云的口味。

几人中，徐子棋虽是重庆人，大学却是在北京度过，也喜欢北方菜。只有范记安是正经八百的南方人，从小到大包括读大学都在南方，没有在北方长时间待过，对北方菜不适应。付锐是天津人，他对北方菜也情有独钟。

几人到齐之后，在雅间中等了十几分钟，孔祥云才姗姗来迟。

穿了一身黑色风衣的孔祥云，一双修长的腿以及挺拔的身姿，衬托得她笔直如松，当前一站，颇有飒爽英姿之美。

“不好意思，路上堵车了。下江的出租车车费比北京贵，从机场打过来，花了两百多块。”孔祥云一边笑，一边脱了外套，坐在了何方远的身边。

“北京除了房价比下江贵那么一点点之外，生活消费都比下江便宜，坐地铁便宜，吃饭便宜，景点门票便宜，处处比下江便宜。”范记安嘻哈一笑说道，“唐朝诗人白居易未成名时来到长安，当时有个文学老前辈名叫顾况，他对前来拜访的白居易说，长安米贵，居大不易，用白居易的名字，幽他一默，同时含蓄地告诫白居易，长安是一个卧虎藏龙的地方，不是谁想来就可以来的……”

“结果呢？”徐子棋没想到范记安除了犯贱之外，居然还有几分文学修养，不由对范记安刮目相看，“范老师，不简单呀，懂得还挺多。”

“那是，小眼棋，我的优点太多了，多到你一辈子都发现不完。”范记安尾巴翘上了天，得意洋洋地说道，“后来顾老先生看了白居易的诗句，就是那句有名的‘野火烧不尽，春风吹又生’后，顿时对白居易刮目相看，不禁赞叹道，道得个语，居即易矣。意思是，能够写出这样的诗来，白居易就不用怕长安米贵，很容易就可以在长安发达了……这个故事告诉我们，只要有本事，走到哪里都不怕。只要是金子，早晚会发光，对吧何哥？”

“是呀，既然北京的生活费用比下江低，如果我说以后我们去北京发展，你们都不会反对吧？”何方远因势利导，顺势提出了下一步的安排。

“去北京呀？”尽管早有心理准备，可是事实摆在面前时，范记安还是有几分犯难，他夹了一根土豆丝，“我吃不惯北方菜怎么办？不适应北京的气候怎么办？瓜瓜在下江工作，我去了北京，和她两地分居，她因此和我分手怎么办？”

“怎么办你个大头鬼！”徐子棋没好气地打了范记安一巴掌，“没出息，这个不适应那个不适应，你还是不是男人了？大丈夫当四海为家，不管走到哪里都一样。再说北京离下江这么近，坐高铁也不到五个小时，坐飞机才一个小时，你想瓜瓜，一天就可以打一个来回。为了事业，连这点儿困难都克服不了，范记安，你活该犯贱一辈子。”

范记安被徐子棋一顿抢白，翻了翻白眼，又自嘲地笑了：“给你一个嘲讽我的机会，你还真有眼色，一下就抓住了。告诉你徐子棋，瓜瓜是北京姑娘，我去北京发展，她一百个赞成，她也会和我一起去北京。既然要娶一个北京姑娘当媳妇，北方菜必须适应，否则一辈子没好果子吃。所以，我早就做好了心理准备。刚才的话，其实我是在说你。”

“说我？辛儿虽然是南方女孩，但她适应能力强，而且她也在北京上过大学，也喜欢北京，我去北京，她会跟着去，我才没有什么后顾之忧。”徐子棋和范记安一唱一和完毕，他就嘿嘿一笑看向了何方远，“何哥，你去北京的话，会不会不适应？”

何方远现在才知道徐子棋和范记安你来我往了一番，原来是在演戏，言外之意的所指之处，赫然是他，他哭笑不得：“我怎么会不适应？我是北方人，又在北京上过学，去北京发展，就和回家一样。”

“是和回家一样，北京还有祥云姐嘛。”徐子棋阴阳怪气地笑了笑，“蓝妹和你分手，也是好事，要不然以蓝妹的娇气，她肯定适应不了北京的生活。现在好了，你没有了后顾之忧，可以轻装前进去北京了。去了北京，不但可以重新开始全新的事业，也可以从头开始一段全新的爱情。人生，放下过去的包袱去拥抱新生活，该是多么美好的前景呀。”

## /第二十五章/

# 要当就当主角

何方远算是听了出来，不管是范记安的主意还是徐子棋的算计，二人的意思很明显，是想撮合他和孔祥云。

“什么什么？”孔祥云愣住了，然后睁大了眼睛不相信地看着何方远，“方远，你和蓝妹分手了？真的假的？”

何方远和蓝妹的冷战已经持续了两个多月，何方远一直没有告诉孔祥云真相，不是他想隐瞒什么，而是他觉得没有必要。到底蓝妹怎么了，或是蓝妹是真想分手还是只想冷战，他现在还不得而知。他想等他和蓝妹面对面谈过之后，确定了他和蓝妹的感情最终结果，再告诉孔祥云也不迟。

现在的他，一心扑在了事业上，只想在立化站好最后一班岗，可以从容不迫并且有条不紊地从立化全身而退。

“半真半假。”何方远很清楚徐子棋和范记安故意在孔祥云面前说到他和蓝妹的事情，是别有用意，他狠狠瞪了徐子棋和范记安一眼，“准确地说，蓝妹现在正在和我冷战，我已经有两个月没有联系上她了，她现在在不在下江，是在国内还是国外，我完全不知道。好了，不说她了，说正事。”

付锐及时站了出来替何方远解围：“何哥，我从立化辞职，还引发陈果强烈的反弹，等子棋和记安辞职的时候，肯定反弹会更激烈，到时如果陈果说什么也不放人，怎么办？”

付锐很清楚让他打头阵第一个辞职，是何方远有意向乔国界传递一个示好的消息，何方远想从立化全身而退，用一种温柔而不暴力逐步辞职的方式，而不是集体辞职。因为以现在立化的状况，承受不起又一起集体辞职事件的冲击了。

不过虽然不是集体辞职，最终辞职人数却不少，实际上对立化的冲击力依然不小。付锐隐隐担心的是，万一何方远的示好不被乔国界接受，乔国界一怒之下，非要强行留下何方远，到时何方远前期工作已经准备就绪，万事俱备只欠东风，但身为东风的他迟迟不能从立化脱身，岂非天大的麻烦?

“本来我是想让子棋和记安在我前面辞职，但想了一想，我改变了主意，我要在子棋和记安前面辞职。”付锐的问题，正是何方远一直苦苦思索的问题，他也清楚乔国界的为人很感性，喜怒随心，万一乔国界不放他走，到时就麻烦了。付锐一提，他心中忽然豁然开朗，临时改变了主意，决定不让徐子棋明天一早辞职了。

“啊？何哥，你怎么又改主意了？我明天一早不用辞职了？”徐子棋吃惊不小，“我辞职信都打好了，正打算明天一早就交给你。”

让徐子棋和范记安先辞职的最大优势就在于何方远可以直接批准二人的辞职申请，然后上报陈果就可以了。哪怕陈果不同意，辞职申请经何方远签字也可以生效。但如果何方远先辞职，留下徐子棋和范记安断后，变数就增大了。

万一新上任的立化总经理非要为难徐子棋和范记安，二人说不定会在辞职问题上被卡。

“你先不用辞职了。”何方远胸有成竹地笑了笑，“底牌，必须最后打出来才会起到决定性的作用。记安也是，等我辞职之后，你们再辞职。”

“明白了。”范记安明白了何方远的用意，如果何方远的辞职引发了陈果和乔国界的强烈反弹，甚至被乔国界强行留在立化，那么何方远就有可能以牙还牙，效仿三剑客，再次上演一出集体辞职的大戏，再次对兴众文学当头一击。

“我也明白了。”徐子棋比以前进步了不少，作为技术宅男，他现在可以看清复杂的商战之中的立足点，得益于何方远的言传身教以及范记安的诲人不倦。

“这么说，我明天回去的话，只能带付锐一起回北京了？”见事情临时有变，孔祥云很坦然地接受了现实，“不过我还是建议，方远，你和乔国界好合好散。”

“好合好散当然好了，不管是男人和女人之间的爱情，还是男人和男人之间的友情，或是公事上的合作，但往往是你想好合好散，别人未必愿意。”何方远是有感而发，想起了蓝妹避而不见，既不听他解释，又不当面说个清楚，心中大感无奈，人和人之间的沟通，有时一个眼神就可以领会对方的意图，有时费尽口舌也未必可以赢得对方的信任。

“这话说得怎么这么意味深长呀？”孔祥云呵呵一笑，“方远，你别回避问题，你得告诉我，你和蓝妹到底怎么了？”

“一言难尽呀。”何方远夹起一块白菜——水煮白菜——放到了嘴里，“白菜做好了，一样好吃，只要功夫到家就行。祥云，你告诉我，你会做水煮白菜吗？”

见何方远还是顾左右而言他，孔祥云一拢头发笑了：“水煮白菜当然会做了，怎么了，你想吃？没问题呀，到了北京我天天做给你吃，吃死你。”

“何哥，别怪我，要怪就怪酒精好了。”范记安猛灌了几口酒，以酒壮㞞人胆的气概说道，“祥云姐，我可以告诉你何哥和蓝妹爱情故事的来龙去脉，但我有一个条件，你得告诉我何哥跳出立化后，想干一番什么样的惊天动地的事业。你肯定不会相信，到目前为止，他连准备干哪一行都还没有告诉我。你肯定更不会相信，我连不知道以后要跟着他干什么，就决定跟着他一条路走到黑了。这是什么样的情怀？这是绝对信任的情怀。”

孔祥云若有所思地笑了笑：“按说你这个交换条件很公平，原则上我同意交换。但考虑到方远的感受，我看还是算了，他和蓝妹的故事，早晚会有一个结局。我不急，有足够的耐心等到最后揭开谜底的一刻。”

“唉，到底是一家人，性格太像了。”范记安无奈地摇了摇头，“好吧，祥云姐，我不问了，反正我相信何哥会带我走上不归路。对了，你不是说有好消息要宣布吗？”

“对，你不说我差点忘了。”嘴上这么说，孔祥云怎么可能忘了她今天特意来下江一趟的真正目的呢？只不过她一直在等气氛活跃了再透露，“在即将举办的第十届中国国际动漫节上，千方的副总裁会宣布一个重大消息。”

“什么重大消息？”范记安支起了耳朵，随即又想通了什么，笑了，“宣布千方文学的正式成立？”

“答对了一半。”孔祥云认真地说道，“不是正式成立，而是公开千方有成立千方文学的意图。由千方的一个副总裁非正式透露消息，也说明千方对千方文学的重视程度。”

“消息的具体内容是什么？”何方远早就预料到了千方文学会成立，但具体时间不好说，孔祥云带来的消息说明，千方文学的成立已经提上了日程，应该正在紧锣密鼓的筹备中。

“基于千方大数据的千方文学成立后，将会以原创小说版权为核心，建立包括动漫、游戏、影视、周边产品在内的完整的产业生态链。千方文学会在坚持正版、健康、绿色运营路线的同时，建立健全版权方经纪人制度，改善版权方的生存现状，改变中国互联网版权产业发展格局，全面推动文学产业繁荣局面的形成……”孔祥云如同小学生背书一样，摇头晃脑地背了一通，然后一吐舌头笑了，“应该是一字不差，我只偷看了几眼发言稿，没敢拍下来，只能靠记忆了。”

“祥云姐厉害，过目不忘。”范记安虽然支持何方远和蓝妹在一起，但并不表示他不喜欢孔祥云。其实他也很喜欢孔祥云的爽朗和乐观。

“少拍马屁，没用。”孔祥云瞪了范记安一眼，“你是蓝妹的支持者，就决定了我和你不会成为好朋友。”

“我……我冤枉呀，祥云姐。”范记安想要辩解，却被何方远打断了。

“别打岔，说正事。”何方远低头微微一想，“从这一段话中可以看出，千方文学的成立，还是为了下游的版权拓展服务，也就是说，千方文学是生产车间，包括动漫、游戏、影视、周边产品在内的完整的产业生态链才是千方以后主攻的方向，不出意外的话，千方早晚会成立千方影业。在互联网版权作品的拓展中，游戏和影视是大头，游戏是千方的薄弱环节，但在影视上面，千方虽然落后了芝麻开门和企鹅一些，但只落后了半步，不是一步。”

“三巨头中，千方最保守，一般情况下，千方不管在哪个行业上的布局，都会落后芝麻开门和企鹅一步，除了搜索引擎之外。”孔祥云继续说正题，“方远，据你推测，三巨头中，哪一家会最先成立影业公司？”

“芝麻开门。”何方远不假思索地回答了孔祥云的问题。

“为什么不是企鹅？”

“企鹅在互联网版权产业上的布局最大、最深入，围绕着互联网版权产业的发展，企鹅还有许多工作要做，所以，企鹅并不急着成立影业公司。磨刀不误砍柴工，先把源头的版权产业的水盘活了，不愁下游产业没有资源。为有源头活水来，企鹅的路，走的也是完整的产业生态链之路。和千方和芝麻开门相比，企鹅的路走得最稳。”何方远侃侃而谈，“相比之下，芝麻开门没有源头的互联网版权产业，不是一个完整的产业生态链，因为急于上市，芝麻开门没有时间从源头做起了，尽快成立芝麻开门影业，是大马哥的当务之急。”

“有道理，很有道理。”付锐话不多，却总能说到关键点上，他其实已经猜到了何方远的思路，知道何方远跳出立化之后想要从事什么产业了，“对三巨头来说，要钱有钱，要资源有资源，要时间也有时间，因为时间的节点也掌控在他们的手中，对我们来说，要什么没什么，怎么办呢？绕开源头，直取下游，才有可能以最小的代价获得最大的收益。”

“三巨头中，哪一家最后成立影业公司？”范记安问出了心中的疑问，同时，心中一阵狂喜，刚才付锐的话一下点醒了他，让他也摸到了何方远的脉搏，心中无比懊恼，怎么聪明一世糊涂一时呢？怪不得何哥一直不告诉他下一步的方向，原来何哥是在考验他的眼光。真笨，他怎么就没有往下游产业联想呢？

“不用想，肯定是千方。”不等何方远回答，孔祥云抢答了，“以李颜红的性格推算，他肯定会在文化产业的布局上落后企鹅和芝麻开门。”

范记安点了点头，心领神会地笑了：“明白了，我总算明白了，何哥一直在等三巨头都成立了影业公司之后的时间节点。但我又不明白了，以李颜红的风格，千方影业的成立，指不定到什么时候，也许一年，也许两年，李颜红可以从容布局，可以等得起，我们等不起呀，何哥。”

何方远见范记安终于跟上了他的思路，也欣慰地笑了：“谁说一定要等三巨头都成立了影业公司才开始？时间节点说不定很快就到来了。”

“我可是已经等不及了，跃跃欲试了……”范记安一边摩拳擦掌，一边流露出向往的神情，不过由于他表演的痕迹过重，本来很神圣美好的向往神情却被他演绎成了意淫的表情。

徐子棋大笑，踢了范记安一脚：“你这一副淫荡加下贱的表情，比最近很红的那个网络剧中的主角还要淫荡下贱一百倍。如果那个剧让你演，火爆程度肯定比现在强一千倍。”

“你别说，小眼棋，说不定有一天我真的可以成为主角。”范记安做了一个胜利的姿势，“何哥，你说，我有没有成名的潜力？”

“有。”何方远哈哈一笑，“我已经为你量身定做了一个剧，主角完全就是你的翻版，只要你一演，你就会大火。”

“真的啊？”范记安十分配合何方远的话，惊喜的表情夸张而逼真，“等我火了，我要做的第一件事情就是甩了付瓜瓜，然后找一个二线以上的女明星当我的女朋友。”

“滚蛋，就你这样龌龊的想法，你永远也成不了明星。”徐子棋被范记安恶心得吃不下饭了。

春天来了，每个人的心思都活泛了，除了不知人在何处的梅荏苒和不知行踪的蓝妹之外，一切都正朝着最好的方向前进。

曲终人散之后，付锐先走一步，范记安和徐子棋故意使坏，假装请孔祥云到他们家中去住，一个说，和瓜瓜住在一起，瓜瓜很喜欢祥云姐。另一个说，和辛儿住在一起，辛儿很想念祥云姐。

最后二人被何方远轰走了：“别闹了，赶紧走，祥云今晚住我家。”

“有备胎就是好。”范记安和徐子棋挤眉弄眼地同时哈哈一笑，笑完之后，二人唯恐何方远踢他们，一溜烟跑了。

“我们从小一起长大的友情，他们怎么也不会懂。”等二人走后，何方远轻轻一拉孔祥云的胳膊，“不管以后我娶了谁你嫁给谁，我们曾经经历过的岁月，是谁也替代不了的美好时光。”

孔祥云甜甜地一笑：“有一个从小一起长大的男闺蜜，也不知道是好事还是坏事。”

“打住，打住，我可不是你的男闺蜜，我是你的发小。”一听男闺蜜的说法，何方远顿时起了一身的鸡蛋疙瘩，他最讨厌女性特征显著的男人了，“祥云，前期的工作，基本上都准备就绪了吧？”

“万事俱备了。”孔祥云温柔地一笑，陪何方远一起上楼，“办公室、办公家具、基层工作人员，等等，都到位了。”

“辛苦你了。”何方远从决定和孔祥云合作的一刻起，就让孔祥云先着手做好前期的准备工作，尽管他对孔祥云的独立能干早有心理准备，不过听到孔祥云的进展还是比他预想中要快上不少，他不得不由衷地佩服孔祥云的本事，换了蓝妹，不可能这么独当一面。

“不辛苦，这点小事，举手之劳。最关键的问题不在于前期的事务性工作，而是策划和创意。”进了房间，孔祥云脱了外衣，她比蓝妹稍微丰腴半分，既不显得瘦弱，又不过于丰满，是恰到好处的肉感，“刚才你说让范记安当男主，是真有这个想法，还是随口一说？”

“真有。”何方远一屁股坐在沙发上，想了想又说，“我想过了，公司成立后，第一部剧先从网络剧入手，网络剧审核门槛低，投资小，见效快，如果成功了，可以迅速打出名气、打开局面。”

“你的想法我赞成，但范记安当男主……这事儿靠谱吗？”孔祥云对范记安信心不足，“我总觉得他太贫、太油嘴滑舌了，说句不好听的话，有时太犯贱了。”

/ 第二十六章 /

# 骑虎难下

“哈哈，网络剧就是屌丝剧，越屌丝、越闹腾就越有市场。大部分网民上网，都是图一个放松、图一个乐趣，所以网络剧不能走普通电视剧的路线。”何方远说出了他的理由，“至少现阶段是这样。”

“好吧，在互联网版权产业上，你从事时间比我长，你对网民的定位和分析，我相信你的眼光和判断。”孔祥云见房间又脏又乱，不由皱了皱眉，“你自己就不能收拾一下？一屋不扫何以扫天下？”

“最近不是事情太忙吗？”何方远找理由为自己开脱。

“不是事情太忙，是被蓝妹弄得心烦意乱了吧？”孔祥云揶揄何方远，“要我说，把你的感情经历拍成一个网络爱情剧，绝对受欢迎，怎么样？不用花钱请演员，你自己亲自披挂上阵当主演就行。”

“别闹，我说正事呢。”何方远不让孔祥云扯他的事情，“你回北京后，就开始操作剧本，名字我已经想好了，就叫《逆袭》。这个故事的原型取材于何常在的一部同名商战小说，你负责联系作者洽谈一下影视改编权的收购……”

“这个好说，购买了《逆袭》的改编权后，谁来编剧呢？”

“编剧人选我已经想好了，三戒大师。”对从事互联网版权产业多年的资深人士来说，最大的资源就是版权方的资源，“三戒大师是和我关系不错的一个版权方，他在互联网版权产业市场算得上是大神级作者，但在编剧行业还是新手，价格不会太高，再加上他和我的私交，肯定没问题。”

“三戒大师？我知道他，他不是主要写历史题材的吗？做网络都市剧的编剧，他行吗？”孔祥云小有疑问。

“这倒没问题，题材虽然不同，但核心是相通的，而且还有一点，三戒大师和

《逆袭》的作者何常在私交很好，他来担任编剧，何常在肯定不会袖手旁观，只要他开口，何常在肯定帮忙，等于是我们出一份的钱让两个人干活，一举两得。”何方远早就想好了如何更好地利用版权方之间的私人关系打通关节。

“你的算盘打得还真是精明。”孔祥云嘻嘻一笑，“好，等我的好消息吧，半个月后，剧本的大纲肯定会出来。我初步估算了一下，前期投入大概需要300万。”

“300万的投入，比起创办一家互联网版权产业网站动辄三个亿的投入，小多了，可以接受。”何方远扳起手指算了算账，“你的全部积蓄加上我的全部积蓄，勉强够，如果第一部网络剧失败了，就得想法子融资了。”

“融资并不难，北京有太多游资到处在找项目，凭我多年在国外金融系统工作的经验，为公司拉来几千万甚至上亿的投资，不在话下，就是你不太愿意让资本进来。”孔祥云也理解何方远的想法，资本进来后，必然要介入管理，并且会对公司的发展指手画脚，何方远之前主动堵死了蓝成器的资本之路，要的就是不让资本左右他的意志。

既然不再选择投资巨大的互联网版权产业，而走向了另一条需要创意的全新之路，何方远就希望更多地借助自己的力量来完成创业，而不是受制于资方，被资方的意志左右而导致无法充分发挥创造力。

“不到万不得已，还是先不要融资。”何方远又想起了蓝妹和蓝成器，“我想蓝妹多半也想到了我故意气蓝伯伯，就是为了让蓝伯伯不再向我投资，所以蓝妹认为我表面上说要娶她，暗中却和你合作，她觉得她被我愚弄了，才对我生这么大的气。唉，她怎么就不给我一个向她当面解释清楚的机会呢？”

“如果你借助了蓝成器的力量崛起，不管你最后有多大的成就，你总是摆脱不了蓝成器的阴影。方远，你有时还是太固执、太好面子了，如果蓝成器不是蓝妹的爸爸，你和蓝妹结婚，再借助蓝成器的力量成就一番事业，你是不是就觉得心安理得了？男子汉大丈夫，就应该能屈能伸，不管蓝成器是不是你未来的老丈人，你只当他是你的合作方就行了，何必过多地在意别人的看法？”孔祥云微叹一声，“谁说只允许平民女嫁入豪门，就不允许草根男迎娶豪门千金？你的思想还是传统又保守。”

“我毕竟是男人……”何方远被孔祥云说中心事，嘿嘿一笑，“如果是从事互联网版权产业，我肯定会接受蓝伯伯的资金，毕竟需要的资金量太大，我没有能力解决。但既然我决定改行了，需要的资金量可以自己解决了，就不必再引进外部资金，不管外部资金是蓝伯伯的资金还是别的资金……”

“我的资金就不算是外部资金了？”孔祥云敏锐地抓住了何方远话中的漏洞，

一脸俏皮地笑。

“你不算，你是我的发小，你的就是我的，我的就是你的，不分你我，没有远近。”何方远嘿嘿直笑。

“是吗？是真心话还是假话？”孔祥云向前一步，一脸挑逗的神情。

“当然是真心话了。”

“那好，既然我们都不分你我了，今晚，我就和你睡在一张床上，怎么样？”孔祥云咬着嘴唇，双眼喷火，似乎真的欲火焚身一样。

“啊？”何方远吓了一跳，“不是吧？你真的要献身？好吧，反正我现在还单身，就勉为其难地收了你。不过我可有言在先，只管上床，不负责下床之后的所有后遗症。”

言外之意就是千万别因为上床而赖上他。

“去你的。”孔祥云踢了何方远一脚，“你当我真的白送你呀？做梦！”

“做梦就做梦。”何方远哈哈一笑，冲孔祥云挥了挥手，走进自己的房间，一头栽倒在床上，呼呼大睡，做梦去了。

次日一早，孔祥云和付锐一起飞回了北京。送走孔祥云和付锐后，范记安怅然若失地摇了摇头：“我多想和祥云姐一起飞上天空的人是我呀。”

“范记安，你有瓜瓜了，可不要打祥云姐的主意。”徐子棋敲打范记安，“况且你也知道，祥云姐是何哥的备胎。朋友妻不可欺，朋友备胎也不可以放气，听到没有？”

“一边玩去，心理怎么这么不健康呢？”范记安对徐子棋横眉冷对，“你想什么呢小眼棋？瞧你一副色眯眯的样子，一肚子全是坏水。我想的是如果是我和祥云姐一起去北京开启创业之路，我就是公司的第一批元老了，谁能想到，让付锐抢了先。你说付锐一个后来者，怎么就跑到我们前头去了？这不公平。”

“没什么公平不公平的，一切听从何哥的安排吧。”徐子棋摇了摇头，“还不知道何哥的辞职，能不能顺利呢。”

就在徐子棋和范记安在机场送走孔祥云和付锐的同时，何方远在立化正在奋笔疾书，在打他的辞职信。

费时将近两个小时，辞职信终于完稿了，校对了三遍之后，何方远觉得语句通顺没有病句，而且文笔生动、理由充足、感情真挚，于是他拿起辞职信，上了电梯，按下了18楼的按键。

到了18楼后，微一停顿，他径直朝李丛林的办公室走去。尽管从程序上来说他应该先向陈果递交辞职信才对，但鉴于他和李丛林还算有几分私交，他想先让李丛林知道他的动向。

他轻敲李丛林的门，三声，不轻不重，然后静等回应。

“谁？”平常李丛林会直接让人进，今天却问是谁，何方远回头看了一眼，李丛林的秘书冷舒没在前台，不知道去了哪里。

外人想见李丛林，必须预约，并且要经秘书一关，由于何方远和李丛林来往密切，只要何方远来访，冷舒都不会阻拦。今天她正好不在，何方远也没多想。

“李董，是我，何方远。”何方远自报姓名。

“……”里面沉寂了一会儿，才又传来李丛林淡淡的声音，“进来吧。”

哪里不对？何方远听了出来李丛林的声音似乎有几分犹豫，他还没有来得及多想，推门进去，抬头一看，顿时愣住了。

愣住的原因不是他一抬头就看见了正在倒茶的冷舒，更不是今天的冷舒穿了一条洁白的长裙，十分惊艳，而是冷舒正在服务的两个人赫然是乔国界和陈果！

何方远可是吃惊不小，怎么乔国界也在李丛林的房间之中？如果他知道乔国界也在，说什么也不会进来。

只是现在已经骑虎难下了，他只好硬着头皮说道：“乔董、陈总。”

乔国界坐在靠窗的座椅上，外面的阳光照射在他的后背上，让他整个人都沐浴在阳光中。由于背后太过明亮的缘故，他的脸就淹没在黑暗之中，让人看不清他的表情。

乔国界没有回应何方远的问好，陈果点了点头：“方远，你找李董有事？”

计划赶不上变化，何方远本想让他的辞职事件慢慢发酵，最后再传到乔国界耳中，不承想，乔国界也在李丛林的办公室之内，他进退维谷，愣了片刻，蓦然鼓足了勇气，准备当着三人的面说出他想要辞职的意图。

才要开口，却被李丛林抢先了，李丛林说道：“是我让方远过来的，想听听他的看法。”

李丛林是对什么事情想听听他的看法？何方远先是一愣，一愣过后，又明白了什么，李丛林是在替他打掩护，不想让他说出真实意图，他就又将到了嘴边的话咽了回去，点了点头，算是回应了李丛林，并没有说话。因为他不知道是什么事情，一说话就容易穿帮。

“方远……”乔国界缓慢地开口了，“文化中华更名为芝麻开门影业的消息，你是什么看法？”

原来是芝麻开门影业正式成立了，何方远心中不知道是惊、是喜，还是一切尽在预料中。

去年，芝麻开门以62.44亿港元战略投资在港上市公司文化中华传播集团，芝麻开门持股60%，控股了文化中华。

芝麻开门控股之后不久，文化中华的两名执行董事以及两名非执行董事就相继辞职，接任者都是来自芝麻开门集团的大马哥的亲信。

几个月之后的今天，文化中华的收购全部完成了各项交接，正式更名为芝麻开门影业。此举，符合大马哥的战略布局，也符合何方远对芝麻开门未来规划的猜测。同时，也证明了何方远对芝麻开门最先成立影业公司的推测的正确性。

不过此时的何方远并没有多少喜悦，虽然芝麻开门影业的成立对他来说是一个天大的利好消息，预示着他的全新创业之路确实走对了一步。但现在他面临着乔国界的考验，他想要跳出立化，想要海阔天空，必然绕不过乔国界这座高山。

见何方远一时愣神，李丛林拿过平板电脑递给何方远："先看看新闻。"

李丛林的举动对何方远来说无异于雪中送炭，他接过平板电脑，目光迅速落在了网页之上，很快就扫完了新闻，心中才大概有了计较。

很有意思的是，发布芝麻开门影业成立消息的网站是企鹅，标题是——文化中华正式更名为芝麻开门影业，原中影高层加盟。

"文化中华正式更名为芝麻开门影业集团，同时宣布委任中国电影集团公司原副总经理王大为公司行政总裁兼执行董事。芝麻开门影业董事局主席表示，芝麻开门影业将以消费者对业务（C2B）的模式，将更加专注于打造切合现今观众需求的电影及电视剧。公告显示，芝麻开门影业还更改了公司英文简称和公司网址。"

"随后，芝麻开门影业再发公告披露，王大将担任公司行政总裁兼执行董事。资料显示，王大在中国影视传媒行业有超过25年的经验。曾作为总策划参与了《中国合伙人》《致我们终将逝去的青春》《小时代1》《小时代2》等影片。此前，王大长期在影视传媒公司担任重要职位，包括中国电影股份有限公司副总经理、北京电视台副主编和北京紫禁城影业公司董事长、总经理和北京紫禁城信都电视文化有限公司总经理等。加盟芝麻开门影业后，王大表示，会在自己擅长的制作及发行电影、电视剧领域有所作为，并继续强化公司在影视内容创新、投资、制作及发行等方面的优势。除王大外，同时宣布的人事任命还有，影星李连杰将担任芝麻开门影业的独立非执行董事。"

"方远，芝麻开门影业的成立，对今后的互联网发展方向，会有什么样的影响？"见何方远看完新闻之后若有所思的样子，乔国界再次抛出了问题。

乔国界是在考验他还是别有用意？何方远以为上一次他和乔国界的针锋相对就

是两人之间的最后一次见面，没想到，在李丛林办公室再一次面对面了，而且乔国界似乎忘记了上一次不愉快的经历，于是他就迅速调整了思路，回答了乔国界的问题："芝麻开门在影视娱乐产业的布局包括五个方面：一是影视投资产品娱乐宝，二是收购文化中华60%股份，三是投资中学传媒占20%股份，四是投资天马土豆占18.5%股份，五是收购虾米音乐。在今天又正式成立了芝麻开门影业，可以说，三巨头中，芝麻开门在影视上面的布局走在了最前面，已经超过了企鹅和千方。

"三巨头在影业之上已然全部触电，其中，李颜红投资了一家洛杉矶电影制作公司，企鹅则是由企鹅视频牵头，宣布'为虎添翼'计划，参与投资6部以上的国产电影。但相比之下，还是芝麻开门在影视产业的布局最广最深入。芝麻开门抢占了影业布局的先机，会对企鹅和千方带来明显的压力，以后为了争夺影业的制高点，相信三巨头之间还会有一场大战。同时，因为三巨头对影视产业的热衷，会促进影视产业的发展，也会挤压许多影视公司的生存空间。当然，三巨头的动作，对互联网版权产业是一个利好消息，有利于版权作品的下游拓展。如果积极主动地参与到未来影视产业的大潮中，兴众文学也可以从中获益。"

"兴众文学也可以从中获益？"乔国界淡淡地问了一句，抬了抬眼皮，似乎对何方远的结论颇不以为然一样。

"三巨头作为出身于互联网的公司，如果从事影视行业，必然会带有鲜明的互联网特征，网络剧以后会是一个非常巨大的新兴市场。网络剧兴起之后，必然会带动上游源头产业的发展，也就是互联网版权产业。对于兴众文学积极寻求的版权变现，是一个巨大的利好消息。"何方远无视乔国界的施压，依然从容不迫地表达自己的见解，"兴众文学现在急于变现，最近几个作品高价卖出了实体版权和游戏版权就说明了许多问题。"

## /第二十七章/

# 心态淡然，思路才超然

“说明了什么问题？”乔国界目光中微有冷峻的眼神闪动，微微流露出不满之意。

何方远并不在意乔国界的不满，都到现在了，乔国界还想掩饰兴众文学陷入财务危机的现状，就没意思了，他淡淡一笑：“说明兴众文学现在缺钱了。”

乔国界脸色微微一变：“信口开河！兴众文学的财务状况良好，怎么会缺钱？你又接触不到高层，你知道什么？”

“何方远，对自己不知道的事情，不要乱说，要注意自己的身份，咳咳……”陈果咳嗽一声，忙提醒何方远不要僭越。

何方远恭敬地说道：“如果不是乔董问起，我才不敢乱说话。”

乔国界挥了挥手：“言者无罪嘛，继续说下去。假设你说的兴众文学缺钱的结论成立，那么你说说看，兴众文学成立版权中心以来几个动作幅度不小的变现举措，会带来什么影响？”

版权中心成立以来，最大的举措是一次高调对外宣布的游戏版权拍卖——其实私下早已卖出了，之所以高调地以拍卖的形式对外公开，也是为了造势，是为了向竞争对手施压，同时也是为自己赚赚吆喝。还有几个动作幅度不大的举措是卖出了几部当红作品的实体版权。

何方远虽然没有直接参与版权销售的谈判——实际上也不归他管，兴众文学直接拿走了立化所有作品的版权交易权，他身为立化的总经理，无权过问——但对几次版权交易的过程和价位，心中有数。

虽然何方远已经决定离开立化了，但他现在对立化的各项政策的制定以及杀鸡取卵式的发展思路很不赞成，但既然乔国界当面问起了，他不表达一下他的看法，也对不起他身为立化总经理的职责。

“几次变现举措，从表现上看，收到了一定效果，也算造成了一定影响，但从长远看，几次变现都有一个共同点——杀鸡取卵。”何方远直言不讳，当着兴众最有权势的三人之面，说出了自己心中真实的看法，“比如某个当红作品的实体版权，签下了几十万的首印，从变现的角度考虑，版权方和兴众文学确实赚到了，但从市场和长远发展的角度来说，实际上是毁掉了这名版权方的市场。为什么呢？因为他的实体书销量很差，差到了销量不足一万册的地步，出版方赔了个血本无归。以后，出版方再签这名版权方的作品时，肯定会考虑再三，甚至会直接不再考虑。”

何方远说的是实情，最近兴众文学签出了几部作品的实体版权，要价都很高，虽然最后还是卖出去了，但从长远看，过高的要价会让许多有可能成为畅销书的版权作品胎死腹中，也会让许多市场前景一般但售价过高的作品由于成本原因被出版方腰斩。如此一来，会让兴众文学的形象一落千丈，导致外界不愿意再购买兴众文学旗下作品的版权。

“还有，一些作品的游戏版权，卖出了不错的价格，从一百万到上千万不等。现在手游市场刚刚兴起，到底以后是泡沫还是会有持续的良性发展，还不得而知。短时间内，兴众文学和版权方是得了实惠，但也有可能会造成版权方人心浮动，都不再关注作品本身的质量，而是一心去写适合改编为手游的作品。长此以往，对整个行业都会产生不利的影响。”

“说完了？”陈果很不高兴地瞪了何方远一眼，“何方远，你层次太低，没有高瞻远瞩的眼光，我可以理解，但不要想当然地乱说行不行？”

“好吧，我不说了。”何方远识趣地闭了嘴，不管是身为一个商业帝国的帝王，还是一个国家的帝王，都不愿意听逆耳的忠言，都喜欢听好话假话和奉承话，可惜的是，好话假话和奉承话虽然听上去让人舒坦，却改变不了困境。

“以后，兴众文学也可以更名为兴众影业。”乔国界站了起来，面朝窗外，迎着阳光而立，“方远的话也有一定道理，杀鸡取卵虽然可以缓解一下燃眉之急，但鸡没了，以后蛋也不会有了。如果要经营好兴众文学，想打造娱乐文化产业的生态链，就要有长远发展的眼光。方远，你有时间就写一份关于兴众文学未来发展规划的建议书给我。”

陈果惊得目瞪口呆！

乔国界的话毫不掩饰他对何方远的欣赏和重用。十分了解乔国界的陈果一下就听出了乔国界的暗示，如果何方远的建议书触动了乔国界，令乔国界满意，下一步何方远取代他的位置成为兴众文学的CEO也不是不可能的事情！

因为何方远现在才是立化的总经理，一个立化的总经理哪有资格向乔国界提交关于兴众文学的未来发展规划的建议书？但乔国界就是随心所欲的性格，他欣赏一个人的时候，会不惜一切代价重用此人；不喜欢一个人的时候，也会转眼翻脸，将其扫地出门。

之前何方远受到了乔董的冷落，还以为何方远坐冷板凳会一直坐下去，没想到，几句话过后，他又重新入了乔董之眼。陈果的心怦怦乱跳，如果何方远真的当上了兴众文学的CEO，他将何去何从？

李丛林心中也是微有震惊，他也没想到乔国界的态度说变就变，竟然有意再一次重用何方远。不过也可以理解乔国界的迫切心情，以前是一心想要卖掉兴众文学，现在既然卖不掉了，还想重新打造兴众文学，将其发展成为兴众影业，那么好人就得靠边站了，需要能人和明白人披挂上阵、冲锋在前。

不过……李丛林暗暗摇头，确实是江山易改本性难移，经历了这么多事情之后，乔国界的性格还是没有改变多少，冲动的时候，过于冲动；无情的时候，又过于无情。如果乔国界能平和中庸一些，也许现在的兴众会更有活力更有前景。

企业和人一样，创业和年轻时，需要冲动和激情，打下了江山、建立了帝国，或是人到中年需要守成时，就需要平和和中庸之道了。

平和和中庸不是随波逐流，也不是碌碌无为，而是以淡然的心态来应对事态的发展。只有心态淡然了，思路才能超然。思路超然了，做出的决定才会不偏激。

何方远又该怎么回答乔国界呢？李丛林充满期待并且饶有兴趣地看向了何方远，看何方远在面对乔国界对他重新赏识并且有意重用的诱惑时，又会是怎样的表现。

陈果更是十分紧张地看向了何方远，心想何方远如果真的一口答应下来，他一定得想办法阻止何方远越过他和李丛林直接向乔国界汇报，他不能接受何方远一步迈到他的头上的升迁！

何方远只沉默了片刻，然后不动声色地从身上拿出了一个信封，不过信封并没有递出去，而是拿在了手中，他恭敬而不失坚定地说道："正好乔董在，李董和陈总也在，我就不用逐级上报了……乔董，很抱歉我要辜负您的信任了，我决定辞职。"

何方远声音不大，却如一声惊雷，直接在乔国界、李丛林和陈果的耳边炸响。

什么？何方远要辞职？正在用人之际，他要撂挑子？乔国界的第一反应是愤怒，何方远太嚣张太狂妄了，他对他如此器重，让他年纪轻轻就当上了立化的总经理，让他的职业经理人之路比别人提前十年达到了第一个高峰，他还想提拔他担任兴众文学的副总裁甚至是CEO，却没想到，何方远居然要辞职。

而且还是当着他和李丛林、陈果的面儿，在拒绝了他释放的善意之后！

乔国界险些失控，如果不是李丛林和陈果在场，他说不定会当场质问何方远为什么，是不是因为上一次的对话？又或者是因为何方远要跳槽到企鹅或是千方、芝麻开门？

还好，乔国界还是克制住了自己的怒气，他没有说话，退后一步，一脸阴沉地坐回了椅子上。

李丛林心中的震惊虽然没有乔国界强烈，因为他早已知道何方远想要离开立化，却还是十分不解何方远为什么要当着乔国界和陈果的面提出来。事缓则圆，何方远太操之过急了，他难道不知道惹怒了乔国界，乔国界真要强行留何方远在立化，至少也可以耽误何方远一年以上的时间吗？

年轻人呀，到底年轻，年轻就容易气盛，气盛就容易冲动，冲动之下做出的决定，很容易犯错。

李丛林觉得无奈加遗憾，却也没有开口，因为何方远的直接上司是陈果。有陈果在场，他不便多说什么。

陈果一脸惊愕："方远，你，你，你要辞职？为什么？"

"我想去做自己喜欢做的事情。"何方远从容不迫地回答了陈果，他也知道他的举动颇为冒险，一着不慎，有可能满盘皆输，但也有可能一举成功，风险多大，收益就有多大，他愿意试一试。

"你是不是找到下家了？"陈果情急之下，问出了一个不该问的问题，话一出口，他就后悔了，不过后悔也没用，索性就问到底了，"是企鹅、千方还是芝麻开门？"

"都不是。"何方远察言观色，见乔国界和李丛林一个愤怒、一个平静，基本上在他的预料之内，他就更加坚定了要继续推动事态发展的想法，"辞职后，我不会再从事互联网版权产业。"

乔国界眼皮微微一动，何方远的话是在暗示他会规避竞业禁止协议的规定，他心中的怒气稍微平息了几分，还好何方远不是去开天，如果何方远从立化辞职然后加盟开天，就是赤裸裸地打脸了。

"方远，你在立化干得好好的，为什么要辞职？"陈果见乔国界和李丛林都不说话，他猜不透乔国界和李丛林的心思，虽然他很想让何方远立马滚蛋，但还是耐着性子劝说何方远留下，"年轻人做事情不要冲动，要想好前因后果再做决定。你在立化是总经理，还这么年轻，以后肯定还会大有前途，现在跳出立化，等于是前功尽弃了。"

“谢谢陈总，真的很抱歉，辞职是我经过深思熟虑的决定。”何方远没有退让半步，依然坚持，主要是他想听听李丛林和乔国界怎么说，陈果留他，不是真心得。

“方远，你……”陈果还想再说什么，李丛林向前一步，制止了陈果的话，他终于开口了。

“方远，你不再从事互联网版权产业，是想自己创业，还是去哪一家公司高就？”李丛林知道他必须出面了，陈果和何方远再继续对话，只是会不停地在原地打转，不会有任何实质性的进展。

“我打算自己创业。”何方远老老实实地说出了实话，“也许是我不太安分，也许是我不想总被别人左右人生，所以我想自己做自己的主人。”

这一番话说得很透彻，言外之意就是，不管在兴众文学升到了什么职位，还是难逃为人打工的命运；不管是兴众的总裁还是兴众文学的CEO，都逃不过黯然收场的下场。

一句话说得李丛林感同身受，他本来还想再多问何方远几句什么，却又忽然觉得无话可问了，就将球踢到了乔国界的脚下：“乔董……”

乔国界脸色阴沉，并不理会李丛林的示意，他愣了片刻，转身就走：“兴众文学正处在关键时期，谁也别想在这个时候添乱。”

很显然，乔国界直接而不留余地地拒绝了何方远的辞职。

乔国界一走，陈果也没再停留，眼神复杂地看了何方远一眼，想说什么又没有说出口，摇了摇头，也转身走了。

“方远，你这是何必呢？”李丛林无奈地摇了摇头，“你明知道当面挑战乔董的权威，肯定不会有好下场，你还非要顶上，这样一来，就没有回旋的余地了。”

“其实我早就想通了，不管我以怎样委婉的方式提出辞职，都不会让乔董满意，与其这样，还不如迎难而上，也许还有一分胜算。”在李丛林面前，何方远既不像在乔国界面前拘谨而刻板，又不像在陈果面前虚假而从容，而是多了一份随意。

“事情已经这样了，再说什么也没用了。”李丛林坐回到了座位上，意味深长地看了何方远一眼，“方远，你离开立化后，真的是想自己创业，不再从事互联网版权产业了？”

“是，我刚才说的是实话。”

“想不想听我一句劝？”

“嗯。”何方远诚恳地点头。

“先不要急着自己创业，先在立化打好基础，等几年后你从兴众文学CEO的位置上再跳槽的话，你的身价就会提升许多，这样，可以为自己多留一条职业经理人的退路。一年300万的年薪，对大部分人来说，也算是高薪了。”李丛林这么说一是出于真心关怀何方远；二是现在兴众文学改变了发展方向，兴众文学也确实需要何方远这样的人才。

而且他还清楚一点，何方远辞职，不会是他一个人辞职，他至少还会带走几个立化的中层管理人员，此举，会对立化造成不小的冲击。

“李董，您不要再劝我了，我已经决定了，不会再改变主意了。您也看了出来，付锐先辞职，然后我才辞职，再然后，还会有几个人陆续辞职，之所以这样做，是想最大限度地降低辞职事件的影响，避免立化和兴众文学再遭受一次集体辞职事件的负面冲击。”刚才乔国界和陈果在场，何方远不方便说出他的更深层考虑，现在面对李丛林，他没再隐瞒他深藏不露的意图。

李丛林吃了一惊，随后又无奈地笑了：“你这番话如果刚才对乔董说了，他肯定会大发雷霆。”

“丑话说到前头其实是好事……”何方远也笑了，笑得很自信，“等事情真正发生了再挽回，就已经后悔莫及了。我不想再让立化受到冲击，也不想和兴众文学不欢而散，所以，我希望好合好散。当然，如果实在不行的话，乔董再不高兴，再想留我，我也有办法离开。”

何方远的话，不是发着狠说，也不是咬着牙说，而是很云淡风轻地说，却还是让李丛林感受到了一丝寒意。

是的，在他眼中的后生晚辈，无根无底、无权无势的何方远，一句轻描淡写的话，居然让久经职场的他感受到了寒意！

何方远话中隐含的威胁之意并非大话，他确实可以做出让兴众文学颜面扫地并且再次遭受冲击的集体辞职大事。但李丛林心中还是很不舒服，毕竟和他相比，何方远不管是资历还是资本，都相去甚远，甚至可以说，如果不是分裂事件，何方远连进入他的视线之内的资格都没有。

但现在，何方远不但可以直接在管理者收购计划上和他讨价还价，而且在辞职问题上，居然已经有了和乔国界叫板的实力，何方远成长的速度之快，崛起的态势之猛，让他在震惊之余，心中提防的警铃大响。

## / 第二十八章 /

# 聚会上的意外事件

不过……在心中的怒气刚刚升起之时，李丛林又迅速调整了情绪，制止了怒气的进一步蔓延，毕竟何方远针对的不是他，他犯不着因为公事而在私交上得罪何方远。他在兴众不会当一辈子总裁，也不会在兴众文学当十几年的董事，早晚他也会离开兴众，世事难料也许他和何方远以后还有再次重逢甚至是联手合作的时候。

这么一想，李丛林的神色又缓和了下来："这样吧，方远，我再和乔董沟通一下，你也别急，慢慢来，好合好散才是长久之道。"

"谢谢李董。"何方远要的就是李丛林替他在乔国界面前周旋一下，他也清楚，他和乔国界，很难再有单独会面的机会了。

一周后。

春天已经深了，天气热了起来，夏天的脚步近了。何方远也知道许多事情急不得，反正现在孔祥云和付锐正在北京有条不紊地开展前期工作，他的辞职信也已经正式递交到了陈果手中，至于什么时候乔国界点头批准，就看时机了。

他有耐心，乔国界也有耐心，比来比去，就看最后谁在耐心的比拼之中，更有回旋的智慧了。

"何哥，今天有一个聚会，想请你参加。你一定得去，要不然我就没面子了。"下班的时候，何方远刚和樊铮交代完工作，想要出门的时候，范记安进来了。

樊铮最近沉稳了许多，也许是听到了何方远辞职的风声之后，觉得何方远不再是他的敌对方；又也许是为了故意表现出沉稳有度的一面，好得到乔国界的赏识，在何方远的辞职生效之后，他顺势接任总经理之位，总之不管出于什么考虑，他最近一段时间以来的表现让人无可挑剔。

何况何方远也没想挑剔樊铮什么，樊铮受限于眼光和能力，注定只能充当守成的将军，而不是一个可以掌控大局、指挥若定的帅才。

“什么聚会？”何方远现在没心思参加聚会，蓝妹还是没有消息，他实在没有耐心了，想下班后亲自去蓝家一趟，所以对于范记安提的聚会兴趣不大，“不是什么重要聚会，我就不去了。”

“不行呀，何哥，你一定得去。”范记安开始耍赖了，耍赖是他的特长，“你要是不去，我的人可就丢大了。我拍着胸膛说，你一定会到，我向人家打了包票了都……”

何方远无奈：“你就不能事先征求一下我的意见？”

“嘿嘿，嘿嘿。”范记安发出一阵贱笑，“其实也不是什么重要的聚会，就是一群年轻人凑在一起热闹热闹。最主要的是，据说聚会上单身美女一抓就一把，何哥，我是为你好，你现在正处于感情的断档期，适当地放纵，不，放松一下，找一个美女玩一次一夜情，不，聊一夜天，也有益于身心健康，是不是？”

“就知道你没安什么好心。”何方远笑骂，他大概猜到了几分，付瓜瓜一直没有固定工作，要么走穴当模特，要么混在各个剧组之中，跑个龙套或是演一个三句台词都不到的配角，虽然不入流，但她也有自己的圈子。肯定是付瓜瓜所在的所谓的演艺圈举行的聚会，范记安想带他去，也是想让他在众多三四流的模特和女明星中间猎猎艳。

可惜的是，他还真不是喜好猎艳的性格，不过既然范记安话都说到这份儿上了，不去也不好，不去，范记安会在付瓜瓜面前很没面子。

也不知道范记安打的是什么算盘，没叫上徐子棋，估计也是因为徐子棋太听常辛儿话的缘故，他怕徐子棋参加美女如云的聚会会惹得常辛儿醋海翻波，然后连带对他也没有了好印象。

聚会地点在一处不算高档的公寓。

华灯初上，流光溢彩，夜色中的下江，由于天气转暖的缘故，空气中弥漫着沁人心脾的花香和女人暧昧的香水味道。急不可待的姑娘们争先恐后地换上了裙装，你追我赶地裸露出了白生生的大腿，在夜色中划过一道道魅惑的弧线。

站在公寓下面，范记安目光贪婪地停留在来往的姑娘的大腿之上，不无感慨地说道：“男人就是傻，干吗非要结婚？一结婚就被人管住了，只能眼睁睁看着大街上各式各样的白腿擦肩而过，投入到别人的怀抱之中，真的是心如刀绞呀。不结婚多好，不结婚，满城看尽大白腿，一夜赏遍下江花。”

“瓜瓜听到你这一番高论，肯定免费赠送你一个大耳刮子。”何方远笑道，

"不要感慨了，大白腿再多，都是别人的菜，你碗中有你自己的菜就行了，不要贪得无厌。贪心不足的后果就是徒增烦恼罢了。"

"哟，何哥，你这话说得好像大彻大悟了似的，是不是还在想着蓝妹？"范记安不再观赏美女了，和何方远一起上楼，"蓝妹对你的伤害可真够深的，她也真够狠心的，居然一连两三个月没有消息，我算是服了。以前没看出来，觉得她是一个温婉可人的姑娘，现在才知道，有时女人比男人狠心多了。"

其实不是有时女人比男人狠心多了，而是大部分时候女人都会比男人狠心。男人往往会被女人温顺的外表欺骗，实际上，男人有时会因为被爱而爱，但女人却不会。女人只会在意自己的感受，喜欢就是喜欢，不喜欢就是不喜欢。

大部分女人很少因为被爱而爱。

到了楼上，有一间面积约150平方米的公寓，分为楼上楼下两层，合在一起有200多平方米。何方远和范记安赶到的时候，房间中已经挤满了人，有奇装异服的另类小青年，有一头黄毛红毛青毛紫毛的怪异小青年，也有全身都是文身、嘴唇上穿了一个钢环的怪物。何方远吓了一跳，我去，这是什么人的聚会，怎么妖魔鬼怪全出来了，是《聊斋》还是《水浒》？

范记安看出了何方远眼中的厌恶，一拉何方远："何哥，看事情不能只看一方面，虽然这些人有点牛鬼蛇神的意思，但楼上风景独好。走，上楼。"

穿过人群，随范记安上楼，何方远有点后悔他意志不够坚定，被范记安拉来了。这样的聚会对他来说，没有任何意义，纯粹浪费时间。他不想对一些年轻人奇装异服或是自残身体的癖好指责什么，但也不想和他们接触，更不想认识他们。

但既然已经来了，总不能转身就走，无奈之下，只好硬着头皮跟随范记安一起上楼。

楼上和楼下的面积不对等，只有五六十平方米的样子，不过五六十平方米的大厅也不算小了，大厅中间摆了几组沙发，沙发的周围是酒柜，酒柜的旁边还有厨房，厨房中有人正在烧烤着什么。

沙发上坐着七八个人，全是肤白貌美的女孩，年纪都在20岁左右，最大也不会超过25岁，而且个个衣着暴露，其中还有几人浓妆艳抹。

范记安拽着何方远来到沙发前，找一个空隙坐下。何方远的旁边是一个短发短裙长了一张娃娃脸的女孩，她戴了一副大大的无框眼镜，萌萌的样子和梅茬苒倒有几分神似。

"叔叔，你叫什么名字？"

何方远刚坐下，娃娃脸就一拉他的胳膊，嗲声嗲气地问了他一句。

叔叔？何方远摸了摸脸，不是吧，他还不到30岁，只比她大了四五岁，就当叔叔了？这便宜叔叔当得也太容易了，好吧，既然有人愿意自降一辈当侄女，他又何必谦虚呢？就呵呵一笑："我叫何方远，你叫什么名字……大侄女？"

"哎呀，大侄女太难听了，我叫妙妙。"妙妙扭动了几下腰肢，用力一推何方远，"何叔叔，你好坏呀，占我便宜。"

何方远迷惑了："我哪里占你便宜了？明明是你先叫我叔叔，我才喊你侄女的。其实我也不是非要大你一辈，在古代，侄女见了叔叔是要磕头的。"

妙妙噘了嘴："你好无趣呀，怎么这么老古董，你不知道现在流行叫叔叔吗？叫你叔叔，只是一种称呼，并不是说你就非比我大上一辈了，我叫我的前男友也叫叔叔，虽然他比我才大一岁。"

"何哥，你先聊着，我去去就来。"范记安一拉何方远，小声说道，"等一会儿瓜瓜到了，你就说我去楼下了，别告诉她我在猎艳。"

"你放心，我不会告诉瓜瓜你想背着她偷腥。"何方远故意说得很大声，一语既出，语惊四座，众人的目光如箭一样射向了范记安。

范记安如芒在背、如坐针毡，一脸尴尬："何哥，你这不是害我吗？"

"叔叔，你太有正义感了，我喜欢。"妙妙高兴地挥舞着手臂，又抱住了何方远的胳膊，"你告诉我，男人是不是都有偷腥的基因？有人说，让男人不偷腥，比让女人不买包还要难上一百倍。"

"应该说，大多数男人有偷腥的基因，也有一小部分男人不热衷于偷腥。不过话又说回来，男人偷腥和女人爱化妆、爱暴露、爱买包买鞋是一样的原因，都是欲求不足的表现。"

"男人偷腥是男人坏，女人爱化妆、爱暴露是女人爱美，这两件事情不是一码事儿，叔叔，你的类比不正确。"妙妙摆出一副要和何方远辩论的姿态。

不简单，还会说"类比"这种名词，何方远笑了："怎么不是一码事儿？压根就是一码事。女人化妆是为了漂亮，暴露是为了性感，漂亮和性感又是为了什么？是为了让男人欣赏。可是女人又不知道，男人欣赏女人的美，不会只是单纯的欣赏，而是会带着欲望去欣赏，正是由于女人不断地追求漂亮和性感，才导致男人控制不住欲望，然后男人才会不断地去偷腥……"

"好哇，叔叔，你太坏了，绕来绕去，把男人偷腥的本能怪罪到女人身上，色不迷人人自迷，女人爱漂亮是天性，是为了取悦自己，又不是为了取悦男人。漂亮就像钱一样，钱本身没有善恶，但用在不同的人手中，就有了善恶的分别。”妙妙倒也伶牙俐齿，反驳何方远，“草木有本心，何求美人折？是吧？要怪，只能怪男人太色了，也怪男人太见异思迁了。”

行呀，没想到在这样的聚会上，还能遇到一个能说会道的女孩，何方远顿时对妙妙高看了一眼，上下打量了妙妙几眼：“妙妙，你是做什么工作的？”

“怎么了？调查我呀？不告诉你。”妙妙俏皮地一笑，“你先告诉我你是做什么工作的，我才会考虑要不要告诉你我的来历。”

“我是制片人。”何方远不是吹牛，也不是说假话，他现在确实算是半个制片人的角色，“我正在物色一个女主角，你很合适，要不要试一试镜？”

“骗人。”妙妙直接奉送了何方远一个大大的白眼，“我才不信你的话，现在什么制片人呀、导演呀、星探呀，太多了，大多数都是骗子，要的就是骗财骗色，尤其是想骗我这样单纯的小女孩。叔叔，你的演技真的不行，刚才你自称是制片人的时候，你的眼睛转来转去，明显底气不足。鬼才相信你是制片人，你也就是一个IT从业者，而且充其量是一个技术宅男……”

我去，何方远无语了，妙妙的眼光也太毒了，居然看出了他是IT从业者，虽然技术宅男的结论不正确，但能看出他从事的行业，也不简单。正要再解释几句什么，忽然耳边传来了一个无比熟悉的声音……

“妙妙，你怎么躲在这里了？让我一顿好找。别闹了，别藏了，跟我回家。”

声音在身后响起，何方远不用回头也听了出来，不是别人，正在顾南。

俗话说不是冤家不碰头，还真是怪事，他偶尔放纵，不，放松一下，参加一个不知什么性质的聚会，居然也能遇到顾南，下江这么大，顾南怎么就不能离他远一点？

碰到就碰到吧，就连和他聊天的妙妙竟然也认识顾南，世界有时小得真跟一个客厅一样，抬头没见到，低头的时候却还是见到了。

真是邪门了，何方远坐着没动，没回头看身后的顾南。

“我不。”妙妙断然拒绝了顾南，“你不是好人，我不和你做朋友了，请你以后离我远一点儿。”

“不要孩子气，妙妙，我怎么不是好人了？我是天大的好人，谁不知道我是下江翩翩顾公子？赶紧跟我走，这里乱哄哄的，不适合你。”顾南一边说，一边从何方远身后伸出手来，要拉妙妙，“我对你是真心的，妙妙，你跟了我，我保证会让你过上你想要的生活。”

“放开我。”妙妙被顾南抓住了胳膊，用力挣脱，却挣不开，情急之下，她伸手一拉何方远，“叔叔救我。”

何方远不是怕顾南，而是不知道顾南和妙妙之间到底是什么关系，他不方便插手，见妙妙是真心不想跟顾南走，顾南还真想逼迫妙妙，他就站了起来，一把推开了顾南的胳膊，挡在了顾南和妙妙之间：“放开她，顾南，不要强人所难。”

顾南冷不防被何方远一推，身子一晃，后退一步，险些摔倒，顿时大怒，定睛一看，推他的人竟是何方远，更是怒不可遏了：“何方远，怎么又是你？你他妈的阴魂不散，总来坏我的好事，你能不能从我眼前滚开？”

“不好意思，顾公子，好像我比你先到，是你出现在我的面前，而不是我出现在你的面前，所以要滚蛋的人应该是你，而不是我。”何方远一脸笑意，针锋相对地迎战顾南，“妙妙不愿意跟你走，你非要拉她走，你是什么居心？对妙妙来说，你才是他妈的阴魂不散吧？”

何方远将顾南的话全部还给了他，顿时惹得周围众人一阵哄笑，其中还有一两个女孩尖声细气地叫道：“叔叔，好样的，干掉他！”

顾南被人嘲笑，更加恼羞成怒了，向前一步揪住了何方远的衣领，气势汹汹地嚷道：“何方远，信不信我收拾你？”

何方远既不还手也不惊慌，双手摊开，轻描淡写地笑道：“不信。要动手你早就动手了，还用先喊上一通？告诉你一句老话，咬人的狗不露齿，汪汪叫的狗不咬人。”

“哈哈……”又是一阵哄笑，都听了出来何方远是在暗骂顾南是狗，人人都被何方远得意而不张狂的洒脱吸引了，又被他损人不带脏字的话语折服了，纷纷为他叫好。

“好样的，叔叔。”

“加油，叔叔。”

“我爱你，叔叔。”

支持可以，爱就算了，何方远冲人群挥了挥手，风度十足。他很清楚顾南色厉内荏的本质，因为他和顾南冲突过数次，顾南从来没有动过手。况且以顾南的小身板，还真不是他的对手。

/ 第二十九章 /

# 辱人者，人恒辱之

顾南涨红了脸，高高举起的拳头几次想要落下，却终究没有勇气落下来，他真怕打了何方远，何方远一翻身就将他踢倒然后踩在脚下，丢人就丢大发了。小不忍则乱大谋，顾南一咬牙，松开了何方远的衣领，冷冷一笑说道："不和你一般见识，君子动口不动手。动不动就打人的是粗人，有教养的文明人才不会动不动就动粗。何方远，你不是说过，等再见面的时候，你一定会比我有钱吗？现在我们又见面了，你是不是比我有钱了？"

不比武力值比身家了？何方远无奈地摇了摇头，不过无奈归无奈，在崇尚金钱的今天，谁钱多谁就可以自以为高人一等也是不争的事实，他抱起双臂，斜斜地看了顾南一眼："很遗憾地告诉你，我现在还是没你有钱。"

"哈哈哈哈……"顾南终于找到了自信，仰天大笑，"何方远，你不只是现在没我有钱，你永远也没我有钱。你就是一个穷光蛋，一个什么都不是的屁！蓝妹是什么身份？她是出身名门的白富美，就凭你这样的身份还想娶她？做梦！"

见顾南提到了蓝妹，何方远既无奈又无语，他不想拿蓝妹来证明什么，也不想用蓝妹当作他和顾南较量的支点，这样对蓝妹不公平，所以，他选择了沉默。

不想他的沉默却被顾南当成了软弱，顾南更得意洋洋了："哈哈，何方远，你无话可说了吧？知道蓝妹最后为什么甩了你吗？你没有她的新任外国男友有钱，也没有新任外国男友强壮，在她的新任外国男友面前，你就是一坨大便！"

"嘘！"现场响起了一片喝倒彩的声音，众人不是为何方远打圆场，而是被顾南的形容恶心到了。

"怎么不说话了？何方远，你不是一向挺能说的吗？有本事你当着这么多人的面也说一说你和蓝妹的事情呀，不说是吧？不说我替你说。"顾南见何方远不理他，反倒更加得理不饶人，大声说道，“大家听好了，他叫何方远，是一家网站的总经理，年薪顶多一百来万。按说以他一个草根出身，能混到今天也算不错了，可是他还不满足，想娶一个有亿万身家的白富美，也算他有狗屎运，他遇到了蓝妹——我的表妹，也是一个真正的顶级白富美——然后他就动了坏心思，一心讨蓝妹欢心，想娶了蓝妹，好继承蓝妹家中的亿万财富。蓝妹也是单纯，一开始被他的甜言蜜语哄骗，上了他的当，还真的喜欢上了他……”

众人不起哄了，都被顾南的故事吸引了，人群一下安静了下来，听顾南宣扬何方远逆袭白富美的人生之路。

“年薪一百来万确实不少了，但在下江也算不了什么，几年下来才能买一套房子，再几年下来才能买一辆豪车，再加上平常的开支和花销，也存不下几个钱，也许一辈子也成不了千万富翁。但娶了蓝妹就不一样了，蓝妹家财丰厚，又是独女，至少可以继承几亿的财产，几亿元，足够何方远打几辈子的工了。何方远的如意算盘打得很是精明，只要娶到了蓝妹，他一辈子就可以过上等人的生活，等于是一步迈进了真正的上流社会。可惜的是，人算不如天算……”

顾南越讲越起劲，见何方远被他说得哑口无言，他第一次在何方远面前有了扬眉吐气的感觉，更加飘飘然了：“眼见他就要骗得蓝妹瞒着家里人和他领结婚证的时候，蓝妹识破了他的真实面目，发现他贪图蓝家家产的险恶用心，蓝妹伤心欲绝，最终离开了他。到现在为止，蓝妹已经甩了何方远两个月了，两个月里，何方远不停地拨打蓝妹的电话，还多次去蓝家找蓝妹，想让蓝妹回心转意，想继续欺骗纯真的蓝妹，结果他没能如愿，蓝妹不再见他一面，不给他再花言巧语、坑蒙拐骗的机会。”

人们都被顾南绘声绘色描述之中的何方远的形象惊呆了，都瞪大眼睛看着何方远，长得很阳光帅气的何方远，怎么会是一个感情骗子，不，不是感情骗子，是人生骗子呢？

真是人不可貌相呀，长得好的人不一定是好人。

众人都对何方远投来了鄙夷的目光。

还好，在所有人都鄙夷何方远时，还有一个人坚定地站在了何方远的身边，她就是妙妙，妙妙抓住何方远的胳膊，坚定地说道：“叔叔，不管别人怎么诋毁你，我都相信你是一个好人。我不相信顾南的话，他是一个坏人，坏人说的话没多少真话。”

“妙妙，你离他远一点儿，顾南都说他是坏人了，你不怕他连你也骗了？”妙妙身后有一个身穿一袭长裙的女孩伸手一拉妙妙，想将妙妙从何方远身边拖开。

妙妙推开了她的手：“叮咚，不要管我，我相信我的眼光没错。顾南是什么样的人，你也知道，顾南的嘴里什么时候有过真话？一个天天说假话的人，他刚才说的故事就算真有其事，但真事背后的真相到底是什么，谁能知道？不能只听他的一面之词，何况他和叔叔有矛盾，也许他就是故意毁叔叔清白。”

被称作叮咚的女孩长裙长发，脸型瘦长，皮肤很白，白得几乎透明，有一种弱不禁风的古典美，她微叹一声：“你就是太天真、太容易相信人了，所以才会被顾南的花言巧语欺骗，认为他是一个专一的痴情男人。现在你又相信只见了一面的何方远，你怎么知道他不是又一个顾南？你又怎么知道背后的真相到底是什么？”

“就是，就是，真相到底是什么，谁说得清？”

“何方远对顾南的指责不反驳、不回应，他就是做贼心虚。”

“我相信顾南。”

“我也相信顾南的话就是真相。”

人群众说纷纭，大部分人相信顾南所说的一切，对何方远指指点点，横加议论和指责。

“叔叔，你倒是说一句话呀，别人都误会你了，你就不能解释几句？”妙妙也着急了，“叔叔，你告诉我，你到底是不是一个坏人？”

可是不管妙妙怎么说，何方远就是无动于衷，似乎顾南所说的一切都是无可辩驳的事实，他没有办法反驳一样。

“他不是坏人，他是好人。”正当众人都认定何方远的沉默是因为理亏之时，在何方远的背后，一个微带嘲讽的声音响起，随后又传来一声轻笑，笑声中，充满了讥讽和调侃的意味，“如果你们不相信何哥是一个好人，那么你们都听我给你们讲一个故事好不好？”

众人齐齐地朝何方远身后张望，一个笑嘻嘻的男人从何方远身后闪了出来，他的旁边，还有一个光彩照人的女孩。

有人认出了男人身边的女孩是圈中大名鼎鼎的付瓜瓜，不由小声说道：“瓜瓜和她的男朋友。”

“瓜瓜的男朋友好像是叫犯贱？”

“不是，是叫范记安，不过如果普通话不标准再加上念得过快的话，就和犯贱差不多。”

“范记安的样子长得真犯贱，比何方远可是差多了。”

“这年头，不犯贱的男人太少了。范记安还好了，至少犯贱在明面上，不像有些男人，暗地里的犯贱才可恶。你以为他是正人君子，谁知道一肚子坏水，这样的人才最坏……”

“快别说了，听听范记安怎么说。”

“你们想不想听我讲故事呀？”范记安心中憋了一团火，他见何方远被顾南说得哑口无言，恨不得上去一脚踢飞顾南为何方远报仇，虽然他也埋怨何方远不当众说个清楚，但也能猜到何方远不是无话可说，而是不想多说，不管何方远是出于什么考虑，他肯定有他的理由。

不过范记安却不管这些，不管怎样，不能让顾南欺负到头上，于是他就充分发挥了他能说会道的本事：“此时应该有掌声。没有掌声，我怎么知道你们是不是想听？”

话一说完，人群就响起了热烈的掌声和起哄声。

“想听。”

“快讲。”

“支持你。”

“要真相。”

顾南见是范记安，本想冷哼一声，然后再嘲讽范记安几句，不料一见范记安身边的人是付瓜瓜，顿时愣住了，心想真倒霉，怎么遇到了不知道是前几任的女友了？

付瓜瓜自得地笑了，抱住了双臂，上下打量了顾南一眼，流露出玩味的眼神。

“好，好，既然大家这么热情，我就开讲了。”范记安最喜欢人前人后的风光了，见自己成了焦点人物，十分得意，“话说在何方远何哥刚认识蓝妹的时候，已经有女朋友了。蓝妹出现之后，他和女朋友的关系更深了一层。请注意，他的女朋友是普通人家的女儿，不是什么白富美，而且在何哥的爱情观里，爱情不分富贵贫贱，只看缘分。”

何方远并没有阻止范记安当众讲起他的故事，他站在人群之中，神情淡然，仿佛一切都和他无关一样。反倒是他身边的妙妙，饶有兴趣地歪了头，满怀期待地听范记安讲下去。

“后来由于家庭阻力，何哥的前女友被迫和何哥分手了，分手之后，何哥很消沉，这时候蓝妹慢慢喜欢上了何哥。但何哥并不想和蓝妹谈恋爱，一是何哥还没有从失恋的阴影中走出来，二是何哥觉得蓝妹的身份太高了，他高攀不起。就这样，他和蓝妹的感情，一直朦胧而不是挑明，直到何哥的初恋情人出现。”

“哇，一波三折，太有意思了。”

“原来背后还有这么复杂的故事，果然还得多听多看，不能听信一面之词。”

“别吵，听范记安讲下去。”

范记安见听众的反应很强烈，他更有精神头了，继续口若悬河："何哥初恋情人的到来，让蓝妹意识到如果她不加紧对何哥的攻势，何哥很有可能和初恋情人重温旧梦。她就告诉何哥，她喜欢何哥，希望何哥也喜欢她，而且只喜欢她一个人。何哥告诉她，他现在以事业为重，不想被感情问题分散了精力，而蓝妹和何哥不但是同事关系，也有事业上的合作，她希望，何哥不但在爱情上和她经营婚姻，还能在事业上和她共创未来。但何哥并没有被她许下的美好前景迷失方向，他很冷静地拒绝了在事业上和她共创未来的提议，因为何哥是一个有主见的人，不想被别人左右了人生方向。

"结果就在何哥决定和别人共创事业时，蓝妹下定了决心，要嫁给何哥，哪怕家人反对她也在所不惜。何哥不是不爱蓝妹，他也很为她不惜以千金之躯下嫁给他而感动，但何哥知道他的未来还不确定，想要开创的事业有可能会失败，失败之后，他会一无所有。本着一个男人为心爱的女人负责的精神，他告诉蓝妹，他无法给她提供豪华别墅、豪华汽车以及一掷千金的优裕生活，如果他创业失败了，他也许会一无所有，而他又不想借助她父亲的力量，所以他想请她给他一段时间，让他有了养家糊口的能力之后再娶她，他不想亏待她，她从小锦衣玉食，吃不了苦。"

范记安动情了，深情地说道："当一个男人深爱一个女人时，他就会承担她所有的悲伤和欢乐，愿意为她遮风避雨，愿意承揽她所有的辛苦，不让她被风吹、被日晒、被雨打，希望可以为她安置一个温暖的家，让她从此以后不再遭受任何颠沛流离之苦。何哥正是因为深爱蓝妹，不想让从小生活条件优越的她受半点委屈，却没想到，他的建议被蓝妹误认为他是在敷衍她，他不想娶她，一怒之下，蓝妹转身离开，从此就再也没有在何哥的视线中出现过。"

"何哥不管是电话、QQ还是微信，所有的联系方式都用上了，就是联系不上蓝妹。他想当面和蓝妹说个清楚，不管有多大的误会，话挑明了一切都好说，结果蓝妹不给他机会。后来，他实在没有办法了，让我打电话给蓝妹，结果电话还真的打通了，你们猜怎么着？"范记安对蓝妹有气，对蓝妹一直避而不见何方远的做法耿耿于怀。

"怎么着了？"人们都被范记安的故事吸引了，都瞪大了眼睛、支起了耳朵，迫切地想知道故事的真相。

"到底怎么了？你快说呀。"妙妙催促范记安，她又摇了摇何方远的胳膊，"叔叔，我就知道你是好人，我果然没有看错你。"

"结果蓝妹的电话是打通了，但接电话的不是她，而是一个操着外国口音的男人……"见吊足了众人胃口，范记安不再卖关子，"外国男人说，他是蓝妹的新任男朋友，正和蓝妹在国外度假，蓝妹不方便接电话，有什么事情让我告诉他，他可以转告蓝妹……”

“蓝妹终究还是一个爱慕虚荣的女人……”妙妙听到这里，叹息一声，又摇了摇头，“我还以为她是一个为了爱情而不顾一切的好女孩，原来，再美好的故事到最终也会有一个让人惋惜的结局。叔叔，你也算是一个善始善终的好男人了，我劝你呀，还是做好自己就行了，别管别人了。蓝妹离开你，跟了老外，是她没眼光，是她的损失。”

“事实上，自始至终，何哥都没有要骗蓝妹、要继承蓝家家产的想法，如果他有，在蓝妹非要嫁给他的时候，他早就答应了，何苦落到现在的地步？所以，事情的真相就是……”范记安才不会放过顾南，他用手一指顾南，“顾南喜欢何哥的前任女友梅梅，他想尽一切办法利用梅梅妈妈对他的好感，让梅梅妈妈出面阻止何哥和梅梅在一起。而梅梅又是一个孝顺的女儿，最后他得逞了，眼见他就要娶了梅梅之时，梅梅妈妈却去世了。没有了妈妈的逼迫，梅梅实在不爱顾南，就和他解除了婚约，一个人出国了。因为这件事情，顾南对何哥恨之入骨，总觉得是何哥的存在阻碍了他娶梅梅的阴谋。”

“原来是这样……”众人的目光都落到了顾南的身上。

“顾南是这种人，横刀夺爱失败，却搭上了表妹，他当然不愿意了。”

“他何止是不愿意，他根本就是羡慕嫉妒恨。”

“我就不明白了，蓝妹到底是真爱何方远还是假爱？如果是真爱，为什么这么快就见异思迁了？如果是假爱，又为什么非要想嫁给他？我真看不明白蓝妹这个人了。”

“我觉得蓝妹是真爱何方远，她和何方远之间的误会，说不定是顾南在背后搞鬼。你想呀，顾南这么恨何方远，他肯定不想何方远娶他表妹……”

众人议论纷纷，矛头指向了顾南。

顾南慌了神，见失去了先机，有可能当众出丑，就想夺路而逃。不料才一迈步，就被叮咚拦住了去路。

/ 第三十章 /

# 谁会是下一个三巨头

“想走？没那么容易。点了火不管救火就想走人，顾南，你也太没有担当了。不许走，今天我要和你好好说道说道。”别看叮咚长得弱不禁风，当她站在顾南面前，抱臂而立、双眼圆睁，倒也气势凌人，让顾南不敢再迈出一步。

“顾南，你刚才说了半天叔叔的坏话，现在是不是也该说说你了？”妙妙也挺身而出，来到了顾南的面前，不知道为什么，她第一眼就对何方远很有好感，尤其是在何方远忍受顾南的羞辱时，在沉默中忍耐，具备了一个男人最难得的沉静品质，让她大为叹服。

“我、我，我有什么好说的？”顾南慌乱之中，连话都说不利索了，“你们都太傻了，上何方远和范记安的当了，范记安和何方远是一伙的，刚才他的话都是假话，你们智商太低了，连他的假话鬼话都相信……”

“够了，顾南！”付瓜瓜终于忍不住了，上前一步，一扬手，一个耳光就干脆利索地落在了顾南的脸上，“你还有脸说，顾南，你刚才对妙妙说你是真心的，你是不是忘了，几个月前，你也对我说过同样的话？几个月前的几个月前，你还对冒冒也说过爱她一生一世。也不知道你对多少女孩说过同样的话，当然，你真正想娶的人只有一个，可惜的是，你最想娶的女孩她最喜欢的人却是何方远！顾南，你真虚伪，也真可怜！”

顾南一下被打蒙了，捂着脸愣在当场：“你，你，付瓜瓜，你敢打我？”

“不只瓜瓜打你，我也要打你！”顾南话才说完，从他身边又冲出一人，一扬手又打了他一个结实的耳光，“让你记住，以后做一个有担当的男人，见一个爱一个是你浑蛋，见一个骗一个是你无耻！”

“你……”顾南被打得原地转了一个圈，刚才付瓜瓜打的是左脸，这一个耳光打在了右脸上，左右脸都有了五个红红的指印，“你他妈的是谁，为什么打我？”

“我是谁？你这么快就得了老年痴呆症，就忘了我了？我是你口口声声说要爱一生一世的冒冒呀！”一个身材高挑、腿长腰细并且妖艳、高傲的女子现身在众人面前，她怒目圆睁，“你敢说你不认识我？”

“冒冒？怎么是你？”顾南惊叫失声，“你不是出国了吗？”

“我是出国了，不过我实在放不下你这个人渣，所以我特意回国，就是为了赏你一个耳光。”冒冒一扬手，作势欲打，吓得顾南一缩脖子，丑态毕露。

“哈哈……”

众人哄堂大笑。

“好呀顾南，原来你是一个这么无耻的人，奇怪了，你骗了女孩子无数，在感情上从来不知道什么叫真爱和忠诚，却偏偏还诋毁叔叔在感情上的形象，顾南，你是不是心理变态呀？”妙妙更开心了，用手指着顾南的鼻子，一脸嘲笑的表情，“明明自己是乌鸦，却嘲笑别人黑，你怎么这么没有自知之明呢？”

顾南无地自容，恨不得找一条地缝钻进去，可惜的是，地上没有缝。他又想溜之大吉，更可惜的是，周围的人把他围得水泄不通，想跑都跑不掉。本想当众羞辱何方远一番，没想到，真应一句话——人必自辱而后人辱之。闹到最后，他却自取其辱了。

“你们都是一群笨蛋！”顾南恼羞成怒，冲人群大喊，“你们是一群乡巴佬，你们是一群穷光蛋，你们加在一起也没我有钱，你们穷横什么？”

如果顾南识趣，此时认错并且低声下气地求饶，也许人们还会放他一马。结果他却在气急败坏之下，非要和所有人为敌，就是不明智了，就是惹了众怒。

人群之中冲出来一个十分另类的女孩，她长得倒是十分端庄，就是打扮很新潮，染了黄头发不说，还穿了件镂空的露背装。

“你有钱？你是穷得只剩下钱了吧？告诉你，比别的，我还真不敢和你比，但比有钱，顾南，你还真不是对手。”另类女孩一扬手甩出一张银行卡，“来，拿出你的卡，比比谁的卡里面余额多。如果你的银行卡比我的余额多，我认输，叫你大爷。如果你的没我的多，你认输，叫我姑奶奶，敢不敢比？”

顾南被震住了，不过又一想，他出入下江上流社会多年，平常见多了豪门权贵，比他有钱的是不少，但今天的聚会是一个层次不高的聚会，他就不信这里的阿猫阿狗会比他还有钱，好吧，让穷鬼见识一下世面，知道什么才叫有钱。

拿出了银行卡，顾南一脸鄙夷的神情，甩在了另类女孩的卡上，然后拿出手机，拨出了一个号码，按下了免提键。

事情发展到现在，完全出乎何方远的意料，本来是顾南和他之间的个人恩怨，结果由于顾南平常惹下的情债太多，再加上又引发了众怒，就成了顾南以一人之力挑战所有人了。何方远暗暗摇头，顾南太不聪明了，站在所有人的对立面，从做人的角度来说，叫不知天高地厚，从做事的角度来说，叫不会团结群众。

永远记住一句话，群众的眼睛是雪亮的，同时，群众的力量是惊人的。

顾南的话筒中传出了清晰的声音："您的当前余额为987万元……"

周围的人顿时倒吸了一口凉气，完了，肯定完了，从另类女孩的另类打扮来看，虽然她的衣服很新潮，但显然不是什么名贵品牌，她的卡上能有几十万就不少了，但绝对不会有几百万！

不少人都无比担心地看向了另类女孩，谁随身携带的银行卡中会有近千万的余额？怪不得顾南刚才敢口出狂言，他也确实有这个资本，大部分人卡上的余额不过几万元，几百个人加在一起，也许还真没有顾南一人的钱多。

另类女孩脸色平静，看不出来是惊讶还是不以为意，她也如法炮制地查询了余额，片刻之后，播报的声音清晰地响起："您的当前余额为……"

人们都屏住了呼吸，如果输了，另类女孩叫顾南大爷还是小事，但在场的所有人都输给了顾南，就等于是大家都被顾南用钱狠狠地打了耳光。

不少人的心都提到了嗓子眼里，千万，千万不要输给顾南。

"988万元……"

余额报完之后，周围鸦雀无声，陷入了吓人的寂静之中，过了半天，也不知道是谁突然大声叫道："多了一万块，赢了，哇，太好了。"

人们如梦方醒一般，顿时爆发出雷鸣般的掌声和欢呼声。

"赢了。"

"赢得好险，只多了一万块。"

"多一百块也是赢。"

"对，赶紧认输，叫姑奶奶。"

顾南脸色煞白："不可能，这不可能，你怎么比我多了一万块？这不可能，这不科学……"

另类女孩哈哈一笑："不科学？多你一块也是多，愿赌服输，来，叫姑奶奶。不过你不叫也没关系，从此以后，你顾南的大名就会传遍下江的圈子，都会知道你是一个玩不起、输不起的乡巴佬。"

"我不是乡巴佬！"顾南怒吼一声，拿起了银行卡，狠狠地瞪了另类女孩一眼，“姑奶奶！这下你满意了吧？”

又朝何方远投去了怨恨的眼神：“何方远，今天算你走运，不过下一次再遇到我，如果你还是一个穷光蛋，我就会永远看不起你！”

说完，他分开人群，灰溜溜地溜走了。

“胜利，耶！”人群一片欢呼。

“豆豆，你怎么这么有钱？”

“哇，豆豆原来是白富美，以前真的看走眼了。”

被称为豆豆的另类女孩吐了吐舌头，狡黠地对众人笑了：“告诉你们一个秘密，你们千万别告诉顾南，其实我没钱，刚才我耍了他。”

何方远却没有震惊于豆豆的有钱，因为他刚才注意到了，豆豆不是拨打了银行查询号码，而是打开了一个模拟软件。

果然，豆豆继续说道：“其实我的卡上就一万块，我用软件设置了一个数字，不管顾南的卡上有多少钱，我一打开软件，报出的余额永远比他多一万块钱……哈哈，他骗了这么多女孩，让他上当受骗一次，也让他长个记性。”

“哈哈。”人群中再一次爆发出会心的笑声，相信顾南知道了事情的真相，他一定会气得暴跳如雷。可惜的是，没有人会告诉他真相，因为他刚才的狂妄得罪了每一个人。

“叔叔，既然你是被顾南污蔑了，你刚才为什么不当场反驳他，非要让他说你坏话？”妙妙不理解刚才何方远的表现，她愤愤不平地说道，“如果不是范记安替你解围，你的形象还真被他毁了。”

“是呀，为什么不解释清楚？”

“就是，不能让顾南这样的小人阴谋得逞。”

众人纷纷表示了不解。

何方远本不想当众说出心里话，但见众人都朝他投来疑问加不解的目光，又见妙妙一脸天真加好奇，忽然间觉得有时心量大一些，不再纠结，也许是好事，就蓦然鼓足了勇气，大声说道：“蓝妹一直觉得我不够爱她，其实不是，我很爱她。对她的爱中，既有真心的爱意，又有对她不惜和爸妈决绝关系也要嫁我的感动，但正是因为我太爱她，才在不能确保给她一个幸福美满的未来之前，不敢娶她。如果她是一个普通人家的女孩，过惯了苦日子倒也没有什么，我不想她从小生活优越，嫁给我后，却过起了穷日子。正是因为爱她爱得深沉，我才不想在别人面前谈论她，不管是对她的赞美还是对她的诋毁，我只想把她珍藏在我的内心深处，不因岁月的流逝而褪色，不因距离的遥远而黯淡。在我的心中，她永远是一个充满了阳光、快乐的女孩，不管她在哪里，我都希望她不因我的任何不好而不快乐……”

何方远的话说完之后，场中一片寂静，没有一人开口说话，都被何方远的深情告白打动了，尤其是妙妙和叮咚，都眼含热泪，感动得几乎说不出话来。

付瓜瓜的眼睛也湿润了，她愣了一会儿，忽然一拳打在范记安的肩膀上：“范记安，等你什么时候说出了和何哥一样动人的爱情宣言，我才会嫁给你。”

范记安苦下脸：“得，我本来是帮何哥的，结果却给自己制造了一个天大的麻烦，何哥，你干吗说这么一篇高水平的爱情宣言？你又不是不知道我最不会甜言蜜语了。”

“叔叔，你是世界上最深情的男人。”妙妙擦干了眼泪，似乎下定了莫大的决心，“你不要怕，如果蓝妹真的不要你了，我要你。”

何方远从悲情中清醒过来，被妙妙的举动逗笑了：“妙妙，以后也许我还真有需要你帮忙的地方，但不会是感情方面。”

“好吧……”妙妙的情绪立刻低落了，“叔叔，除了感情方面，我不知道我还有什么可以帮助你的地方。”

“让范记安和瓜瓜跟你说吧。”何方远已经无心再在此地停留了，他朝众人点头示意，分开人群就离开了。

自始至终何方远都没有注意到的是，在房间的角落，在人群之外，有一个女孩一直盯着他，片刻也没有移开目光。等他说出他的一番爱情告白之后，她情不自禁地流下了开心和幸福的泪水。

等何方远走后许久，她才站了起来，暗自摇了摇头，自言自语地说道：“方远，不知道你的耐心还有多久，你能再坚持几个月呢？我真的很想和你在一起，但我们最后能不能在一起，全在你的耐心有多大了。”

如果让何方远听到她的话，肯定会大吃一惊，因为她不是别人，正是何方远遍寻不见的蓝妹。

本来何方远还遗憾今天参加了聚会而没有去蓝家，从聚会出来后，还有时间去蓝家一趟，他却改变了主意，觉得再去蓝家也没有什么意义了。与其去蓝家自取其辱，还不如先做好自己，等有一天他强大了，有了足够的实力，别说蓝成器和陈容了，就是整个世界也会在意他的尊严。

何方远独自一人回到家中，泡了一杯茶，没有开灯，安静地坐在宽大的落地窗前，静静地想一些事情，想起他从小和孔祥云在一起时的欢乐时光，想起他纯真的初恋，想起他和孔祥云分开之后的彷徨，再到他上了大学之后重新开始的生活。

他大学毕业之后走向了社会，一步步磨灭了大学时代的幼稚，慢慢变得成熟起来。如果说在立化分裂事件之前，他一直想按部就班地走一条职业经理人之路，他的终极梦想是达到打工皇帝唐俊的高度的话，那么立化的分裂事件让他敏锐地意识到，在资本力量面前，任何一个职业经理人都难逃棋子的命运。再进一步说，在潮流面前，任何一个成功的企业家也都难逃时代浪潮的冲击，只要稍微落后时代几步，就会被时代无情地抛弃。

尤其是现在这个飞速发展的互联网时代。

何方远想自己掌握自己的命运，因为中国互联网经历了三次浪潮，每一次浪潮都诞生了一大批亿万富翁，而他恰逢其时，正赶上第四次互联网浪潮的潮起之时。在浪潮的高潮来临之前先占领一个有利的位置，登上一个哪怕不是最高的制高点，等浪潮全面来临时，他就算不是傲立潮头的弄潮儿，至少也可以保证不被浪潮淹没。

也不知道想了多久，喝了三杯茶后，何方远脑中忽然又闪过了一个更闪亮的念头——谁会是下一个巨头呢？

在三巨头还如日中天、风头正盛、风光一时无两的时候讨论谁会是三巨头的替代者，似乎很不合时宜。也是，时至今日，在即时通信方面，谁能撬动企鹅和微信的地位？在搜索引擎的一亩三分地，谁可以挖得了千方的墙脚？在电子商务的领域，谁又能打败一统天下的芝麻开门？

真的想不出来谁会有这样让人刮目相看的本事，也想象不到如日中天的三巨头会因为什么被后来者替代。

但话又说回来，替代三巨头，成为下一个时代的互联网王者，并非一定要在三巨头的专属和优势领域和三巨头过招。打败对手的方法有很多，有正面狙击，有侧面围剿，也有前后夹击或是分别包抄，不管用哪一种方法，只要打败了三巨头并且取代了三巨头的王者地位，就是了不起的成功。

问题是，谁会是下一个巨头呢？

或许是一个名不见经传的小网站，或许是一个颇有创意的新兴网站。马匀曾说过，这个社会做什么最赚钱？就是做政府，可惜的是在现实社会中企业要做政府是不可能的，那么只有一种可能了——做虚拟政府。

三巨头的成功，可以看成是三步走的成功之路，虚拟商业、虚拟社会和虚拟政府。到目前为止，不管是企鹅、千方还是芝麻开门，都刚刚完成虚拟商业的布局，开始迈进了第二阶段——虚拟社会。如果等三巨头完成了虚拟社会的整体布局，开始迈进了虚拟政府的阶段，那么在国内，就几乎不会再有一家公司可以取代他们了。

/ 第三十一章 /

# 资本铸就人才价值

那么逆向思维就是，如果有哪一家互联网公司，抢在三巨头之前完成虚拟社会的布局，甚至一步达到虚拟政府的高度，那么取代三巨头成为国内顶级的互联网公司，就不在话下了。

会是他吗？何方远暗暗一笑，摇了摇头，他没有那么大的野心，主要也是因为他没有那么多的资本和人脉，在国内，想做大做强，做成一个具有社会影响力的大公司、大集团，除了有必要的资本之外，还必须有政界的人脉。现在的他，还处在初级的资本积累阶段，还没有和政界打通关系。

再者，以他对未来的规划，也因为非要超越三巨头才算成功，三巨头毕竟是国内最顶尖的三家公司，除非他们自身出现问题，否则想要颠覆三巨头，基本上可能性为零。

从三巨头，他又想到了梅茬苒、孔祥云和蓝妹。现在梅茬苒已经远去，或许以后不会再在他的生命中出现也未可知；而蓝妹也有可能和梅茬苒一样，在时光荏苒中，一去不复返。人生，分别容易相见难，茫茫人海，擦肩而过或是素不相识的人太多了，认识的人，毕竟只是极少数。

还是不去多想了，不管蓝妹会不会再一次在他的生命中出现，他都会按照他的设想，坚定地向前迈进，继续和孔祥云完成共同的梦想。

或许如孔祥云一样意志坚定并且可以将感情和事业分别对待的女子，才可以走得更远，现在何方远更加肯定了他的决定，和孔祥云合作事业，绝对是无比正确的一步。

第二天一早，范记安就打来了电话。

“何哥，等不及到公司再告诉你了，我已经和妙妙谈好了，由她出演女二号。”范记安的声音透着小小的兴奋，兴奋之中，又有一丝不安，“不过我很担心瓜瓜的反应，她不想我演激情戏……”

“别想好事了你，我们的戏里没有激情戏，走的是清纯路线，你就放宽心好了，你在戏里，也是猥琐加滑稽的形象，不是什么多情帅哥和痴情男人，所以，你也别胡思乱想了，直接本色出演就出彩了。”何方远毫不客气打击了范记安不切实际的意淫，“还有，你好好对待妙妙，她是一个好女孩。”

“妙妙是你的备胎，我可不敢乱打主意。”范记安又犯贱了，嘿嘿一笑，“何哥，你的辞职申请到底什么时候会批准呀？不会一直拖到猴年马月吧？”

“不会。”何方远心里没底，不过表面上还要自己给自己打气，“乔国界是聪明人，强留一个心不在立化的人担任立化的总经理，他也怕会对立化的发展不利。不过他需要一个台阶下……”

“台阶？台阶在哪里呀？”范记安现在很想立刻跳出立化，积极投身到未来演艺的事业中去。

台阶其实是一个契机，是局面大开之时，但究竟何时局面大开，何方远也说不清楚，毕竟局面大开事关三巨头的布局，他跟不上三巨头的思路。

“先不说了，等我到公司再说。”放下电话，何方远收拾完毕，一路来到了公司。

在近一段时间内，立化上下依然如故，尽管有关兴众或是兴众文学要被卖掉的风声一直没有消停，但众人并没有人心惶惶。也许是经历了太多风浪之后，许多人也看开了，随便吧，不管公司在谁的名下，是姓乔还是姓大马小马或是姓李，反正都一样。受影响最大的是中层和高层，又不关普通员工什么事情。

不过今天一早，不知道从哪里传出了一股异乎寻常的风声，说是何方远可能要从立化辞职。消息一经传出，顿时在立化引发了不小的风波。

众人对于何方远的去留，都十分在意。放眼整个立化，何方远不但是最有资历也是最懂互联网版权产业的资深人士，而且何方远对所有人都很好，大多数立化员工感受不到陈果和李丛林的存在，他们只知道有何方远在，立化就会稳如泰山。立化没有了何方远，就失去了中流砥柱。

一听到何方远也有可能离开立化，至少有三分之一的员工无心工作了。何总要是离开了立化，他们怎么办？他们是跟随何总一起辞职，还是继续留在立化？稍微有些眼力的员工都担心没有了何方远的立化，以后还可不可以良性发展。毕竟和何方远相比，别人差不多都是外行。

于是就有人想，是不是可以跟随何总一起辞职，效仿三剑客当初的集体辞职，再在立化上演一次惊天动地的事件？更有人心想，如果何总和千方或是芝麻开门谈好了合作条件，他们跟随何总一起跳槽到千方或是芝麻开门，应该会比在兴众文学更有前途吧？

当然，也有一些人愿意留在立化，不愿意去冒险，对何方远是不是辞职，持事不关己的态度。

于是，消息在别有用心的人散播之后，在部分人想要跟随何方远重新去征战天下的雄心的渲染下，慢慢就在立化形成了一股潜流。

何方远才到办公室，电话就响了，接起一听，是陈果来电。

“方远，来我办公室一趟。”陈果的声音有几分不快，“马上。”

“好的。”何方远没有故意拖延，而是第一时间来到了陈果的办公室，面子上的工作必须做到位，只要他还在立化一天，他就是陈果的手下。

“陈总。”推开陈果办公室的门，见陈果一脸铁青地坐在办公桌后面，何方远恭恭敬敬地问道，“有什么吩咐？”

“方远……”陈果很是不满地打量了何方远一眼，“有关你想要辞职的风声，是你放出去的吧？你不要这样好吗？你这么做，是想逼乔董妥协，还是想怎么着？”

何方远顿时愣住了：“陈总，这怎么可能？怎么会是我放出的风声？我现在保密还来不及呢，根据您对我的了解，您觉得我是有意制造混乱的人吗？我才不会采取什么不太正当的手段向乔董示威，我相信乔董有足够的判断力，也相信乔董相信我的诚意，会让我走。毕竟，我不会和三剑客一样，来一起辞职集体的轰动事件，然后再从事和立化相同的行业，更不会重金挖立化的版权方。我只是想走自己的路，乔董肯定知道与人方便即与己方便的道理。”

何方远说了一番长篇大论，大概意思陈果也听懂了，虽然表面上何方远否认了放风是他的所作所为，但暗中，何方远还是暗示，他虽然没有放风，但如果乔国界还不放他走，也许他就会真的放风并且再制造一次集体辞职的轰动事件。

陈果脸色又阴了几分：“方远，非要辞职不可吗？”

“人各有志，不能强求。如果不是我主动辞职，而是乔董要让我走，我向乔董恳求，乔董，我非得走不可吗？陈总，您说乔董会因为我的恳求而收回成命吗？”何方远反问陈果，他相信被乔国界扫地出门的众多高管中，有很多心有不甘者，只可惜，他们的恳求或是哀求，都不会换来乔国界的回心转意。

乔国界可以随意赶走他不喜欢的管理层，为什么管理层就不能想离开就离开呢？恋爱双方还有反悔和退出的权利，职场上也应该有。哪怕乔国界是帝王，又能如何？他不能强行让不愿意为他服务的人听命于他。

陈果被何方远的话呛得哑口无言，他无力地挥了挥手：“你先回去吧，我再和乔董沟通一下。我希望在我和乔董沟通期间，方远，你不要再多事。”

“我会一直安心工作，直到我的辞职正式生效时为止。”何方远淡定地回应了陈果。

回到办公室，何方远心绪微有激动，放风的做法虽然稍有冒险，但现在看来算是走对了一步，至少风声一起，陈果慌神，乔国界也会有所触动，估计就连李丛林，也会有所动作。

才这么一想，李丛林的电话就打了进来。

“方远，这个做法欠妥。”李丛林微有愠怒，刚才他接到了乔国界的电话，乔国界很是气愤地告诉他，何方远太狂妄了，他才知道，原来何方远在立化内部放风了，“乔董不是一个喜欢被人威胁的人，你这么做，会让事情更加复杂化。”

何方远见李丛林并没有让他去办公室面谈，而是只在电话中商谈此事，他就知道，李丛林是有意和他保持距离，他不慌不忙地说道：“李董，出什么事情了？我工作上哪里出现了失误？”

李丛林见何方远故意装傻，很生气地说道：“这样我也没有办法帮你了，方远，你好自为之吧。”

电话断了，握着被李丛林挂断的电话，何方远心中闪过一丝无奈，但在无奈之余，却并没有惊慌。乔国界生气了，陈果惊慌了，李丛林恼怒了，正说明他的计策奏效了。

不能再无限期地干等下去了，也许乔国界压根就是想拖他一年半载，也许乔国界想放他走，但一时半会儿又找不到合适的替代人选，但不管是哪一种理由，他都想尽快离开立化。尽管他对立化很有感情，但现在，立化已经不再是以前的立化，他也不再是以前的何方远了。在他被陈果冷落和架空之后，他对立化的影响力已经急剧下降，而现在，乔国界虽然明显流露出对他的重用之意，但他还是没有版权交易和与版权方谈判的实权，就算乔国界表面上再怎么赏识他、重用他，也不过是空中楼阁罢了。

何况他也清楚一个事实，以乔国界现在对兴众文学和立化的重视程度，肯定事无巨细、事事经手，陈果作为兴众文学的CEO还没有多少可以决定立化发展方向的权力，他一个小小的立化总经理，更是有名无实。下，受到陈果的制约，中，受到李丛林的左右，上，受到乔国界的钳制，他除了唯命是从，什么都做不了。

唯命是从的最终结果就是，成功了，是陈果、李丛林的功劳，是乔国界的决策英明；失败了，乔国界、李丛林和陈果都没有过错，他一个人背黑锅。

算了，谁愿意背黑锅谁背去，反正他不想玩了。

中午下班后，何方远到食堂吃饭，刚坐下，范记安和徐子棋一左一右坐在了两侧。

“何哥，这风虽然放得不错，对下效果也达到了，但在上面，好像没有收到预期效果……怎么办呢？”范记安微微皱了眉头，“我有点担心会引发乔国界的强烈反弹，谁不知道乔国界乔董是眼睛里揉不得沙子的一个人？”

“不管是谁，眼睛里都揉不得沙子。”何方远并没有范记安的担忧，他依然自信满满，“乔董想拿我的职业生涯当筹码，但相应的是，他也要付出立化的管理一片混乱的代价，哪头轻哪头重，他心里也有数。”

“话是这么说，何哥，毕竟相比之下，我们处于弱势呀。”徐子棋习惯性地一推眼镜，又吃了一口米饭，“就怕他一方面架空你，一方面又不放你走，这样就麻烦了。实在不行，我们三个一起集体辞职算了，我和记安算了一下，除了我们三个之外，还可以拉上七八个人一起辞职，一共十来个人辞职，也算是集体辞职事件了，虽然不能和三剑客的集体辞职事件相比，也是一个不小的轰动事件了，相信乔董不想再让兴众文学成为负面的焦点新闻。”

“还是不要了。”何方远摇了摇头，小声说道，“万一假戏真做了，到时我们无法安置七八个跟随我们一起辞职的员工，不是害了他们吗？我们不比三剑客有一个实力雄厚的资方，我们没有钱，也不需要这么多人手，所以大规模集体辞职事件还是不要上演了，其实我一直希望和乔董和平分手。大规模集体辞职事件，只是用来和对方谈判的筹码，却不是真正可以下注的筹码。”

“那怎么办呢？”范记安摇了摇头，“现在前期工作基本上已经做完了，接下来就要进入拍摄阶段了，我现在人还在立化，拍片的时候，总请假也不是事儿。何哥，赶紧想个办法，就算你现在离不开立化，也要让我和子棋离开才行。我们出去后，可以紧锣密鼓地推动我们大计的进度。”

“好，让我再想想。”何方远也理解范记安的迫切心情，他揉了揉太阳穴，摇头笑了，“如果蓝妹在就好了，她可以帮上忙。”

“她可以帮上什么忙？”范记安不太理解何方远的思路，“虽然我支持蓝妹和你在一起，但是何哥，蓝妹消失了这么久也没有音讯，我现在已经不支持她了，所以，你也别再提她了，她对你的事业不会有正面帮助，只会帮倒忙。”

蓝妹在最支持她的范记安心中地位已经一落千丈，大不如以前了，何方远心中一阵无奈和失落，尽管他很想相信蓝妹的逃避有迫不得已的苦衷，但有时造成的误解时间长了，就不好消解了。

下午一上班，何方远刚打开企鹅，一条消息就跳了出来。

居然是蓝妹。

何方远吃惊之下，居然一下站了起来，惊叫出声："蓝妹，你在哪里？"

然后他才意识到了自己的失态，蓝妹发的是企鹅消息，不是电话，而且蓝妹已经是离线状态了，显然是发了消息之后就下线了。

何方远大失所望，坐回了座位上之后，才注意到蓝妹发来的消息是一则新闻，新闻不算长，是一则和兴众有关的新闻。除了新闻，没有任何只言片语解释她的消失以及她现在在哪里，又在做什么。

摇了摇头，何方远只好将心思落在了新闻上。

"一夜之间，兴众游戏将会诞生八位亿万富豪——据可靠人士透露，兴众董事长乔国界近日一次性送给游戏公司八大制作人人均1亿元的股权，作为人才激励的最新方案，该方案内部已经正式宣布，近两周内即正式签约。而这次激励和常规操作中的期权有非常大的区别，因为是股权，所以不存在行权的成本价，所谓期权泡汤的情况就不会发生，而且因为一次性免费授予，所以也不存在分四年才能全部获取的情况，可以说，在签约获得股权之日起就拥有了包括投票和分红等权益。而授予巨额股权同时，制作人和团队原有的上市公司期权和激励提成计划均保持不变。

"在内部会议上乔国界表示，很高兴你们成为和我一样的股东，成为合伙人，成为可以是一辈子的朋友。这是对核心人才过去工作的奖励，感谢他们多年来的贡献，这个奖励只看过去表现，不需要对未来业绩做任何承诺保证。分析人士指出，乔国界之所以如此大方，究其原因，是目前正值手游创业潮，热钱众多，对于端游上市公司而言，身居要职的制作人往往很容易拿到外部的投资，而外部投资基金重点挖墙脚、促动其出走创业的对象就是这些核心骨干，核心制作人一旦出走，往往会带动一批人员跟随出走，此前兴众文学已发生过教训惨痛的集体跳槽案例。对上市公司而言，在手游的冲击下，如何让这些骨干经得住创业的诱惑，保住自己的一片江山，是一个严峻的问题，高股权激励是一个重要也是必需的手段。"

/ 第三十二章 /

# 人生之路，有时只需要比别人快上一步

“同时因为兴众游戏整体退市，短期上市可能性较低，目前作为非上市公司的兴众游戏如何继续激励核心员工和高管也出现了新的问题，直接发放股权算是重要和最直接的措施。而且最近半年以来，盛传兴众游戏将被整体出售，有传言称芝麻开门或是企鹅都有意收购兴众游戏，在交易前，让核心高管获得一定的股权或是为了保障核心团队在交易中的利益，并为之后置换新公司的股权、稳定高管团队做准备。不过，也有业内人士对兴众此举不以为然，因为八大制作人各自的团队本来就在兴众游戏中持有一定的股权，这一次对外公开高调宣布，不过是为了维护兴众游戏的市场地位，抬高兴众市值的一种商业手段罢了。就和前一段时间声称拍卖了多少版权一样，不过是新瓶装旧酒，再拿出来博博眼球制造新闻效应而已。”

以蓝妹的消息来源渠道，何方远不会怀疑新闻的真实性，从新闻之中透露出来的潜台词可以看出，乔国界迫于形势，正在一改过去财富不和别人分享的做法，而是开始学会了共赢。

不过联想到在过去的几年里，兴众已经先后有几十名高管离职，几十名高管和八个制作人相比，后者在数量上还是太单薄了，如果兴众留住了离职的几十名高管，早早以资本铸就人才价值的门槛，兴众还会有今天的没落吗？

何方远摇了摇头，也不知道乔国界此举是亡羊补牢，还是只是为了继续在背后推动兴众或兴众文学的高价卖出，而采取的一次性的补救措施？

拿起电话，何方远打给了海山。

“海老大，有一个关于兴众要诞生八位亿万富翁的消息据说要公布了。”海山几人当年被乔国界许以期权，而期权在某种意义上来说，只是画饼充饥，是废纸一张。

“哈哈，乔董真是有魄力，大手笔。”海山哈哈大笑，“以前是送废纸，现在真的送人民币了？这事儿我也听说了，真相是，八个制作人本来就持有兴众游戏的股份，也不是乔董大发善心送给他们的股份，而是他们为自己争取来的。选择在这个节点对外公布，乔董用心良苦呀。”

“节点？什么节点？”何方远意识到他这个电话打对了，海山似乎有什么内幕消息。

“很快就有一个消息要公布了，消息可能是事实，更可能是谣言。”海山继续说道，“这段时间，乔董的日子不太好过，只能靠许多真真假假的消息来聊以自慰了。乔董很想卖掉兴众，或是单独卖掉兴众文学也可以，但他要价太高，结果芝麻开门和企鹅都不愿意接手了。当然，国内没有人接手了，也许国外还有人愿意接手，所以，适当的炒作还很有必要。”

听海山说了半天外围的事情，没说关键的中心事件，何方远呵呵一笑：“我很想知道即将公布的谣言是什么。”

“告诉你也没什么，准确地说，不是一个谣言，是两个。第一个谣言是企鹅将要全盘收购兴众，在第一个谣言之后，第二个谣言就会马上跟上。第二个谣言是什么，我就先卖一个关子，到时你就知道了。方远，能跳出立化就赶紧跳出来吧，不管你是自己去单干，还是来企鹅文学，我都支持你。”

“谢谢海老大。”

放下海山的电话，何方远心中突然迸发出一个强烈的念头，他拿起电话又打给了李丛林：“李董，我想和乔董见个面。”

李丛林正在办公室和陈果谈话，突然接到何方远的电话，他一时愣住了：“你要见乔董？有什么事情吗？”

“有很重要的事情，必须和乔董当面谈一谈。”何方远以十分坚定的语气说道，“事关兴众最近正在下的一盘大棋。”

“一盘大棋？什么意思？”李丛林心中一跳，莫非何方远猜到了什么？不可能，只凭猜测，何方远怎么可能猜到兴众从战略高度进行的一系列的布局？何方远只是立化的总经理，他接触不到立化层次以上的商业机密。

“上市，是为了变现。但如果上不了市，通过出售一部分股权，也可以达到变现的目的。再如果想全盘打包出售全部股权，就和在上市时的路演一样，必须进行一系列的商业包装活动，包装活动包括制造和多家谈判竞相抬价的气氛、发布各种新闻广泛吸引目光，以达到抬高售价的终极目标。”何方远尽量含蓄地表达他想要表达的意思，他已经看得很清楚了，乔国界的真实想法还是想打包或是拆分卖掉兴众，如果国内无人接手，卖给外国人也一样。

路演是国际上广泛采用的股票发行推广方式，指证券发行商发行股票前针对机构投资者的推介活动，是在投资、融资双方充分交流的条件下促进股票成功发行的重要推介、宣传手段，促进投资者与股票发行人之间的沟通和交流，以保证股票的顺利发行。

“……”李丛林心中大惊，何方远到底是长了一双慧眼，还是背后有高人指点，他真的看出了乔国界的真正意图？可是，怎么可能？何方远的层次还很低，他不可能拥有这么高瞻远瞩的眼光。

不过事实摆在眼前，李丛林无论如何也得相信何方远，他足足沉默了三分钟才艰难地说道：“好，我转告乔董一下。”

“谢谢李董。”何方远任何时候都不忘了礼貌。

几分钟后，李丛林的电话打了进来：“方远，乔董马上到你的办公室。”

啊？不是吧？乔国界纡尊降贵，居然亲自来他的办公室了？何方远吃惊不小，忙说：“好，我马上去迎接乔董。”

刚放下电话，门外就响起了敲门声，何方远快步来到门前，拉开门，门口站立的人，赫然正是乔国界。

“乔董。”何方远恭恭敬敬地问了好，微一弯腰，请乔国界入内。

乔国界目光淡定，淡定之中，又有一丝愠怒，他径直来到何方远的办公桌前，直接坐在了何方远的办公椅上，以居高临下的姿势俯视何方远，威严地说道：“我亲自来到你的办公室，就足以表明了我的诚意，方远，你还有什么想法，一并说出来吧，我们求同存异。”

“乔董……”何方远微一沉吟，斟酌了一下语言，“我听说会有两个消息即将公布，不知道真假。”

“什么消息？”乔国界上下打量何方远几眼，对何方远并不直接接他的话微感不满和惊讶，他以为他现身在何方远的办公室之中，就表明了对何方远前所未有的重视，相信何方远会有所触动，不料看上去何方远似乎还是去意已决。

“第一个谣言是企鹅将要全盘收购兴众，在第一个谣言之后，第二个谣言就会马上跟上。第二个谣言是什么，就不用我说清楚了，乔董肯定心里有数。”何方远淡淡一笑，他心中主意已定，决定这一次一定要和乔国界分出一个胜负来，不能再久拖不决了，“所以，我希望乔董放我离开立化，好合好散，在眼下的节骨眼上，我和立化和平分手，有利于关于兴众抛售各种版本消息的传播，否则，万一哪一家媒体不小心刊登了消息背后的真相，会对兴众带来极大的负面影响……”

乔国界脸色大变：“何方远，你敢威胁我？”

何方远的话，虽然声音不大，虽然含蓄，但话中隐含的杀机依然咄咄逼人。他的意思很明显，如果乔国界不放他走，乔国界利用各种版本的消息来抬高兴众售价的意图就会被人揭露，会让兴众再次蒙上巨大的阴影，甚至会对兴众的顺利出售和要价带来致命的影响。

有意收购兴众的买家也不是傻子，也可以从各种满天飞的消息中分辨出真假，知道消息的背后有人为推动的迹象，在商言商，商战也是兵不厌诈的战争。但话又说回来，如果何方远以业内资深人士的身份公布所有有关芝麻开门和企鹅有意收购兴众的新闻的背后，完全是兴众自己一手策划的结果，不管真相是不是如此，至少会有一半以上的业内人士相信他的话。在商战之中，涉及重大利益之时，大多数人都是宁肯信其有不肯信其无的态度。

如果何方远只是提出要上演一出集体辞职的大戏，乔国界或许还不会过于紧张和愤怒，但何方远却提前知道了即将发布的一则消息，不，是两则，就让他在震惊之余，不由心中一阵慌乱。先不管何方远从何得知了即将公布的消息，只说如果何方远真的孤注一掷坏他好事的话，何方远不用再上演一次集体辞职，只需要以兴众文学的内部人士身份发布一则声明，杀伤力就比当年三剑客的集体辞职还要厉害不少！

当年三剑客的集体辞职只是重创了兴众文学的估值，让兴众文学的估值缩水一亿多美元。但如果何方远非要混淆视听，用新闻当作武器来狙击兴众的商业包装活动的话，也许真能为兴众下一步的大计带来巨大的不可逆转的损害。

乔国界一脸怒气，又想起了上一次在他的办公室里和何方远的一次对话，他心中终于明白了一件事情，自始至终，何方远一直朝着自己既定的方向前进，从来没有停下半分。

何方远真是一个固执的为了目的不顾一切的可怕的年轻人！

“我真的不是在威胁乔董，请乔董一定要相信我的真诚。”何方远面对乔国界的冲天一怒，依然保持了足够的镇静，主要也是因为他和乔国界交手几次了，对乔国界的为人和性格有了直观的了解，“我只是想告诉乔董，合则双赢，斗则两伤，如果早几年，兴众传出的新闻不是高管离职的新闻，而是一夜之间诞生了几名亿万富豪的新闻，那么今天的兴众即使不能和三巨头并驾齐驱，也不会陷入现在的困境。我是真心希望兴众可以重铸辉煌。但人各有志，我希望走自己想走的道路，还希望我的离开，不会对立化和兴众文学带来任何负面影响。”

这一番话，何方远说得情真意切，没有丝毫威胁的口吻，也不是讨价还价的口气，而是以情动人的感慨。

“如果我也用股权而不是期权留你呢？”乔国界怒气稍微平息了几分，主要也是因为何方远的话合情合理，而且从何方远的所作所为也确实可以看出他对立化有感情，不想伤害立化的根本。

“对不起，乔董，我已经答应了朋友要和她一起创业，说出去的话就要兑现，我不能食言。”何方远以守诺来拒绝乔国界的挽留，比口出狂言说是看不上立化的股权更能让人接受。

“你出去后，真的不再从事互联网版权产业了？”乔国界忽然觉得曾经的雄心壮志在何方远面前是如此的没有价值，一想也是，每个人都有自己的理想和追求，都有自己想要的生活方式，并不是谁有钱谁就可以号令天下莫敢不从，对知足的人来说，钱多钱少和追求的理想无关。

“我可以向乔董郑重承诺，我辞职之后，不会从事互联网版权产业，也不会做出任何对立化不利的事情。”何方远向乔国界表明了态度，也强调了他的立场，“当然，前提是我带着美好的回忆从立化离开。”

何方远的态度始终恭恭敬敬，对乔国界没有半分不敬，也是因为他对乔国界确实心怀敬意，不管乔国界现在如何大不如从前，但乔国界毕竟打造了一个兴众帝国，在中国互联网发展史上，乔国界的名字将会永远闪亮，铭刻在历史的石柱之上。

何方远的话，乔国界听懂了，他心中喟叹一声，和以前被迫或是主动离开的无数高管相比，何方远或许是借鉴了前人的经验教训之故，他不但聪明而成熟，选择离开的时机很巧妙，选择离开的方式也很温和，让他挑不出毛病又无法强行挽留。

“你走以后，谁会是立化总经理的最佳接任人选？”乔国界的声音不复刚才的威严，多少有了几分落寞之意。

何方远岂能听不出来乔国界的决心已经动摇，开始考虑他走之后的安排，就说明乔国界要放手了，他心中一阵暗喜：“樊铮担任副总还行，担任总经理，大局观还有所欠缺。暂时由陈总兼任立化的总经理，也不错。”

乔国界点了点头，何方远的想法和他的想法一样，立化除了何方远之外，暂时没有挑大梁的人选，这也是他不想让何方远离开的主要原因之一，而且他也确实想在提升立化和兴众文学价值的这一段时间重用何方远，只可惜，何方远虽然正处在上升势头却毅然决然离开兴众文学的管理层，他的离开，也为兴众文学以后的用人机制敲响了警钟。

“也许有一天，我们还可以重新合作。”乔国界不再多说什么，他也知道多说无益了，别看何方远年轻，心志却比同龄人坚定多了，他和何方远握了握手，“兴众是你的家，欢迎以后常回家看看。”

何方远压下心中翻腾的喜悦，动情地说道：“谢谢乔董对我的栽培，我永远不会忘记在兴众成长的岁月，以后有机会，我会经常回来，也愿意在时机合适时和兴众合作。”

送走了乔国界，何方远关上门，一个人在房间中静坐了半天，既回忆他在兴众成长的过程，又规划未来的前景。最后他得出了一个结论，他之所以成长得比同龄人快了许多，不是他比同龄人聪明多少，而是因为他平常多观察、多思索。

人生之路，有时只需要比别人快上一步，也许你就会快上十几年甚至几十年，而且还会一直领先到终点。

晚上快下班的时候，企鹅收购兴众的新闻，比预计中提前放了出来。

何方远正要下班回家，忽然见到了新闻，他就又坐回了座位，尽管他早就知道了会有新闻发布，但还是仔细地看完了通篇文章。

新闻标题很醒目，也很吸引眼球——消息称企鹅全盘收购兴众，十年首富再遇首富！

“据消息灵通人士透露，企鹅有极大可能在今年内完成对兴众的全盘收购，涉及资本预计将为19无线加UC被收购时的总和。2013年8月千方以19亿美元收购19无线，2014年芝麻开门收购UC，涉及资本43亿美元左右。相关人士还对记者透露，企鹅此次收购兴众将有可能是国内互联网发展至今，无数次收购案中所涉金额最为巨大的一次。相比之下，年初谣传的芝麻开门会以35亿美元左右的价格吃下兴众，在有意以61亿美元全盘收购兴众的财大气粗的企鹅面前，似乎还是小气了一些。

“相关人士还对记者透露，目前主要有企鹅、芝麻开门和完好世界三家在与兴众进行意向洽谈，兴众内部也已初步统一意向，一致选定了企鹅。这一消息原本预计在第四季度才会对外进行公布，而相关的收购整合工作也将在其公布后展开。

“具体的公布时间，记者认为会在芝麻开门赴美进行纳斯达克IPO之际发出。在这样一个特殊的时间点，企鹅之举无疑更像是一种挑衅，借兴众之手打击芝麻开门IPO之行的嚣张气焰，谋夺头条位置。另一方面，企鹅也可以借助兴众在游戏和文学上多年来累积的用户和背后所附加的价值进一步稳固互联网一哥的位置，相信一旦收购成功，未来的互联网格局也将因此产生更加复杂的变数。”

## / 第三十三章 /

# 三巨头的布局之战

“其实，在有意打包出售兴众的最初，兴众就对企鹅有所期待。今年2月份，兴众游戏CEO针对外界猜测的芝麻开门收购兴众一事调侃道：‘怎么不说企鹅收购了我们？很多公司收购我们都符合逻辑，250符合，企鹅也符合！’这种似是而非的调侃在外界看来就是兴众暗中的表白，颇有犹抱琵琶半遮面的挑逗的感觉。

“金融资本向来是左右每个行业的最大推手。遥想2003年，年轻的兴众便接受了日本软银4000万美元的投资。在2004年上市之后，兴众同软银、思科等继续维持着紧密的联系。背后的这些强力资本集团为乔国界搭建理想中的网络生态圈，建立网络迪士尼的梦想提供了强有力的支持，他以游戏为原点，将势力渗透到金融、娱乐及文化等领域。

“但对冲动型的乔国界来说，和当下的三巨头持之以恒布局的手段相比，他却缺乏有效的耐心，最终导致网络迪士尼成了空中楼阁，在今天看来已经没有了翻盘的可能。再结合企鹅背后最大的股东——南非MIH，芝麻开门背后的大股东——日本软银，以及企鹅和兴众在上市时的同一个保荐人——空行投资集团。在记者看来，兴众此次顺利获得企鹅青睐，与这些背后的资本大鳄或许存在着某些不为人知的关联。

“而落入企鹅之手后，乔国界未来之路又当如何？记者通过内部消息证实，乔国界将会继续涉足投资领域。而兴众私有化的最终目的其实就是为转型成投资公司。而且不会是纯粹TMT或文化领域投资，还会关注如海外不动产和资源类行业以及金融、互联网等其他行业。

“虽然兴众的18基金此前也一直从事着投资业务，但道路一直坎坷，没有太多收获。而被收购后的兴众，从被投资转变成投资，从棋子变成棋手，是不服还是谋生，乔国界此举，是否也与金融大鳄有关，记者不得而知，但可以确定的是，另一场战斗即将展开。

“而在之前，外界就对兴众将被收购一事传得沸沸扬扬，三巨头之中的芝麻开门则首先成为这场谣言的第一主角。今年2月份，便有传言说芝麻开门将以35亿美元打包收购兴众五大业务，也好为芝麻开门约2000亿美元市值的大型IPO锦上添花。随后不久，兴众宣布《魔界村》可用芝麻开门账号登录，并且设立官方旗舰店，用于支付、游戏装备交易等收入相关的领域，兴众和芝麻开门的亲密接触再次引起业内人士猜测，由此，今年上半年连续出手12次，累计出资收购总额近300亿的芝麻开门成为兴众收购案最后赢家被外界传成定局。

“但实际上，除芝麻开门之外，此前已出资1亿美元收购兴众游戏5.6%股份的完好世界，也被谣传在兴众游戏私有化之后，会成为兴众游戏最后的接盘者。

“不过现如今看来，谣言终究是谣言，风声有时确实是空穴来风，如今尘埃落定，一贯闷声发财、行事谨慎的企鹅才会是最后的真正赢家。

“以目前所得知的情况看来，企鹅拿下兴众将会是这场持续半年之久的风波的结尾曲。坐拥着企鹅和微信，企鹅以这两个产品为中心，围绕着互联网和移动互联网展开了一系列布局，构建自己的在线生活。在移动游戏领域，占据过半市场份额的企鹅已经是当之无愧的一哥。而在端游领域，企鹅也已经占据着最庞大的市场份额。拿下了兴众之后，企鹅不但可以继续巩固和扩大自己的市场份额，还可以继续在互联网版权产业全速推进，构建一个在乔国界手中没有实现的网络迪士尼梦。”

新闻很长，看到现在才看了一半，何方远看得津津有味，同时也非常佩服新闻操盘手的文字功底和对内幕深入“了解”的程度，整篇新闻不但是一次现实版的三巨头的“三国演义”，还把三巨头为了争夺兴众的控股权在背后上演的刀光剑影的商战演绎得淋漓尽致。

同时，也对三巨头之间为了争夺未来互联网唯一的霸主地位的大战，进行了一番纸上谈兵的推演。

好文，好文呀，何方远连连赞叹，相信这篇文章炮制出来，背后下了不少功夫，不但查阅了大量数据，而且还做了大量分析。作者一看就不是一个记者，而是一个业内资深人士，因为文章写得很有深度，不是普通记者蜻蜓点水式的描写。

文章写得越有深度，越能证明文章出炉的背后，有巨手在推动。何方远索性泡了一壶茶，也不急着下班了，先欣赏完了文章再说。有时欣赏一篇精心制作的文章，也是一种享受，何况抛开文章为兴众路演的真正意图不谈，文章之中对三巨头大战的分析，确实有其独到之处，值得学习。

“兴众落入老对手企鹅囊中，对芝麻开门而言，就像是吃鱼时不小心被一根鱼刺卡住喉咙，虽然不至于毙命，但也很难受，很不好拿掉。2014年，为了丰富大芝麻开门战略，打造广泛线上生活圈，使IPO利益最大化，芝麻开门与企鹅你一刀我一剑开展了国内互联网有史以来最大规模的收购狂潮，霸主地位之争愈演愈烈。战况之激烈，让一直坚称不涉足游戏领域的马匀不惜自食其言，通过收购，插足移动游戏领域以期狙击不断做大的企鹅。

“不过，很可惜，专注于电商的芝麻开门终究缺乏先天游戏基因，在短期内，芝麻开门依然无法在游戏领域发出自己的声音并且构建自己的市场。所以如果芝麻开门能够融合兴众，就可以使之前的一系列布局更加完美，也能在游戏领域对企鹅产生一定的狙击作用。最重要的是，赶在纳斯达克IPO之前拿下兴众，哪怕代价不菲，所能产生的利益也会因此远超兴众为芝麻开门上市带来的附加利益。

“最终芝麻开门还是没能拿下兴众，到底原因何在？深度分析认为，对马匀而言，游戏作为一个陌生的领域，并不会成为其与企鹅进行竞争的主战场。游戏领域或许就是马匀拿来恶心、牵制企鹅的一根鱼刺，以扼制企鹅在电商等领域对芝麻开门的冲击。但由于兴众规模过于庞大，芝麻开门一口吞不下，所以虽然兴众落入了企鹅之手，但相信芝麻开门不会放弃对游戏市场的追求。

“因此，或许退出端游市场的金山、同样退市进行私有化的巨人、正有意私有化的完好世界、张朝阳背后的搜狐畅游、网龙等公司都有可能是芝麻开门的下一个目标。或许近年来默默无闻的网易也将卷入三巨头的并购大战之中，成为芝麻开门的一个备选。”

不错，确实不错，何方远越来越欣赏这篇文章，作者的分析果然入木三分，很有见地不说，也很切中要害。只不过有一点，文章作者过于抬高兴众的重要性，对于另一个对兴众兴趣欠缺的三巨头之一的千方提也没有提上一句，就显得太小家子气了。

不管怎样，三巨头之争，只有企鹅和芝麻开门的战争显然不行，千万不要小瞧了千方，虽然千方是三巨头之中最弱的一个，但千方也一直在有条不紊地布局，尽管不如企鹅和芝麻开门的布局强势而咄咄逼人，但千方胜在稳扎稳打、一步一个脚印，早晚，千方还会追赶上来，不会落后企鹅和芝麻开门太多。

就拿互联网版权产业来说，芝麻开门的布局就不如千方走得稳。虽然芝麻开门是三巨头之中最早成立影业公司的一家，但未来国内影视行业是谁的天下，还真不好说。也许是大开大合布局的企鹅，又也许是后来居上的千方。

在茶水的清香中，何方远看到了文章的结尾：“在外界看来，互联网是一个很开放的国度，不过现在看来，未来的互联网格局会因为诸如此类的并购、重组而变得愈加封闭起来。就市值而言，千方虽然比芝麻开门和企鹅稍差一些，但三巨头一统天下的格局依然很难被一举打破。当然，以后是不是会有新的巨头诞生，从此改变目前三巨头鼎立的局面，谁也不好妄下断言，但可以预见的是，现今的互联网的局势会随着兴众被收购而变得更加硝烟弥漫。因为就算千方不加入战团之中，单是芝麻开门和企鹅为了争夺唯一的王者宝座，也会不断将战火燃烧到每一个和其布局有关的领域之中……”

如果让何方远评分的话，他会为本文作者评80分，之所以没到90分，是因为本文作者的目光只局限在了三巨头对游戏领域的布局上，并没有过多地关注三巨头在其他行业的布局，目光不够长远，格局不够全面。当然，也可以理解文章作者的片面性，因为本文的出发点不是整体分析三巨头的全面布局，而是在为兴众造势。

兴众从最初传出被芝麻开门收购，再到现在又传出被企鹅收购，收购价格从35亿美元飞速上涨到了61亿美元，市值提升速度之快，堪称业内奇迹。奇迹的背后，是市场的正确导向还是别有用心的包装，就不得而知了。反正何方远知道的一点是，有时在一些重大的收购案的背后，会发生许多不为人所知的较量，有商业上常见的较量，也有心理战术上的较量，更有舆论上的较量，等等。

较量之后，收购价格也许会比预期价格下降不少，也有可能比预期价格上涨许多。卖方自然希望价高，买方却想压价捡一个便宜，双方较量的过程，其实就是另一种形式的讨价还价。

总之，何方远从文章中读出了既含蓄又直接的潜台词——兴众很抢手，价格很坚挺，欲购从速，再晚一步，有可能就和中国的房地产价格一样，会再次上涨。

何方远摇头笑了笑，关了电脑，下班回家。消息提前对外公布，并不说明乔国界改变了想法，恰恰说明乔国界依然迫切地想要推动他的计划。

“何哥，何哥……”刚开车驶出公司不远，范记安的电话就打了进来，“我和妙妙在一起，她想见见你，要不晚上一起吃饭吧？”

“……”想了一想，何方远同意了，“好，你安排好地点，发我手机上。”

一个小时后，何方远赶到了并蒂莲素食餐厅。他以为来素食餐厅吃饭是范记安的意思，不料到了之后才知道，原来是妙妙想吃素。

“叔叔，我吃素，你不会反对吧？”妙妙一见何方远，眼睛就亮了，“我从小就吃素，吃不了肉，以我对叔叔的观察，以叔叔淡然沉稳的性格，想必吃素也没问题，对不对？”

"呵呵。"何方远被妙妙的聪明逗笑了，问道，"这么说，吃素的人，都性格比较沉稳了？"

"嗯。"妙妙坚定地点了点头，"科学研究发现，食肉动物的肠子都短，食草动物的肠子都长，短肠子有利于消化的食物尽快排出体外，而长肠子则有利于彻底地消化食物。"

"人是短肠子还是长肠子？"范记安是食肉动物，无肉不欢，他很好奇，妙妙一个年轻漂亮的女孩，居然吃素，在他看来，现在的女孩个个如动物般凶猛，都是食肉动物，都是不折不扣的吃货。

"长肠子。"妙妙本来坐在范记安身边，何方远来了后，她就起身坐到了何方远的身边，她白了范记安一眼，"你是不是觉得自己是食肉动物？告诉你吧，范记安，人类的肠子都是长的，这就说明，人类天生就应该是吃素的。肠子过长，吃肉以后，肉里的毒素在人体内停留的时间过长，就都被人体吸收了。所以现在得病的人越来越多，就是因为四个字——病从口入。"

范记安吓了一跳，下意识一摸肚子："真的假的？怪不得我每次吃肉之后都觉得消化周期过长，原来还有这个原因。我以后也改吃素得了，妙妙，吃素会不会导致营养不足呀？"

"你看我像营养不足吗？"

"没有呀，你很健康，也很漂亮。"范记安说的是实话，妙妙脸色红润，周身上下充满了活力。

"我从小就吃素，吃了20多年，从来没有过任何营养不良。"妙妙笑嘻嘻地一拉何方远，"叔叔，你答应我，以后也尽量吃素好不好？吃肉的人，身上会有一股怪怪的味道，不好闻，你身上就没有。"

何方远平常也吃肉，不过吃得少，而且也不排斥素食，他呵呵一笑："随缘，随缘。"

"我就觉得和你特别有缘，而且还投缘。"妙妙一脸天真地看着何方远，"叔叔，你说我真能演好小诗这个角色吗？"

在何方远和孔祥云操作的网络剧《逆袭》中，范记安演男一号全有，妙妙演女二号小诗，小诗是一个单纯可爱但又小有心机的女孩，和男一号有朦胧感情戏。

"能，当然能。"何方远对妙妙给予了肯定，妙妙的纯真正和小诗的单纯相吻合，"不过你一定要好好看剧本，吃透小诗这个人物，这样才能出彩。"

"我会不会一炮打响，成为网络名人？"妙妙双眼放光，充满了向往。

“能。”

何方远对于《逆袭》的走红，充满了信心，《逆袭》完全具备网络剧的要素，一个自嘲的屌丝，被前女友骗走了最后一分钱，身无分文的他万般无奈之下，只好靠骗了一个乞丐的几十元钱度过了最艰难的阶段。他开了一家心理诊所，每天都在赔钱，然后突然有一天来了一对异父异母的兄妹卓凡和盛夏，盛夏出钱让他泡卓凡的前女友花朵，卓凡出钱让他泡盛夏，结果他又身不由己地卷入一家家族企业的家产争夺大战中。

最后全有凭借三寸不烂之舌，又仰仗他身为屌丝，一不怕吃苦、二不怕丢脸、三不怕失败的大无赖精神，最终过关斩将，周旋在卓凡和盛夏之间，从容地为自己打下了一片江山，粉碎了卓凡利用他充当炮灰的阴谋。

小诗是全有房东的独女，和她爸爸对全有百般刁难、因全有交不起房租而一直想赶走他不同的是，她对全有很照顾，暗中替全有打掩护，帮助全有度过了人生最落魄的一段时光。

同时，情窦初开的小诗对全有也有朦胧的好感和喜欢。

《逆袭》是何方远创业之初的第一部剧，何方远对其充满了必胜的信心。之所以选择网络剧，是因为网络剧审查关好过，而且投资额度小，又和互联网版权产业最为贴近，也算是在他所擅长的领域之内；还有一个重要的原因是，未来将会是网络剧的天下；更长远的考虑是，网络剧也会是三巨头必争的战场。

“对了何哥，你到底什么时候才能从立化出来？”何方远和乔国界又一次正面交手的事情，范记安还不知道，他现在最担心的不是《逆袭》能不能走红，而是何方远到底什么时候才能跳出立化来新的公司主持大局。

何方远微微一笑：“说快也快，说慢也慢。”

/ 第三十四章 /

# 生活中处处是考验

“快是多快，慢是多慢？”范记安挠了挠头，“现在什么事情都集中在一起，没有眉目，很让人心烦。蓝妹是，你的辞职也是。你的辞职申请不批准，我和徐子棋也出不来，是不是？”

“你和徐子棋的辞职信，明天交给我。”何方远神秘地一笑，自信地说道，“不出意外的话，一周之后，我的辞职申请就会获得批准。”

“啊？真的？”范记安喜出望外，“何哥，你怎么打败了李丛林、说服了乔国界？”

何方远有权批准范记安和徐子棋的辞职申请，在他批准了二人的辞职申请之后，他的辞职再生效的话，范记安和徐子棋也算从立化正常离职了。既然乔国界已经妥协，就没有必要再来一次小规模的集体辞职来为乔国界制造麻烦了。

“看到今天关于企鹅要全盘收购兴众的新闻没有？”何方远没有隐瞒，不过也只是含蓄一说，并未细讲，“我只是提前知道了新闻会发布，然后告诉乔董，如果乔董非要强留我在立化，那么关于兴众的真相的新闻会一下多起来。”

范记安是聪明人，马上听明白了何方远的暗示，哈哈一笑：“这一手高明呀，何哥，不战而屈人之兵，比集体辞职的大戏更有力度，也更有杀伤力，在不见硝烟处的刀光剑影，才是真正的高手过招儿。”

“你们说的是什么呀，我怎么听不懂？”妙妙睁大了眼睛，一脸的不解，“叔叔，你和范哥是不是在说什么商业秘密？”

听不懂就对了，如果妙妙听得懂，她就不是单纯的女孩了，她就演不好小诗了，何方远呵呵一笑，今天和妙妙一起吃饭还真是吃对了，至少让他更了解了妙妙的为人，也更坚定了妙妙可以演好小诗的信心。

"妙妙，你明天去北京，提前进入状态。"何方远知道该着手下一步的具体布局了，"记安，你明天和徐子棋碰个头，商量《逆袭》的宣传工作怎么开展，从现在开始，我们人在立化，心系天下，开始全新的征途了。"

"没问题。"范记安高高举起酒杯，"为明天干杯！为未来干杯！为大道至简影业投资有限公司干杯！"

何方远和孔祥云联合成立的影业投资公司名字叫大道至简，是取少而精之意，隐含了何方远最朴素最向往的终极梦想——以小搏大。

因为何方远相信，真正的武功高手在搏击时总是一招制敌，一击则中，绝对不会大战几百回合才击倒对手；真正高明的医生总是一针见血，一语中的，药到病除，绝对不会开一大堆乱七八糟的药物骗钱；真正高明的商人也总是一招领先，步步领先，抢先一步占领制高点；同理，真正的高人指点也是一语道破天机，不用废话连篇……

饭后，妙妙让何方远送她回家。何方远本想让范记安送，妙妙却不同意，非要他送才行。没办法，何方远只好充当了护花使者，一路护送妙妙回家。

半路上，他正好接到了孔祥云的电话，就直接告诉了孔祥云，明天妙妙会到北京，让孔祥云安排一下妙妙。

"我相信你的眼光，女二号一定要选好，别看小诗是女二号，但我有预感，小诗会是最出彩的角色。对了，女一号我也选好了，男二号和几个主要的男配也选好了，其中还有几个知名演员。由于我的面子够大，对方答应友情出演，不计报酬。"孔祥云嘻嘻一笑，"我算了算，光是几个知名演员的不计报酬，就为我们节省了200多万的资金，怎么样，我厉害吧？"

"厉害，你真是太厉害了。"何方远对孔祥云的称赞发自真心，虽然说网络剧《逆袭》的创意是他的手笔，但前期大量工作都是由孔祥云一手推动，比如成立剧组，再比如寻找合适的演员，而他只负责了创意和剧本，相当于孔祥云挑了大梁，是制片人。

"承蒙何帅夸奖，不胜荣幸。"孔祥云笑得很开心，"对了，已经定下开拍日期了，下周正式开拍。不出意外，三个月后杀青。为了最大限度地节省资金，我决定所有场景都在北京拍摄，不出京了。"

"好。"何方远忽然生发了一句感慨，"如果蓝妹在，知道我们资金这么紧张，她会不会大手一挥，资助我们上千万？"

"醒醒，方远，醒醒。"孔祥云既是调侃又是玩笑，"先不说蓝妹是不是支持你和我合作拍网络剧，也许她和蓝成器的看法一样，认为我们是不务正业，就算蓝妹支持你并且愿意资助你1000万的资金，你会要吗？”

“不会。”何方远无奈地笑了，孔祥云猜中了他的心思，他确实不会要蓝妹的钱。哪怕他真的到了山穷水尽的地步，也不会要。也许是他骨子里的自尊作祟，又也许是他不想拖蓝妹下水，又也许是他只想和蓝妹经营最纯洁的爱情，不想掺杂太多的商业因素，反正在他决定不再从事互联网版权产业之后，他就已经下定了决心，不再和蓝妹有金钱上的来往。

“叔叔，你为什么不要蓝妹的钱？如果蓝妹只是以纯粹的投资人的身份投资，难道你也会拒绝？你这样做的话，就太伤人心了，也对她太不公平了。”妙妙隐约听到了电话内容，对何方远的做法表示了不解，“你不理解她为什么躲了起来，也许她还不理解你为什么不允许她投资你的事业。”

也许吧，何方远知道，人和人之间，哪怕是最亲密的爱人之间，也会有误解和无法沟通的地方。反正何方远就是坚持他的想法，和孔祥云合作事业，对孔祥云公平。和蓝妹只经营爱情不合作事业，对蓝妹公平，也是对爱情认真负责的表现。

或许在何方远的潜意识中，他还有一个凭借自己力量出人头地的梦想，如果他借助了蓝成器的资金而获得了成功，他就永远在蓝成器面前低了一头，也永远被陈容看不起。

何方远不愿意承认的是，别看他并不当顾南是对手，但实际上顾南对他的嘲讽和打击还是改变了他许多，让他不愿意以一个娶了白富美、依靠老丈人和丈母娘成了富二代的身份去创业。从某种意义上来说，顾南的存在，其实从反面激励了他。

“大人的事情，小孩子不懂。”何方远比妙妙大不了几岁，却故意倚老卖老，“不懂就不要乱问，等你长大了，你就明白了。”

“切，我是大人了，叔叔。你不诚实。”妙妙噘了嘴，朝何方远飞去了一个颇有杀伤力的眼神。

“呵呵。”何方远自嘲地笑了，一抬头，见妙妙的小区帝王国际到了，就在门口停了车，“我就不进去了，你自己回家吧。”

“不要。”妙妙耍赖，“从小区门口到我的单元门口还要步行五分钟，叔叔，你直接开到地下车库，我就可以直接坐电梯上楼了，好不好？我今天好累，不想再走路了。”

好吧，何方远只好好人做到底，开车下了地下车库，不料妙妙又让他送她上楼，说是楼道的灯坏了，她怕黑。何方远无语了，帝王国际小区他也知道，是一处高档小区。越是高档的小区，物业管理越到位，不可能存在楼道灯坏掉的可能。

他也知道妙妙是故意折腾他，有心不理她，却又不忍揭穿她的小小心思，也就是多上一趟楼的事情，为了更好地了解一下妙妙，勉为其难地送她上楼也没什么。

妙妙住在十楼。

一梯两户的设计，只有两户的单元，一般都是大户型。妙妙住在东门01的房间，进门一看，果然不小，面积在200平方米以上。何方远初步估算了一下，根据位置推算，这套房子的价格在500万元左右，他不由对妙妙刮目相看。

“妙妙，你不是说你就是一个平面模特吗？你做平面模特可以买得起这么贵的房子？”何方远对妙妙的身份起了疑心。

“爸妈给我买的房子，不行呀？”妙妙嘻嘻一笑，“叔叔，我也是一个在你眼中不是好人的富二代，不过呢，我只要了爸爸妈妈的一套房子，没有继承他们的事业，我想自己打拼，想自己闯荡一番。”

“谁说在我眼里富二代全不是好人了？我没这么偏激。”何方远见房子的装修还不错，心想妙妙不显山不露水，原来也是一个正宗的白富美，和顾南相比，她可是低调多了，“行了，人也安全送到家了，你休息吧，我走了。”

“叔叔，你需要喝口水再走。”妙妙一把拉住了何方远，将他按在沙发上，“你是不是有点怕我？我又不会吃人，你不要怕，乖。”

何方远哭笑不得：“我哪里怕你了？我是还有事。”

“我还有话要和你说，你不许走。”妙妙神秘地一笑，转身进了房间，不一会儿出来了，换了一身居家的紧身衣。

紧身衣衬托得妙妙的身材妙不可言，不愧为模特出身，一米七一的妙妙身材高挑，长腿长胳膊，再加上脖颈也长，当前一站，不提身材玲珑有致，单是她不俗的气质就让人叹为观止。

“怎么样叔叔，我漂亮不？”妙妙轻扭腰肢，举手投足间，颇有走台的气场。

平心而论，妙妙确实漂亮，不但漂亮，而且还有一种让人愿意一亲芳泽的气质。漂亮的女人很多，但有气质的女人不多，又漂亮又有气质的女人，就更少了。而既漂亮又有气质并且还娇艳而不失端庄，魅惑而不失正派的女人，就完全是女人中的极品了。

尽管妙妙说来也算是女人中极为罕见的极品了，但在何方远眼中，妙妙完全是一个没有长大的小女孩形象，虽然她叫他叔叔，是一种萝莉为了激发男人大叔欲望的戏称，但他还真的当妙妙是未成年人，没当她是一个风情万种的女人。

当然，实际上妙妙是地地道道的成年人了。

“漂亮是漂亮，可是……”

“漂亮就行了，不用可是。”不等何方远把话说完，妙妙来到了何方远面前，坐在了他的身边，挽住了他的胳膊，“叔叔，如果我告诉你，我从第一眼见到你起，就喜欢上了你，你会不会觉得我很傻很天真？”

何方远既没有受宠若惊，也没有惊慌失措，而是轻轻抽出了胳膊：“妙妙，我也喜欢你，但喜欢就是喜欢，不一定喜欢就要发生什么，对吧？”

“叔叔，你这是拒绝我了？”妙妙脸上洋溢的是不甘和委屈，没有情欲。

“不谈感情，我们还是好朋友。”何方远开了一句玩笑，哈哈一笑，“把朋友发展成恋人，是一条不归路。因为朋友可以长久，而恋人一旦做不成恋人了，就连朋友也做不成了。妙妙，我们是好朋友，对不对？”

“对呀。”

“想不想永远是好朋友？”

“想呀。”

“那好，你以后可以继续喜欢我，但只能到喜欢为止，不许再向前发展了，行不行？”

“好……吧。”妙妙很听话地点了点头，微有不甘之意，“可是如果我一直喜欢你，一直想和你在一起，控制不住自己的感情，该怎么办呢？”

“不会。”何方远伸手一摸妙妙的头发，“没有遇到我之前，你很快乐，所以就证明不管有没有我，你都会快乐。”

“不一样，这不一样。”妙妙被何方远的话逗得咯咯直笑，“在小的时候，快乐很简单，得到一块糖、一支铅笔也许就会美上一整天，但现在，快乐变得昂贵了。没有遇到你之前，是我没有遇到生命中的美好，遇到你之后，我才知道，原来生命中有你才更精彩。”

“……”何方远无语了，妙妙看上去挺新潮，没想到思想还挺有哲理，他愣了愣才说，“好了妙妙，不闹了，你也知道我有蓝妹了，而且你这么漂亮，我不信你会没有男朋友。”

“我真的还没有男朋友。”妙妙急急说道，“叔叔，你有蓝妹不要紧，我不在乎，再说蓝妹不是不在你身边吗？她是不是还会回心转意也不一定，我不计较先当你一段时间的备胎，如果蓝妹回心转意了，我就默默地离去，绝对不伤害你。如果蓝妹再也不回来了，我就由备胎转为正胎，怎么样？好不好？你反正没有一点儿损失，行不行？”

现在的女孩都这么开放和大胆了？何方远服了，他才比妙妙大上几岁，怎么感觉上好像是差了一代人一样？怪不得妙妙叫他叔叔，忽然觉得他的思想还真的可以当妙妙的叔叔了。

“不好吧，这样你多吃亏。”何方远故意逗妙妙。

“我吃什么亏？和我喜欢的人在一起，是一种快乐，怎么会是吃亏呢？叔叔，你答应我好不好？你别这么无情，拿出男人气概来，别让我觉得你不是男人。”妙妙既会撒娇又会激将，她抓住何方远的胳膊来回摇动。

换了别的男人，举一个不恰当的例子，何方远不无恶趣味地想，如果是范记安，恐怕早就英雄气短儿女情长了，更何况范记安不是英雄，而是贱人，还好现在面对妙妙的人不是范记安，而是他，他推开妙妙的手，转身就走：“妙妙，你再闹，我们就不能很好地做朋友了。”

“好吧，叔叔，你这么坚持节操，真的是为了等候蓝妹吗？”妙妙不闹了，站在何方远身边，咬着手指，一脸不安。

“在蓝妹没有正式对我说分手之前，我等她一年。一年之内，我会始终当她是我的女朋友，不管她是不是还当我是她的男朋友。”何方远头也不回地说道，他拉开门，义无反顾地离开，“妙妙，你是一个好女孩，好女孩就应该自尊自爱，一个人只有自己爱惜自己，别人才会爱惜你。明天去北京，我就不送你了，祝你一切顺利。”

“叔叔，你让我又相信爱情了。”何方远走后，妙妙站在原地未动，紧咬嘴唇，也不知在想些什么，过了半晌，她才如梦方醒一般惊叫了一声，“不好，只顾演戏了，差点忘了大事。”

她慌里慌张地拿起手机，拨出了一个号码：“蓝伯伯，何方远刚走，您现在应该还来得及见到他……”

话筒中传来了蓝成器从容的声音：“哦？刚才何方远的表现怎么样？”

“无可挑剔，完美！”妙妙对何方远刚才的所作所为大加欣赏，“叔叔是我遇到的最痴情、最完美、最认真的好男人，没有之一。”

“好了，妙妙，这件事情伯伯谢谢你了。”蓝成器急于要见何方远一面，忙挂断了电话，“回头再说其他的事情，我先走了。”

放下电话，妙妙来到窗前向下凝望，托腮深思，自言自语：“蓝姐姐，我能帮你的也只有这么多了，你和叔叔到底最后能不能在一起，就看你自己的努力了。”

过了一会儿，她见到何方远的身影出现在了视线之内，而不远处，假装偶然路过的蓝成器即将和何方远正面相遇。

## / 第三十五章 /

# 两个男人因为一个女人的战争

好了，她的任务完成了，妙妙长舒了一口气，然后一头扑倒在了床上，舒展了四肢，将整个人深深地埋在了床上，不停地告诫自己——我是在演戏，是在替蓝姐姐测试叔叔，我对叔叔没感觉，一定不要喜欢上他，一定不！

何方远并不知道妙妙刚才对他的表白，只是一次精心安排的测试，他下楼之后，就将妙妙的事情抛到了脑后，只当妙妙刚才的举动是出于一个小女孩的好奇，并没有放在心上，他的心思全被即将到来的创业充满了。

除此之外，他想得更多的是三巨头的布局和交手，兴众文学也好，兴众也罢，正在逐渐离他远去，终将成为过去式。

立化可说是他的起点，助他起飞，但一个人不能永远停留在起点，只有展翅高飞，飞向更广阔的天空，才有开创一个全新世界的可能。

机遇有时需要等待，有时也需要自己亲自创造。

正想得入神时，何方远抬头一看，顿时惊呆了，前方十几米开外走来一人，他一脸从容，步履坚定，不是别人，正在许久不见的蓝成器！

怎么会是蓝成器？居然会是蓝成器！何方远一时失神，他原本想再登蓝家之门，亲口向蓝成器求证蓝妹到底去了哪里，却一直没有成行，没想到，今天送妙妙回家，却有了无心插柳柳成荫的收获。

“蓝伯伯。”何方远恭敬地问了好，“这么巧？”

“是呀，这么巧，我路过帝王国际办事，却遇到了你，怎么，你也来帝王国际办事？”蓝成器不动声色，赞许的目光暗中打量何方远几眼。这一段时间没见，何方远虽然稍微清瘦了几分，精神状态却是不错，不由暗暗点头，为了一变再变的顺应局势，何方远百折不挠，始终坚持自己的信念，确实是一个难能可贵的年轻人。

每一个成功者都会有一两个优秀的品质，成功不是偶然，成功都来源于内心的强大和坚韧不拔。

“我送一个朋友回家。”一直以为他见到蓝成器会有千言万语，不料见面之后，何方远才发现，许多话却又无从说出口，他勉强一笑，“谢谢蓝伯伯以前对我的肯定和信任，很抱歉让蓝伯伯失望了。一周之内，我就会从立化辞职，辞职之后，我会离开下江。如果蓝伯伯以后去北京，可以找我。”

“要去北京？”蓝成器虽然知道何方远不会再从事互联网版权产业，却不是很清楚他的发展方向是什么，更不知道他要去北京发展，不由一愣，“以后就会住在北京了？很少再来下江了吧？”

“是的。”

“方远，你别嫌我多嘴，我还想再多说一句，你从事互联网版权产业多年，如果还从事互联网版权产业，你的起点会很高，虽然比不上三剑客在业内的影响力，但在三巨头的眼中，也有一定的分量。根据我的观察，千方和芝麻开门早晚都会成立文学公司，就算你不自主创业，你也大可以等千方或是芝麻开门成立千方文学或芝麻开门文学时，再离开立化，这样，你可以跳槽到千方或是芝麻开门，至少也是副总裁起步，总好过你现在的选择。”

蓝成器还是理解不了何方远的冒险之举，在他看来，何方远此举不仅冒失，而且还赌上他的职业经理人生涯，如果失败了，他刚刚起步的职业经理人生涯也会中断。何方远面前有两条前程似锦的道路可以选择，一是跳出立化，自主创业，创办一家互联网版权产业网站，不管以后是成功还是失败，何方远都可以继续积攒在互联网版权产业上的资历；二是继续留在立化，等时机成熟时，跳槽到千方文学或是芝麻开门文学，以副总裁甚至是总裁的级别冲击职业经理人生涯的新的高峰。

但何方远放着两条安稳而光明的道路不走，非要走一条艰难坎坷的小路，也不知道何方远到底是怎么想的，他真的以为他有高人一等的眼光，可以抢先一步走在别人面前，站在一个全新行业的制高点？

年轻人有梦想、有冲劲是好事，但梦想过头了就是幻想，冲劲过猛了就是冲动。

“谢谢蓝伯伯的提醒，我现在已经做好了所有的前期工作，没有回头路可走了。趁年轻，趁还有机会，我想拼搏一次。就算一败涂地，我还有从头再来的机会。”何方远并不是不屑于向蓝成器解释清楚他的预见和设想，只不过见到蓝成器之后，他忽然发现，他和蓝成器之间还是隔了千山万水的距离。

人和人之间的沟通有时就是虽然面对面，却有着无比遥远的距离，不管他的选择最终是成功还是失败，他都做好了承受一切后果的准备，能不能获得别人的认可，又有什么所谓呢？就连蓝妹也离他而去，他又何必非要说服蓝成器相信他的选择就是最正确的选择？何况他又不需要蓝成器的资金。

就让时间证明一切吧。

“好吧，我就不再多说什么了。”蓝成器知道不管他怎么努力，何方远都不会回头了，他心中微有遗憾和愠怒，“方远，如果你失败了，你将会一无所有，你真的想拿你的一切去赌一把？”

“我记得蓝伯伯说过，人生是一个赌场，商场也是，你进来了，即使非常不想赌，有时也身不由己，非得赌上一把不可……”何方远想起了他在蓝家时蓝成器讲过的赌场上的故事，心想当时他不想赌，蓝成器却想让他赌，现在他想赌了，蓝成器却又在劝他不要赌，人生就是此一时彼一时的游戏。他呵呵一笑，“趁我现在还输得起，赌上一把，以后输不起的时候，回忆起来，也算人生无憾了。”

“如果你真想赌一把的话，我也和你赌一把，怎么样？”蓝成器又云淡风轻地笑了，笑得很含蓄，很意味深长。

“赌什么？”初夏的阳光已经颇有威力，照得周身上下暖意融融，何方远感觉到后背的汗水已经流了出来。向左一步就是阴凉地，但蓝成器也同样晒在阳光之下，蓝成器不肯迈进阴凉地避免被阳光暴晒，他难道还不如蓝成器身强体壮？

“你认为你的公司，多长时间可以盈利？”蓝成器也是被晒得后背流汗，却不肯躲进阴凉地，因为他也认为现在他和何方远的对赌，是两个男人之间的战争。

是两个男人因为一个女人的战争。

“一年。”何方远微一思索，就说出了一年的期限，其实是不是真的能在一年时间就可以盈利，他心里没底。

“好，我给你一年时间。”蓝成器瞬间下定了决心，为了女儿的幸福，他愿意再等上一年，“一年后，如果你的公司盈利了，不管多少，算你赢了。如果一年后，你的公司没有盈利，就算你输了。”

“赢了和输了，各有什么后果？”何方远很好奇蓝成器想和他赌什么。

“如果你赢了，我会入股你的公司，并且会派人进驻公司，担任公司的高层管理者，你保留控股权。”蓝成器说出了他的条件，“如果你输了，我会全盘收购你的公司，你失去控股权，到时你的未来不由你做主，我会派人担任公司的董事长兼CEO，你只能担任副总裁，从此，你为我打工一辈子。”

这个赌注从表面上看，不管输赢，何方远似乎都损失不大，赢了，获得融资，公司的发展会进入良性循环。输了，公司易主，他虽然失去了公司，却保住了工作，不至于无饭可吃。但仔细一想的话，却并非如此。赢了，蓝成器捡一个现成的盈利公司投资，是只赚不赔的生意。输了，以极低的价钱买下一个不盈利的公司，重新整合之后，也许还可以走上正轨。最主要的是，蓝成器在买下公司的同时，还买死了何方远的未来。

不管怎么算，蓝成器都不会吃亏。

等等，何方远却没有太多地计较蓝成器的精明算盘打得是如何之响，他的关注点落在了蓝成器不管输赢都会派人进驻公司，这个筹码才是这个赌局的点睛之笔——这个人是谁?

“蓝伯伯会派谁进驻公司？”何方远问道。

蓝成器欣慰地笑了，何方远闻弦歌而知雅意，听出了他的赌局之中最关键的一个部分，好，很好，他果然没有看错人，他郑重其事地吐出了两个字：“蓝妹！”

何方远也心领神会地笑了，点了点头：“赌了。”

“不许反悔。”蓝成器伸手和何方远握手，“君子一言……”

“驷马难追。”何方远紧紧握住了蓝成器的手，“绝不反悔。”

回去的路上，何方远车开得很慢，一边听着舒缓的音乐，一边回味刚才和蓝成器的偶遇——或许不是偶遇，而是一次人为的相遇——虽然他不明白蓝成器为什么要用一年的时间来考验他的能力和耐心，为什么现在不让蓝妹和他在一起。但他想明白了一点，就是蓝妹并没有离他而去，之前和外国男友度假的闹剧，恐怕有假。

一年后，如果他成功了，蓝成器允许蓝妹以资方代表的身份进驻公司，等于是说，蓝成器会认可他为主蓝妹为辅的格局。但如果他失败了，蓝妹以董事长的身份控股公司，等于是说，蓝妹为主他为辅，他以后要唯蓝成器马首是瞻，从此听从蓝成器的安排。

两种情况不管是哪一种，蓝成器都同意蓝妹和他在一起，只要他能忍耐一年的分离。

一年的分离何方远可以忍耐，但他却不想失败之后再受蓝成器的控制，尽管他也理解蓝成器的想法，在蓝成器的眼中，他还是小字辈，经验不足并且格局不够，有蓝成器坐镇指挥，他才不会犯错。但现在是飞速发展的互联网时代，三巨头仅仅用了十几年的时间就创造了传统公司上百年时间才能创造的财富，时代的发展催生了全新的财富观念，未来，将是创意为王、抢占先机者胜利的时代。

也是赢家通吃的时代。

第二天一上班，范记安和徐子棋都迫不及待地提交了辞职信，何方远二话不说就签字同意，但并没有上交给陈果，他要等他的辞职申请正式批准之后再上交。

中午，孔祥云打来电话，说是妙妙已经到了北京，一切顺利，让何方远不用挂念。何方远告诉孔祥云，他和范记安、徐子棋也会在周末去北京。

下午3点，李丛林的电话就打了进来。

“方远，昨天的新闻你看了没有？有什么想法？”李丛林不是考何方远，他是希望何方远看到新闻之后，对兴众不断攀升的售价有所触动，希望何方远能改变主意，留下来。

“我衷心祝愿兴众的路越走越宽。”何方远去意已决，就算现在兴众以高价卖出，新的资方许以重诺留他，他也不会动心。

“好吧。”李丛林知道多说无益了，只好说道，“你的辞职申请，会在一周内批准，方远，作为近年来第一个以温和方式和兴众和平分手的高管，我祝愿你以后的道路越走越宽阔。”

“谢谢李董。”

“很可惜呀，方远，我们没能合作成功。”李丛林见事已至此，心中还是大有遗憾，“我很欣赏你的能力，希望有机会可以和你一起打江山，也不知道以后还有没有机会……”

对李丛林，何方远好感多过敬畏，他也非常敬重李丛林的为人，从可以和乔国界合作这么长时间不被乔国界厌烦这一点就可以看出，李丛林不仅是个人能力出众，为人处世的本事也非同一般，有太多值得他学习的地方。

“我也希望有机会可以再在李董的领导下工作。”何方远的话也是真心话，如果再多给他两年时间，他会从李丛林身上学到更多，李丛林作为一个职业经理人，是行业中的佼佼者。

如果何方远决心走职业经理人之路的话，他确实想多跟李丛林一段时间，如李丛林一样的顶级职业经理人，放眼国内也找不到几个。只不过，人生际遇就是有聚有散，既然他选择了和李丛林不一样的发展之路，就只能放弃一头了。

下班后，何方远约上范记安、徐子棋一起聚餐，聚餐不是目的，商量事情才是本意，才发动汽车，一抬头，车前站了一人，挡住了去路。

范记安怒了，气势汹汹地推开车门下车，上去一把揪住了对方的衣领：“找不自在是不是？信不信我收拾你一顿？”

对方不慌不忙地推开了范记安的手，冷笑一声：“别动不动就暴露你粗鲁无礼、缺少教养的本性，打人谁不会，连狗都会！能克制自己动粗欲望的人，才是文明人。”

他不再理会范记安，冲车内的何方远喊道：“何方远，我请你吃饭，你就这么对待一个诚意十足的朋友？”

顾南要请他吃饭？何方远想了想，笑着下了车：“顾董要请我吃饭，什么由头？”

顾南无谓地笑了笑：“就当是为你送行吧，好歹在立化认识一场，你要离开了，我送你一程，也算是尽了朋友之谊。不过呢，你不当我是朋友就算了。”

话说到这个份儿上，何方远也不好拒绝了，随即上了车：“顾董带路，我在后面跟着。”

“好。”顾南扭脸过去，去开他的车，在背对何方远的时候，他的脸上闪过一丝不易察觉的笑意。

跟在顾南的车后面，范记安很是不解地问道：“何哥，顾南明显是黄鼠狼给鸡拜年——没安好心，干吗还跟他吃饭？指不定他又有什么坏心思。顾南这人，太阴险了，几次都没能在你面前讨了好处，你要走了，他肯定是想找回面子。”

“就是，顾南摆的肯定是鸿门宴，何哥，前面路口调头，我们不去了。”徐子棋坐在车后座，连续眨动了几下小眼睛，“对顾南这种人，不用讲什么道义。”

“管他是鸿门宴还是王的盛宴，大胆去赴宴。”何方远打定了主意，不管顾南摆下了什么宴席，他都要赴宴，既然和乔国界都可以好合好散，和顾南也算有过一段交往，况且顾南还是蓝妹的表哥，也要好合好散才对。

“好……吧。”徐子棋无奈地翻了翻小眼，又摇了摇头，“何哥，我可事先声明，万一出现了不可控的事件，我可能帮不了你太多。不过你大可放心，我不会拖你的后腿。”

“说什么呢你，徐子棋，你的意思是，万一打了起来，你只管自保不管何哥了？你真窝囊。”范记安对徐子棋未战先怯场表示了严重的鄙视，“你这个熊样，以后怎么能担当大任呢？唉，真是白瞎了你的一身肥肉。”

“范记安，你不要进行人身攻击！”徐子棋怒了，“我不是不想帮何哥，我是怕到时心有余而力不足，所以我只求能够自保不拖累何哥就行了。你有本事，你到时保护何哥，我敬佩你一万年。”

/ 第三十六章 /

# 两人交手，盛气凌人者胜

“行了，行了。”范记安对徐子棋摆了摆手，“一个男人怕媳妇也就算了，还长得胖。长得胖也就算了，还胆小。胆小也就算了，还跑不快。跑不快也就算了，还没智商。没智商也就算了，还没有眼色，你说你……”

“友尽！”徐子棋真怒了，一拳打在范记安的后背上。

“敌人还没有对我们开战，我们就已经内战了，范记安、徐子棋，你说我们还有胜利的可能吗？”何方远看了范记安一眼，又回头看了徐子棋一眼，笑了，“任何时候都要记住一点，堡垒最容易从内部攻破。”

一抬头，见顾南的宝马X5已经停在了东良轩的门前，何方远也将他的大众车停在了宝马X5的旁边，下车之后，随顾南进了饭店。

东良轩是一家有民族特色的饭店，饭店虽然不大，装修也不豪华，但客人很多，门前停满了各种价值30万以上甚至百万以上的豪车以及价值20万以下的经济型汽车，由此可见，饭店的饭菜肯定一流，上至权贵下至平民，都喜欢。

顾南领几人上了二楼，来到了一个名叫“淡泊江南客”的雅间。进了房间才发现，房间中已经有两个人在等候了。

两个人全是陌生的面孔，一个瘦脸小眼，典型的高颧骨、深眼窝的南方人形象；另一个浓眉大眼，脸形方正而宽阔，明显是北方人。

何方远微微一愣，顾南没说还另外有客人，莫非今天的宴会还真是鸿门宴？

“来，方远，我来介绍一下。”顾南伸手一指瘦脸小眼的南方人，“黄海，康远集团副总裁。”

黄海热情地向前一步和何方远握手：“何总，我是黄海，很高兴认识你，请多多关照。”

“黄总好，很高兴认识你。”何方远和黄海握了握手，他不知道黄海是何许人也，也不知道黄海和顾南是什么关系，只好不冷不热地和黄海寒暄。

顾南悄然一笑，又用手一指浓眉大眼的北方人：“赵合，一合集团董事长。”

赵合比黄海矜持几分，他淡淡一笑，缓缓伸出右手：“何方远，早就听说过你的名字，没想到这么年轻，不错，不错，年轻有为。”

“赵董过奖了，准确地说，到目前为止，我还是一事无成，哪里谈得上年轻有为了？”何方远不是谦虚，而是实事求是。

“年轻人谦虚是好事，但太谦虚了就是骄傲。”赵合哈哈一笑，年约四十的他面相显得年轻，看上去也就是三十出头的样子，笑起来很有气势。

“坐，都坐。”顾南招呼众人入座，他安排座位顺序，赵合坐在首位，黄海次位，他再次，然后是何方远。

范记安和徐子棋就在末位作陪了。

“今天这个饭局，有两层意思。”顾南是挑事者，也是主持人，“一是为何方远送行。何方远是我在兴众文学的同事，虽然同事时间不长，但我和他也结下了深厚的友谊，他马上就要离开兴众文学了，从此天地广阔，要开拓一番全新的事业，在此祝愿他前程似锦。二是我居中调解一下方远和黄海之间的误会，方远是我的同事，黄海也是我多年的哥们儿，有了误会，说开了就好了，是不是？”

他和黄海之间的误会？何方远愣了，他和黄海素不相识，怎么就有了误会了？果然，顾南今天的宴请没安好心，敢情是想借黄海之手对他不利。

可是问题是，他和黄海到底什么时候结了什么矛盾？

黄海皮笑肉不笑地干笑一声：“我的事情是小事，先进行为何总送行的大事。来，何总，我先敬你一杯。”

“我敬黄总。”表面上的礼节不能少，何方远举杯朝黄海示意，“如果我哪里无意中得罪了黄总，还请黄总大人大量，别往心里去，我先干为敬。”

何方远平常很少喝酒，今天破了例，一饮而尽。

范记安见状，朝徐子棋悄然使了一个眼色，徐子棋会意，回应了范记安一个“OK”的手势。二人心意相通，都做好了万一起了冲突，随时保护何方远撤退的准备。

“不好意思，何总，我酒量不行，就以茶代酒好了。”黄海刚才明明端起了酒杯要敬何方远，不料何方远先干为敬之后，他又放下了酒杯，端起了茶杯，就明显有欺负何方远之嫌了。

范记安顿时脸色一变，黄海此举分明是不给面子，今天的鸿门宴，估计要出事了。

何方远却不以为意地一笑："黄总随意就行。"

"我是想随意，可是一想起你做的事情，就没有心情随意了。"端起了茶杯之后，喝也没喝一口，黄海又放了回去，他本来一脸淡然笑意的表情忽然变得阴冷了几分，"何总，做人留一线，日后好相见，你说我哪里对不起你了，你非要挖我的墙脚？你挖了我的墙脚，好吧，我忍了，可是你还在大庭广众之下打了顾南的脸，你是不是太过分了？"

这一番话夹枪带棒，极有攻击性，何方远脸色一变："黄总，请你把话说明白，我不知道你到底在说什么，我和你今天是第一次见面。"

"我知道我们是第一次见面。"黄海冷冷一笑，"第一次见面怎么了？不见面，你照样可以挖我的墙脚。现在顾南、赵董都在场，何方远，你必须给我一个交代，否则，今天你别想走出去。"

何方远见黄海咄咄逼人，也恼了："如果我做错了什么，我会给黄总一个交代，但如果不是我的错，对不起黄总，我以前和你素不相识，以后，我们也是大路朝天，各走一边。"

何方远算是明白了，黄海就是顾南请来的帮手，从黄海说话的口气和阴阳怪气的做派来看，他不是什么善茬。再从顾南在一旁摆出的置身事外的态度分析，顾南在经历了几次亲自披挂上阵的失败之后，学聪明了，学会借刀杀人了。

不过……何方远冷眼观察了一下赵合，赵合自从和他握手之后，坐在座位上，就没再开过口，而且他一脸严肃，摆出了随时准备上阵的架势，说明他是顾南或是黄海请来的帮手。

到底赵合是顾南请来的帮凶还是黄海请来的帮手，很关键，如果是顾南请来的，他也许不会和黄海密切联手对付何方远。但如果赵合是黄海请来的，那就麻烦大了，以黄海的为人判断，赵合恐怕也不会是善类。如果赵合通力支持黄海，今天的宴席，就会是一个充满硝烟的战场。

"哼哼！"黄海冷哼几声，对何方远的强硬回应很是不满，"何方远，你有错在先，还敢这么横，真不简单呀。"

何方远"呼"地站了起来："如果黄总还不明说到底我哪里得罪了黄总，不好意思了，我还有事，先走一步了。"

"想走？"赵合也猛然站了起来，冷冷一笑，"既然来了，想走就走，我和黄总的面子往哪儿搁？何总，我现在请你坐下。"

“你命令我？”何方远针锋相对，寸步不让，“赵董是以什么身份对我发号施令？”

范记安和徐子棋也同时站了起来，二人一左一右站在何方远两边，对赵合和黄海、顾南三人横眉冷对。

谁也没有注意到的是，范记安在站起来的同时，悄悄将一瓶酒拎在了身后，以备不时之需。

顾南低眉顺眼，假装没看到眼前发生的一切，装聋作哑的水平一流，就是不出面打圆场。

气氛，一时降到了冰点。

“何方远，我早就听说你为人很狂妄，今天一见，还真是。你这么年轻，在下江又无根无底，还这么不知天高地厚，也不知道你是怎么混到了今天的。”说话间，黄海也站了起来，他和赵合并肩而立，摆出了并肩作战的架势。

在场中六个人，除了顾南之外，其余五人都站了起来，何方远一方三个人对战黄海一方两个人，从人数上看，何方远一方占优势，其实不然，不提黄海一方还有一个顾南没有加入战团，单说今天的天时、地利和人和，何方远一方就完全处在被动的位置。

直到现在为止，何方远都不知道黄海为什么要找他的麻烦，他到底哪里和黄海起了冲突。

“不好意思，黄总，我还真不知道我哪里狂妄了，还请黄总明示。”何方远依然不卑不亢，他淡淡地看了顾南一眼，“顾董，今天的鸿门宴是你的饭局，你是想继续当缩头乌龟呢，还是站出来把事情说个清楚？”

被何方远点名了，顾南没办法，只好站了起来，他嘿嘿一笑：“方远，今天我只是想调解你和黄总的矛盾，没想到事情会闹成这样，你和黄总的误会是因为……”

“是因为妙妙吧？”范记安醒过味儿了，猜到了事情背后的起因，他很是牛气冲天地将酒瓶往桌子上一放，发出“砰”的一声巨响，“这么说，妙妙是黄总签约的模特了？”

妙妙？何方远才反应过来，还真是，妙妙在加盟他的公司之前，签约哪家公司他并不知情，因为他太相信范记安了，以为范记安把一切都处理妥当了。

“我花大价钱培训了妙妙，妙妙还没有为我赚到钱就被你们撬走了，你们自己说，这事儿办得是不是很不地道？”黄海冷眼看了范记安一眼，目光又落在了范记安的酒瓶上，冷笑了，“别以为拿一个酒瓶就可以吓唬住人，这都什么年代了，拎着酒瓶打天下的时代早就过去了……说吧，你们撬走了妙妙，怎么着也得给我一个说法吧？我在下江虽然不是什么有头有脸的人物，但也不是随便什么阿猫阿狗都可以欺负的！”

何方远没有说话，看向了范记安，妙妙和黄海的合同有没有到期，他不知道，具体经手人是范记安。这事儿，范记安最有发言权。如果真是合同没有到期妙妙就和黄海解约，甚至是没有解约就和大道至简签约了，那么还真是他的错。

范记安拧开酒瓶瓶盖，拿起一个水杯，一口气倒满：“下江人爱喝低度白酒，这酒度数不高，才42度，这一杯酒也没多少，三两有余四两不到，黄总，我想先和你立一个规矩，你敢不敢接招？”

顾南的眼睛亮了亮，好，很好，马上就要上演无差别攻击的交手了，最好何方远一方三个人最后都被攻击到才好。

“立规矩？你也配！”黄海不以为然地说道，“要立规矩也是由我来立才对，你们是过错方。”

“好！”范记安嘿嘿一阵干笑，“许多北方人看不起南方人喝酒太文雅，说在喝酒上南方人都是娘炮，妈的，我就不服了，我是南方人，我不怕和北方人比酒量，我喝酒从来不娘炮。黄总，你也是南方人，你是不是娘炮？”

话一说完，他端起酒杯一饮而尽！

范记安的高明之处在于他没有给黄海留退路，如果黄海不接招，黄海就等于承认自己是娘炮了。

“谁是娘炮了？”黄海还没有意识到他上了范记安心理暗示的当，本来是由他立规矩，结果范记安一口喝下了一杯酒，激发了他的冲动，他一把夺过范记安手中的酒瓶，也倒了满满一大杯酒，“好，我今天立的规矩就是，谁理亏，谁输了，谁就先喝一斤白酒，然后再说别的。”

“没问题。”范记安心中暗笑，表面上却表现出不以为意的神情，“不就是一斤白酒吗？谁怕谁呀。下面，我就说说妙妙的事情。妙妙的事情，何哥完全不知情，背后是由我一手操作的，妙妙签约哪家公司，合同有没有到期，何哥都一无所知，他有大事要忙，这点儿小事，还不值得惊动他。不过这也说明何哥确实不如黄总，你看黄总日理万机，这么大的一个副总，居然对一个小模特的去留这么关心，还亲自挽袖子撸胳膊上阵，多么平易近人的领导呀……”

范记安的嘲讽之意表露无遗，黄海的脸色变了几变，努力克制了情绪，没有当场发作。

“所以黄总要怪也怪不到何哥头上，要怪，就怪我好了。”范记安豪气风发，一扬手又倒了一杯白酒，举了起来，“黄总，规矩是你立的，谁理亏谁喝酒，刚才第一杯酒，算我敬你的，这一杯酒，算是罚的。”

说完，范记安一仰脖子，又一杯三两多的白酒喝了个底儿朝天。

平常徐子棋虽然和范记安关系密切，但也偶尔会看不起范记安的犯贱，今天他被范记安彻底震撼了。两杯白酒下肚，半斤多，换了他，他绝对没有胆量喝下！

范记安为了何哥，不，也是为了整个团队，他豪气冲天，拿出了一个男人应有的气概，让徐子棋在敬佩之余，第一次当范记安是他的人生偶像！

范记安当然不知道他的形象瞬间在徐子棋的心目中光辉高大了许多倍，他重重地将酒杯一放，喘着粗气：“怎么样黄总，谁还敢说我不是男人？赵总，你说呢？作为北方人，你佩不佩服我的酒量？”

赵合勉强一笑：“不错，酒量很好，佩服。”

“好。”范记安一伸手，又拿起一瓶白酒，打开了瓶盖，随后倒满了酒杯，他将酒杯举到黄海面前，晃了一晃说道，“黄总，我已经喝了两杯酒，你还滴酒未沾，现在，我们开始理论理论，到底妙妙的事情谁对谁错，好不好？”

两军交战，勇者胜；两人交手，盛气凌人者胜。现在范记安气势过人，又有两杯白酒壮胆，他现在的气势，简直可以用气冲斗牛形容。

黄海虽然表面上依然傲慢，但眼神中却闪过一丝慌乱，尽管很快又恢复了平静，但他的慌乱还是落在了何方远的眼中。

既然范记安出面暂时稳定了局面，何方远也就索性摆出了置身事外的态度，缓缓坐回了座位。他朝徐子棋悄然使了一个眼色，暗示徐子棋，他盯紧赵合，让徐子棋盯死顾南。三三相对，每人对应对方一人，打好攻防战。

徐子棋微一点头，回应何方远他已经做好了万全的准备。

“理论就理论，反正是你们理亏。”黄海一只手摸着酒杯，另一只摸在椅子的靠背上，却并不是举起酒杯，他的目光下意识看了顾南和赵合一眼，又迅速收了回来，“妙妙是我们公司旗下签约的模特，她和公司的合同还没有到期……”

“妙妙和你们公司的合同确实还没有到期。”范记安举起酒杯，作势欲饮，不料等到了嘴边，他又放了回去，嘿嘿一笑，“这酒不该我再喝了，该黄总和赵总喝了。”

“为什么该我喝？”黄海被范记安弄迷糊了，不知道范记安葫芦里到底卖的是什么药。

赵合也是一脸不快：“范记安，你把话说清楚了，别故弄玄虚。”

“好，那今儿我就把话撂这儿了！”范记安一伸手又拿过一瓶白酒，二话不说打开了瓶盖，重重地往桌子上一放，“今天的事情矛盾集中在妙妙身上，具体来说，是集中在妙妙的合同有没有到期的问题上，好，如果妙妙的合同没有到期，而签了我们公司，是我们违约，违约，就是错了，错了，就得罚。罚多少？每人两瓶白酒，怎么样？喝死喝活，必须得喝完，谁喝不完，谁他妈的就是孙子是王八！”

/ 第三十七章 /

# 路演的另一种形式

“不就是两瓶白酒吗？赌了！”何方远猛然一拍桌子。

尽管还不敢肯定范记安和妙妙签合同时，妙妙和黄海的合同到底有没有到期，但范记安办事他放心，范记安虽然偶尔犯贱，但绝不会犯晕，妙妙的合同问题，范记安肯定有了解决之道，所以他选择坚定地支持范记安。

同心协力联手对敌，才可以一鼓作气地打败对手。

“两瓶白酒，没问题，如果谁不服，可以再加一瓶，我奉陪到底。”徐子棋也学精了，脸不改色心不跳，以他三两脸红五两就倒下的酒量，也敢豪言壮语地吹牛了。

“这个，这个……”黄海脸都变了，赵合也是一时惊得说不出话来，两瓶白酒可不是两瓶啤酒，弄不好两瓶白酒下肚，真有可能出人命，黄海支吾几声，被范记安的气势震慑，没敢应战。

“不就是两瓶白酒吗？喝不死人，赌了。”顾南一拍桌子站了起来，信心百倍地接下了范记安的战书。

本来以为今天的一局是必胜之局，没想到被无赖加无耻的范记安一搅局，眼见就要失去先机了，顾南不干了，他好不容易抓住了何方远的过失，想借黄海之手好好收拾何方远一顿，否则等何方远离开下江去了北京，他再想从何方远身上找回场面子，几乎没有机会了。他精心布下了今天的这个局，要的就是让在黑白两道都吃得开的黄海狠狠地打击一下何方远的嚣张气焰。

顾南也有理由相信，范记安色厉内荏，以为喝了半斤白酒，酒壮㞞人胆，就可以连哄带蒙从容过关？做梦！今天不拿下何方远、范记安和徐子棋三人，他就不姓顾！

见顾南应战了，黄海和赵合对视一眼，二人都知道无路可退了，只好说道：“两瓶就两瓶，谁输了谁不喝，谁就是孙子。”

“哈哈，够男人。”范记安仰天大笑，他双眼通红，好像真的喝醉了一样，“黄总，妙妙和你们公司的合同，什么时候到期？”

“今年10月。”黄海又得意地笑了，伸手拿出一份合同，“你睁大眼睛看看，上面清清楚楚地写明合同到期时间是10月。在合同期间，如果妙妙违约和别家公司签约，她要赔偿公司十倍的收益。现在才5月，还有5个月才到10月。范记安，你还有什么话要说？赔偿十倍收益，外加两瓶白酒，请吧，哈哈，对了，两瓶白酒算是免费送的，不收费。”

“哈哈。如果你非要支付白酒的费用，我们也不拦着。做人一要守法律，二要有规矩，如果既不守法律又讲规矩怎么办呢？也好办，道上也有道上的解决手法。”赵合也笑了，笑范记安自己挖坑最后却是埋了自己。同时，话里话外也不无威胁之意。

顾南也是自信地一笑，目光却落了在何方远身上，心想何方远呀何方远，这一次白纸黑字你出了错，还想怎么抵赖？以前一直找不到你的问题，你也有今天？别以为你战胜了乔国界、说服了李丛林，就可以从立化从容脱身，我不会让你如愿的！

徐子棋脸色都变了，合同的事情，他一无所知，本来事情就不归他管，他又不是一个喜欢操心的人。他刚才附和范记安，只是紧跟何方远脚步的习惯性反应，也是为了统一战线的需要，却万万没想到，范记安真的签了一个合同没有到期的妙妙。

这事儿……麻烦大了，和赔偿十倍的收益相比，两瓶白酒的赌注就不算什么了，就算真的喝下了两瓶白酒，醉个天昏地暗，睡一觉之后，还是一个崭新的明天。但赔偿十倍的收益，有可能会将大道至简本来就紧张的前期资金全部赔进去还不够，徐子棋总算明白了，顾南是想向死里整大道至简，想让大道至简刚一起步就被扼杀在摇篮之中。

狠，真狠！徐子棋恨得牙根直痒，真想拎起一个酒瓶，一瓶子砸在顾南的脑袋之上，当场砸他一个头破血流……只不过，犹豫再三，他还是打消了暴力解决问题的念头，有从容不迫的何哥在，有至贱则无敌的范记安在，今天的一关，就算不那么好过，也不至于一头栽一个大大的跟头。

何方远也听出了赵合的言外之意，他早就看出来黄海和赵合来者不善，二人表面上一团和气，其实眼神之中不时流露出凶恶之意，明显不是善类。也别说，何方远见过呼风唤雨的三巨头，和堪称一方诸侯的兴众帝王乔国界也有过数次正面交手，还和许多商界精英有过侧面较量，但还真没有和黑白通吃的人物有过任何形式的接触，更不用说正面过招了。顾南为了对付他，还真是煞费苦心了，居然为他安排了一个软的不行就很有可能来硬的的棘手对手。

不过，何方远却没有胆怯和退缩之意，他很清楚一点，不管和什么人交手，只要是正面交手，向来都是勇者胜。对方就算是黑道，再怎么阴险手法，也不可能当面动粗、当场动手。他就不信了，他如果在气势上压对方一头，理直气壮，对方还敢当场掀桌子不成？

好吧，就算对方撕破脸皮当场动手，不信他和范记安、徐子棋三个人没有一战之力。都是血气方刚的年轻人，都有一把子力气，就算打不过对方，至少也不能坐以待毙，任由对方宰割。哪怕被对方打得头破血流，也要奋起反抗，让对方也吃到苦头、尝到厉害，对方才不会随随便便欺负你。

“先用法律途径解决，虽然道上的手法我以前也常用，但现在是法治社会了，犯法的事情少做为好，黄总和赵董都是有头有脸的人物，被打得头破血流地出去了，面子上肯定过不去，是不是？再如果上了新闻头条，就是大事件了，说不定还会连累公司形象和市值，更说不定还会被公司开除，这样就更不划算了。”范记安嬉皮笑脸地回应黄海和赵合含沙射影的狠话，他脸上没有一丝害怕的意思，不但不害怕，还笑得很轻松、很开心，似乎对所谓的黑道人物司空见惯一样，“以前不懂事，经常动不动就喜欢动手，有一次不小心砍了别人一只胳膊，如果不是善后处理得好，我现在估计还得在里面蹲着。从那以后，我就改邪归正了。还是法律好呀，只要我占理并且让你犯法了，就可以兵不血刃地让你进去。进去好呀，国家包吃包住，不用为生计发愁了。”

顾南脸色为之大变，范记安的话是真是假？如果是真，范记安难道还真是一个狠角色？居然砍了人一只胳膊。如果是假，范记安也太能吹牛皮了吧，什么话都敢张口就来！

别说顾南分不清范记安话的真假，就连黄海和赵合也是一时惊愕，不由上下多打量了范记安几眼，想从范记安的表情中判断出范记安到底是一个什么样的人。结果让二人失望的是，范记安嬉皮笑脸的表情之下，隐藏着三分无赖、三分无耻、四分阴狠，好像他以前真是一个一言不合就拔刀相向的狠人。

也就是范记安这么说，才让顾南和黄海、赵合分不清真假，如果是何方远当众说出了这一番话，不但顾南不信，就是黄海和赵合也铁定不信，因为何方远长得太温文尔雅了，一看就不是一个狠角色。但范记安不同，范记安犯贱的时候，还真有几分无赖的天性，尤其是他嬉皮笑脸说话的架势，很有笑里藏刀的阴险。

见真的震慑住了对方，范记安暗道一声好险，心说今天的牺牲真是太大了，一世好名声都毁了，他从小到大都是三好学生，学习好、身体好、德育好，都没打过架。他暗暗擦了一把冷汗，见何方远朝他投来了赞许和镇静的眼神，又迅速提升了自信，冲黄海继续说道：“黄总，我承认，妙妙的合同还没有到期就和我们签了合同，是我们有错在先，破坏了规矩，你说这事儿怎么解决吧，是走法律途径，还是私下解决？”

有刚才范记安一番隐含杀机的话在前，黄海和赵合对视一眼，忽然觉得摸不透何方远一方的底细了。来之前，顾南信誓旦旦地告诉他们，何方远几个人水浅得很，没经过什么大事，只要一唬一吓，何方远几人就都软了，到时想怎么捏就怎么捏。

却没想到，在正面，何方远不卑不亢、寸步不让，让人探不出虚实；在侧面，范记安笑里藏刀，忽东忽西，让人看不清深浅。黄海和赵合此时终于意识到了一个之前认为不可能面对的事实——今天这事儿，不但棘手，而且还有可能扎手。

“当然是要走法律途径了，大家都是场面人，犯法的事情谁会做？”黄海不再说狠话了，刚才范记安说他以前砍了别人一条胳膊时，咬牙切齿的样子，真有让人不寒而栗的凶狠，而且从刚才范记安喝酒时的玩命来看，范记安多半不是一个善茬。

常言道，狠的怕横的，横的怕愣的，愣的怕不要命的，连喝酒都能玩命地喝，这样的人，打起架来恐怕也真是一个玩命的角色。走法律途径，范记安再狠再横也没用。

“好，既然黄总愿意走法律途径，我也赞成。”范记安伸手从身上翻了翻，翻出了一张皱巴巴的纸，“这是妙妙和大道至简签的合同，合同上约定，在和大道至简签订合同之时起，妙妙和以前公司的所有纠纷，全部由大道至简全权负责。黄总，请过目。”

黄海拿过合同，认真看了一番，点头说道：“没错，合同上是这么规定的，也就是说，妙妙给我们公司造成的所有损失，都应该由大道至简承担了。”

“是这个意思。”范记安又将合同分别让赵合和顾南看了一看，然后收了起来，“下面就开始谈谈赔偿问题吧。黄总，如果确定了赔偿金额的话，赔偿金多久可以支付？”

黄海见范记安很上道，居然直接提出赔偿了，心想刚才范记安的一番表演，看来是故意虚张声势了，他微微一笑：“这就看贵公司的办事效率了，一般来说，七个工作日内到账就可以了。”

“七个工作日，时间太长了，三个工作日怎么样？”范记安继续向前推动。

“三个就三个，既然你们这么有诚意，我也不好意思拒绝不是？”黄海几乎要喜笑颜开了，没想到局面急转直下，范记安连讨价还价都没有，直接就进入赔偿阶段了，不错，看来今天没白来，可以大赚一笔了。

“好，就这么说定了，赔偿金三个工作日到账，谁反悔谁就得喝两瓶白酒，而且还是孙子。”范记安嘿嘿一笑，然后又拿出了一张纸，交给了黄海，“黄总，从妙妙和你们签订合同之日起，到她中途违约和大道至简签订合同，一共是一年零二十五天，在此期间，妙妙一共接到贵公司安排的走秀活动10场，每场活动的报酬约定是两万块，对吧？”

“对，你说得没错。”黄海见范记安十分清楚妙妙的活动安排，心想范记安还做了不少功课，也好，省得他再多费口舌了，“十场活动，一共20万，十倍赔偿的话，是200万。”

“这是我们公司的账号，200万请在三天之内打到公司账户上，谢谢。”范记安伸手递给黄海一张纸条，“刚才黄总已经答应了，三个工作日之内到账，相信以黄总的身份，说话肯定算话。”

黄海鼻子都气歪了：“等等，你什么意思？我还要给你们赔偿？范记安，你有没有搞错，是你们违约了，不是我！”

“是呀，是我们违约了，但黄总你没有弄清一个事实，在贵公司和妙妙约定的10场共计20万报酬的活动中，贵公司一直只是嘴上说得漂亮，但实际上并未支付任何报酬，也就是说，你们还欠妙妙20万的报酬。除了正常的报酬之外，妙妙在贵公司期间，吃住和交通费用的支出一共是10万元，两项加在一起，共计30万，十倍之后是300万。就直接打300万就行了，也不追加别的费用了，怎么样，够朋友吧？”

“噗……”正在喝茶的顾南一口茶全喷了出来，难以置信地看着范记安，似乎范记安是来自星星的你一样，他愣了半天才气急败坏地说道，“范记安，你太、太、太无耻了。”

黄海和赵合面面相觑，已经气得说不出话了。

何方远双手抱肩，范记安这小子够坏，一步步拖对方下水，让对方有苦说不出，不过……这一手他喜欢。

徐子棋也乐了，原来绕了半天，范记安是在为对方设了一个套，现在一拉绳，才知道谁是猎手、谁是猎物。

“无耻？顾南你这话就不对了，明明规矩是黄总立的，怎么反倒是我的不是了？黄总以人格担保赔偿金三个工作日到账，十倍赔偿，也是黄总的原话，黄总都没有赖账，你急慌慌跳出来是什么意思？难道你想出钱？”范记安嘻嘻一笑，“你出钱也行，谁让你是钱多得花不完的富二代呢？不管是谁出钱，反正钱到我的账上就行了。黄总，你自己说，我有没有无耻有没有无赖？当然，如果你不想走法律途径，也可以……”

话说一半，范记安脸色陡然一变，拎起一个酒瓶，在空中晃了一晃，似乎是想举瓶朝顾南砸去，吓得顾南一缩脖子，范记安又哈哈一笑：“只要先喝完两瓶白酒，然后和我打一架，谁最后站着，谁就是胜利者。”

这一番话说出，气势冲天，一时之间众人鸦雀无声，顾南低头不语，黄海和赵合目光闪烁，无人接话。

见事已到此，何方远知道该他出面收场了，他站了起来，举起了酒杯：“今天的饭局到现在为止，还没同起一杯，来，我提议，同举杯中酒，就是好朋友。”

顾南很不情愿地举起了酒杯，黄海和赵合愣了片刻，也举起了酒杯，几人碰杯，然后都一饮而尽。

“好，既然碰了杯、喝了酒，就是朋友了，我来讲一个笑话吧。”何方远坐回了座位，淡淡地看了顾南一眼，“儿子问父亲什么是黑道，父亲语重心长地说道，一身干净的西装，出入高档场所，身上挂着各种文玩玉器，平时闻个香、品个茶，还能一本正经地说一大套励志警句，举止温文尔雅，言谈得体，张口闭口就是股票、收购，这是黑道。孩子又天真而好奇问道，那大街上那些光着膀子露文身，打耳朵眼儿，戴手指粗的假金链子，吃着烧烤，张口老子，闭嘴你妹，长得很凶的人，是什么？父亲笑了笑，很认真地说道，孩子，那是傻逼。”

“噗……”徐子棋一口茶也喷了出来，正好全部喷在顾南的身上，如果不是气氛不对，他差点就要拍手叫好了。

好一个傻逼，好一个黑道，真是绝对精彩的比喻。

黄海和赵合脸色同时大变，赵合按捺不住，就要站起来，却被黄海一把拉住。

/ 第三十八章 /

# 商业策略运作的高手

黄海权衡了一下力量的对比，又深思了一下范记安刚才话里话外的杀意，再联想到公司和妙妙之间确实有没解决的报酬支付问题，不管是走法律途径还是私下解决，他都没有必胜的把握。如果说范记安是明目张胆地挑衅，是无耻无赖加不要命的玩法，那么何方远就是温文尔雅、软硬通吃的手法，今天的一局，怕是讨不到好了。

黄海一阵懊恼，怎么就轻信了顾南这个傻逼的话？以为可以将何方远一军，结果偷鸡不成反蚀把米，丫的，亏大了。

“来，为了我们都不当傻逼，第二杯酒，干了。”何方远再次举杯，“我敬顾董、黄总和赵董。”

三人酒量有限，本不想再喝，但何方远的言外之意是，谁不喝酒谁就是装腔作势的傻逼，几人无奈，只好再次举起了酒杯。

第二杯酒之后，何方远不等几人有缓冲的余地，第三次举起了酒杯：“来，第三杯酒，事不过三，我只敬三杯酒。三杯酒后，言归正传。”

事不过三？顾南心中一跳，何方远是想暗示什么？他下意识看了黄海一眼，见黄海对他怒目而视，心想完了，再一次栽在何方远手中了，妈的，怎么这么倒霉？总是弄不死何方远，何方远也太他妈的幸运了。

顾南悄然朝黄海使了一个眼色，又朝黄海伸出了三根手指，暗示黄海，300万他出了。今天的事情是因他而起，黄海输得理屈词穷，连最后耍横的一招也被范记安的两瓶白酒堵死了路，那么除了他认赔之外，难道还真要黄海出钱赔给何方远？

开玩笑，真让黄海出钱，他和黄海之间的交情就全交代了。

“喝。”顾南什么都顾不上了，再输一局的羞愧感以及无地自容的耻辱让他很想借酒浇愁，一口喝干杯中酒，“不就是300万吗？小意思，我出。”

说完，拿出支票，飞快地写了300万的数额，又签了字，一扬手交给何方远：“何方远，你他妈的就是我的命中克星，我告诉你，我不服，以后我一定得还回来。”

见顾南已经有了几分醉意，何方远就知道借酒浇愁愁更愁，心里憋闷，平常酒量再大，也是一喝就醉。他才不会谦虚，伸手接过支票，呵呵一笑：“谢了表哥，在大道至简正需要资金之际，你的300万是雪中送炭，大道至简全体上下，会铭记你的好人好事。”

“表哥？何方远，顾南什么时候成你表哥了？”对于顾南和何方远之间有深深的过节一事，黄海本来没有丝毫怀疑，他在顾南的怂恿下向何方远出手，也是因为顾南许以重利，并且会在他的事业上对他鼎力相助，却没想到，今天的一局，局势一变再变，到最后，变成了顾南向何方远递上300万巨额支票的结局，并且……何方远还叫顾南表哥。

这……这到底演的是哪一出？

“你还不知道吗，黄总？表哥没对你说？”何方远呵呵一笑，有意表现他和顾南的亲切，“我的未婚妻蓝妹是顾南的表妹，我不叫他表哥叫他什么？表哥对我的事业一向很支持，这不，正缺钱的时候送我300万，他就是这样一个雪中送炭的好人。”

“顾董……”黄海对顾南投去了质疑的目光，他真不知道顾南和何方远还有蓝妹这一层关系。

“蓝妹和何方远已经分手了，我和他没关系。”顾南连忙解释，万一黄海对他的误会越来越深，他就里外不是人了，“你别听他胡说八道，就凭他，蓝妹会嫁给他？他是什么身份，蓝妹又是什么身份？”

“蓝妹嫁不嫁我，你说了不算，蓝妹说了才算，蓝伯伯说了也算。”何方远有意诱导顾南，“我刚见了蓝伯伯一面，蓝伯伯说，一年后，不管我是成功还是失败，蓝妹都会嫁给我。表哥，你说上次蓝妹的电话怎么会被一个外国人接到，而且他还自称是蓝妹的男友？我一直想不明白，后来想明白了，肯定是蓝妹换号码了，对不对？”

顾南已经有了几分醉意，再加上现在谈话的节奏已经完全被何方远掌握，他乱了阵脚，慌乱之中说出了真相：“你怎么知道蓝妹换了号码？”

何方远会心地笑了：“蓝妹告诉我，她不要的号码你要了，然后你让一个外国人假装她的男友，故意挑拨我和她的关系……”

“你……”顾南一下站了起来，“你全知道了？不可能，蓝妹原来的号码扔了，我是捡来的，她不可能知道我拿她扔掉的号码做了什么……”

话没说完，顾南才知道上了何方远的当，被何方远诈出了真相，他恼羞成怒：

“何方远，你真无耻。”

“我无耻？你故意离间我和蓝妹的关系，你就不无耻了？”何方远冷冷一笑，“告诉你顾南，不管你怎么费尽心机，你这个表哥是当定了。我早晚会娶了蓝妹，哈哈，到时一家人不说两家话，今天的事情再提起来，肯定就是一段佳话了。”

“顾董，闹了半天，原来我们是被你当成猴耍了。”黄海和赵合怒了，摔门而走，“以后再见面，别说你认识我们。”

“黄总、赵董……”顾南追了出去，想要拦下二人，“你们听我解释，我真的没有骗你们的意思……”

只可惜二人快步如飞，不想再听顾南的任何解释。

“一桌子好菜，不吃可惜了，来吧，哥几个，下筷子。”顾南三人一走，房间中只剩下了何方远几个人，捡了300万便宜的何方远心情大好，招呼范记安和徐子棋吃饭，“多吃点，别客气，顾董是这里的常客，他请客肯定已经签单了，所以放心吃，最后肯定不用我们埋单。”

“何哥，我立了大功一件，怎么奖我？”范记安恢复了犯贱的本性，嘻嘻一笑，“空手套来300万，正好解了燃眉之急，我是大道至简的大功臣。”

“好，记你大功一件。”何方远十分开心，今天的收获确实不小，值得庆祝，而且范记安功不可没。

直到几人吃饱喝足，顾南也没有再回来。几人走的时候，果然服务员告知顾南已经结账了，何方远不由感慨，顾南还真有绅士风度，都翻脸了，还不忘买单。不过一想也是，对于顾南这样的面子大过天的富二代来说，请客不买单相当于打了自己的脸，他才不会让别人说他穷得连一顿饭也请不起。

回去的路上，何方远一时高兴，亲自送范记安和徐子棋回家。先送了徐子棋，然后又送范记安，快到范记安住处的时候，范记安酒意上涌，让何方远靠边停车，他要吐一吐。

何方远无奈，只好由他，谁让范记安今天是天大的大功臣呢。范记安很不文明、很没公德地吐在了路边的花丛中，他还振振有词地为自己开脱：“虽然呕吐物里面有点酒，但大部分是肥料，也算为鲜花增加营养了。都说鲜花插在了牛粪上才有营养，我的呕吐物比牛粪干净多了，也有营养多了，是不是？何哥，你说以后鲜花都插在我的呕吐物上该有多好。”

何方远一阵反胃，真想下车踹范记安两脚：“赶紧上车，别恶心人了。再不上车，一会儿戴红领巾的老太太就来找你麻烦了，轻则罚款，重则骂你一个狗血喷头。”

“我才不怕大妈，她们一来，我就放《最炫民族风》，她们立马就跳广场舞了，哈哈……”范记安一阵大笑，笑到一半，忽然愣住了，眼睛直勾勾地看向了前方，似乎见到了什么让人惊诧的怪事，“何、何、何哥……”

“又怎么了？”何方远以为范记安是在发酒疯，虽然他也知道范记安酒品还算不错，喝醉后不会骂街或是裸奔，但偶尔发发酒疯也是正常现象，“赶紧上车，时间不早了。”

“不是，何哥，刚才过去一个女孩，美女，好像是梅茬苒……”范记安用手一指远处，远处人流如织，哪里有半点梅茬苒的影子，“她旁边还有一个外国男人，他们还很亲密的样子。”

“你看错了吧？”何方远不相信范记安的话，“茬苒不是一个喜欢外国男人的女孩。”

“谁知道呢？人是会变的，何哥。”范记安痛心疾首地摇了摇头，“妈妈不在了，爸爸不爱她，她爱的人又无法在一起，爱她的人她又不喜欢，梅茬苒的人生变故，我们旁观者，体会不到她的悲怆。算了，我原谅她以后所有离经叛道的行为，她的人生已经完全乱了章法，她想忘记过去、想活得自由快乐，是她的权利。”

范记安醉后也能说出这样一番富有哲理的话？何方远在惊讶之余，不免也对梅茬苒的命运浮沉感慨万千，也不知道她现在身在何处，更不知道刚才范记安看到的人是不是她。就算真的是她，就算她找了一个外国男友，他也不再怪她什么，只要她快乐就好。

次日，兴众方面对于企鹅有意全盘收购兴众的新闻予以否认，并声称将会向造谣方发送律师函，摆出了要和虚假新闻斗争到底的姿态。

何方远听到兴众方面的反应后，摇头笑了笑，发送律师函是一个很好的回应手法，表面上是坚决否认，其实进一步提升了新闻热度。

只不过据何方远观察，对于兴众方面的过激反应，并没有太多的后续新闻消息报道，似乎大家都对兴众一次又一次被收购的消息麻木了。也是，第一次狼来了，大家会惊慌、会信以为真，第二次，也许还会相信几分，等到了第三次的时候，就司空见惯，不以为意了。

果然，两天后又一则关于兴众被收购的新闻再次甚嚣尘上，尽管收购金额再次上扬，甚至翻倍到了惊人的100亿美元，而且收购方还是世界知名的金融巨头，但消息还是没有引起多大波澜，就如一朵小浪花，刚刚跃出水面，就消失不见了。

不但没有引起业内多少轰动，就连最喜欢发布各类收购消息的财经网站，也没有重点推出。和企鹅有意收购兴众的消息都上了头条大不相同的是，之后的收购消息，基本上没有引起关注。

这也说明有关兴众的任何消息，已经引不起外界的兴奋了。

不过何方远还是把这则消息精读了一遍，因为在他看来，前面的芝麻开门和企鹅有意收购兴众的消息，只是烟幕弹，而最后释放的这则消息，才是乔国界真正的意图所在！

从某种意义上来说，乔国界也算是商业策略运作的高手，所有一系列的动作，都是为了兴众最终可以卖一个高价。何方远从中也学会了许多商战之术，对他今后的成长，大有帮助。

当然，外行看热闹，内行看门道，何方远看到的不仅仅是商业包装策略，还有步步为营的资本运作。他现在还不知道的是，他从乔国界的运作手法之中学到的知识，为他以后的成功，打下了坚实的基础。

新闻的标题是——默多克竞购兴众：开价100亿美金！

鲁伯特·默多克，美国著名的新闻和媒体经营者，是全球庞大传媒帝国新闻集团的主要股东、董事长兼行政总裁。以股票市值来计算，新闻集团已是世界上最大的跨国媒体集团，亦称为“默多克的传媒帝国”。

“从年初开始的竞购兴众局面不但没有因为企鹅的加入而消停，反而有了愈演愈烈之势。有知晓消息的人士独家透露，已经真正和兴众在洽谈的买家来自海外，新闻集团、空行或是迪士尼入围的可能性极大，目前已经谈到了实质阶段，深入的程度超出了外界的想象，据称，最高的一家对兴众的估值已近100亿美金！

“消息灵通人士透露，由于兴众旗下多家企业均存在着VIE架构，并且从兴众多次海外融资的历史看（从最早的向软银融资以及最近兴众文学向空行融资），比起国内三巨头的收购传闻，海外公司收购的说法才更为合理。但问题的关键仍全部取决于兴众乔国界的态度。最近，芝麻开门和企鹅等国内互联网公司也对兴众连抛橄榄枝，有意收购。但有人分析，三巨头虽然庞大，但最大股东持股都没有超过10%，兴众是100%私有，现金就有200亿，完全是乔国界一个人的帝国，乔国界未必肯卖。

“接近事实真相的该消息灵通人士说，不久前，默多克曾经在下江秘密和乔国界约见。据在场人员回忆，默多克当时主要向乔国界了解了中国的文化娱乐市场的情况，双方还就在兴众游戏的IP和兴众文学的版权方面进行合作进行了深入的探讨，相谈甚欢。虽然现场没有直接谈到资本层面的合作，但是由此建立的良好的私人关系，很可能会促使双方后续聊一些更深入的话题。当然，除了默多克之外，空行也很有希望成为最后的胜利者。空行是兴众多年来的资本业界的合作伙伴。兴众上市、私有化、兴众游戏的上市等，多次资本运作的背后都有空行的身影。而不久前空行注资1.1亿美元投资兴众文学，更是有了先入为主的优势。而现任兴众总裁兼兴众文学董事长李丛林，也是出身于空行，并且是乔国界的多年好友。同时，兴众和迪士尼的渊源也颇为深厚。兴众一直说自己要做网络迪士尼。迪士尼的前总裁，也曾经被乔国界收入麾下，开发位于浦东500亩的土地，实现兴众网络迪士尼走到线下的梦想。

"虽然默多克是传媒大亨，但是在互联网行业，默多克的新闻集团的收购也不乏败笔，2011年，新闻集团6年前5.8亿美金收购的MySpace以3500万美金贱卖。这可能也会促使默多克改变观察互联网企业的眼光。而兴众的问题全部来自执行团队对乔国界的过度依赖，虽然这个问题很难彻底解决，毕竟兴众是乔国界一个人的王国，但现在貌似情况有所好转。现在兴众集团自有资产已经超过500亿元，现金储备200亿。盈利能力也变强，年盈利有近30亿。继兴众游戏之后，兴众文学也成为新的现金牛，已经盈利数年。兴众VC投资的企业据说很快就有几家要上市，而兴众地产持有物业的价值也已经达50亿元。乔国界亲自操刀在海内外运作的几只人民币和美元基金，盈利能力都高于同行水平。兴众集团目前已经形成文化、金融、地产三大板块，比前些年的状况已经好很多。因此在这样的情况下，外界风传乔国界不想玩了，要打包出售兴众，到底是真是假，还得打一个问号。资深人士分析，乔国界的兴众帝国依然是优良资产，乔国界可能并不想卖掉。"

## /第三十九章/

# 明天的美好是今天努力的延续

何方远看到这里，会心地笑了，商业上的策略果然是真真假假，兵不厌诈。市场看衰兴众的时候，到处是铺天盖地的乔国界不想玩了，想要出售兴众然后养老的消息，当时兴众估值才20多亿美元。等各方真的以为可以乘机低价吃进兴众并且和乔国界接触之后才发现，乔国界是不是不想玩了暂且不论，他对兴众的要价之高，依然高出外界的预期太多。

结果兴众的估值就一路上扬，从20亿到35亿，再到61亿，然后一飞冲天，直到今天的100亿——全是美元——如此飞速上涨的市值，比起任何上市都更有戏剧性、更有惊心动魄的效果，在兴众市值直逼100亿美元大关时，乔国界反而又不想卖了，是真实想法还是想继续待价而沽，就不得而知。

不过何方远却从中悟出了一个道理，不管乔国界是不是真心想卖掉兴众，至少乔国界提升兴众形象、提高兴众市值、鼓舞兴众士气的目的是达到了，下一步不管是继续经营兴众还是卖掉，乔国界都拥有了足够的信心。

必须说，这一手玩得高明，是商业策略之中的上策，就连他也曾经被乔国界绕了进去，以为乔国界真的想卖掉兴众文学，还想一心完成管理者收购的壮举。现在看来，就算乔国界真心想卖兴众文学，以现在市场对兴众100亿美元的估值，兴众文学单卖的话，也会是一个无法接受的高价，高达十几亿美元也不是没有可能。

不只是他，就连李丛林、蓝成器、梅长河以及顾南等人，也成了乔国界一系列商业运作策略之中的棋子，不管是主动还是被动，反正都不知不觉中充当了替兴众抬高市值的棋子。

不过还好，何方远并没有充当了棋子之后的不甘和自责，相反，他觉得他比蓝成器、梅长河更早一步看清乔国界的意图，所以他不但放弃了管理者收购的梦想，也直接放弃了继续从事互联网版权产业的设想，原地转身，投身到了一个全新的行业之中，至少他比许多人还快了一步。

何方远继续向下看新闻，新闻的结尾有一段并不十分精辟的分析，但就他的推测，也大概接近了乔国界的真实想法。

“乔国界到底想不想卖？从年初芝麻开门出价35亿美金收购兴众，到最近企鹅准备用61亿美金收购兴众，再到海外军团的100亿美金，竞购兴众的队伍在不断扩充，而估值也一路水涨船高。业内人士指出，乔国界可能并不想卖掉兴众。金融和地产的发展离不开网络迪士尼，兴众手上最值钱的两样东西——用户和版权，都集中在文化（游戏、文学）板块。可以说，这是兴众的核心，价值连城，牵一发动全身。当然，乔国界的真实想法如何，外人无从知晓。是否会采取和海外军团先合作的方式，再逐步深入到资本层面，仍然有待观察。到目前为止，兴众官方对于和默多克接触一事，和声称要向企鹅收购兴众的造谣方发送律师函不同的是，兴众官方既不承认也不否认，完全不予评论。”

关了电脑，何方远揉了揉太阳穴，或许最终出售给海外军团，才是乔国界的真实想法。毕竟和三巨头相比，海外军团更有钱，对国内互联网生态圈的了解，也不如三巨头深入，又有钱又好说服，既然海外军团人傻钱多好忽悠，肯定是最佳人选了。

三天后。

李丛林办公室。

“方远，希望你前程一片光明。”李丛林握了握何方远的手，又拍了拍何方远的肩膀，语重心长地说道，“离开兴众后，有时间常回来看看。乔董也说了，随时欢迎你重回兴众。”

何方远的辞职申请已经正式获得批准了，从此刻起，他不再是兴众文学的人，也不再担任立化的总经理。作为近年来少有的从兴众和平离开、和乔国界友好分手的兴众旗下的高管，他的离开，在立化、兴众文学乃至整个兴众，都引发了不小的议论。

不少人都以为何方远就算离开，也会闹得不可开交，最后非要闹一个两败俱伤才行，却没有想到，何方远居然以立化总经理的高位，在兴众用人之际，以一种和平的方式从兴众文学离职，大大出乎所有人的意料。

不过因此也让许多人对兴众重建了信心，再加上前一段时间乔国界豪掷8亿股权重奖8名制作人的事件，不少人都切身感受到了兴众春风化雨的改变。许多人都期待有一天，兴众会成为一个充满活力和创造精神的公司，并且公司上下也不再弥漫一种独裁的氛围。

业内人士都知道，即使是李颜红和马化龙做出的决策，有时到了中层具体落实阶段，也会被否决，而李颜红和马化龙也会坦然接受现实。但在兴众就不行，兴众上下已经养成了一个先假设乔国界唯一正确的习惯。

所以兴众恢复活力、充满创造精神，要先从乔国界的放权开始。

“谢谢乔董对我的宽容，谢谢李董对我的关爱，如果有一天我想再回到职业经理人的道路上，兴众是我的首选。”何方远的话，发自肺腑，虽然他在兴众和乔国界有过许多不愉快的对话，也对兴众文学现在的状况很不满意，但兴众成就了他作为一个职业经理人的高度，也练就了他在职场、商场随机应变的能力，同时，还让他眼界大开，从而将目光投到了三巨头的布局之上。

也正是在兴众和三巨头或直接或间接的交手，才让他逐步深入研究了三巨头三个创始人各自的为人，也让他和三巨头都有过不同程度的接触，从而奠定了他未来事业的根基。

“我说的不是客套话，而是真心话。不管你什么时候想回来兴众，兴众的大门永远为你敞开。”李丛林微有不舍之意，“你的离开，对兴众文学来说，是一大损失。希望你能信守诺言，出去后，不从事和立化直接竞争的工作，不担任和立化直接竞争的公司的高层……”

“请李董放心，我会遵守竞业禁止协议，不会做出任何对立化不利的事情。”何方远从立化全身而退，避开了竞业禁止的限制，不必再等一年之后才能重新开始工作，他也知道有时候必须遵守游戏规则。

“好，我相信你。”李丛林点了点头，微有遗憾，“范记安和徐子棋的离开，也是立化的损失。”

何方远诚恳地说道：“记安和子棋愿意和我一起创业，我个人感谢他们对我的信任，希望李董也尊重他们的选择。”

何方远在他的辞职申请正式批准的同时，也批准了范记安和徐子棋的辞职，但他的签字还需要得到陈果的批准才能生效。

李丛林点了点头：“人各有志，不能强留，我理解。”

“谢谢李董，再见。”何方远见李丛林点头了，就知道陈果也不会强留范记安和徐子棋了，他就再次和李丛林握手，离开了李丛林的办公室。

回到自己的办公室时，范记安和徐子棋已经等候他多时了。

“何哥，我们的辞职申请也都批了，现在我们是自由身了，哈哈，我现在已经迫不及待要去北京了。”范记安一脸喜色，丝毫没有离开时的离愁别绪。

徐子棋也是一脸开心的笑容。

何方远环顾了一眼自己的办公室，心中微有不舍之意，正要开口说几句什么以纪念他在立化的日子，门一响，立化的许多员工涌了进来。

“何总，你真的要走了？”

“何总，你怎么能扔下我们不管呢？”

“何总，我跟你一起创业、一起打天下，好不好？”

众人都朝何方远投来了热切和期盼的目光。

何方远迎着众人真诚的目光，十分感动：“谢谢各位同事对我的信任，不管以后我走到哪里，都会铭记在立化的日子。在此，我也有几句话要留给你们——不管在什么地方、从事什么工作，请记住一点，你们现在的努力工作，都是在为你们自己的明天打基础。所以，不要埋怨，不要懈怠，明天的美好是今天努力的延续。”

众人鼓掌，为何方远的告别演讲而大声叫好。

在众人的送行下，何方远离开了立化，到了楼下，见陈果和樊铮也在送行的队伍之中，何方远上前和陈果、樊铮告别。

“陈总、樊铮，以后常联系。”

陈果呵呵一笑：“常回来看看，立化欢迎你回来。”

樊铮的表情有些复杂难言，他一方面为何方远的离开而庆幸，另一方面又为他最终没能跟随何方远一起征战天下而遗憾，不过又一想，谁知道何方远最后能不能成功呢？还是安稳地待在立化好了。

“保重。”樊铮只说了两个字。

“再见。”何方远也回应了他两个字。

再次挥手向人群告别，何方远和范记安、徐子棋三人一行，在众人的欢送中告别了立化。和当年三剑客辞职时剑拔弩张的气氛大不相同的是，何方远三人的离去，风和日丽，除了依依不舍，就是互相祝福。

范记安也暗暗感慨，虽然他恨不得马上展翅飞离立化，不想再在立化多待片刻，但他也不得不佩服何方远的手腕，在和乔国界经过数次交手之后，终于赢得了乔国界的信任，从兴众全身而退，在兴众的高管辞退史上，何哥当之无愧是独树一帜的高人。

希望在以后，何哥也可以继续发扬与人为善、和气生财的理念，在创业的道路上越走越远。

何方远几人并不知道的是，在他们三人走到楼前广场的时候，楼上，乔国界站在办公室的窗前朝下凝望。身为兴众的帝王，他依然高高在上，但他的目光落在何方远身上之时，久久不肯移开目光，直到何方远的身影消失在视线之内。在他阴晴不定的表情之下，仍然隐藏着不为人所知的秘密，也不知道他心里到底在想些什么。

“怎么样，何哥，晚上庆祝一下？”走到外面车水马龙的街道上，范记安兴高采烈地提议，“叫上瓜瓜、辛儿，我们来一次大聚会。”

“我看还是算了吧。”徐子棋摇了摇头，忧心忡忡，“跳出了立化虽然是好事，但现在我们前途未卜，哪里有心情庆祝？再说何哥现在还是单身一人，就不要再刺激他了。他和蓝妹虽然有一年之约，但谁知道一年之后又是什么情景？人心易变，还是抓住眼前的机会才是正经。要我说，今晚各回各家，收拾心情和行李，明天一早，直飞北京。”

“小眼棋说得对。”何方远接过徐子棋的话，“感情可以先珍藏一段时间再开启，事业不能有断档期，明天一早，北京欢迎我们。”

“事业不能有断档期，我也赞成，但一码归一码，人再拼命，饭总是要吃的，是吧？”范记安不是很满意，“不就是一起吃个饭的事情，至于这么上纲上线吗？”

何方远哈哈一笑：“晚上回去还要收拾东西，就不聚餐了，要庆祝，到了北京再庆祝不是更好？”

“也对。”范记安想通了，“现在下江不是大本营了，从此以后，北京才是我们的根据地。北京人多，风光也好。”

回到住处，何方远环顾即将离开的家——虽然只是租来的房子，不能称之为家——心中多少有几分不舍，想起曾经梅花苒、常辛儿以及蓝妹都在这里留下过欢声笑语，而现在，物是人非，梅花苒芳踪杳杳，蓝妹避而不见，而他离开之后，也不知道多久才能再回来一趟，心中难免多了怀念和失落。

何方远决定，他要留一把钥匙放在门口的脚垫下，蓝妹知道他有在脚垫下藏一把钥匙的习惯，如果有一天蓝妹愿意见他了，希望蓝妹再来这里的时候，还可以从脚垫下翻出钥匙，打开房门，然后坐在沙发上安静地等他。

翌日一早，何方远、范记安和徐子棋三人一起登上了飞往北京的航班，就此告别了下江，踏上了全新的征程。

飞机降落在首都机场后，前来接机的除了孔祥云之外，还有妙妙。

6月的北京，花团锦簇，已经有了初夏的气象，各穿了一身长裙的孔祥云和妙妙，一个如七彩祥云，光彩照人，一个如茉莉花开，妙不可言。

“总算来了。”孔祥云笑盈盈地迎上了何方远一行人，“还赶得上开机仪式。开机仪式没有你参加，我心里不踏实，毕竟是第一部剧，事关公司的生死。付锐出差了，他向你问好。”

付锐来到北京之后，各种出差工作都由他一人承担了，算是出了大力，何方远点了点头，又自信地笑了笑：“本来我也信心不足，不过在经历了一件事情之后我忽然发现，原来有人甘当活雷锋，在我们事业的最艰难时期，非要雪中送炭为我们注资，我就又恢复了信心。”

“什么什么？”孔祥云一脸惊喜，“我正为资金问题发愁呢，虽然是网络剧，但烧钱的速度比预想中快多了，马上就要资金不足了。本来妙妙说，她可以拿出一笔钱来投资，我没同意，想等你拿主意……没想到，你解决资金问题了？”

妙妙有钱？何方远下意识看了妙妙一眼，见妙妙甜甜的笑容中，有一种说不清道不明的含蓄，他不由心中一动，想起了妙妙的突然出现，以及妙妙在下江的豪宅，再加上妙妙签约公司之后为公司带来的意外收入，他心中隐隐猜到了什么。

“300万，应该够支撑一段时间了。”何方远将300万金额的支票交给孔祥云，几人上了车，是一辆可以坐下七八个人的商务车，“这笔钱，说来还得感谢妙妙。”

“感谢我？我又没有做什么。”妙妙歪着头笑了笑，“叔叔，你这一次来北京，就不回下江了吧？我看了剧本了，戏里有一个角色特别适合你演，如果你演，肯定可以大火。”

何方远呵呵一笑：“我可不会演戏……这笔300万的资金，是黄海公司赔偿给你的违约费用，因为你和公司签约时，附加了由公司全权负责你的合同纠纷，所以这笔费用暂时由公司支配。不过公司也不会亏待你，会在别的方面对你补偿。”

“哇哦，真的呀？真的从黄扒皮身上扒来了300万？我想都不敢想。你们不知道，黄扒皮简直就是现代的严监生、中国的葛朗台，抠门死了，我们不少姐妹都被他算计了，最后一分钱也没有拿到。”妙妙说话时的表情既夸张又可爱，“谢谢你呀叔叔，能从黄海身上搜刮出来300万，简直是奇迹，太了不起了。这笔钱，完全由公司支配也可以，但我有一个小小的要求……”

/ 第四十章 /

# 留给何方远的时间不多了

按理说，300万应该分给妙妙一部分，虽然妙妙签了相关合同，但从人情的角度出发，公司一口吞下，吃相也太难看了。何方远本不想如此，但现在公司资金吃紧，他就想先用着，等以后公司周转开了，再连本带息还给妙妙。

当然，公司也可以用其他方式补偿妙妙，比如重点包装和宣传，比如增加女二号的戏份，等等。

“什么要求？”何方远见妙妙一脸调皮的笑，就知道妙妙在打他的主意，不由笑道，“我可有言在先，不许胡闹。”

“我没胡闹，叔叔，你不要总戴着有色眼镜看我。”妙妙坐在何方远身边，她不满地推了何方远一把，“只要你答应出演剧里的一个角色，300万，我一分不要，全部奉献给公司了，好不好？”

“演，必须演。”范记安挤眉弄眼，乐开了花，也推了何方远一下，“何哥，就以你这形象，指不定一露相就火了，你可比现在许多的当红小生有男人味多了。你一红，从此90后的小女生审美观也会随之改变，从喜欢阴柔的男生变得喜欢健康阳光的男生了。”

汽车行驶在高速公路上，孔祥云亲自开车，她听几人聊得热火朝天，一边开车，一边欣慰而开心地笑。尽管公司的开局比预期中艰难一些，但何方远、范记安和徐子棋三人的加入，为公司注入了全新的活力，她有理由相信，再艰难，只要众人齐心，一定可以渡过难关。

“什么角色？”何方远不是想出名，而是想如果他出演一个不太重要的角色，不但无伤大雅，而且可以省下一笔费用，现在一切从节省的角度出发，他动心了，“如果我演不好，不影响大局吧？”

“叔叔怎么可能会演不好？剧里面有一个叫萧佐的成功人士，完全就是为你量身定做的角色，你甚至连演技都不需要，直接本色出演就OK了。”妙妙笑嘻嘻地摇动何方远的胳膊，“叔叔，你要对自己有信心，好不好？”

何方远没看过剧本，不知道萧佐是一个什么角色，微一沉吟说道：“等我回头看了剧本再说。”

“不行嘛，你得现在就答应，你要是不答应，我的300万就不让你用了。”妙妙耍赖，“叔叔，你平常很有魄力，怎么这点小事就拖泥带水、婆婆妈妈的？”

“答应妙妙吧，方远，为了公司利益，适当地自我牺牲一下，也没什么，何况萧佐这个角色又不是坏人，无损你的光辉形象。”孔祥云抿着嘴偷笑。

范记安看过剧本，知道萧佐是什么人，他含蓄地嘿嘿一笑：“萧佐是先天富贵、后天成功人士，海归、富二代，但又不依靠父母，白手起家，形象很健康、很阳光，何哥，只有你才能演出他的风采。”

“这样呀……”何方远想了想，权衡了一下得失，只好答应了，“好吧，我同意了。不过我得事先声明，不能有床戏和吻戏。对了妙妙，萧佐和你的角色，没有感情戏吧？”

“还床戏和吻戏，叔叔，你想得美！”妙妙见何方远答应了，开心地笑了，笑过之后，又白了何方远一眼，“还想和我有感情戏，叔叔，你不会是喜欢上我了吧？喜欢我就明说，我会考虑给你机会的。”

何方远无奈地一摊手：“我要是喜欢一个人，会当面对她说，才不会偷偷摸摸。”

“叔叔，你说的，我可是记住了。”妙妙得意地笑了，好像是得了糖果的小女孩一样开心，“说不定有一天，你会为你刚才的话付出代价。”

小女孩心思多变，何方远才懒得去猜妙妙的话有什么暗示，他的心思又落在了三巨头的布局之上：“祥云，最近千方在影视上面的布局，有什么进展没有？”

“暂时没有。”孔祥云若有所思，“根据我对李颜红的了解，千方在成立了千方文学之后，至少还要再过一两年才会成立千方影业。本来千方文学说是今年要成立，现在看来，可能还要推后。现在都6月份了，内部还没有一点儿动静，估计就算今年成立，也要到年底了。李颜红现在忙着应对企鹅和芝麻开门的疯狂收购，对文学和影视的关注力度不够。”

李颜红的性格一向保守，不喜欢突飞猛进，而是一向稳扎稳打，何方远也一直认为，在三巨头中，千方在文化娱乐产业上面的布局，应该是最慢的一个。

“对于芝麻开门即将赴美上市的前景，李颜红有没有什么想法？”何方远问到了问题的关键点，在马匀疯狂收购的背后，其剑光所指之处，正是芝麻开门闹得轰轰烈烈的赴美上市大计。业内人士估计，芝麻开门赴美上市，有望刷新全球IPO融资纪录，融资超过200亿美元，甚至直逼250亿美元大关。

据称，芝麻开门IPO融资额将达214亿美元，超过维萨卡公司（Visa, Inc.）2008年上市时创下的197亿美元的美国IPO融资额纪录。而如果按照芝麻开门调整IPO定价区间的最高值计算，同时芝麻开门的上市承销商行使最多4800万股的超额认购权，那么芝麻开门上市融资额最多将达250亿美元，超越中国农业银行2010年在下江、香港两地同时上市时创下的221亿美元的全球IPO融资额最高纪录！

以马匀持有芝麻开门8.8%的股份计算，他将一跃成为中国首富，位于马化龙和李颜红之上，然而马匀并非芝麻开门的最大股东——日本软银集团持有芝麻开门34%的股份。

“应该没什么想法吧。”孔祥云不敢确定李颜红对马匀即将成为中国首富到底是什么想法，不过她可以肯定的一点是，“虽然芝麻开门上市成功后，马匀是当之无愧的中国首富，但我想不管是李颜红还是小马哥，骨子里都有一个中国首富的梦。三巨头之间的交手，不会随着芝麻开门的上市而结束，恰恰相反，三巨头的交手，才刚刚开始。”

千方上市时，李颜红成为中国首富，随后千方的市值被企鹅超过，李颜红中国首富的位置也被小马哥替代。然后在相当长一段时间内，小马哥第一、李颜红第二、大马哥第三的排名格局，一直不变。不过许多人都清楚，以上排名建立在芝麻开门还没有上市的前提之上，大马哥排名第三并不是他的个人财富的真实体现。

时至今日，芝麻开门将于9月赴美上市，马匀的财富一举超越李颜红和马化龙已成定局。

中国首富的称号代表的不是财富的多少，对三巨头来说，财富只是一个数字，没有多少实质意义了。但排名第一，是对个人能力和对社会贡献大小的肯定，谁的公司市值最大，谁就是最成功的商人，谁就是最有发言权的那个人。同时，也是在社会上影响力大小的一个直接数值。如果说三巨头并不在意排名的高低，可以理解，但如果说三巨头不在意社会影响力的大小，就是自欺欺人了。

成功到了一定程度，财富的多少不再是唯一衡量的标准，社会影响力的大小，将是一个非常重要的参照。芝麻开门屈居企鹅和千方之下多年，现在即将一举比企鹅和千方都高上一头，相信不管是李颜红还是马化龙，在为马匀高兴的同时，更想下一步扩大和提升自己的影响力，希望有朝一日可以再一次超越芝麻开门。

以目前三巨头已经插手和将要插手的行业的布局分析，基本上可以改写三巨头名次和实力的唯一领域，就是文化和娱乐领域了。文化领域可以说是文化产业，而娱乐领域则是影视行业。

何方远跳过文化产业，直接进军了影视行业，正是因为他看准了在不久的将来，三巨头将会在影视产业上有一番大战甚至是恶战，他先人一步抢占一块高地，为的就是在未来战端刚起时，抢占先机。

“可以预见的是，在芝麻开门上市成功之前，芝麻开门暂时不会有大动作了，接下来就看企鹅和千方会在芝麻开门上市之前，还有什么大动作吧。”何方远赞成孔祥云的话，“三巨头之间的战争，随着芝麻开门上市的成功，其实才刚刚渐入佳境。以前的交手，只是小打小闹。”

“据你估计，三巨头之间的战争，什么时候会落到影视行业之上？”孔祥云最关心的还是大道至简的未来，她之所以押宝到何方远和大道至简上，就是因为她和何方远的看法一致，在继三巨头争夺了互联网版权产业的市场之后，下一步，三巨头将会开始席卷影视市场。而影视市场将有可能成为最终决定三巨头排名的最后一个富矿。

所以，她愿意拿出全部的身家性命，赌上一把。

“芝麻开门是9月赴美上市，估计最快也要到10月以后芝麻开门才有时间和精力着手影视方面的布局。虽然芝麻开门最先成立了影业公司，但现在只是搭起了一个舞台，还没有真正地上演大戏。据我估计，芝麻开门上市之后的第一个动作，就是加大对芝麻开门影业的投入，开始着手操作芝麻开门影业成立以来的第一部重头戏。而芝麻开门的大动作，必然也会引发企鹅和千方的连锁反应。”何方远微一思索，“最晚明年，三巨头的主要精力都会转移到影视之上，不出三年，影视市场就会被三巨头瓜分。”

“留给我们的时间不多了……”孔祥云将车一拐，汽车驶下了高速公路，眼见就到了公司所在地，她放慢了车速，“好在影视行业不是一个论资排辈的行业，只要有创意，只要准确地把握了市场，一部剧走红，公司就可以进入三巨头的视线之内。”

范记安对未来充满了信心：“只要何哥出演萧佐，我敢说，《逆袭》绝对可以一炮打红。”

“等等，萧佐除了是天生富贵、后天成功人士之外，还有什么特点没有？”何方远听出了范记安话中隐含的窃喜，总觉得哪里不对，“我怎么总感觉掉坑里了？”

“谁敢坑你呀，何哥？”范记安努力保持不笑，却坚持不到三秒钟就败退了，“算了，还是告诉你吧，萧佐最大的特点也是他最大的亮点，就是——他好色，而且喜欢大胸妹。"

"啊？"何方远这才知道还是上当了，下意识朝孔祥云和妙妙的胸上扫了一眼，还好，二人虽然高耸，但还算是正常的高度，不是波澜壮阔的类型，他舒了一口气，"算了，既然答应了，就得说到做到，大胸妹就大胸妹吧，反正身边也没有大胸妹，不用对号入座。"

此话一出，立刻引来了孔祥云和妙妙对何方远的怒目而视，何方远才意识到说错话了，女人都不喜欢被别人说胸小，他刚才的话，一棒子打倒一大片。

何方远忙咳嗽一声，用手一指三楼："公司在三楼不错，预示着将来会在三巨头的另一场大战中，得陇望蜀。"

"得陇望蜀？应该是贪心不足吧？"孔祥云笑了一声，停好了车，"欢迎何方远何董参观大道至简影视投资有限公司。"

何方远背着手下车，大模大样地点了点头："官样文章就不要了，直接汇报一下公司的运营状况就行了。孔总，公司在你的领导下，今年的创收能不能达到1000万？"

"1000万呀，小意思，一个亿也没问题。"孔祥云白了何方远一眼，对何方远的官僚做派表示了强烈的不满，笑道，"忘了告诉何董了，我说的是越南盾。"

1越南盾等于0.0002901元人民币，换句话说，1元人民币相当于3446.6201越南盾。

何方远乐了："如果你把公司经营成这样，不炒了你，就对不起党和国家。"

几人一阵哄笑。

公司位于北四环的边上，在一家并不出名的写字楼上租了十几个房间。一到三楼，就在正对着电梯的墙上有一个金色的招牌，上写"北京大道至简影视投资有限公司"。

何方远的董事长办公室在走廊的尽头，是一间20多平方米的房间。房间不大，装修也简单，除了必要的办公用品之外，并没有多余的装饰。

何方远是公司的董事长兼CEO，孔祥云是副总裁，负责全面工作，范记安和徐子棋、付锐也是副总裁，范记安负责业务，徐子棋负责后勤和技术，付锐负责外联。

公司到目前为止，一共十几名员工，在大型集团以及央企林立的北京，大道至简是一家小得不能再小的公司。但公司虽小，却寄托了何方远等人全部的梦想。

想当年，马匀刚刚起家时，也是全部员工都聚集在他150平方米的住宅中办公。梦想起飞的地方可以很小，但起飞以后的天空，很宽阔。

"不错，很不错嘛。"何方远对办公环境很满意，抬手看了看时间，"到饭点儿了，祥云，中午有什么安排？"

"怎么着，还想让我给你们接风洗尘呀？"孔祥云毫不客气地打消了何方远想要大吃一顿的主意，“中午食堂有工作餐，每人的标准是15块一份的盒饭。”

“啊？”范记安不甘地说道，“这条件也太艰苦了点儿，好歹也要到20块一份的标准吧。”

“创业初期，能省就省。”孔祥云回敬了范记安一个不以为然的眼神，“没有吃苦精神可不行，范记安。”

“谁说我不能吃苦了？我的座右铭一直就是——我特别能吃苦……”范记安翻了翻白眼，小声补充了一句，“省略最后一个字。”

“哈哈……”孔祥云大笑，“行了，别叫苦叫屈了，中午先对付一顿，晚上给你们接风。”

正说话，妙妙的电话响了，一看来电，妙妙脸色微微一变，对何方远说道：“叔叔，我先接个电话，你们先去食堂，不用等我。”

何方远几人谁也没有注意到妙妙的神色变化，几人转身去了食堂，只留下妙妙一人。

等何方远几人走远了，妙妙才接听了电话，一脸神秘，压低了声音说道：“好险，刚才叔叔在我身边呢。”

话筒中传来一个女孩清脆的声音：“妙妙，他……他现在好不好？”

“挺好的呀，有我在身边照顾叔叔，叔叔肯定好得不得了。你放心好了，姐姐，叔叔是一个很会调节的人，也会照顾自己，他现在一心扑在事业上，和祥云姐好像也只谈工作不谈感情。”

“我……哪里放心得下？可是，我现又不能和他在一起，唉！妙妙，他有什么困难，你记得第一时间告诉我，我不想让他为难。”

“姐姐，如果你对我还不放心，你就没有放心的人了。好了好了，别胡思乱想了，有我在叔叔身边，就和你在他身边没有区别。不过我得告诉你一件事情……”妙妙咬着嘴唇，眼睛转了几转，狡黠地笑了，“如果叔叔不是你的男朋友，我早就对他下手了。可惜的是，我认识他太晚了，他又和你感情这么好，我虽然信奉‘只要锄头挥得好，没有墙脚挖不倒’的原则，但一想起姐姐对我的好，我就实在不忍心对叔叔下手了。”

## /第四十一章/

# 前事不忘，后事之师

“你要是敢打他的主意，妙妙，我和你绝交！”停顿了一会儿，话筒中又传来了咯咯的笑声，“你乱了辈分了，叫我姐姐叫他叔叔，怎么听上去那么乱套？”

“叔叔是爱称，你不懂，姐姐。好了，不和你说了，我要去吃饭了，拜拜。”妙妙挂断了电话，歪头想了一会儿心事，又莫名其妙地笑了。

“又给妙妙打电话了？”蓝成器抬头对站在一旁发愣的蓝妹说道，“告诉你多少次了，要有耐心，不要急，事缓则圆。如果何方远连一年的耐心都没有，我怎么相信他可以照顾你一辈子？”

“爸……”蓝妹来到蓝成器身边，抱住了蓝成器的胳膊，“你还以为现在和从前一样，人们可以经得住时间和距离上的考验，现在是快节奏的时代，还有谁可以耐心地等上一年？你太为难方远了。”

和何方远数月不见的蓝妹，清瘦了几分，却更显清丽之色。一身长裙的她，亭亭玉立，静静如莲花开放。

“玉不琢，不成器。何方远的成长太顺利了，需要打磨打磨才能成就一番大事。”蓝成器用手一指楼上，悄然一笑，小声说道，“再说你妈不是死活不同意你和方远的事情？不出这样一个下策，你也许永远也没有机会和方远在一起了。不过仔细想想，这样也好，如果他真能等你一年，而且一年后又事业有成，你妈也没什么理由反对了。”

“可是……可是，我还是不放心。”蓝妹微有忧色，摇了摇头，“男人都不靠谱，一年的时间太长了，他又天天和孔祥云在一起，也许一年后，他和孔祥云孩子都有了。”

“如果是这样的话，何方远也不过是一个目光短浅的一般人，不值得你托付终身，也不配继承我的家产。”蓝成器冷哼了一声，“我就你一个女儿，你嫁给谁，我的亿万财富就是你的全部嫁妆。如果你嫁给一个有钱有势的人还好，嫁给一个平头百姓、草根二代，哼，不考验考验他，他就想平步青云，既娶了娇妻又得了财富，人财两得，哪有这样的好事？”

蓝妹不说话了，咬着嘴唇想了一会儿心事，才说：“爸，半年好不好？半年时间也可以看清一个人了。你让我一年不见他，我真的受不了。万一再出一次顾南导演的外国男友事件，我在方远心目中就是一个坏女孩的形象了。”

“顾南导演的外国男友事件，也不全怪顾南，实话告诉你，背后也有你妈的份儿。”蓝成器微微一笑，“是你妈出的主意，然后让顾南具体去实施，当然，你妈的真正用意不是考验何方远，而是想让何方远死心，这一点我还是知道的。还好，何方远没有死心，也没有被吓跑。从这件事情上我就更加相信他的毅力了，一年，就一年，如果时间不到你就和他见面，到时你妈还是说什么也不会让你嫁给他，我可就不管了。”

“爸！”蓝妹见软的不行，就眼睛转了几转，狡黠地一笑，“妈妈要死要活，不同意我嫁给何方远，你就不怕我要死要活，非何方远不嫁？告诉你，爸，你女儿也是一个死心眼，认准的事情绝不回头。”

“谁让你上次下手慢了一步，没拿上户口簿？现在户口簿和身份证都被你妈藏了起来，你想嫁，就算我睁一只眼闭一只眼，你也嫁不了呀。”蓝成器慈爱地笑了，“傻丫头，爸妈都是为了你好，虽然方法各不相同，但对你的爱是一样的，都不想你受半点委屈。听我的话，没错的，我蓝成器的女儿又不是没人要，想娶你的人多着呢，凭什么让何方远随随便便就捡一个大便宜？越是容易得到，他越不会珍惜。所以，给他一年的考验时间这个主意，虽然你妈的本意是想用缓兵之计，让你们一年之后慢慢就淡了感情，最终分开，但我看好一年以后的前景，如果到时何方远对你还是一往情深，不管你妈再想出什么办法刁难你们，我替你们做主，让你们在一起。”

“好……吧，谢谢爸。”蓝妹歪头想了一想，还是不甘地说道，“不和他见面，可以，但得允许我偷偷看看他，这总可以了吧？”

“你呀你……”蓝成器摇了摇头，无奈地笑了，“两情若是久长时，又岂在朝朝暮暮？”

“哼。”蓝妹俏皮地用手一刮鼻子，“一万年太久，只争朝夕，现在是飞速发展的时代，三天不上网就落后于时代了，爸，你的思想已经跟不上时代潮流了。”

“谁说我跟不上时代潮流了？现在还是我们的天下。”蓝成器不服气，“不信你等着瞧，一年后何方远的公司肯定失败，到时我投资接管了他的公司，你去担任董事长，让他以后为蓝家打一辈子的工。”

“这是一个经验主义已经失效的年代，爸，别太自信了，我觉得方远会成功。如果他成功了，你怎么办呢？”蓝妹一心向着何方远，虽然她也并不是十分赞成何方远走影视之路，但既然何方远走了，她就希望何方远可以成功。

“如果他成功了，虽然这种可能性无限接近于零，呵呵，我会在你们的婚礼上当面告诉何方远，以后我名下的所有资产，他都可以用来投资，我不会过问，也不会干涉。”蓝成器下定了决心，如果何方远真的成功了，就说明未来真的是年轻人的天下了，他拱手让位，退下后安心颐养天年好了。

“你的话我可是记下了，不许反悔。”蓝妹得意地笑了，“要是反悔的话，爸，我会天天烦你，让你不胜其烦。”

“行，行。”蓝成器无奈地笑了，“女生外向，白养你了，还没有嫁给何方远，就这么向着他了。真的嫁给了他，还不得把家里的财产都给他才开心，是不是？”

“方远不会要的，他不是一个喜欢接受馈赠的人。”说到何方远时，蓝妹的脸上洋溢着幸福的光芒，“男人太有个性了是好事，但太固执了也不好。他就是太要强了，要不然也不用这么累……”

6月一过，北京的天气一天热过一天，街上的少女们、少妇们都争先恐后地换上了或长或短的裙装，不管是长腿短腿粗腿细腿还是黑腿白腿，都不遗余力地裸露在外，唯恐晚一步就没有男人欣赏了一样。

何方远最喜欢夏天，夏天不但是百花斗艳的季节，也是女人争相比美的季节，裙裾飞扬，长发飘飘，鲜花和女人编织成每一个男人都向往的夏日情人梦。

今年夏天，何方远无心欣赏各式美女的长腿，他累得前仰后合，累得不可开交，不过话又说回来，也是累并快乐着。

从安逸的立化跳出来之后，他立刻投身到新公司的运营之中。由于之前孔祥云已经打好了基础，并且前期工作已经完全准备就绪，何方远来到之后，没有缓冲期，直接就进入了状态，而且还是全身心的投入，让他一下没能适应这么快节奏的转变。

最主要的是，除了管理公司的各项事务并且统领大局之外，何方远还在剧中扮演一个角色，虽然他扮演的萧佐戏份不多，但第一次演戏的他，要背剧本，要酝酿感情，还要熟悉场地，等等。往往是放下手头工作就直奔剧组，拍完一出戏，就再回公司处理公司事务，整个人就如陀螺一样忙得团团转。

不过也别说，扮演萧佐的经历，让何方远又多了许多体会，让他不免感慨，其实在生活中每个人都是演员，所不同的是，大部分人一生只演有限的几个角色，比如儿女、丈夫或妻子、父母、公司员工或管理者，等等，但演员一生则要演无数个角色，有生活中真实的角色，也有剧情需要时扮演的角色。

角色演得多了，也不知道身为一个演员会不会有时感觉错乱，分不清生活中的真实和戏里的真实？就何方远本人而言，他在感受先天富贵、后天成功的萧佐的心路历程之中得出了一个结论，那就是不是所有的富二代都是无所事事的富二代，也有不少富二代有奋发图强的精神，也想自己成就一番事业。

由于是网络剧的原因，请来的导演、演员都不是大牌，很好地缓解了资金不足的压力，再加上何方远又是友情出演，分文不取，又有顾南“无偿”支援的300万，公司初期的资金紧张的问题，算是初步得到了解决，估计可以再支撑一段时间。

何方远负责公司的大局和发展方向，公司的具体运营，由孔祥云全权负责。换言之，何方远不管具体事务，只负责资本运作，孔祥云负责具体事务，比如剧组的资金管理、比如发行渠道，等等。

对于《逆袭》一剧的发行渠道，何方远的初步想法是和企鹅合作，在企鹅视频上发布，但孔祥云更想在千方视频上发布，原因有三：一是她在千方工作，在千方视频上发布，有相当多的资源优势。二是千方依托PPS和爱奇艺的优势，影响面比企鹅视频广。三是千方的总部在北京，可以更好地运作，并且收益也可以得到更好的保障。

到底是发布在企鹅视频还是千方视频，何方远和孔祥云最终没有达成一致，不过二人的共识是，尽最大可能实现资源效益化，哪一家提供的条件优厚并且推广力度大，就在哪一家发布，因为对大道至简来说，和三巨头中的任何一家都没有亲疏远近之分。

在何方远和孔祥云全力以赴编织未来的梦想之时，关于兴众是卖掉还是不卖的新闻，已经告一段落，不再有消息发布，也不再有人注意，而兴众文学和企鹅文学的互联网版权产业业内第一的宝座之争，也不见了硝烟，但与此同时，三巨头之间的交手，却开始由以前的明枪暗箭上升到了真正的拳拳到肉的实战较量！

何方远分出了一半精力用来关注三巨头之间的交手，因为三巨头的布局，以及以后的发展侧重点，事关大道至简的未来和生死存亡，必须时刻做到心中有数。

三巨头有今天的成就，看似风光无限，似乎从创业之初起，三巨头都是战无不胜的常胜将军，其实不然，在三巨头的扩张之路上，有过无数次失败的收购案例，何方远抽出时间将三巨头失败的收购案例一一研究了一遍，以便在以后和三巨头打交道时，扬长避短，以备万一有一天和三巨头面对面谈判时，可以做到从容不迫，胸有丘壑。

何方远最先研究的是马匀数次跌倒的经历。

其一，初战告捷先庆功，后铩羽而归。时间，1999年。起因，盲目追求高大上，将总部从杭州迁到下江。结局，从下江黯然收场，迁回杭州，从此再也没有离开杭州一步。

1999年，芝麻开门刚起步，员工的办公场所是马匀在杭州的150平方米的家。获得第一笔大额融资后，马匀开始飘飘然，将公司总部搬到美国，国内总部搬到下江。其后不久就发现水土不服，又重新迁回杭州。这是马匀犯下的第一个错误。

事后分析，下江多是大型国企、外资企业，而芝麻开门服务的对象多是中小企业。杭州聚集着大量制造外贸企业，这些企业对电商有实实在在的生存需求。后来的事实也证明，下江不是一个适合创业的城市，国内诸多新兴产业的巨头，都不是在下江诞生的。

对了，下江也诞生过曾经的首富乔国界和曾经名震一时的兴众帝国，但现在的IT业，下江已经失去了发言权。

其二，盲目扩张，公司财政告急。时间，2001年到2003年。起因，财力增强导致节奏失去控制。结局，公司大幅裁员、减薪。

2000年，由于获得了巨额融资，芝麻开门开始在海外疯狂扩张，运营成本居高不下。在中国香港，以及美国、欧洲各国、韩国，需要大量市场推广、广告费用，每月开销都是天文数字，且没有分文收入。2001年1月，曾经拥有3000万资金的芝麻开门银行账户余额已经不足1000万美元。

马匀意识到了危机，很快，芝麻开门召开了芝麻开门史上著名的“遵义会议”。随后不久，美国团队从四十人裁到三人，并且相继关闭在香港、北京、下江的办事处。剩下的员工，薪资减半但期权加倍。三个月后，芝麻开门每月运营费从200万美元，缩减到50万美元，度过了危险期。

其三，盲目相信空降兵。时间，2001年。原因，在求才若渴的冲动下，盲目相信外人。结局，空降兵集体阵亡。

1999年，芝麻开门最初的十八位创业者放弃在北京的高薪工作，跟着马匀回杭州创业。两年后的一次演讲上，马匀告诉他们，不要想着靠资历任高职，“你们只能做个连长、排长，团级以上干部得另请高明。”然后，马匀大规模引进职业经理人，一厢情愿地认定职业经理人可以做出更大的业绩。

马匀事后总结，承认自己犯了错误。十五年过去，还留在芝麻开门的几名创业者，个个身居要位，而且做出了令人刮目相看的业绩，而马匀当时重金聘请的“空降兵”，早已集体阵亡。

实际上，马匀所犯的错误，是每一个创始人都习惯性爱犯的错误，只不过有人可以及时醒悟，犯过一次之后不会再犯，比如马匀。所以芝麻开门今天可以成为三巨头之一。但有人犯过之后，会一犯再犯，比如乔国界，兴众每年最吸引眼球的新闻就是又一个高管从兴众离职，几年来，陆续有几十名高管从兴众黯然收场。

其四，收购口碑网，整合失败。时间：2006年。原因，战略失误。结局，亡羊补牢，芝麻开门战略投资美团。

2004年，芝麻开门前员工李国治出走，创办口碑网。前几年发展很快，用户突破100万。当时的芝麻开门，恰好进行架构调整，成立2B、2C事业群，马匀希望把口碑网整合进来，壮大2C端力量。于是，2006年，马匀找到李国治，问他：“是想让口碑独立上市呢，还是重新回到芝麻开门一起干针对2C的事？”李国治对芝麻开门有感情，就毫不犹豫地选择了后者。随后，芝麻开门以600万美元战略投资口碑网。两年后，口碑网被芝麻开门全资并购。

随后的几年，口碑网曾一度成为大众点评最大的竞争对手。2009年，芝麻开门升级战略，口碑网被并入芝麻开门商城。原以为，芝麻开门商城能给口碑网导入足够的流量，结果却恰恰相反，口碑网与大众点评以及后来冒出来的美团的差距越来越大。原本有望成为业内第一的口碑网，就此被做死。

无奈之下，2011年芝麻开门以5000万美元的价格，入股口碑网的竞争对手——美团。这标志着在芝麻开门的战略中，口碑网已被边缘化。事后，业内人士分析，如果当时口碑网能做起来，现在能省几亿美元。

/ 第四十二章 /

# 最后的决战领域

其五，中国供应商欺诈，芝麻开门深陷诚信危机，马勻挥泪“斩”高管。时间，2011年。原因，管理不善。结局，高管辞职，舍车保帅。

芝麻开门发现B2B公司中，中国供应商签约客户有欺诈现象，更严重的是，有迹象表明，为了利润，公司内部有直销团队默许、协助此类现象发生。马勻通过知情人获知，央视“3 · 15”晚会主题包含芝麻开门网上商城的商家售卖假货，马勻立刻开展自查，并拿出170万美元对2249名受害者进行赔偿。同年2月，马勻发邮件自曝公司丑闻，将所有事件公之于众。以上事件，马勻有管理之过，但经历阵痛，还是挽回了部分公司形象。

随后芝麻开门B2B公司CEO引咎辞职，此人曾被马勻游说6年才加入芝麻开门。面对这份辞呈，马勻只能挥泪选择批准。

其六，推“来往”未达目的，狙击微信失利。时间，2013年。原因，盲目跟风、高管分歧。结局，“来往”失宠，芝麻开门另谋出路。

为应对和压制如日中天的微信，2013年9月，芝麻开门推社交App“来往”，马勻信心十足，称要火烧南极，打到企鹅家里去。结果一个月后，“来往”用户增长不力，仅仅为100万。马勻亲自动员，给员工下硬指标，若能拉来100个外部用户，便奖励红包。但即使如此，依然没有市场，别说打败微信了，连推广的最初阶段都一败涂地。

不过话又说回来，尽管马勻在收购和扩张的道路上，有过许多次失败的经历，但芝麻开门一路走到今天，成为电商的巨无霸，和马勻的英明决策以及个人魄力不无关系，小败不要紧，只要有大胜弥补就可以了。

何方远相信，随着芝麻开门在美国的成功上市，国内外互联网都将受到芝麻开门上市的冲击，而且很多行业和领域都将会随之发生一系列的变化。

尤其是影视行业。

而芝麻开门投资失败的案例之中，不乏狙击企鹅的投资，三巨头之间的战争，充分体现在一次又一次的收购案之上。同样，企鹅无数次失败的投资案例之中，也有针对芝麻开门的布局。

企鹅名下有一家企鹅基金，成立以来，一共投资了200多个项目，涉及金额超百亿元，其中大部分项目并没有对外公布。

马化龙的低调与企鹅的霸气让外界把企鹅战无不胜、攻无不克的先复制然后成功的案例神化了，但实际上马化龙也有难言之痛，对电商、搜索和O2O的投资，让企鹅折戟沉沙。

从投资结构看，企鹅的布局有章可循，首先是夯实自己的根基——游戏上步步为营，布局从国内到海外，从端游、页游到社交游戏全覆盖。其次是在游戏之外，发力电商。但在电商的投资之上，企鹅在经历了易迅和拍拍的失利之后，开始投资市场份额位列第二的京东，总算弥补了企鹅在电商上的不足。

实际上，在互联网版权产业和影视行业，企鹅不用追赶芝麻开门，完全可以走在芝麻开门前面，尤其是影视产业，虽然芝麻开门最早成立芝麻开门影业，但企鹅有了企鹅文学作为依靠，有了互联网版权产业的源头，在影视上面的发展前景，明显要比没有源头的芝麻开门更有便利条件。

相比之下，战略最保守、脚步最谨慎的千方，在投资之上失败的例子最少，千方投资最大的失利，和企鹅一样，也是电商。也就是说，电商领域是企鹅和千方共同并且永远的痛。

但和企鹅又投资京东并不放弃电商梦不一样的是，千方曾经一度要放弃电商梦想，在李颜红看来，电商领域已非常成熟，也并非千方优势所在的领域。

那么在未来千方和芝麻开门站在同一起点并且一决高下，甚至有可能改写三巨头名次的最后领域，就是影视领域了。

三巨头分别在不同的领域，相互短暂交手数次，并没有分出最后的胜负。通过研究三巨头投资和收购失败的案例，何方远的思路越来越清晰了，他愈加坚信他走对了一步，他目前从事的行业，是未来三巨头为了争夺天下第一宝座必争的领域。如果他可以按照既定的计划，在有限的时间内完成大道至简的布局，成功策划一两个影视剧的话，那么他一举成功的梦想，很有可能会在三巨头在影视领域大战之时，得以顺利实现。

时间过得飞快，一转眼又过去了一个月，炎热的夏季正式来临了。

伴随着盛夏的到来，大道至简成立以来的第一部网络剧《逆袭》的拍摄，也接近了尾声。总体来说，进展还算顺利，不管是导演还是演员，都尽到了应尽的职责，就连何方远的客串也得到了导演的认可，更让妙妙对他赞不绝口，称赞他是少见的天生具有表演天赋的大叔。

何方远无语了，在他看来，既然到了大叔的境界，经历过了人生的沉淀，大叔的演技自然而然就到了炉火纯青的高度，直接在镜头面前展现人生最真实的一面就行了，还用表演吗?

《逆袭》杀青，意味着经过不懈的努力，大道至简的第一部作品就要推向市场了，也意味着精心制作的答卷是好是坏，要经过市场的考验才会最终有一个分数出来。分数的高低，关系到大道至简的生死存亡!

下午，何方远忙里偷闲，约上范记安、徐子棋、付瓜瓜、常辛儿以及妙妙到北京798艺术区喝茶——付瓜瓜在范记安来北京之后不久，就辞了下江的工作来到了北京，常辛儿还没有辞职，打算过一段时间看情况再说，不过常辛儿倒是常来北京，下江离北京虽然不近，但有飞机和高铁，交通很便捷。

孔祥云没有一起去，她去和千方方面进行接触，商谈《逆袭》首发的事宜。最近一段时间，为了《逆袭》到底是首发在企鹅还是千方，孔祥云费心费力，累得都瘦了。

何方远心疼孔祥云的奔波劳累，却没有办法替她，在北京他没有人脉，而且具体事务一直由孔祥云一手操作，他插不上手。至于到底是首发在千方还是企鹅，他心中也没有拿定主意，主要也是因为他还没有确定最后是和企鹅合作还是和千方合作。

基本上芝麻开门已经被他排除在外了，在他未来的规划中，大道至简应该没有和芝麻开门合作的可能，因为芝麻开门已经成立了影业公司，大道至简对芝麻开门来说，没有太大的吸引力了。

一行六人，开了两辆车直奔798艺术区而去。何方远亲自开车，他的车上坐着范记安和徐子棋、妙妙，后面的车由付瓜瓜驾驶，只坐了常辛儿一人。

到了798艺术区，找了一家安静的茶馆，在下午的斜阳的照射下，何方远挑了门口的位置，坐在了余晖之中。

“何哥，前期工作总算告一段落了，下一步才是关键的一局，《逆袭》能不能一炮走红，关系到大道至简以后的长远发展，我怎么总是觉得心里没底呢?”分别落座之后，范记安一副心神不定的样子，忧心忡忡地说道，“我总感觉赌得有点儿大了，而且又是唯一的赌局，一旦输了，就什么都没有了。我现在忽然无比地想念蓝妹，蓝妹，你在哪里呀，你在哪里?你可知道，我们想念你，何哥想念你，我和徐子棋、付瓜瓜、常辛儿以及妙妙都想念你……想念你呀，想念你。”

“别，别扯上我，我没见过蓝妹，不认识她，才不会想念她。”妙妙忙撇清了自己，她喝一小口茶，抿了抿嘴，悄悄一笑，“叔叔，你有没有想过，万一输了，你怎么办才好？”

“范记安想念蓝妹是什么意思，你不知道吧，妙妙？”何方远虽然心中也是没底，谁也不敢保证第一部网络剧就一炮打响，但他比范记安镇静多了。

“不知道呀，难道是他也喜欢上了蓝妹？”妙妙故意捣乱，笑眯眯地看向了范记安。

范记安吓了一跳：“妙妙你可千万别害我，自从认识了瓜瓜后，在我的眼中，全世界只有瓜瓜一个女人，就连你近在咫尺，我对你也不会有任何想法，当你不存在一样，何况远在天边的蓝妹了。我想念蓝妹是想说，万一我们失败了，希望何哥可以牺牲色相，转身去找蓝妹，继续和蓝妹合作，积极主动地投身到互联网版权产业中去，也算是一个旱涝保收的退路。”

“真没出息，失败了就让何哥牺牲色相，为什么你不去牺牲？”徐子棋以鄙视的目光狠狠地看了范记安一眼，“好马不吃回头草，再说就算第一部剧失败了，还可以打造第二部，为什么不能在哪里摔倒就从哪里爬起呢？范记安，别让哥鄙视你。”

“啧啧，小眼棋，你刚才的一番话还真是掷地有声呀，可惜的是，你没有看清现实。”范记安痛心地摇了摇头，“《逆袭》一部剧就把公司的全部资金消耗得一干二净，哪里还有资本打造第二部？你也不想想，从下江到北京，现在有两个多月了吧，我们连一分钱工资都没有发过，就连何哥和祥云姐，也是事事自掏腰包……”

“行了范记安，别犯贱了，现在是背水一战的关键时刻，你别说丧气话。你和徐子棋是何哥的合伙人，合伙人是什么意思明白吧？不明白的话去看电影《中国合伙人》就明白了。既然是合伙人了，你还想要什么工资？不让你掏钱补贴公司就不错了。”付瓜瓜不留情面地打击了范记安，“不是我说你，你有时太鼠目寸光了，如果不是跟了何哥，你注定成不了大事。”

“你、你、你……”范记安被付瓜瓜呛得说不出话来，“我不是在说丧气话，而是在提醒何哥真有必要考虑一下蓝妹的资金了，如果第一部剧真的打不开局面，再筹划第二部的话，融资是必不可少的手段。你真当我对公司失去信心了？我是那么短见的人吗？”

“你就是。别不承认。”付瓜瓜白了范记安一眼，然后对何方远说道，“何哥，今天都聚在了一起，大家就齐心协力，为了公司的发展都有力出力有钱出钱，我提议，现在就开一个大道至简史上的‘遵义会议’，敲定一下每一个人应该承担的责任和义务。”

大道至简成立后，大致确定了股权构成，何方远持股60%，孔祥云持股30%，范记安和徐子棋各持股5%。本来何方远也答应付锐持股，不过还没有落实。不管是付锐还是范记安和徐子棋，都没有出资。

付瓜瓜这么一提，范记安第一个响应：“我既然持股5%，按照比例，我也应该出资才对。瓜瓜，我们存款一共有多少？”

徐子棋一听要向外掏钱，稍微迟疑了片刻，常辛儿很是不满地瞪了他一眼，轻轻打了他一拳，说道：“子棋持股5%，也会按比例出资。如果出资超过持股比例的话，是不是可以增持股份？”

见常辛儿比徐子棋大气而且有远见，何方远欣慰地笑了，徐子棋的优点是老实诚恳，缺点是太老实太诚恳，过于胆小了，谨慎不是错，但谨小慎微就是错了。

“可以，不过增持之后的股份最多不能超过10%。”何方远笑了笑，“增持不增持，你们自己决定。现在增持，投入最小，以后的收益最大，就和当年企鹅创业时的五名创始人一样，十几万元就可以持有10%以上的股份。当然，也可能打了水漂，最后血本无归。原始股收益是大，同样，风险也大。”

“增持，必须增持。”付瓜瓜不等常辛儿说话，“啪”的一声拍了一张银行卡，“这是我和范记安的全部家当，加在一起也有30多万，全部投入到公司，何哥，持股比例能不能到10%？”

何方远还没有开口，妙妙先说话了：“30多万顶多就是3%左右，就算加上之前的5%，也就是8%。瓜姐，你要10%，有点贪心了哟。”

付瓜瓜大方地摆了摆手：“我就是随口一说，没有细算，该多少是多少，账要算到明处。”

“你呢，辛儿姐，有多少？”妙妙当仁不让地替何方远当起了财务主管。

“我们有40万。”常辛儿也拿出了一张银行卡，“都入股了，我相信方远和祥云姐一定会成功。就算不成功，大不了从头再来。人生之中，总有一两次关键的选择机会，错过了，也许会后悔一辈子。我们没有赶上第一、第二和第三次互联网浪潮，现在互联网视频就是互联网第四次浪潮，赶上了如果再错过，就太没眼光、太没魄力了。一个人20岁时没钱，可以安慰自己说是出身不好，不是富二代。30岁时没钱，可以说是机遇不到。如果到了40岁的时候还没钱，就是自身问题了。”

“辛儿，全部家当都入股了，我连娶你的钱都没有了……”徐子棋一脸苦笑，

“真要输了，可就真的一无所有了。”

“至少你还有我。”常辛儿甜甜地一笑，“不管你有钱还是没钱，也不管你生病还是健康，我都会和你在一起，不离不弃。”

徐子棋一下激动了：“辛儿，有你这句话，就是赔上身家性命，我也不怕。”

“哇，太感人了，太浪漫了，太有爱了。”妙妙也感动了，双手托腮，“叔叔，你有没有想过，蓝妹也会为了你而不顾一切？”

何方远摇了摇头，淡淡一笑：“也许吧，不过就算蓝妹会，我也不会让她为了我而不顾一切。”

“为什么，难道你不爱她？”妙妙说话的时候，目光不经意朝二楼的某一个角落扫了一眼，又迅速收回了目光。

几人都沉浸在对未来的赌注之中，没有人注意到妙妙的异常，就连和妙妙面对面而坐的何方远也没有察觉。何方远愣了一愣：“不是不爱她，而是不想让她为我牺牲太多。世界上有两种人最幸福，一种是陪男人过苦日子的女人，一种是陪女人过富日子的男人。蓝妹从小的生活太优越了，她过不了普通人的清苦生活，我既然爱她，就不能让她因为我的爱而受屈。”

“看何哥的爱多深沉，范记安，你要向何哥学习的地方还很多。”付瓜瓜感慨万千，“知道我为什么信任何哥吗？一个深情的男人，绝对是一个可靠的男人。”

“谢谢你们对我的信任。”何方远会心地一笑，“今天祥云不在，不过我可以替她做主，现在重新分配一下大道至简的股份，我持股55%，祥云持股25%，记安持股10%，子棋持股10%。”

“何哥，这……我不能接受。”范记安平常经常犯贱，今天却十分激动，激动得几乎语无伦次了，“我，我，我先谢谢何哥的好意，但我不能接受这个分配，一家公司必须要有严格的规章制度，我坚持8%的持股比例。”

/ 第四十三章 /

# 不宣而战

“我是9%。”徐子棋也及时表态了，“没有一个公平的制度，公司的发展就会受到私人感情因素的制约，同时我建议，鉴于妙妙对公司的发展起到了重要的促进作用，应该让妙妙也成为公司的股东。”

“好。”何方远见范记安和徐子棋的推辞不是虚伪的客气，而是真心实意，他也就不再坚持，当即拍板，“我和祥云的持股比例不变，记安8%，子棋9%，多出的3%归付锐和妙妙所有。付锐2%，妙妙1%。”

付锐经常出差在外，不常在公司，但何方远却没有忘了付锐在公司创业初期立下的汗马功劳，也没有忘记他对他的许诺，决定奖励付锐2%的股份。

“太好了。”妙妙一下跳了起来，伸手做了一个胜利的姿势，“谢谢叔叔，谢谢范哥，谢谢徐哥。”

大家都以为妙妙比出的胜利姿势是为了她得到的1%的股份，却无人注意到，她是伸给二楼角落中一个独自品茶的人。

“对了叔叔，如果我增资的话，能不能增持股份？”妙妙眨了眨眼睛，既俏皮又可爱。

“可以呀。”何方远以为妙妙是在说笑，“你想增资多少？”

“500万。”妙妙伸出了右手，五根手指在何方远的眼前晃动，“你算算，500万得占多少股份？”

范记安和徐子棋面面相觑，不是吧，妙妙一出手就是500万，如果她真有500万，何必苦哈哈地先是当一个平台模特，然后又来拍一部没有多少报酬的网络剧？

何方远微微一怔，笑了：“你不是在开玩笑吧？”

妙妙也怔了一下，随即摇头笑了：“就是在开玩笑，我哪里有500万？”

“哈哈。”范记安和徐子棋一起哈哈大笑。

“呵呵。”何方远也笑了，不过他在笑容的背后，却起了一丝疑心，妙妙刚才的表情，分明不是在开玩笑，她是很有底气地叫出了500万。他不是怀疑妙妙能不能拿出500万，而是总觉得妙妙似乎隐藏了什么秘密。

“哎呀，又有重磅新闻出来了。”付瓜瓜突然惊叫一声，将手中的Surface推到何方远面前，“何哥，你看，这个新闻对我们公司的前景，是不是一个利好消息？”

何方远接过Surface一看，是一则关于千方最新动态的新闻，标题是——千方“直达号”：向着芝麻开门和企鹅，不宣而战！

标题很有冲击力，内容有没有冲击力和干货，需要进一步阅读，何方远拿过Surface，在带有浓浓暖意的夕阳之下，津津有味地看了起来。

直觉告诉他，在企鹅正准备发力影视业的前夕，在芝麻开门即将上市的前夜，千方突然发布了对未来的设想，确实如文章标题所说，是向芝麻开门和企鹅的不宣而战。

“在昨天举办的‘千方世界’上，千方亮出了它的最新底牌，又一根伸向传统产业的橄榄枝，李颜红称之为‘直达号’，很明显，这是千方直接侵入企鹅和芝麻开门主权领土的一次蓄谋已久的远征。很多人都曾猜想过千方向芝麻开门和企鹅不宣而战的一天，终于来了。

“三巨头虽然被认为是三足鼎立，但是相当长一段时间以来，相比芝麻开门和企鹅的张扬和疯狂扩张，千方是稍显落寞的。尽管千方在现金流、移动化、市场份额上都保持着安全且优异的水准，但面对芝麻开门和企鹅扩张地盘和并购大战进行得如火如荼的局势，千方一直趋向于保守，没有主动参战，这是不争的事实。用一句老生常谈的话来说就是，创始人的风格，决定了当今的格局。

“在芝麻开门和企鹅‘边打边想’的互联网生态战争中，缺席很久的千方终于加入，‘想了才打’，既是千方姗姗来战的理由，也是千方对未来生态圈解决方案想得细致入微的原因。总而言之，由于位于北京的千方加入了战局，才让位于南方的芝麻开门和企鹅的大战接上了北方的战火，南北会师之后，战局才真正变得既激烈又微妙了。”

“直达号”到底是什么，何方远看到现在还是一头雾水，但他却知道，不用想，所谓的“直达号”，肯定是千方精心准备多时、酝酿已久的一记重拳。

此举旨在向企鹅和芝麻开门展现力量并且炫耀肌肉，同时，也是显示存在感。虽然千方是三巨头之中最低调、最保守的一个，但实际上三巨头之中千方的现金流最充足。

通俗地讲，就是千方最有钱，而且钱多得还花不完。

具体“直达号”是一个什么存在，何方远饶有兴趣地继续向下看新闻。

“不必过分神化的‘直达号’——在PC时代，搜索是一种答案需求——2007年，千方的Slogan改为‘千方一下，你就知道’，堪称点睛之笔，从此奠定了千方的品牌基调——所以搜索结果是文件式的列表排列，专注场景下的用户可以耐心挑选最符合自己预期的答案，也正是因此，千方建立了被称为流量阀门的独特优势，千方可以决定这个阀门朝哪个方向开、开多大一条缝、放出去多少流量……在将这种权力与商业结合之后，千方就和Google一样，成为可以对每一个词汇开展变现的互联网巨头。由此，也奠定了千方现金量充足的基础。

“但现在到了移动时代，搜索变成一种抵达需求，需要的是一点就直达。操作拓展性远不如PC的智能手机，搜索时出现一个长长的列表，且不提流量让用户承受不起，就是操作也十分不便，不改变的话，都会造成用户流失。所以，千方躺着挣钱的流量经济模式遭到挫折，再加上千方客户端浏览器地位下滑，搜索入口被分散到了一个个的App里，千方的思想转变合乎潮流并且十分合乎情理——让用户所搜即所得，即千方一下，你就得到，是为直达！

“直达号必须感谢Twitter和新浪微博培养出的用户习惯——对@这一字符的理解——通过手机千方，只要输入@+品牌关键词，就可以直接抵达该品牌的迷你主页，省却了所有中间步骤，让用户体验直达的感受。必须承认，这是一场名副其实的自我革命！”

在高铁飞速发展的今天，在智能手机迅速普及的现在，千方的直达号是抢占移动端市场的利器，也是千方跟随时代潮流及时转变思路的必要转变。何方远暗暗点头，千方虽然保守，但步伐依然迈得稳健、坚定，并且从未停止。有理由相信，从直达号的问世可以得出结论，在不久之后三巨头针对影视行业制高点的大战之中，千方就算布局依然落后于企鹅和芝麻开门，也会有后来者居上的可能。

何方远再次将目光投向了新闻。

“在千方公布直达号产品之前，企鹅刚刚宣布了名为‘微信智慧生活’的全行业解决方案，欲将‘公众账号+微信支付’的搭配扩展到更多传统行业，就在同一天，芝麻开门则上线了‘支付宝钱包开放平台’，同样是通过‘扫码+服务窗’的组合，向线下商户提供水电煤式的服务设施。而当千方也引入‘搜索+直达号’这一模式，意味着三巨头之间在新的领域的交手，正式全面上场，大战，一触即发。

“由于三巨头各自的模式，不管是叫直达号也好，还是叫微信智慧生活或是支付宝钱包开放平台也罢，都是由线上直达线下的模式，三巨头只提供联系的桥梁，最终实现实际应用，还必须落地，那么扶持对应的传统产业转型、让落地得以顺利实现，并以它们为‘代理人’打响的战争，正在决定三巨头的未来空间。

“三巨头的代理人战争，从现在开始以及在时间相当长的将来，会发生在我们身边的每一条街道上。

“千方直达号、微信公众账号、支付宝‘服务窗’，都开始低眉顺眼，讨好传统商户，含情脉脉地推销自己并且承诺包君满意。市场竞争永远是使各方都会受益的一剂良药。在未来，对于三巨头而言，谁笼络到的线下传统商家的代理人规模最大，谁就能够获得战争中的军力优势。

“那么换了你，你会将移动时代的官网，托管到哪一家的标准体系当中？企鹅、千方还是芝麻开门？”

这句话很有冲击力，一下就让何方远屏住了呼吸，是呀，等他的大道至简成功之后，他到底会选择哪一家呢？企鹅、千方还是芝麻开门？

先不管选择哪一家了，看完新闻再说。

“三巨头拉拢传统商户的手段，各有不同。和微信公众账号、支付宝钱包相比，千方的直达号优势更大，这也是千方信誓旦旦地要用直达号一扫千方在移动互联市场的被动局面的信心所在。因为不管是微信账号还是支付宝钱包，都需要扫码，企鹅和芝麻开门虽然不缺用户，但是缺少流量的基础，所以在衔接用户与商家的时候，必须依赖双方的主动接触，比如说商家只有将印有二维码的东西送到用户面前，而用户又能够保证自己随时可以掏出手机扫码。在互联网时代，多哪怕一个环节，也会将30%的潜在用户挡在门外。

“直达号不需要这个环节，千方可以主动获得用户提交的需求，无论用户提交的是‘最近的快餐厅’还是‘@万达广场’之类的精准需求，千方都能第一时间告诉客户路径最短的目标内容，而在这个过程里，商家是守株待兔的角色。

“扫码是一个阵营，直达又是另一个阵营，已经是标准体系之争。谁最终控制了体系的标准，谁就是最大的受益者，也是最终的赢家。

“不能说直达号的开通会让芝麻开门和企鹅感到颤抖，但显而易见的是，千方入局之后，芝麻开门和企鹅注定不会平静。”

千方对自己优势的把握，确实既精确又到位，看完了新闻，何方远暗暗佩服李颜红在沉稳保守的性格之中，又有一剑封喉的高明，必须承认，“直达号”概念的提出，确实会对芝麻开门和企鹅的布局，带来巨大的压力。

甚至是致命的挑战。

如果说直达号的出现，对大道至简的未来有什么影响的话，至少在目前何方远还不敢轻易得出一个结论。但可以预见的是，直达号的出现，必然会对目前三巨头之间的交手，产生深远的影响。如果直达号未来的前景真如千方所期望的那样美好，那么凭借直达号重新改写三巨头的排名，也不是没有可能。

忽然之间，何方远心中的天平向千方倾斜了几分，如果《逆袭》和千方合作，因为孔祥云的关系，可以争取到更多的资源，同时，如果再在直达号上重点推广的话，还可以第一时间占领手机端的市场。

“我看看，我看看。”见何方远看完之后，半天没有说话，范记安就知道那肯定是触动了何方远的大事件，他拿过Surface急不可待地看了起来。

徐子棋和常辛儿也加入了。

妙妙却对新闻没什么兴趣，她站了起来：“我随便走走，一会儿就回来，叔叔，你别乱跑，要不然我回来找不到你，我会害怕的。”

何方远笑着摆了摆手，他多大的人了还会乱跑？妙妙不乱跑他就谢天谢地了。

范记安几人的心思全在新闻上，何方远也在思索未来的前景，谁也没有注意到妙妙说是随便走走，却绕了一个弯，悄悄上了二楼，来到了二楼的一个角落，坐在了一个戴着大大的墨镜的女孩前面。

“嗨，我就不明白了，都互联网时代了，怎么还会有地下工作者？我一直在想，如果互联网时代提前几十年，当年的地下工作者肯定全得失业。你想呀，卫星定位、手机定位等，你还想偷偷摸摸地搞什么地下工作，走到哪里都会被人发现。”妙妙才一坐下，就像放机关枪一样说了一大堆气话，“蓝姐姐，你可害惨我了，我跟着叔叔，不但被他指挥得团团转，还要听从他的安排拍片，大热的天拍戏，热得我差点没中暑。还好我身体素质好，又坚强，总算挺了过来，我从小到大都没有受过这样的罪，要是让我爸知道了，他非得心疼死不可。”

“妙妙，谢谢你当我的卧底。”坐在妙妙对面的女孩，尽管戴了一副遮住半边脸庞的墨镜，却掩饰不住她的清丽和脱俗，她双手捧了一大杯奶茶，嘻嘻一笑，“虽然你受了苦，但我觉得你比以前成熟多了，也多了优雅的味道，经历就是财富，加油，你一定可以脱胎换骨，远超连叔叔对你的期望。”

“哼，我才不是为了让他对我高看一眼，我就是想磨炼自己，让自己成为一个不依靠别人的寄生虫。一个人只有自强不息才能赢得别人的尊重，我不但要让爸爸对我刮目相看，我还要让全世界的人都欣赏我的才华。”妙妙一脸自得之色，笑得很开心、很灿烂，“蓝姐姐，《逆袭》剧里有一个角色特别适合你演，如果你出演，肯定比现在这个演员演得好。”

蓝妹对演戏不感兴趣，她只对何方远本人和他的事业有兴趣：“现在大道至简的财务状况怎么样？还需不需要资金？”

妙妙歪头想了想：“上次的300万好像解了燃眉之急，现在《逆袭》进入后期制作了，最大的开支应该就是宣传费用了，不过由于是网络剧，再加上叔叔想和千方或是企鹅合作，宣传费用可能也不需要多少，总之一句话，在我的陪伴下，叔叔最艰难的时期已经过去了，马上就会迎来春天了。”

蓝妹微有失落之意：“可惜在他最艰难的时候，我不能陪在他的身边。”

“有我在，就相当于有你在了。”妙妙见蓝妹神情落寞，就劝导她，“蓝姐姐，你也别不开心了，你和叔叔的爱情，也算经历过考验了，我相信你们总有一天会幸福地生活在一起。”

“如果他还有资金上面的压力，你记得告诉我，我来想办法。”蓝妹希望何方远的事业可以顺利，从商业的出发点考虑，她也希望她可以注资到大道至简，甚至控股，但从个人感情方面考虑，她更希望何方远可以凭借自己的力量腾飞，这样何方远以后在爸爸面前，就可以昂首挺胸了。

男人就应该有自强不息自力更生的斗志，尽管蓝妹也不希望何方远过于劳累，一开始她也不理解何方远的选择，现在她慢慢也认同了何方远所走的道路，并且希望何方远越走越远。

当然，万一何方远遇到了过不去的难关，她会在背后暗中帮助何方远，希望可以助何方远一臂之力。她不能如孔祥云一样可以和何方远并肩作战，但至少她可以安慰自己说，她一直和何方远在一起，从未离去。

“不要了，如果叔叔有资金上面的压力，我想办法帮他解决就是了，就不用麻烦你了。”妙妙喝了一口奶茶，“蓝姐姐，如果我告诉你，我喜欢上了叔叔，你会不会恨我？”

## /第四十四章/

# 密集交手期

“不会。”蓝妹云淡风轻地笑了，一点儿也没有担忧，“你喜欢他，我不意外，但我知道的是，他不会喜欢你。”

“为什么呀？难道我就没有一点儿魅力？我长得又不难看，凭什么叔叔就不会喜欢我？”妙妙噘起了嘴，一脸的不服气，“蓝姐姐，你不要太自信了。”

“不是我太自信了，而是我太了解方远了，他不是一个见异思迁的人。”蓝妹展颜一笑，笑容展现出自信的光彩，“如果他不爱我，他不会和爸爸定下一年的赌约。他既然和爸爸有了赌约，就肯定不会食言。妙妙，你现在天天见他和孔祥云在一起，你觉得他和孔祥云除了工作之外，有感情上的发展吗？”

妙妙摇了摇头：“没有。”

“他和孔祥云没有旧情复燃，你说他会和你开始一段新的恋情吗？肯定不会。”蓝妹坚信自己的判断。

“可是……”妙妙被蓝妹的自信打败了，不知道该说什么好了，“可是，可是叔叔为什么不会喜欢我呢？”

“因为，他是何方远。”蓝妹还没有回答妙妙的话，突然，妙妙的身后意外传来了一个女孩的声音，话音一落，她就出现在了蓝妹和妙妙的面前，“蓝妹，我可以坐下吗？”

“啊？”蓝妹大吃一惊，“梅荏苒……”

“是我。”梅荏苒淡淡一笑，自顾自地坐在了妙妙的旁边，“我说几句话就走。”

“你是谁？”妙妙不认识梅荏苒，不过她却被梅荏苒素雅的相貌吸引了，“姐姐，你长得真好看，就像一朵向阳花。”

“谢谢。”梅荏苒冲妙妙点了点头，“我叫梅荏苒，是何方远的前同事，也是他的前女友。”

“前女友？”妙妙张大了嘴巴，又看了看蓝妹，“啊，蓝姐姐，原来你撬了梅姐姐的墙脚。”

“不是，你别误会蓝妹，我和何方远分手，是我的个人原因，和蓝妹无关。”梅茬苒冲蓝妹笑了笑，她比以前稍微清瘦了几分，不过精神倒是不错，显然已经走出了过去的阴影，“蓝妹，我来是想告诉你一声，方远最爱的人还是你，请你一定要珍惜他的情义。我也祝福你们天长地久。你比我更有勇气挑战来自家庭的压力，和你相比，我太软弱、太无力了，你最终赢得了方远，是你自己应得的幸福，真的，希望你以后用一生的时间来收留方远的爱。”

“谢谢你，茬苒。”蓝妹感动了，“你现在在做什么？如果你不嫌弃，可以到我爸的公司工作。”

“不用了，我现在很好，正在周游世界，另外再告诉你一个好消息，我认识了一个志同道合的驴友，他是加拿大人，也许有一天我会嫁给他。”梅茬苒站了起来，一拢头发，挥手向蓝妹告别，“记住我的微信号，等你和方远结婚的时候，一定要告诉我，我要出席你们的婚礼，当面送上我的祝福。”

“等等。”蓝妹叫住了梅茬苒，“方远就在楼下，你……你不想见见他？”

“不用了，相见不如怀念，或者是，不相见也不怀念。”梅茬苒摆了摆手，云淡风轻地笑道，“我只需要远远地看他一眼就够了。”

话一说完，她飘然而去，只留下一个窈窕的背影。

虽然近在咫尺，但楼上发生的一切，楼下几人一无所知。看完了新闻之后，范记安伸了一个长长的懒腰，哈哈一笑，说道：“好消息，好消息呀，何哥，三巨头的大战，越来越激烈了。你来说说，照这样发展下去，三巨头的战火什么时候会烧到影视上？”

“应该也快了。”何方远也舒展了一下筋骨，“其实直达号的布局，不是针对某一个特定行业的布局，而是针对全部行业的布局，直达号是一个网，会网住所有的线下行业，包括影视。既然千方选在芝麻开门上市前夕公布直达号，明显有要向芝麻开门和企鹅叫板的意思，那么企鹅肯定也会积极回应，芝麻开门是顾不上了，现在对芝麻开门来说，天大地大，上市最大。如果不出我的意料，在芝麻开门上市之前，企鹅的互动娱乐战略会再落一枚棋子——影视。”

“说来说去，到底我们的第一部网络剧花落谁家？”徐子棋问道。

“你倾向于哪一家？”范记安反问徐子棋。

“千方。”徐子棋说出了自己的理由，“千方优势更大，资源更多，而且在搜索的优势上更大。再加上祥云姐的关系，千方是不二的选择。你肯定是倾向企鹅了，是吧，记安？”

“你错了，我也倾向于千方。现在只有一个人还在犹豫不决，就是何哥。”范记安嘿嘿一笑，“何哥在感情上由于三剑客的原因，更向企鹅靠拢，但现在和企鹅沟通的渠道不畅通，否则何哥早就拍板要把《逆袭》放到企鹅视频上了。”

范记安说的是实话，正说中了何方远的心事，何方远确实在感情上更倾向于企鹅，同时他个人认为企鹅的互动娱乐包括影视，更有发展前景，而且步子也会迈得更大，但在他尝试和企鹅视频方面沟通了几次之后，对方虽然有意向，但给出的条件不是很好，又没有表现出强烈的进一步深谈的兴趣，就让他左右为难了。

以目前的势头来看，千方由于有搜索方面的优势，在互联网视频上，优势比较明显。但也不排除企鹅后来者居上的可能，主要也是何方远更看好企鹅在影视上的前景，他等不及千方在影视方面再扮演跟随者的角色了。

千方在每一个行业上的布局总是慢上半拍甚至一拍，但现在是时不我待的互联网时代，千方还有足够的时间，何方远却没有，所以尽管和企鹅沟通的渠道不是那么畅通，何方远还是想等一等、试一试，愿意和企鹅深度合作。

“我也看好和企鹅视频的合作。”妙妙的声音从范记安身后响起，她路过范记安身后的时候，一拍范记安的肩膀，“企鹅有魄力，也有敢为天下先的勇气，和企鹅合作，会比和千方合作更有前景，我坚定地支持叔叔。”

范记安翻了个白眼，很是不满妙妙拍他的肩膀，他嘿嘿一笑说道：“现在是股东大会，虽然何哥是董事长，但也得遵循少数服从多数的原则，到底是和企鹅还是和千方合作，投票决定吧。”

“我拥有控股权，可以直接拍板决定。”何方远耍赖了，哈哈一笑，“不要投票了，这样吧，打个赌……”

“什么赌？赌注又是什么？我最喜欢打赌了。”范记安立刻摩拳擦掌了。

“如果企鹅在芝麻开门上市之前宣布成立企鹅影业，《逆袭》就选择首发在企鹅视频；如果没有，就首发在千方视频。”何方远抛出了赌局，“怎么样？现在离芝麻开门上市也没多久了，相信企鹅应该快有动作了。”

“行吧，没问题，赌就赌。问题是，赌注输什么？”范记安还惦记他的Surface 3，上次和徐子棋打赌，到现在还没有分出输赢，所以他就又打起了何方远的主意，“如果企鹅影业在芝麻开门上市之前没有宣布成立，何哥，你不但得和千方合作，还得输给我一台Surface 3，Surface 3正好也快上市了。当然，如果我输了，我送你一台

Surface 3，怎么样？”

“一言为定。”何方远哈哈大笑，“你既然这么喜欢Surface 3，赶紧自己买一台得了，总等着别人送，这也太被动了，人生一被动，心情就沉重呀。”

“自己买多没高度，别人送才有风度，不买，坚决不能自己买，等别人送。”范记安嘿嘿直笑，搓了搓手，“子棋还欠我一台Surface 3，如果我再赢了何哥，就有两台了，哈哈，人生多幸福。”

“现在何哥没有明确要娶谁，也就是说不一定会娶蓝妹，在何哥和蓝妹大婚之前，我就不算输，所以，我不欠你Surface 3，至少现在不欠。”徐子棋哼了一声，很不服气，“你先别急着下结论，说不定我最后赢了你，何哥也赢了你，这样，你不是拥有两台Surface 3，而是欠了两台Surface 3，就是人生多痛苦了。”

“不可能！我不可能两个赌局全输，我人品没那么差。”范记安硬撑着为自己打气。

徐子棋小眼一眯，得意地笑了：“据说积累人品最好的方法就是买单，来，记安，赶紧的，别客气，把单买了。”

众人哈哈大笑。

妙妙也笑，不过她笑得有些魂不守舍，她望了望远处，见蓝妹的身影也消失在了人群之中，心想要不要告诉叔叔梅茬苒来过了。

还是不要了，如果告诉叔叔梅茬苒来过了，在他的追问下，她说不定一不小心就会说漏嘴，说到了蓝妹，然后再问下去，也许她又忍不住说出全部真相，到时可就不好玩了。

好吧，先不说了，这样才好玩，妙妙又偷偷地笑了。

何方远一行几人刚回到公司，孔祥云就回来了，她最近忙得脚不沾地，明显瘦了几分，一进门就喊口渴。

“范记安，快给我倒一杯凉白开。”

“来了，祥云姐。”范记安麻利地送上一杯水，“给祥云姐请安了，祥云姐吉祥。”

“一边儿去，少贫。”孔祥云嫣然一笑，接过水很不淑女地一饮而尽，“你们喝了一下午茶，我是谈判了一下午，不公平，太不公平，方远，回头让妙妙当我助理算了，我一个人有时还真是应付不过来。”

“好呀好呀，我没问题。”妙妙最近闲得发慌，一听就跳了起来。

何方远没接孔祥云的话，直接问到了问题的关键：“谈得怎样？”

“当然好了，我出马，肯定手到擒来。”孔祥云坐在了何方远的椅子上，拿起何方远的笔转动了几下，“只要我们认可千方给出的条件，只要何总一点头，就可以签约了。”

“什么条件？”何方远心思动摇了，与其去无望地等候企鹅方面的积极回应，还不如先拿到眼前的利益，以现在公司的财力，别说可以有资本开发一部新剧了，就连正常的运转怕是也支撑不了多久了。

万一等来等去，最后还是没有等来企鹅方面的积极回应，而千方给出的优厚条件也过期不候了，不就是两头踩空了？一瞬间，何方远甚至要做出决定了。

“条件还不错，搜索引擎重点推荐、流量导入、广告支持，乐观地估计，如果前五集的效果达到了预期的话，就可以完全收回成本，然后后十集就全是收益了。千方方面的要求是，独家播放一年。”孔祥云将笔递给了何方远，暗示何方远赶紧签字拍板，“你还犹豫什么？这么好的条件是我通过艰难的谈判才争取到的，别人想也别想。也就是我在千方有人情加分，否则搜索引擎重点推荐的条件，非得独家播放两年才行。”

“独家播放一年还是太长了，如果是半年的话，我就不会犹豫了。”何方远接了笔，又放了回去，“我的意见是，再等等，企鹅方面一直没有明确答复，我相信以企鹅的眼光，不会对《逆袭》不感兴趣。”

孔祥云摇了摇头，无奈地笑了：“还要等多久？再等下去，公司就没钱维持了。”

“至少再坚持半年没问题。”何方远微微一笑，拿出了两张银行卡，“里面一共70万，只维持日常的运转，别说半年了，估计一年也问题不大。”

“是问题不大，主要是我们这些人不但只干活不拿工资……”范记安痛苦地摇了摇头，“而且还自掏腰包为公司筹钱，这得是多么伟大的奉献精神。”

孔祥云听出了什么，拿起了银行卡看了看：“范记安和徐子棋也入股了？好事呀，好事，我的股份又被稀释了吧？好吧，既然方远你还是想再等等看，我就答复千方，让对方再容我们考虑一段时间。不过我可有言在先，到时候如果企鹅方面不给好条件，千方这边也黄了，别怪我就行。”

“不怪你，绝对不怪你。如果真的失败了，要怪也得怪乔国界。”何方远见孔祥云无条件支持他的决定，心中大慰，也有几分感动，毕竟这是一件关乎生死存亡的大事，稍有不慎就有可能全盘皆输，现在大道至简还是一家弱不禁风的小公司，和千方、企鹅根本没有平等对话的资格，所能做的，就是最大限度地激发千方和企鹅对《逆袭》的竞价。

只有《逆袭》成功了，千方和企鹅才会看好大道至简的发展前景，才会愿意为大道至简出高价。

“关乔国界什么事？”范记安不解地问道。

“我是在学他的商业策略，如果不成功，不怪他怪谁？”何方远哈哈一笑，“不过话又说回来，其实也怪不了他，他在包装炒作兴众期望卖出高价的策略上，也没有获得想要的成功。虽然现在兴众在炒作中，售价已经高达100亿美元，但有价无市也是没用。”

“何哥，我严重怀疑你在这件事情上有私心……”范记安眼睛一转，犯贱的毛病又发作了，“你其实不是在等企鹅的积极回应，而是想拖死大道至简，这样等一年期限到了，你就可以让蓝成器全盘收购了大道至简，然后你又可以娶了蓝妹，人财两得……”

“滚远点儿！”何方远笑骂，“大道至简成功了，我也是人财两得，为什么非要坐等失败？范记安，赶紧去订明天去深圳的机票，你和我一起去深圳，求见小马哥，最后试试运气。”

“这个主意好，马上订票。”范记安乐了，“不过我估计你见不到小马哥，小马哥不是谁想见就可以见到的，就当是深圳一日游也行。”

范记安话太多，就连徐子棋也听不下去了，他一把推开范记安：“行了，别耍嘴皮子功夫了，如果你有机会站在小马哥面前，范记安，请一定管好你的嘴。”

何方远想去深圳求见小马哥，不是心血来潮，而是早有想法，现在基本上和千方谈妥了，时机成熟了，他决定试一试，不试，怎么知道能不能成功呢？

飞机降落在宝安机场的时候，正是中午时分，何方远和范记安出了机场，坐上了去市区的大巴。上车后，何方远习惯性地打开手机上网查看新闻。

一则突如其来的消息映入了眼帘，顿时让何方远为之一惊，超级土豪的组合这么快就成立了，比他预期中要快了不少，看来，三巨头之间的战争随着芝麻开门的即将上市，以及各自布局的展开，而进入了密集交手期。

超级土豪是一个三方组合，分别是企鹅、千方和万达，三家联手成立了一家电商公司，简称企千万。而三家公司联合成立的公司又是电商公司，不用想，目标所指之处，赫然是芝麻开门的大马哥。

于是，就有人称之为企千万赛马。

/ 第四十五章 /

# 碰瓷

本来几天前就开始有风声传出，何方远还以为再过一段时间才会正式公布，没想到，在千方刚刚公布了直达号向芝麻开门和企鹅不宣而战之后，千方却又和企鹅联合，再加上一个房地产企业万达，成立了一个强强联手的超级土豪电商公司，本来只是芝麻开门、企鹅和千方的三巨头大战，突然之间又加入了一个万达，戏，就变得更加好看了。

没错，或许有人不会相信，和IT业风马牛不相及的万达、一直从事房地产行业的万达，怎么就和企鹅、千方并列或者说搞到一起，但不管别人相不相信，消息却是正式公布了。

消息是——万达今天与千方、企鹅共同宣布成立电商公司，全力发展O2O电商业务。据了解，三家公司对万达电商的首期投资额高达50亿元人民币，其中万达持股70%，企鹅和千方各持股15%。

而据彭博亿万富豪指数显示，中国最新富豪排行榜的名次有变，现在排名第一的是马匀，第二是马化龙，第三是李颜红，第四是万达的掌门人王健林。排名第二、第三、第四的马化龙、李颜红和王健林，名下公司分别是企鹅、千方和万达，合在一起不是企千万又是什么？

而企千万的联合，成立的是一家电商——万达电商，而且投资高达50亿元人民币。联想到目前电商的龙头老大正是马匀，排名第二、第三、第四的三家联合起来成立一家和排名第一的马匀的核心资产相同的电商公司，尽管企千万三家都对此举是否针对马匀讳莫如深，但谁都知道企千万的枪口所指之处，必然是高居第一宝座的马匀。

企千万想要在电商市场站稳脚跟，早晚必然和马匀有正面一战，企千万赛马，就此拉开了巨大的帷幕。

好吧，何方远开始琢磨了，本着爱护被人联手欺负的马勺的角度出发，超级电商公司的成立，真的会是马勺的末日吗？他对马勺一向大有好感，并且认定马勺的芝麻开门会比企鹅和千方对社会的贡献更大。

曾经企鹅拍拍没有动摇芝麻开门的根基，千方商城没有触动马勺的神经，现在企鹅和千方不但破天荒地联手了，还拉上了地产行业的王者万达，如此重量级的组合，来势汹汹，明显是要将马勺拉下电商宝座的架势。

马勺还有招架之力、还手之功吗？

先不说马勺到底是末日来临，还是会安然无事，先说说企千万联合到底有多大的杀伤力。

万达董事长王健林此前在上半年工作报告中透露，未来将把集团所有的网上资源交给电商公司。他要求万达电商研发一种便捷的“一卡通”，可以在全国万达广场、酒店、度假区消费，购房通用，能够消费还能有折扣、积分、抽奖、增值服务等。

他还表示，万达电商的核心工作是用3年左右的时间找到盈利模式，即使不盈利，也要看到盈利方向。谈及投资方，王健林表示，“除了确定投资方外，还有很多企业排队，愿意出高价参股，但我们决定先把万达电商做起来再说”。

万达电商既然拉上了企鹅和千方，摆出了志在必得的态势，必然会有几大撒手锏，否则失败了，不管是万达还是企鹅或是千方，面儿上都过不去。

那么说，马勺的末日真的来临了吗？也未必。

其实早在几个月前，芝麻开门就已经入股了泰银，成为泰银的二股东。最近几个月，芝麻开门一直在密谋筹划一家O2O开放平台，也就是说，芝麻开门手中已经拥有了回应企千万挑战的筹码，而芝麻开门跟泰银因为股份上的利益是真正的一家人，一家人办事，更容易达成共识，更容易一个声音说话，比起松散的企千万组合，显然有威力多了。

不过话又说回来，芝麻开门和泰银的合作更多布局在商超、百货零售，而万达拥有的不仅仅是商超，还有商业地产、酒店、度假村和影院，覆盖范围更广，如果企千万的组合再可以将O2O模式探索出来，对于芝麻开门来说确实是一个不小的打击，因为生活服务类一直是芝麻开门的软肋。

不管怎样，超级土豪公司企千万的成立，意味着在将来也会有越来越多的线下公司加入到三巨头的大战之中，对大道至简来说，也算是一个利好消息，企千万的成立，说明企鹅和千方对线下公司的需求越来越强烈了。

“何哥，我现在越来越佩服你的眼光了。”范记安看完了新闻，由衷地感慨，

“不是拍马屁，是真心话。你看最近三巨头之间的交手多密集，早晚会在影视行业也上演一场争夺大战，说不定会超过当时对立化的争夺战。”

“我估计比对立化的争夺战激烈多了。”何方远点了点头，对范记安的奉承没有任何回应，“在三剑客分裂立化之前，芝麻开门、千方和企鹅都对立化开过价，而且价格不算低，但乔董当时要价太高，超出市值预期太多，结果一个个潜在的买家都被乔董推开了，最后才造成了立化分裂的局面。如果当时乔董要价不那么高，立化肯定会卖给三巨头其中的一家。”

“我明白了，总算明白了。”范记安嘻嘻哈哈地笑了，“何哥，敢情你是想将大道至简做出成绩，然后转手卖给企鹅、千方、芝麻开门三家的其中一家呀。高，实在是高。我猜猜，何哥，你想卖多少钱，两千万还是一个亿？”

何方远含蓄地一笑：“到底能卖多少钱，我说了不算，千方说了也不算，最后还得市场说了算。但现在影视业的市场还不成熟，也就是说，价格的不确定性也有可能造成意外惊喜。”

“明白，明白。”范记安笑得很灿烂，心花怒放，“投资几百万，一转手卖出几千万甚至是一个亿，几十上百倍的回报，何哥，还是你厉害呀。要是还干互联网版权产业这一行，表面上有几个亿的投资，很风光，其实还是在为别人打工。但在大道至简就不同了，虽是小公司，却是自己的公司，转手一卖，也是自己的钱。不过有一点我想不通，大道至简卖了后，我们怎么办？不可能拿着一笔钱就退休养老吧？再说这点钱也不够一辈子花的呀！”

“想太多了吧你？”何方远笑了笑，又一本正经地说道，“在没有卖出公司之前，不，在没有和小马哥面谈之前，一切都是浮云。”

说话间，汽车驶入了深圳市区。

下了车，何方远拿出电话，打了一个电话，电话打给了海山。

“方远，我只能帮你引荐到董事长办公室，至于小马哥见不见你，我也无能为力了。”海山实话实说，在何方远面前，他向来有一说一，“所以你能不能成功地求见小马哥，只能看你自己的运气了。祝你好运。”

“谢谢海老大。”何方远真心感谢海山，海山确实帮了他的大忙，有过上一次他和蓝妹跟在小马哥身后演讲的经历，他相信只要他的名字传到了小马哥的耳中，小马哥就会见他一面。

挂断打给海山的电话，何方远就打到了马化龙的董事长办公室，接电话的正是海山的联络人高红超。

高红超是董事长办公室的副主任，她和海山的关系不错，接到何方远的电话，她很客气地说道："方远，你先别急，等一下Pony来公司的时候，我会含蓄地向他提一下，你等我电话。"

"好，谢谢红超。"何方远没有称呼高红超职务，而是直呼其名，因为之前海山向他透露过，高红超为人直爽，说话直来直去最好。

小马哥是外界对马化龙的戏称，企鹅内部都称呼马化龙为Pony。

既然要等高红超电话，现在就无事可做了，范记安提议："就在企鹅总部附近转上一转，等高红超电话一到，我们马上就能上楼。"

"守株待兔？不行，守株待兔不是我的风格。"何方远想起了之前和孔祥云讨论过三巨头的座驾问题，心中闪过一个强烈的念头，"走，去企鹅总部的地下停车场。"

"干什么？"范记安瞪大了眼睛，吓了一跳，"要偷车？何哥，偷车这种工作，既没有技术含量，又没有前途，你可千万别误入歧途呀！"

"一边儿去。"何方远踢了范记安一脚，"要偷也是你去偷，我顶多管放风。"

"天地良心，我是偷车的人吗？要偷也得偷飞机。"范记安翻了翻白眼，一边贱笑，一边跟随何方远来到了企鹅总部，然后绕过保安，来到了地下停车场。

企鹅总部的地下停车场和大部分地下停车场没什么区别，放眼望去，全是各式汽车，范记安挠了挠头："有两个麻烦，一是我们不知道小马哥的专车是哪一辆，二是不知道小马哥的专属车位在哪里，就算小马哥的车现在下来，我们也不认识。"

"直接在入口等就行了。"何方远神秘地笑了笑，"小马哥的专车一出现，我就会知道。"

"你怎么可能知道？"范记安不信。

"天机不可泄露。"何方远呵呵一笑，不再多说什么，双手抱臂，靠在了停车场入口的一根柱子上，闭目养神。

"得，服了，大老远从北京跑来深圳，却躲在企鹅的地下停车场睡觉，这事儿要是传出去，也会是一段佳话……"范记安一边说，一边索性拿出一本书放在地上，坐了下来，"我坐着睡觉，总比你站着睡觉舒服。"

时间一分一秒地过去了，半个小时，一个小时，一个半小时，驶入地下停车场的汽车，范记安数了数，有几十辆之多，何方远却好像真的睡觉了，没有任何反应，他见天色渐渐黑了，心中焦急，推了推何方远："何哥，天都黑了，又没电话打来，又没见到小马哥，没准这一次真的白来了。"

何方远慢慢睁开了眼睛，目光一扫正驶入停车场的一辆车，面露喜色："记安，来了，能不能让小马哥从车上下来，就全看你了。”

“来了，真来了？”范记安一时惊喜，抬头一看，一辆沃尔沃S80缓缓驶入了停车场，他不由一脸沮丧，“沃尔沃？怎么可能？小马哥怎么会坐沃尔沃？以他的身家，最少也得是千万以上的豪车才配他的身份。”

“这就是你的错了，互联网新贵和传统商人不一样，他们追求个性，不太讲究品牌和奢华。沃尔沃新款XC90即将上市，起价80多万，听说李颜红也预订了一台限量版。”何方远说话间，一把抓住了范记安的胳膊，用力朝前一推，“记安，关键时刻，拿出你犯贱的本色，为大道至简碰一次价值不菲的瓷。”

“啊？碰瓷呀，碰瓷我可不会，何哥你别害我……”范记安一边说，一边借何方远推他一把的力道，顺势朝前一扑，摔倒在了S80的必经之路，不管是摔倒的姿势还是夸张的表情，都十分到位，显示出高超的炉火纯青的碰瓷艺术。

对，如果说一般人碰瓷就是很没技术含量的诈骗，而范记安的碰瓷显然已经上升到了艺术表演的高度。

由于是地下停车场，驶入的车辆速度都不快，范记安突然摔倒，S80迅速刹车，尽管速度不快，但由于范记安表演得太过投入，距离过近，S80踩死了刹车，才堪堪在距离范记安两米之外停住。

范记安吓出了一身冷汗，躺在地上还幽怨地回敬了何方远一个我为公司出生入死、你得还我荣华富贵的眼神，何方远悄然一笑，没理他，目光落在了车窗上。

车窗贴了颜色很深的膜，看不清里面坐的是谁，不过何方远坚信他的判断没错，车内的人，必是小马哥无疑。

S80停下之后，或许是受了惊吓，过了一会儿司机才从车上下来，他跑到范记安面前，关切地问道：“你怎么样了？有没有伤着？”

“哎哟！”范记安在地上躺了半天，正在计算他这一摔何方远会怎么请他吃大餐，想了半天才见到司机下来，不由怒了，“你以为你爹是李刚呀，撞人了还不赶紧看看撞死没有，万一真的撞死了人，你爹是金刚也不管用。”

“是，是，是我不对。”司机是一个30多岁的男人，长得很慈眉善目，打扮很绅士，谈吐很有礼貌，“先生，要不要送你去医院？”

“不用了，我钢筋铁骨，别说你开的是沃尔沃，就是坦克，也撞不坏我。”范记安翻身坐了起来，拍了拍身上的土，“这样吧，你向我道歉，这事儿就算翻篇了。”

“对不起，先生，请您原谅我的冒失。”司机不愧为企鹅的司机，很有修养，朝范记安深鞠一躬，“如果您有任何不舒服的地方，请拨打我的电话。”

说话间，司机递上了自己的名片。

范记安却不接名片，朝车里望了一眼："不对吧，只有你道歉，车内的人连车也不下，是不是太看不起人了？不行，车里的人都得下来给我道歉，否则，这事儿没完。"

司机一脸为难："这……先生，这是我的过错，和别人没有关系。"

"怎么没关系？如果车撞了我，坐在车上的人的体重也增加了车的重量，等于是车上的每一个人都撞了我。"论狡辩范记安自称第二，通常情况下没人敢在他面前自称第一，"虽然没撞到我，但如果车上没有人，刹车距离肯定会缩短很多。正是因为车上的人太重了，导致刹车距离过长，车头距离我的脑袋过近，才让我的心灵受到了严重的伤害……"

何方远忍不住了，一步迈了出来，来到司机面前："你好，我叫何方远，他叫范记安，我们从北京来，有一些关系到企鹅和芝麻开门、千方到底谁是未来互联网王者的论点要和小马哥谈一谈，希望小马哥可以当面听听我的想法。还有，我曾经是立化中文网的总经理，现在跳出了立化，上次在黄浦江边上，曾经和小马哥有过半面之缘……"

何方远话未说完，S80的左后门被打开了，一个人从车上下来，他一头浓发，戴一副金丝眼镜，笑得很温和、很友好："何方远是吧？我知道你，到我的办公室等我，我等下上去。"

不是别人，正是让无数人向往并且想见他一面而不得其门而入的三巨头之一的马化龙！

/ 第四十六章 /

# 才华保一时，人品保一世

何方远强压心中的狂喜，果然是任何付出都不会浪费，想当初他跟在小马哥和乔国界身后，一番发自肺腑的演讲在小马哥心目中留下了深刻的印象，种下了一粒种子，到今天，不但生根发芽，而且还长出了一棵幼苗，也不知道有朝一日能不能长成郁郁葱葱的参天大树。

一听小马哥同意见面了，范记安一骨碌就从地上爬了起来，一边拍打身上的土一边嘻嘻一笑："不好意思，小马哥，我其实是故意碰瓷的，就是想引起你的注意。你可千万别怪我，为了见你一面，我可是冒着生命危险也要达成愿望，可见我的心情有多迫切、意志有多坚定。"

小马哥呵呵一笑："你这个瓷碰得有水平，说不定会是全中国价值最大的一次碰瓷。"

在高红超的带领下，何方远和范记安来到了小马哥的办公室。和李颜红的办公室方正、稳重的风格有所不同的是，小马哥的办公室充满了科技感，不管是办公桌还是办公椅，又或者是台灯，都犹如未来的电子产品。

"何哥，如果有一天我的碰瓷真的记录在中国互联网编年史里，你一定要记住，我曾经纯真过。"在等小马哥的空隙，范记安还不忘自夸他刚才的碰瓷之举就如神来之笔，浑然忘了其实他的碰瓷是何方远的主意，是何方远一把把他推了出去，而不是他自发的行为。

"何方远！"不等何方远打击范记安的自恋，门一响，小马哥进来了，他主动和何方远握手，"其实在上次黄浦江的演讲之前，我就听三剑客说过你的名字，也关注过你在立化的所作所为，来，坐。"

高高在上的三巨头之一的小马哥，到底是互联网诞生的新贵，没有架子，和气而平易近人，他又和范记安握了握手，对范记安刚才的表演也印象深刻：“刚才的创意不错，范记安，别浪费你的才华，也许什么时候你的一个创意就能颠覆互联网的秩序。互联网时代，创意为王。”

芝麻开门的电商模式是创意，企鹅的在线聊天软件也是创意，千方的搜索还是创意。互联网时代，确实是创意为王的时代，有时一个突如其来的创意或许就是神来之笔，就可以造就一个神话和培育一大批千万富翁。

“哈哈，谢谢小马哥的夸奖，我也希望我是下一个马匀。”范记安放声大笑，很巧妙地回答了小马哥。

“为什么是马匀而不是小马哥？”何方远及时接过了范记安的话，“在小马哥面前提大马哥，范记安，你又犯贱了。”

“犯贱不可怕，可怕是没有自己的想法。”范记安知道何方远故意有此一问，他也正要当着小马哥的面阐述他的想法，“芝麻开门在美国上市后，肯定会是全球第二大互联网公司了，全球三大互联网公司，谷歌第一，芝麻开门第二，企鹅第三，有人说大马哥和小马哥的称呼不是根据年龄，而是根据市值。虽然芝麻开门、企鹅和千方经常被人并列称为三巨头，但话又说回来，第一永远只能有一个。既然大马哥是第一，我当然希望能成为下一个大马哥了。”

小马哥微微一笑，并不说话，示意范记安继续说下去。

范记安没再说话，何方远接话了：“就算芝麻开门上市后，暂时名列第一，但以后企鹅再追上芝麻开门，成为全球第二甚至是全球第一的互联网公司，也不是没有可能。

“本来我也觉得企鹅还可以超越芝麻开门，但自从芝麻开门成立了影业公司之后，我对企鹅又失去了信心。芝麻开门在影视上面先落一子，企鹅又落后了一步，而影视是企鹅唯一一个可以超越芝麻开门的领域了，如果企鹅再不追赶，以后就只能和千方争夺第二的位置了。”

“谁说企鹅在影视领域的布局落后了？企鹅文学的成立，就是先打好源头版权的基础。”何方远见小马哥一直一脸微笑地听他和范记安演双簧，就悄悄一笑，将话题转移到了关键点上，“我敢说，不出一个月，企鹅就会宣布成立企鹅影业。”

这一句话一出，小马哥一下站了起来：“何方远，你从哪里听到的消息？”

“不是从哪里听到的传闻，而是我自己的推测。”何方远见他的话触动了小马哥，就知道他猜中了。

小马哥不置可否地笑了：“你又是基于什么做出的推测？”

“企鹅要做连接型的公司，继企鹅游戏、动漫、文学三个板块之后，怎样将互动娱乐与线下结合，就是影视了……”何方远对企鹅的布局思路很清晰，“企鹅互动娱乐从2012年推出‘泛娱乐战略’以来，基本完成了从游戏、动漫再到文学、影视的全产业链布局，现在就差影视最后一个环节的闭环了。”

“说说看，你认为企鹅影视会先从哪个方面入手？”小马哥饶有兴趣地追问。

“电影。”何方远毫不犹豫地回答。

“为什么不是电视剧？”小马哥笑得很意味深长。

“因为和电视剧相比，电影的影响力更大，而且市场也更广阔。还有一点，芝麻开门影业进军影视领域，就是以电影作为开端。比如娱乐宝首期上线的是《小时代3》《小时代4》《狼图腾》《非法操作》四部影片，由此也可以推断，企鹅影业正式成立后，也会先涉足电影。”

“以你的看法，未来的娱乐是电影还是电视剧的天下？”小马哥对何方远的兴趣越来越浓，有意再深入考一考何方远的洞察力。

“既不是电影的天下，也不是电视剧的天下，而是互动娱乐的天下，是以IP为基础的泛娱乐的天下。”何方远见他和小马哥之间切入主题的对话非常干脆利落，索性也就直截了当地说出了自己的真实想法，“或者说，是优质IP的天下。一个优质的IP，可以延伸到泛娱乐的每一个领域，游戏、动漫、电视剧、电影、网络剧，等等。所以说，未来的泛娱乐时代，是得优质IP者得天下。正是因此，我才佩服小马哥重金将三剑客拉入旗下，并且大力打造企鹅文学的举动。”

IP是intellectual property的缩写，意思是知识产权（全称为：intellectual property right），具体可以指一部书。

“不过……”何方远话锋一转，又说出了企鹅文学布局的不足，“企鹅文学过于强调互联网作品的IP了，对实体书的IP，关注得不够。互联网作品固然有天马行空的想象力和跌宕起伏的情节等优点，但也存在着三观不正、内容空洞而苍白的缺点，而大量的实体书中也有许多可以开发的优质IP，如果错过了，就等于是将实体书市场拱手让给了芝麻开门。芝麻开门没有成立芝麻开门文学，也没有如开天中文网一样的互联网作品的源头，但芝麻开门未来在影视上的发展，未必就会输给企鹅，甚至还有可能超过企鹅。因为企鹅或许没有芝麻开门更懂中国的电影和电视剧市场。”

“有道理，必须承认，你的话有一定的道理。”小马哥连连点头，“不过你又怎么知道，企鹅不会重视实体书的优质IP呢？”

“因为有一个非常优质的实体书IP，你们没有发现，所以有理由相信，互联网基因烙印过重的企鹅，过于关注互联网导致忽视了依然占据主流的实体书市场。”何方远层层推进，终于抛出了他的来意。

小马哥意味深长地笑了：“你说的是哪一本书？我最近主要关注芝麻开门的上市和千方的直达号，没太多时间用来读书，又有什么好书被我错过了？”

“《逆袭》……”何方远顺水推舟，点题了，“如果有时间可以看一看，是一个很欢乐的故事。当然，如果没时间，可以直接看《逆袭》网络剧，比看书更直观、更欢乐。”

“《逆袭》网络剧，哪家公司出品的？”小马哥也多少猜到了什么，笑问。

“大道至简影视投资有限公司。”何方远隆重地推出了自己的公司，并且毫不掩饰他对大道至简的推崇，“作为大道至简成立之后的第一部网络剧，《逆袭》很得千方的重视，就连李颜红也很喜欢看，一心想让《逆袭》在千方独家首播，也谈了几次，给出的条件很好，但我还没有同意。”

“大道至简？名字倒是不错，是你的公司？”小马哥愈加看清了何方远的来意，上次在黄浦江边，何方远的一番演讲给他留下了很深的印象，而在立化分裂事件之中他始终保持清醒的头脑，最终借分裂事件一步步走到了今天，在短短时间内就到达了一般人无法到达的高度，在他的价值判断中，何方远确实是一个难得的人才。

尤其是何方远最后居然从兴众文学全身而退，既没有引起乔国界强烈的反弹，又没有引发新闻的关注，其手法之高，不得不让人称道。毕竟近些年来从乔国界手中全身而退的高管实在是少之又少，而何方远又是其中最年轻的一个人。如此年轻就有这样的性情，小马哥就在十分欣赏何方远的才华之外，更欣赏何方远的人品。

才华可保一时，人品可保一世。

“是我的公司。”何方远坦诚地承认，“我这一次来，就是想当面向小马哥推销我们的网络剧《逆袭》。虽然千方开出了很好的条件，但我还是更想和企鹅合作。”

“为什么？”

“因为我认为在影视领域的布局，企鹅比千方更有远见和魄力，而在影视领域的发展，企鹅也会比千方更有未来。”何方远的话不是奉承，而是他的真实想法。

“何以见得？”小马哥抬手看了看时间，拿起电话打给了高红超，“红超，推掉所有应酬。”

何方远心中大喜，从影视领域入手，果然触动了小马哥最感兴趣的话题，小马哥推掉一切应酬来和他对话，可见大事可期。

“很简单，以我从事多年互联网版权产业的眼光判断，企鹅在企鹅游戏、企鹅动漫之后，成立了开天中文网，又以开天中文网为基础，进一步成立了企鹅文学，那么就只剩下企鹅影视了，只要企鹅影视一成立，就完成了互动娱乐的闭环和一个良性生长的生态圈。而千方，虽然有千方游戏，却还没有千方动漫和千方文学，千方影业也是遥遥无期。虽然一直有消息说千方文学即将成立，但以千方以2亿元人民币的价格收购驰骋中文网的手笔来看，千方在千方文学上的投入也不会太大。不难看出，千方在互动娱乐上面的布局，比企鹅落后了许多。"

"主要的是……"何方远提高了音量，"技术出身的李颜红为人谨慎，保守有余，活泼不足，远不如小马哥有娱乐精神。一个没有娱乐精神的人，想做好娱乐事业，估计很难。"

"哈哈，方远，你这个观点不成立，不是说有娱乐精神的人才能做好娱乐事业，一些影视公司的大股东，为人也很严谨，但他们一样有眼光投资很有市场前景的影片。"小马哥被何方远的风趣逗笑了，他对何方远本来就感兴趣，既然何方远力推《逆袭》，他也就来了兴趣，"《逆袭》的片花有没有？"

"有。"来之前，何方远早就把一切准备妥当，不能白跑一趟，他示意范记安播放片花。

范记安拿出Surface，打开片花，将Surface推到了小马哥面前，小马哥接过之后，饶有兴趣地看了起来。

本来《逆袭》一书讲的是一个落魄的贫二代在机会来临时，逆袭了富二代和白富美的故事，故事很离奇、很有趣味。主人公的性格很好，开朗、自嘲，又百折不挠，就算在身无分文时，也有心情和乞丐开玩笑、逗乐子。整个故事既有商战的阴谋，又有纯真的恋情，还有家产争夺战，以及纠缠在一起的感情纠葛，基本上和互联网无关。

但在何方远的建议下，改编的时候，加入了互联网元素，其中主人公不但和小马哥、李颜红都有交集，与大马哥也有对话的场面。当然，在剧中，三巨头都是正面形象。

"哈哈……"才看了几分钟片花，小马哥就发出了数次会心的笑声，笑完之后，他十分好奇地问道，"这么有意思的故事，我以前怎么没有看过？说吧，方远，如果和企鹅合作，你有什么条件？"

见小马哥直爽，何方远也不再矜持，直接说道："第一，企鹅给出的条件，不能比千方低。第二，如果《逆袭》的收视率爆红，我有权收回企鹅独家首播的权限，全网联播。"

如果一部剧爆红，独家首播对任何一家视频网站来说都是一次大幅提升流量的机会，甚至是一举成为业内第一的机会。网络剧作为新兴事物，刚刚起步，在初期阶段，在各大视频网站还没有形成气候之时，一部红剧的带动作用之大，可以用威力无比来形容。何方远提出一旦爆红就全网联播的条件，正中企鹅视频的软肋。

实际上，虽然何方远声称看好企鹅视频的前景，但现阶段的现实却是，千方视频比企鹅视频更有影响力、更有流量，相比之下，千方视频更需要一部可以走红的网络剧并且以独家首播的方式来提升流量。

范记安心脏乱跳，何哥怎么突然提出了不切实际的条件，万一小马哥不接受怎么办？岂不是前功尽弃了？以现在的大好局面来看，最好现在就敲定和企鹅的合作，再提出一些分成条件，提高利润率才是正经。其他方面的问题，都是次要的。保证盈利才是第一要务。只有《逆袭》盈利了，大道至简才有资金继续下一部剧的制作。

“我坚持独家。”小马哥漫不经心地看了何方远一眼，想了想，又轻松地笑了，“方远，你不要提条件了，听我说。我就一个条件，如果《逆袭》在企鹅视频一炮打响的话，我按播放次数付费给你。”

“什么什么？”范记安以为他听错了，他一直听说小马哥很有魄力，曾经有过和一个人谈了不到五分钟就决定投资5000万元的壮举，但事情真的降临到自己身上时，他还是不敢相信自己的耳朵，“小马哥的意思是，如果《逆袭》的播放次数是3000万，就付3000万元人民币给大道至简？”

“没错。”小马哥肯定了范记安的推测，他云淡风轻地笑了笑，“不过我也不会无限制地付费下去，我和你立一个对赌协议，如果播放次数超过了一亿，我会付费一亿元人民币，但附加条件是，百分之百收购大道至简。”

大道至简成立至今，时间不过半年，投入资金不过500万元，如果《逆袭》的播放次数真能超过一亿次，就算百分之百被企鹅收购了，也是一笔无比划算的生意，范记安激动了，只差一点儿就热血沸腾了。在影视领域即将成为三巨头争夺的又一个战场之前，何方远先人一步占领了先机，果然走了一步非常高明的棋。

难道说，在何方远最开始的设想中，大道至简就是要成为第二个儒欣影业？

/ 第四十七章 /

# 输赢两重天

儒欣影业的传奇，一直被范记安津津乐道，并且引为平生最大目标。成立仅仅三年的儒欣影业，第一年亏损80多万元，第二年盈利1000多万元，在第三年预计盈利一个亿元时，被一家大型集团公司看中，提出了百分之百收购。因为儒欣影业参与策划过两部当红的电影和一部收视率不俗的电视剧，最终以15亿元的价格成交。

三年，十五个亿，而其创始人才30岁出头，卖掉公司后，手中握有的是十几亿元的现金！这是何等惊人的成功，这是怎样的财富神话？！

卖，为什么不卖？范记安激动得几乎要跳起来了，一个亿百分之百收购大道至简，以他百分之八的股份计算，他也要分到800万元，距离千万富翁，只有一步之遥了。

不过何方远却没有范记安这般兴奋和激动，他一脸平静："如果《逆袭》真到了一个亿的播放次数，那么《逆袭》就成为近年来最成功的网络剧之一了，只凭《逆袭》的成功，大道至简就可以至少收入3000万元以上，按照通常的十倍溢价的收购计算，百分之百收购大道至简，要三个亿。"

"方远，你对《逆袭》的成功，很有信心呀。"小马哥摆了摆手，"和我打过交道的人都知道，其实我不是一个善于讨价还价的人，这样，你直接说出你的条件，我觉得合适就定了。"

"好。"何方远微一思索，说道，"播放次数超过一亿人次，企鹅支付一亿元费用，同时可以获得大道至简10%的股份。一亿次以上，每增加一千万人次的播放次数，企鹅就付出一千万元，同时获得大道至简5%的股份，以此类推。超过两亿播放次数之后，每增加一千万人次，企鹅就付出两千万元的费用，同时获得大道至简5%的股份……"

范记安瞪大了眼睛，扳着手指算了半天，也没有算清如果企鹅想百分之百控股大道至简，需要付出多少钱，他忽然才发现，何哥不但在布局上面有天赋，在讨价还价上面，也有精明过人的一面。

"……"小马哥只沉吟了片刻，就点头同意了，"行，没问题，其实你没有必要非弄得这么复杂，直接报一个一口价不就得了。想当初我和三剑客谈判的时候，就直接和他们谈了一个对赌协议，如果他们在规定的时间内完成了整合和实现利润目标，我就将企鹅文学全部交给他们。现在你也看到了，企鹅文学就是三剑客的天下，我出钱出资源出渠道，全权交给三剑客经营，就是因为我信任他们，认定他们可以管理和运营好企鹅文学。"

见小马哥说话直接、有力，何方远也呵呵一笑："好，小马哥果然是三巨头中最有魄力的一个，如果播放次数到了2亿以上，一口价3.5亿。"

"成交！"小马哥毫不迟疑地一口应下，和何方远握手，"如果合作成功，我希望百分之百收购大道至简之后，你继续留下来担任大道至简的CEO。"

"可以，但我还有一个条件……"何方远看出了小马哥是性情中人，就想再提条件。

"除了大道至简的CEO之外，你还会是企鹅影业的副总裁。"小马哥再次伸手和何方远握手，"深圳的夜景不错，晚上可以赏赏景，明天我让法务准备好合同。"

"谢谢，合作愉快。"何方远欣喜若狂，他也没有想到和小马哥的会谈会这么顺利，虽然见面的过程出现了一些曲折，但总体来说，事情的发展完全超出了他的预期。

何方远和范记安却没有心情欣赏深圳的夜景，告别了小马哥，回到酒店住下之后，何方远和孔祥云通了一个电话，告诉了她事情的最新进展。孔祥云听了，喜忧参半，喜的是，和企鹅的合作，如果《逆袭》大火，前景明显好过和千方合作；忧的是，万一《逆袭》不温不火，和企鹅合作就还不如和千方合作旱涝保收。

何方远走的是一步险棋，虽然收益大，但风险也大，而且还不是一般大，一着不慎，甚至会满盘皆输。但从另一个角度来说，如果赢了，就会赚得盆满钵盈。

本来以孔祥云的性格，她不会做出如此冒险之事，太疯狂了，但她尊重何方远的决定，在不断创造神话和奇迹的互联网，也许何方远就是下一个创造神话和奇迹的传奇人物。

第二天，何方远顺利地拿到了和企鹅的合同，和范记安一起，飞回了北京。才一落地，就接到了孔祥云的电话。

"方远，告诉你一个好消息，企鹅电影刚刚宣布成立。"

"真的？"何方远一时惊喜，他和小马哥会面时，只顾谈合作了，忘了问上一句企鹅影业的成立时间，不想才离开深圳，企鹅影业就成立了，不对，不是企鹅影业，是企鹅电影，他来不及看新闻了，直接问孔祥云，“有什么看点？”

“在我看来，有两个看点。一是企鹅电影进军电影的姿势是全方位进入，掌握了许多IP资源的企鹅娱乐，未来将要着手操作的电影，应该都会是主投，而不是和娱乐宝一样跟投。二是企鹅不但要在投资比例上占据主导位置，而且在制作上也会深度参与。这一点和别的互联网公司做电影的手法截然不同。”孔祥云对于企鹅电影的正式成立感慨颇深，似乎就是为了验证何方远和企鹅合作的正确性一样，企鹅电影成立之始透露出来的信息，足以让她震惊。

企鹅在影视领域的投入，不但是大手笔，而且摆出了不惜血本也要做到业内第一次的姿态。

天马已经联合出品了8部电影，票房20亿元，但这些电影，天马一分钱也没有投，都是拿自己网站的资源去置换投资份额，获得票房分成。

总之，在这种视频网站投资电影的模式当中，视频网站往往属于配角，是从属的位置，投资比例不高，在整个电影制作过程中，处于弱势地位，没有多大的发言权。主要的是，视频行业竞争激烈，一部优秀的电影，可以找天马，也可以找企鹅视频，或者爱奇艺，没有哪一家有绝对的优势。

而企鹅电影不是要参投，而是要主投，不仅要主投，而且要深度参与，要拥有自始至终的话语权。企鹅电影的野心是——要把我们对于游戏、动漫、文学内容的理解，把我们对于用户的理解带入到电影当中，做出有企鹅互娱自己特色的电影。

“方远，你的选择是正确的，如果《逆袭》一炮打响了，我们整体会被企鹅电影收编，到时，我们说不定会成为企鹅电影的中坚力量。以后你在企鹅互动娱乐的大框架内，成为和三剑客平起平坐的重要人物，也不是没有可能，而是大有可能。”孔祥云至此才真正佩服何方远对三巨头布局的准确把握。

“我的目标是星辰大海，不是企鹅互动娱乐一个高管的位置。”何方远哈哈一笑。

回到公司，签好了合同之后，何方远派徐子棋前往深圳，和企鹅方面接触，进行合作之后的第一次交接。

徐子棋一走，何方远宣布公司全体放假三天。接下来就是期待《逆袭》登录企鹅视频之后的反响了，既然无事可做，不如让大家都放松一下，迎接新的开始。

一天后，徐子棋从深圳传来消息，交接一切顺利，一周后，《逆袭》正式开播，企鹅视频会重点推荐。

又一天后，又一则关于企鹅的新闻铺天盖地充斥了互联网的每一个角落——企鹅系华南城战略投资马可波罗：狙击芝麻开门的企图心！

昨日上午，华南城联合马可波罗网宣布，华南城以2250万美元（约合1.75亿港元）的总代价战略性投资马可波罗网，占股19.05%，成为马可波罗网的战略投资人。双方将发挥各自资源优势，在线上及线下一体化商贸领域进行全面的合作，打造中小企业O2O生态产业链。

许多人不知道华南城是何方神圣，但如果知道华南城背后的大股东是企鹅的话，那么华南城此举的目的就昭然若揭了。今年初，企鹅以15亿港元的价格认购了6.8亿股华南城新股（占华南城扩股后已发行股本的9.9%），并签订合作备忘录。华南城拥有雄厚的商贸物流资源，很明显，企鹅此举是为落子对抗芝麻开门的菜鸟物流。

而马可波罗网在业内较为低调，其商业模式与芝麻开门类似，主营B2B电子商务搜索、竞价点击付费的业务。据悉，中国电子商务B2B市场SKU（最小存货单位），芝麻开门、马可波罗网、慧聪网分别以24%、22%、4.4%暂居市场前三位。

企鹅战略入股华南城，华南城又注资马可波罗网，与牵手京东、联合华南城一样，明显带有针对芝麻开门的意图。由此，企鹅完成了电商布局的闭环：京东、微信负责B2C和C2C，大众点评、万达电商、微信负责O2O，马可波罗网负责B2B。

看完新闻，何方远微微眯了眼睛，意味深长地笑了，不出他所料，小马哥对电商领域的野心，从来没有泯灭，不想一直让芝麻开门一家独大。而面对千方直达号的进攻和企鹅针对电商最后一环的布局，芝麻开门又该如何应对呢？

三巨头之间的交手，估计在相当长的一段时间之内，不会停止。

不过，何方远暂时收回了目光，不把目光放到长远的未来，他现在需要的是走稳走好关键的第一步。

一周后，《逆袭》正式登录了企鹅视频，并且被放到了重点推荐的醒目位置。

"怎么样，效果怎么样？"才登录几个小时，范记安就按捺不住兴奋之意，不停地刷新页面，想要知道《逆袭》的受欢迎程度。

结果效果却是不尽如人意，虽然放到了重点位置隆重推出，但播放次数一直呈现缓慢上升的趋势，也就是说，不温不火。照此下去，能够收回成本就谢天谢地了。

范记安一脸沮丧，仿佛遭受了重大打击一样："何哥，完了，完了，怎么办才好？就算最后收回了成本，也是惨胜，离我们的预期差了十万八千里。这样的话，企鹅别说几千万元收购我们了，说不定连几百万元都不肯出，不，干脆对我们完全失去兴趣了。"

孔祥云也是一脸忧色，她坐在何方远的座位上，不停地转动座椅："方远，想想办法，不能干等下去。怎么会这样呢？我觉得《逆袭》不管是情节的张力还是故事内核，都很不错，但为什么就是不火呢？”

就连一向淡定的妙妙也不淡定了，她微微皱了眉头，托着腮：“叔叔，要不这样吧，再观察一段时间，如果《逆袭》还不火，不行就考虑融资拍下一部戏，不能在一棵树上吊死，是不是？”

相比几人的忧心忡忡，徐子棋反倒更镇静几分，他不慌不忙地说道：“着什么急，何哥心中有数，哪里有一面世就大火的电视剧，网络剧也和电视剧一样，需要口碑带动，再说《逆袭》的风格和何哥的性格很像，是慢热的类型。我坚信，《逆袭》会一路上扬，最终逆袭成功，登上收视率第一的宝座。”

“过于盲目的乐观不是乐观，是意淫。”范记安语重心长地说道，“子棋，该醒醒了，你也老大不小了，不要再做童话、神话梦了。”

“谁说我意淫了？谁说我做梦了？我说的是事实。”徐子棋不干了，站了起来，要和范记安吵架，“范记安，我要和你辩论……”

“别闹了，听听方远怎么说。”孔祥云一拍桌子，一脸威严，“如果胡闹有用的话，二百五就是世界首富了。”

“精辟。”范记安忙不迭地拍了孔祥云的马屁。

“经典。”徐子棋也朝孔祥云竖起了大拇指。

“少拍马屁，不管屁用。”孔祥云白了二人一眼，看向了一直不说话的何方远，“方远，说句话呀。”

“芝麻开门什么时候在美国上市？”何方远却不顺着几人的话向下说，而是跳跃性地岔开了话题，说起了风马牛不相及的芝麻开门。

“19日，快了，还有三天。”孔祥云十分不解，不明白何方远为什么把话题转向芝麻开门上市，“关芝麻开门上市什么事？”

“芝麻开门的上市，关系到《逆袭》能不能大火。”何方远自得地笑了，“现在《逆袭》播到第几集了？”

“第五集。”范记安微微一想，答道。

“和企鹅视频联系一下，记安，让他们放慢速度，从现在起，两天一集，保证在芝麻开门上市的前一天，播到第七集，一定不要超过第七集。”

“几个意思？”范记安和徐子棋异口同声地问道，大眼瞪小眼。

“亏了你们还参与了拍摄，居然连第七集是什么内容都不记得了。”何方远无奈地摇了摇头，见孔祥云先是一脸疑惑，片刻之后又会心地笑了，他就知道，孔祥云领悟了他的暗示。

“到底是怎么回事儿？何哥，你又安排了什么伏笔？快说，快说。”范记安迫不及待了，他跳了起来，抓住了何方远的胳膊，“如果你不告诉我，我吃不香、睡不着，说不定还会得病。”

“自己想去，想不明白就去撞墙。”何方远就是不告诉范记安他的伏笔，呵呵一笑，“如果你连这点儿都想不到，你就不是我的狗头军师了。”

“我是人头军师，不是狗头。”范记安想了一想，还是没想明白，他一拍脑袋，“算了，我去看《逆袭》第七集是什么戏就知道了，嘿嘿。”

“等等我，我也去。”徐子棋跟在范记安身后，走出了何方远办公室。

“叔叔，真的不需要融资了吗？”妙妙眨了眨眼睛，笑得很神秘，“如果我说我能拉来资金，你会信吗？”

“信，当然信。”何方远见妙妙不像开玩笑，他也知道妙妙有些来历，但不管妙妙的身后是谁，他对《逆袭》最终逆袭成功信心十足，“不过公司暂时不需要融资，需要的时候，我会告诉你。”

“好吧。”妙妙冲何方远挥了挥小手，“我出去玩了，叔叔再见。”

妙妙走后，房间内只剩下了何方远和孔祥云。孔祥云起身，坐在了何方远的对面，笑盈盈地说道：“方远，你有没有觉得妙妙身上有许多不为人所知的秘密？”

“秘密肯定是不为人所知的，不奇怪呀。”何方远故意不说出他的真实想法，“你对妙妙有什么想法？”

“不知道为什么，我总觉得妙妙是故意出现在你的身边，从她的身上，我看到了一个人的影子……”

“谁？”

“蓝妹。”

“怎么会？”何方远一惊，“她和蓝妹又有什么关系？”

“也许有，也许没有，但愿是我的错觉，不过我还是认为她身上藏了太多的秘密，比如说她一个小小的模特，怎么可能拉来融资？但听她刚才说话的口气，似乎几千万的资金在谈笑之间就可以从天而降一样。”孔祥云怀疑妙妙不是一天两天了，从妙妙一出现，她就觉得哪里不对，但具体是哪里不对，又说不上来。到今天，她越来越觉得妙妙可疑。当然，不是说妙妙是商业间谍或是居心不良，而是觉得妙妙来公司不是为了在影视上面的发展，而是别有用心。

## /第四十八章/

# 借东风

“为什么说在妙妙的身上看到了蓝妹的影子呢？”何方远也早就怀疑妙妙大有来历了，不过却没有将妙妙和蓝妹联系在一起。

“我也不知道，或许是女人的直觉吧。”孔祥云摆手笑了笑，“好了，不胡乱猜测妙妙了，说说你吧。你和蓝成器的一年之约，还有大半年才到期，你真的要遵守约定？”

“你什么意思？”何方远笑了，“我是言而无信的人吗？”

“是。”孔祥云认真地说道，“你不记得若干年前你对我说过要娶我吗？现在呢？你的誓言已经随风飘散了，如果你不是一个言而无信的人，那你明确地告诉我，你什么时候兑现诺言？”

“今天天气不错，现在已经算是盛夏了吧？”何方远咳嗽几声，顾左右而言他，“祥云，你是不是对我们和企鹅合作，还有什么想法？”

“别打岔。”孔祥云很是不满地白了何方远一眼，笑眯眯地说道，“是男人就勇敢面对自己以前犯下的错误。”

“也不能算是错误吧？当年年少轻狂，以为很容易就可以天长地久，长大了才知道，任何成功都要付出艰辛的努力，爱情也是一样，轻易得到的爱情，也会轻易失去。”一时间何方远想起了数月未曾谋面的蓝妹，不由感慨万千，“也不知道蓝妹现在怎么样了，等我们再见面的时候，她会不会对我有了生疏感？”

“青梅竹马的誓言，可以以一句年少轻狂来应付，男人呀，你的名字叫虚伪。”孔祥云再次向何方远投去了鄙视的眼神，不过随即又云淡风轻地笑了，“我也看开了，不和你永远地生活在一起，和你工作在一起，成为你的合伙人，也算是渺小的幸福了，是不是？不过你得答应我一个条件，你和蓝妹大婚之时，我要当伴娘。”

感受到孔祥云既无奈又洒脱的情绪，何方远微微感动："没问题，我同意了。"

"你同意了不算，万一蓝妹不同意怎么办？"

"她不同意你当伴娘，我就不娶她。"

"真爷们。"孔祥云哈哈大笑，一拍何方远的肩膀，"如果我没猜错的话，你结婚的时候，会来很多人，包括梅茌苒。"

"梅茌苒？怎么可能？现在都不知道她还在不在国内。"何方远不明白孔祥云为什么又提到了梅茌苒。

"你不了解女人，你的婚礼，她肯定会参加，不管她在哪里，哪怕是天涯海角，她也会回来。"孔祥云幽幽地说道，"只有亲眼见到你结婚了，爱你的女人才会放心，将会真正在心底把对你的爱埋藏，从此开始全新的生活。"

"……"何方远不想再谈论感情话题，跳到了大道至简未来的前景上，"祥云，你对公司的前景有没有信心？"

"有，信心满满。"孔祥云想起了第七集的内容，笑开了花，"现在我才知道当时你为什么非要多加这样一个情节了，原来是想借势，真有你的，我怎么想不到这么损的主意？"

"损？会不会说话？这叫机智，这叫借东风。"何方远对孔祥云的用词嗤之以鼻，"等着瞧吧，《逆袭》即将大火。"

"我现在才发现，你不但是一个爱情骗子，还是一个商业骗子。"孔祥云嘻嘻一笑，打击了何方远的自恋。

"正常的商业策略，叫策划。正常的恋爱，是好合好散。"何方远一拍大腿站了起来，"一部轰动一时并且成为网络剧里程碑的超级火剧，即将诞生了。"

"人太自恋了不好。"孔祥云被何方远逗乐了。

"自恋是成功的基础，自己都不喜欢自己、不欣赏自己，别人怎么会喜欢你、欣赏你？"何方远扬长而去，"创造历史的一刻，三天后见分晓。"

18日晚上，也就是芝麻开门在美国上市的前夕，各大网站忽然出现了一则消息，消息不知道从哪里传出，却在无数网友的传递下，迅速蔓延成了一股风潮。

消息很短，只有几十个字："正在热播的网络剧《逆袭》，今晚播出的第七集中，有关于大马哥创业发家史的起底以及对芝麻开门上市之后的预期，据说揭开了许多内幕，绝对好看。"

风借火势，火助风威，消息一经传播，再加上背后推手有意地推波助澜，很快就形成了一股浪潮，席卷了互联网各大网站，并且在微博、微信之中也有无数人在不停地转发。

不温不火的《逆袭》在消息蔓延之前，播放次数不过几十万次，在消息席卷整个互联网一个小时之后，迅速上升到了一百万次。在两个小时后，就达到了两百万次。由于和美国有时差，芝麻开门上市是次日上午，当晚有许多人守在电脑面前，彻夜等候，《逆袭》的播放次数同时也在不停地刷新纪录。

何方远也没有入睡，不只是他，公司的全体员工，是夜都在公司加班，密切关注着最关键的生死存亡的一战。当播放次数不断地上升，并且下面的议论好评如潮时，何方远的一颗心总算落到了实处，长舒了一口气，心想总算不负众望，可以对不顾一切跟随他的孔祥云、范记安、徐子棋、付锐，以及妙妙等人有一个交代了，也让公司上下全体员工安心了。

之前何方远表面上镇定，其实内心也是忐忑不安，但他不能表露出来，他是所有人的精神支柱，是定心丸，如果他一慌乱，公司上下必定人心浮动，甚至会导致公司的分崩离析。

借势是个人或是公司起步时必不可少的手段，关键要看怎么借好大势了。天下大势，看似杂乱无章，其实也有规律可循，如果提前看到了热点事件，提前做好借助热点事件为我所用的准备，那么就成功了一半。

在《逆袭》第七集的内容里，何方远突然提议加入一段主人公和萧佐的对话，对话谈论到了三巨头的发家史以及芝麻开门上市之后的股价和整体走势，在对话中，主人公提到了马匀当年最穷困潦倒时靠从义乌倒卖小商品养家糊口，也提到了马匀无数次求职被拒之门外的经历，更提到了马匀在经历无数次失败之后，在99%的人都会放弃之际，却依然坚持了下来……然后话题一转，又说到了芝麻开门上市之后，马匀的身家将会超过200亿美元，成为中国首富，然后又预测了芝麻开门上市之后的股价趋势，同时，还预测了上市之后的芝麻开门会有怎样的布局以保住在三巨头之中第一的宝座，如是等等。

最后主人公还强调，他的预测绝对正确，不信等芝麻开门上市之后一两个月再来看他的预测，肯定会95%以上应验。

上述对话既应景，又正好切中现阶段整个中国网民最关心的话题，因为在芝麻开门上市前夕，各大网站热炒的话题全是马匀的过去和芝麻开门的未来，但99.99%的网站都是以文字形式，只有企鹅视频的网络剧《逆袭》是以网络剧的形式，这就让《逆袭》成为万千文字大潮之中最出彩的一朵浪花。

更让人拍案叫绝的是，《逆袭》主人公的长相，和马匀还颇有几分相似。第一眼看去，几乎有七分相像，借全民关注的热点，加上精心设计的几个伏笔，再有主人公的刻意诱导，当然，《逆袭》的故事核心虽然不是互联网人物的发家史，却也是一个草根逆袭成功的励志情感大戏，如此多的热点聚集在一起，如果《逆袭》再不火，就没有天理了。

时间刚过零点，《逆袭》的播放次数已经超过了1000万人次，而且还在以惊人的速度上涨。何方远打了一个大大的哈欠："1000万元保底了，各位，可以回去睡觉了。至少到目前为止，《逆袭》不但收回了成本，还小赚了一笔。各位，晚安。"

"我不睡，不困，睡不着。"范记安兴奋得跟打了鸡血一样，双眼放光，"发达了，真的发达了。何哥，我现在后悔了，当时我拿出30万元入股的时候，其实还偷偷藏了10万块，以备万一血本无归，至少还能保证一年之内有饭吃。现在我再入股10万元，行不？"

"想得美。"徐子棋一把推开范记安，"雪中送炭的原始股最值钱，现在再入股，10万块算0.01%。"

"去你的小眼棋，太他娘的黑了。"范记安骂归骂，心里却明白，机会一旦过去就追不回来了，他只好仰天兴叹，"有时太算计了，最终还是算计了自己。我错了，以后不会再犯同样的错误了……啊，突破2000万了，天啊，我的1%的股份呀。"

当时如果范记安多掏10万元，可以换取大道至简1%的股份，而以现在的市值计算，就合20万元了，升值两倍。

范记安悔得肠子都青了，他一向自诩聪明，却在这件事情上栽了一个大大的跟头，反而输给了老实巴交的徐子棋。他也知道，现在的播放次数虽然上升到了2000万，但这仅仅是开始，也就是说，他损失的不止是20万元，甚至是200万元、2000万元。

"我也不睡了，太兴奋了，睡不着。"徐子棋揉了揉眼睛，伸了伸懒腰，"今晚通宵了。"

"我也不睡。"孔祥云也是难掩一脸兴奋和期待之意。

"我困了。"妙妙打了一个大大的哈欠，"叔叔，让他们熬夜吧，我们一起去睡。"

这话说得很有歧义，在兴奋之中的范记安和徐子棋都没有听出来，孔祥云却笑了："妙妙，如果你和你叔叔一起睡，小心蓝妹知道了，会杀了你。"

"不会的，蓝姐姐是好姐姐，她对我可好了，才不会怎么我……"话一出口，妙妙才知道说漏了嘴，刚才的话明显透露了她和蓝妹不但认识，而且关系还非同一般，她"啊"的一声捂住了嘴巴，一拉何方远，"叔叔，快走啦，睡醒之后，就是一个全新的世界。”

何方远和妙妙一走，范记安就挤眉弄眼地对孔祥云说道：“祥云姐，你不去监督一下？万一何哥和妙妙一兴奋就发生了不该发生的事情，就后悔也来不及了。有些事情，还是防患于未然好。”

“不管他，随便他，如果他是这么随便的人，最后后悔的不是我，是他，是蓝妹。”孔祥云恨恨地说道，“到时迎接他的就不是一个全新的世界了，而是一个充满了负能量的世界。”

话虽这么说，孔祥云却知道何方远肯定不会和妙妙乱来，她的心思全部落在了妙妙刚才的话上，心想，妙妙到底和蓝妹是什么关系？她在何方远身边，是替蓝妹监视何方远，还是在替蓝妹打前站，以便在何方远山穷水尽时帮助何方远？

不管是哪一种，孔祥云心中都有一股酸意，不过酸过之后，又释然了。蓝妹对何方远好，在意何方远，是好事，说明在蓝妹的心目中，何方远具有不可替代的重要性。

何方远本想好好睡上一大觉，才躺下几个小时，天还没亮，他就被此起彼伏的电话铃声吵醒了。最先打来电话的，居然是何方远怎么也想不到的一个人——李丛林。

“方远，祝贺，热烈祝贺。”李丛林的声音透露出些许的兴奋，“没想到，真的没想到，你的成功来得这么快，而且还这么迅猛。我就说，你总能给人带来出其不意的惊喜，这一次的惊喜，太让人兴奋了。”

何方远感觉他刚睡不久，睁开惺忪的眼睛，看了看表，才早上五点多钟，他第一个念头是，李丛林怎么起得这么早？又一想，想了起来，印象中李丛林总是习惯早起去锻炼身体。一个优秀的职业经理人，通常情况下也会保持许多良好的生活习惯。

“谢谢李董，刚刚做出一点成绩，离真正的成功，还差得很远。”何方远不是谦虚，而是清楚自己目前的境界，虽然小有成功，但距离真正的高手还有十万八千里。

“当初我还以为你走这条路，不是明智之举，现在看来，方远，你的目光已经超越了我的高度，连我也得佩服你的高明呀。”李丛林并不是刻意奉承何方远，而是真心地为何方远的旗开得胜而叫好。不得不承认，何方远从互联网版权产业迅速转身，投身到影视领域，居然是一次华丽的转身。他虽然不是影视领域的专家，但他却清楚地知道，《逆袭》成功了，而且还是巨大的成功，甚至有望成为网络剧史上的里程碑。

“哪里哪里，李董太高抬我了，小心抬得过高了，会捧杀我呀。”何方远听了出来李丛林是真心祝福，心中感动，“我也是赶对了机遇，毕竟芝麻开门上市，百年一遇。”

“既是机遇，又是你个人有眼光、有魄力、会借势。”李丛林感慨万千，“下一步怎么走，方远，有没有打算？”

“有，有可能会卖掉公司，然后继续投身到影视产业的大潮中。”

“卖掉公司？”李丛林先是一愣，随即明白了什么，“是打算卖给三巨头的哪一家？对了，肯定是企鹅。明白了，明白了，好一手高明的移花接木的策略，公司卖给了企鹅，手中先有了一笔资金，然后继续担任公司的管理者，风险全部转嫁到了资方身上，方远，你已经完成了从职业经理人到资本运作高手的转变。”

“如果《逆袭》没有大获成功的话，以上的设想都是空想。”何方远呵呵一笑，“所以说，一是机遇好，二是运气好。”

“错，是你有眼光有才华。”李丛林哈哈一笑，“你是不是刚睡醒？居然能睡得着，心理素质真是过硬。你知不知道现在《逆袭》的播放次数有多少了？”

何方远嘿嘿一笑：“不瞒李董，还真不知道，我刚睡醒，还没有打开电脑。”

“哈哈，那就让我当第一个给你报喜的人吧，现在《逆袭》的播放次数是1亿人次。”

突破1亿了？何方远心中狂喜，狂喜之余，不由无限感慨，不容易，真的不容易，经过几个月的煎熬，终于初见曙光，居然突破了1亿的大关，算是不小的胜利。

李丛林的电话刚挂断，手机又响了，他也没看来电，直接接听了电话。

“何哥，何哥，发达了，真的发达了！”是范记安来电。

## /第四十九章/

# 一个奇迹的诞生

范记安一夜未睡，依然兴奋得没有丝毫睡意，他目睹了一个奇迹的诞生，一点点看着《逆袭》的播放次数如潮水般上涨，直到突破1亿大关时，他都不敢相信自己的眼睛，但数字不会骗人。他的第一个念头是，我去，一个成立了半年的公司，一个只有十几个人的小公司，用几个月的时间创下了一个亿的产值，换了以前说出去绝对不会有人相信，但现在是互联网时代，是时时刻刻都会创造奇迹的时代。

他的第二个念头是，我×，真是亏大了，当时要是多投入10万元，现在就是100万元了，升值十倍。问题是，现在芝麻开门上市的效应还没有完全显示出威力，等芝麻开门成功上市之后，《逆袭》的播放次数说不定会达到一个惊人的数字。

而芝麻开门上市之后，如果股价大涨，那么可以预见的是，在相当长的一段时期内，《逆袭》还会成为热议的话题。也就是说，芝麻开门的东风，还可以再借一两个月甚至几个月。

天啊，那时《逆袭》真的会上演惊天的逆袭，创造一个不可复制的神话。

范记安的第三个念头是，何哥太牛了，这一步真是走对了，如果从事的是互联网版权产业，现在还在艰难的创业阶段，也不知道还要等几年才能看到曙光，但现在曙光已经照耀在了大道至简每一个人的身上。果然是大道至简，成就大事的方法往往很简单，真正的高手，从来不是靠积累致富，而是靠资本运作一夜之间成为亿万富翁。

如果说马匀在美国打了一场上市大战，那么借马匀的东风，何哥在国内也打了一场小规模的商战，现在芝麻开门上市的开盘价还没有出来，何哥的战争已经获胜了。

“淡定，淡定。”由于已经知道了结果，何方远平静地笑道，“胜利，才刚刚开始，先不要庆贺，你们都去睡觉吧。好好睡上一大觉，等芝麻开门上市成功之后，再庆贺我们的胜利也不迟。”

“芝麻开门的成功上市，和庆贺我们的胜利，又有什么关系？”范记安被何方远的跳跃思维弄迷糊了。

“芝麻开门成功上市后，会一夜之间造就无数名千万富翁，然后我们可以根据这个话题，修改我们的部分剧情来制造话题。”何方远哈哈一笑，说出了他的又一伏笔，“你忘了在《逆袭》拍摄过程中，我曾经在中途修改过剧本，额外增加了几集内容，当时你还嫌我乱花钱，不知道节省……”

“啊……”范记安一下想了起来，顿时跳了起来，“啊、啊、啊，我想起来了，增加的内容是主人公和萧佐去求见大马哥，没有成功，结果主人公被几名记者误认为是大马哥，要采访他。主人公将错就错，假装大马哥发表了对芝麻开门上市之后的预测。我当时没想那么长远，觉得这个情节太无厘头了，现在一想，我去，太他娘的有创意了。”

“有创意就有创意，说什么脏话。”何方远哈哈一笑，“去睡吧，睡醒之后联系企鹅视频方面，加快播放进度，赶在芝麻开门上市之后播放出来。”

“何哥……”范记安清了清嗓子，郑重其事地说了一句，“I服了YOU。”

原以为结束了和范记安的电话，可以清静一会儿，何方远才打开电脑，想要亲眼见证一下奇迹的诞生，不料还没有打开网页，电话又响了。

“方远，我听身边的人都在热议《逆袭》，又听说《逆袭》的策划制作公司是大道至简，而大道至简的创始人是何方远，我才知道，原来是你创造了奇迹，不，应该说，原来还是你创造了奇迹。”

原来是梅长河，何方远眼前顿时浮现出梅荏苒清秀的邻家小妹的面容，不由暗暗叹息一声，曾以为他会和梅荏苒一起打一片江山，没想到到最后，却是和孔祥云。

“没想到惊动了梅伯伯，呵呵，梅伯伯过奖了，我只是顺应了潮流而已。”

“古往今来，每一个顺应潮流的人，都是英雄豪杰。”梅长河无限感慨，“方远，我很遗憾没能和你合作，更遗憾你和荏苒的事情。”

人生就是只能前进不能后退的单行道，过去的事情，真的无法重回了，挂断了梅长河的电话，何方远的心情莫名地沉重了几分。

网页打开了，《逆袭》的播放次数上升的势头减缓了不少，主要是现在人们都将注意力投到了芝麻开门的开盘之上，不过即使如此，《逆袭》的播放次数也突破了11000万人次。何方远关了电脑，准备也关掉手机，想一个人静一静，不料叮咚一声，收到了一条短信。

是一个陌生的号码，只有短短的一句话：“为你自豪！”

会是谁呢？是梅荏苒还是蓝妹？何方远愣了一会儿，摇头笑了笑，然后关了手机，一个人陷入了沉思之中。

几个小时后，芝麻开门在美国成功上市，IPO发行价68美元，而当天开盘价达到92.7美元，对应市值2285亿美元，芝麻开门成为仅次于苹果、谷歌和微软的全球第四大高科技公司，以及仅次于谷歌的全球第二大互联网公司。

芝麻开门也是中国第一大互联网公司，马匀的个人财富也高达220亿美元，成为中国首富。同时，上万名持有芝麻开门股票的芝麻开门员工，人均财富达到了两千多万元人民币，等于是芝麻开门的上市，不但让马匀的财富比去年一举增加五倍，成功问鼎中国首富的宝座，并且还批量制造了一万多名千万富翁！

芝麻开门的成功，不但轰动了中国，也轰动了整个世界。

一时之间，芝麻开门不仅仅成为互联网的热潮，也成为所有媒体的热潮，在铺天盖地、几乎席卷一切视线的热潮之中，《逆袭》的光芒被彻底掩盖了。

但谁都清楚一个事实，《逆袭》正在沉默中等待一个机会的来临，等芝麻开门上市的热潮退潮之后，关于芝麻开门其他的话题，会成为新的热点，而在所有的热点之中，《逆袭》是唯一的以网络剧形式呈现的亮点。

果然，在沉寂了大概一周之后，不少媒体在热炒芝麻开门上市的前后种种逸闻和边角料到了炒无可炒的地步之时，忽然有人像发现新大陆一般发现了《逆袭》的存在，于是，新一轮的热点就落在了《逆袭》身上，无数话题、无数讨论、无数曝光，让《逆袭》第一次成为热点的主角。

两亿！

三亿！

《逆袭》的播放次数一次又一次刷新了纪录，成为网络剧史上最成功的一部。同时，大道至简及其创始人何方远，也被敏感的新闻媒体挖掘出来，再深入调查之后赫然发现，何方远居然是上一次立化分裂事件的主角，于是，媒体似乎找到了又一个新闻热点，蜂拥而上，想要采访何方远。

何方远却拒绝了所有媒体的采访，低调得如同一个久经商场的老者，躲避所有的闪光灯和话筒，藏身在所有媒体都找不到的角落。

媒体找不到何方远本人，就只好采访何方远身边的人，孔祥云、范记安和徐子棋都成了采访对象。孔祥云还好，该说的话才说，不该说的话，一句也不说。徐子棋也是，面对镜头时微有腼腆和害羞。只有范记安，颇有人来疯的架势，记者越多，他越兴奋，话也越多，大嘴巴说出了许多逸闻趣事。

何方远的名字，在继马匀之后，一时之间成为媒体的宠儿，被许多媒体放大、夸大，称他为下一个创造奇迹的人物。更有媒体声称，若干年后如果中国会有一个超越芝麻开门的巨头，那么这个巨头的背后，肯定有何方远的影子。

对于媒体各种捕风捉影或是夸大其词的报道，何方远一律不予回应，此时的他，既没有在加勒比群岛度假，也没有享受爱情和悠闲惬意的生活，而是躲在北京的一家公寓里，接一个人的电话。

谁的电话？

乔国界。

“马化龙开的是什么条件？”乔国界亲自打电话给何方远，是想收购何方远的公司，不过当他得知何方远和马化龙有对赌协议时，就知道怕是抢不过财大气粗的企鹅了，但他还是想知道马化龙到底为何方远开出了什么条件。

“3亿现金，百分之百收购，另外我和孔祥云分别担任企鹅影业的副总裁，同时我还兼任大道至简的CEO。”何方远只是简单一说，范记安和徐子棋也各有安排，他没有对乔国界提及。

马化龙还是不出手则已，一出手就是横扫一切的气势，乔国界暗叹一声，知道他是没有机会让何方远回归兴众了。不过他不能让马化龙太容易就得手了，总要出一些难题才行，也算何方远和他相识一场，他送何方远一程：“这样方远，我出4亿收购大道至简，其余条件和企鹅一样。”

何方远清楚以兴众的实力，拿出4亿不是问题，问题是，兴众现在没有影视公司，他就知道乔国界是想送他一个顺水人情，就真诚地说道：“谢谢乔董。”

“不谢。”乔国界淡淡地应了一声，随即挂断了电话，然后他又拿起电话，拨通了李丛林的号码：“丛林，放风出去，兴众有意百分之百收购大道至简，出价4亿。再打一副感情牌，说是何方远和兴众有感情基础，对于兴众抛出的橄榄枝，何方远动心了。”

李丛林跟了乔国界多年，立刻就听出了乔国界的言外之意，当即说道：“好的，马上办。”

第二天，关于兴众有意收购大道至简的消息，就充斥了互联网的各个网站。消息除了透露了兴众的收购报价之外，还强调了何方远和兴众的渊源。

“方远，进入第二阶段了？”见到消息后，孔祥云喜不自禁，她款款来到何方远面前，坐在了何方远的办公桌上，“李颜红对大道至简也很感兴趣，不过他的报价低了一点，要不要造造势？”

何方远会心地一笑："你说呢？"

"你的心理价位是多少？"孔祥云笑盈盈地问道，伸出了五根手指在何方远面前晃了一晃，"是不是这个数？"

"多多益善。"何方远嘿嘿一笑，倒不是他贪心，大道至简的火爆程度超出了他的预期，随行就市，售价水涨船高也是常事。

"要我说，如果能到一把手，就卖了吧。"孔祥云敲了何方远的脑袋一下，"以你持股55%计算，你将会拥有2.75亿现金！"

何方远不好意思地挠了挠头："2.75亿，得数坏多少台点钞机呀。"

"土鳖。"孔祥云哈哈一笑。

一天后，又一则消息吸引了许多人的眼球，千方也加入到了竞价大道至简的队伍之中，千方开价4.5亿。

各方的竞相出价，不但抬高了大道至简的估值，也让《逆袭》进一步走红，很快，《逆袭》播放次数就突破了4亿大关。

创造了历史！

金秋，是北京最美的季节，秋高气爽，天高云淡，何方远一行数人，在后海游玩。在美女如织的人群之中，范记安不顾付瓜瓜在场，眼睛不停地扫描各种美女。

徐子棋比范记安老实多了，只陪着常辛儿小声说话，二人已经约定元旦结婚了，现在进入了实质性操作阶段，现在的他，眼里只有常辛儿一个人。

人逢喜事精神爽，徐子棋现在也是不折不扣的千万富翁了，身为一介草根，一跃成为千万富翁的感觉实在是爽，而且还不是纸上富贵，一旦大道至简卖出，就是实打实的现金。

孔祥云也是喜笑颜开，金秋是收获的季节，大道至简的成功，让她大松了一口气，同时，也让她看到了更美好的未来，更让她庆幸当初选择和何方远合作，是多么英明的决定。

一行数人走累了，准备划船，一共七个人，要两条船，范记安、付瓜瓜和徐子棋、常辛儿一条船，何方远、孔祥云和妙妙一条船。范记安四人先行一步，划船走了，何方远让孔祥云和妙妙先上船，等二人坐稳之后，刚要上船时，后面传来一个脆生生的声音。

"请问，船上还有位置吗？"

这声音那么陌生又这么熟悉，何方远一下愣在了当场，没敢回头，生怕一回头发现背后的人不是他期待中的人，会大失所望。

“我有一张船票，不知道是不是过期了……”声音再次响起，随后，一只手落在了何方远的肩膀之上。

船上的孔祥云和妙妙都惊呆了。

何方远缓缓地回头，身后，站着一个一身蓝色风衣、亭亭玉立，犹如一朵蓝莲花的女孩，她粉嫩的脸上，三分不甘、三分委屈、四分喜悦。

不是蓝妹又能是谁!

数月不见，蓝妹清瘦了几分，让她本来多一分则胖、减一分则瘦的标准身材，微显苗条。脸颊之上的清秀之中，增添了少许的憔悴之意。曾经欢喜跳跃的眼神，此时也是多了雾蒙蒙的一层水汽。表情宜喜宜嗔，嘴唇颤动，想说什么，却又说不出口。

“方远……”努力了半晌，蓝妹终于喊出了何方远的名字，一语泪双流，除了两行热泪之外，就再也说不出一句话了。

“蓝妹……”何方远怎么也没有想到会在这样的情形下和蓝妹见面，他心中百感交集，也不知道说什么好了，有心一把把蓝妹抱入怀中，又怕太唐突了，就未免有几分不知所措。

妙妙从船上跳了下来，来到了蓝妹的身后，二话不说一把将蓝妹推入了何方远的怀中：“有人说，一醉解千愁，要我说，一抱解相思。不管经历了多少分离，不管经受了多少思念，抱一抱吧，一抱，就又两情相悦了。”

被妙妙一推，蓝妹顺势扑入了何方远的怀中，喜极而泣：“方远，方远……”

“小妹……”何方远的眼圈也红了，紧紧抱住了蓝妹，“让你受委屈了。”

好男人就应当先承受应该承受的苦难和责任，而不是怪罪女人。何方远知道，蓝妹和他分开，非她本愿，她也没有办法，所以他不会对她有丝毫的埋怨。

“对不起，方远，在你最艰难困苦的时候，我没有陪在你的身边，让你一个人承受了这么多压力，我很没用。”蓝妹的泪水汹涌而出，打湿了何方远的衣服。

“没有啦，姐姐，你是没陪在叔叔身边，不是有我吗？我在叔叔身边，就相当于你在他身边了。再说，叔叔是一个心胸宽广的人，他从来没有怪你半分。”妙妙一边抹着眼泪，一边又笑。

“好了，不要哭了，久别重逢是好事，来，蓝妹，快上来。”孔祥云招呼蓝妹上船，尽管她心中酸溜溜的，很不好受，但想起蓝妹受到的委屈、遭受的压力比她大多了，而且在何方远还不名一文时，蓝妹对他不离不弃，这是真爱呀，她也就释然了。

蓝妹从手中拿出一张船票，怯生生地说道：“船票过期了，不知道还能不能上船？”

/ 第五十章 /

# 一个创造神话的时代

何方远一见，顿时笑了，原来是一年前他和蓝妹去黄浦江想坐游轮时的船票，当时买好票了，正要上船时，一阵风吹来，他的船票被吹进了江里，让他很是郁闷，本想再买一张陪蓝妹上船，结果蓝妹说不上船了，就在江边散步也挺好。

没想到，过了这么久，船票蓝妹还保留着，原来她也是一个心思细腻并且有常性的姑娘。

“上何方远的船，不用船票。”孔祥云伸手一拉蓝妹，将蓝妹拉到了船上，“蓝妹，你消失了这么久，可想死我了。快说，你躲哪里去了？”

“我……我哪里也没去，不是在下江就是在北京。”蓝妹经历了一些事情之后，也变得沉静了几分，“本来我听从祥云的建议，想偷偷拿了身份证和方远领证，结果妈妈知道后，大闹了一场，告诉我，如果我敢背着她和方远领证，她不但要和我断绝母女关系，而且一辈子也不会原谅我。”

几人都上了船，船儿慢慢地划动，在涟漪中，蓝妹慢慢讲述了她离开何方远视线的前因后果。

何方远不说话，一边静静地聆听，一边划桨。几人之中看上去最柔弱的妙妙也拿起一只桨，装模作样地和何方远一起划。

“我一气之下，想要离家出走，结果妈妈气得心脏病发作，住院了。无奈之下，我只好侍候在床前尽孝。不过在方远的问题上，妈妈不肯让步，我也不妥协，我们冷战了半个月后，爸爸实在看不下去了，就做出了一个决定——让我远离方远一年，一年之内，不许和方远见面。如果方远一年之后还没有忘了我，还一个人一直在等候我的归来，就让我嫁给他，不管到时他是贫穷还是富有。结果妈妈还是不同意，说如果一年之后方远还爱着我，并且事业成功了，就同意我嫁给他。如果事业不成功，不管他有多爱我，她也不会同意。

“最后爸爸表面上答应了妈妈，暗中却告诉我，一年后，不管方远是成功还是失败，他都会同意我嫁给他。所不同的是，如果方远成功了，一切好说；如果方远失败了，他会全资收购方远的公司，让我担任董事长，让方远为我打一辈子的工。”

何方远一时感慨，又想起了一段很经典的对话——女儿问爸爸什么是爱情，爸爸说爱情就是爸爸什么都没有，妈妈依然嫁给爸爸。女儿又问什么是亲情，爸爸说亲情就是妈妈绝不会让你嫁给一个深爱你但什么都没有的人。女儿又问妈妈什么是爱情，妈妈说爱情就是爸爸什么都有了依然爱妈妈。女儿又问什么是亲情，妈妈说亲情就是爸爸绝不会让你嫁给一个什么都有却不爱你的人——蓝成器是一个好爸爸，在他眼中，他更希望女儿嫁给一个虽然什么都没有却深爱女儿的人。

同样，从一个母亲的角度来说，陈容也是一个好妈妈，她不会让蓝妹嫁给一个深爱蓝妹却什么都没有的人。由此可见，男人更着眼于大局和未来，女人更在乎眼前的利益和物质。

不管是在事业上对他的帮助，还是在生活中对他的关怀和照顾，何方远都十分感激蓝成器的大器和包容。春风大雅能容物，一个心胸宽广的人，必然是可以成就大事的人。

“你和方远约定的一年之期，时间还没有到，怎么就和方远见面了？”孔祥云听了事件背后的真相，尽管早有心理准备，还是不免唏嘘，如果当年梅荏苒也有如蓝妹一样的勇气，她和何方远也许早就结婚生子了。

“其实……”蓝妹俏皮地笑了，不好意思地吐了吐舌头，“其实妙妙是我安插在方远身边的卧底，不是为了监视方远，而是想时刻知道方远的一举一动。比如，他有没有什么困难需要帮助，他是不是有资金方面的需要，等等。如果没有妙妙在方远身边，我说不定早就忍不住偷偷来见方远了。现在距离约定的一年之期虽然还有一段时间，但由于《逆袭》大获成功，爸爸说服了妈妈，让妈妈相信如果我非要等上几个月再见方远的话，方远就会被别人抢走了，于是，妈妈才同意我提前和方远见面……还有一个原因是，妈妈看了方远在《逆袭》中的客串，对方远演的先天富贵、后天成功的萧佐赞不绝口，说方远演得很大气、很真实，比富二代还富二代。”

何方远无比汗颜，陈容这是什么心思，他演得像富二代就对他改变了看法，有了好感，这得是多根深蒂固的等级观念呀？问题是，陈容自己也不是富二代出身，为什么就这么向往富二代呢？

富二代只不过有一个好爹而已，说到底，富二代本身就是一个贬义词，因为富二代一听就是儿子辈，而富一代才是爹。

“蓝伯伯可是说对了，如果你再晚一步的话，方远肯定被人抢走了，因为他现在是不折不扣的钻石王老五了。你想呀，一个还不到30岁的年轻人，不但长得英俊帅气，性格还阳光灿烂，主要是，坐拥数亿现金，而且还有一份前景无限的工作。这样的男人，如果没有女人来抢，只能说明一点……”孔祥云虽然对蓝妹对何方远的一往情深微有醋意，但她也很喜欢蓝妹的诚实和纯真，“说明她们都不够漂亮，觉得自己配不上方远。”

“哧……”妙妙忍俊不禁，笑了，“祥云姐，狗尾巴草也有春天，丑女人也想嫁年少多金的帅哥，就和家穷人丑一米五九的男人也想娶白富美是一样的道理。叔叔，你什么时候娶蓝姐姐？”

“妙妙，原来你是间谍，从现在起，我不和你说话了。”何方远故意逗妙妙。

“真的？”妙妙一下站了起来，小脸绷得很紧而且很严肃，“叔叔，你是认真的？”

“当然。”

“好吧。”妙妙眼泪哗地流了出来，“我从来没有想过要害叔叔，叔叔却不和我说话了，我要自杀。我也是认真的。”

话一说完，妙妙扑通一声跳进了水中。

“啊！”何方远、孔祥云和蓝妹三人同时目瞪口呆。

还好水不深，妙妙又会游泳，等妙妙湿淋淋地回到船上后，样子要多狼狈就有多狼狈。主要的是，全身衣服贴在了她的身上，曲线一览无余。何方远见状，忙脱下了上衣替妙妙穿上，又好说歹说才算哄得妙妙笑了。

一个女人一部书，何方远算是服了妙妙，说跳就跳，真有个性。

在几人回去的路上，何方远的电话响了，他正被妙妙弄得头大，没有多想，随手就接听了电话。

“方远，什么时候来深圳一趟，我们见面聊聊大道至简，再聊聊《逆袭》第二部什么时候开拍比较合适……”

何方远一下屏住了呼吸，是小马哥。

自从上次深圳一别，在《逆袭》走红之后，何方远和小马哥之间再也没有过任何联系。一是何方远知道小马哥忙，二是他在等待一个合适的时机。虽然他和小马哥之间有对赌协议，但协议并没有约束他不可以将大道至简卖给别家。

何方远就耐心地等小马哥的电话，什么时候小马哥主动来电，什么时候就是小马哥对大道至简兴趣最大的时候。

“明天……方便吗？”虽然商业上的策略讲究的是兵不厌诈，比拼的是耐心，但何方远还是想见好就收，毕竟来日方长。

“好，明天下午我在办公室等你。”

“怎么样，准备开价多少？”孔祥云开心地笑了，小马哥主动打来电话要求面谈，和何方远主动打去电话，意义大不一样，谁主动，谁就迫切了。

何方远左手伸出了一把手，想了想，又多加了右手一根手指头。

“笨。”孔祥云乐不可支，右手中间三指弯曲，只露出大拇指和小拇指，“这是六。”

“6000万元？”蓝妹惊叫出声，她还不知道因为《逆袭》的走红，大道至简现在成了各方争相收购的优质股，“公司才成立半年多，也就是十几个人，就能卖到6000万元？”

何方远缓慢而自信从容地笑道：“是十个6000万元！”

蓝妹手摸额头，假作昏倒状：“天啊，方远，你也太敢要价了，狮子大开口呀。”

何方远并不过多解释，淡淡一笑：“拭目以待。”

两天后，何方远从深圳回来，迅速召开了全体股东会议，宣布了他的决定。大道至简以6.5亿元的价格出售百分之百股份给企鹅，并入企鹅电影旗下。同时，他本人将出任企鹅电影的副总裁兼大道至简的CEO，孔祥云、范记安和徐子棋、付锐等人出任大道至简的副总裁，妙妙出任大道至简的总监。

与此同时，何方远还宣布，即日起，《逆袭》第二部的制作提上日程。

何方远的消息宣布之后，会场一阵沸腾，以持股比例计算，何方远个人可得3.5亿多现金，孔祥云可得1.6亿多现金，徐子棋可得5850万现金，范记安可得5200万现金，就连付锐也可以分到1300万的现金，持股最少的妙妙也可以有650万现金。

皆大欢喜！

当然，何方远不会亏待手下的十几名员工，他拿出了100多万元，平均每人奖励了10万元的奖金。

大道至简虽然不如芝麻开门一上市成就了一万多名千万富翁，但也在一夜之间造就了两名亿万富翁和三名千万富翁，也算是了不起的成功了。

大道至简虽然被企鹅收购了，却没有搬到深圳办公，毕竟北京才是政治文化中心，对于大道至简是在深圳办公还是在北京办公，小马哥再次表现出了非凡的魄力，让何方远全权决定，就和当年小马哥同意开天中文网继续留在下江办公一样，是为了照顾大部分开天的员工家在下江。

事业，展开了全新的一页，何方远的人生大事，也提上了日程。

“何哥，就元旦吧，元旦举行一个集体婚礼多好，我、你，还有子棋，一下三对新人走入婚姻的殿堂，想想就让人热血沸腾。”范记安在新房中一边布置家具，一边和何方远商量婚礼的事情。

何方远、范记安和徐子棋都在北京买了新房，也买了车，何方远买的是一辆奔驰ML400，范记安买的是宝马X5，徐子棋买了一辆奥迪A6，范记安嘲笑徐子棋老气横秋，怎么买一辆官车，这年头，私车谁买A6呀？徐子棋却不理会范记安的嘲讽，坚持他的选择，他回应范记安的是一个白眼和一句“我喜欢，你管不着”。

“行了，别自作多情了，何哥才不会和你一起举办婚礼。”徐子棋狠狠打击了范记安的热情，“何哥和蓝妹肯定会在下江结婚，到时下江不知道会有多少名流出席，你和何哥一起举办集体婚礼算什么事情？退一万步讲，就算何哥同意，蓝伯伯也不会同意。”

何方远笑着点了点头：“我也想举办集体婚礼，不过考虑到不让蓝妹妈妈发病住院，还是听从蓝家的安排，由他们出面安排就行了，我正好懒得操心。不过你们到时可以和我在同一个酒店举办婚礼，也算是集体婚礼了。”

“行吧，只能这样了。”范记安微有失落，不过一想又释然了，他是和何方远关系密切，但蓝妹出身高贵，以蓝家在下江的影响力，集体婚礼确实有失体统。

元旦说到就到了。

何方远和蓝妹的婚礼安排在了下江著名的四季大酒店，范记安和付瓜瓜的婚礼以及徐子棋和常辛儿的婚礼，也和何方远同日同一地点，只不过何方远在贵宾厅，他们在普通厅。

何方远在北京和下江的所有朋友，都参加了婚礼。企鹅文学有三剑客，兴众文学有李丛林、陈果和樊铮，千方方面也有一名副总裁到场。三巨头之中，只缺席芝麻开门一家。

婚礼盛大而隆重，一身洁白婚纱的蓝妹，美若天仙，成为众人的焦点。幸福和满足写在脸上，从此，她是最幸福的小女人。

何方远西装革履，平常不喷任何发剂的他，今天情况特殊，也被化妆师喷了摩丝，油光锃亮，看上去颇有几分富气。

12点，婚礼正式开始。一系列的程序走完之后，何方远和蓝妹一起向来宾敬酒。孔祥云是伴娘，精心化妆之后的她，也是明艳照人。

高朋满座，除了何方远和蓝妹的朋友之外，更多的是蓝成器的人脉。何方远依次敬酒，敬到了梅长河所在的雅间。

“梅伯伯，谢谢您在我成长的道路上给予我的支持和帮助，我敬您一杯。”何方远举杯敬梅长河。

梅长河举杯回敬何方远：“方远，士别三日，当刮目相看，你用你的成功，为我上了生动的一课。以后，是你们年轻人的天下了。”

“茬苒……没来？”蓝妹见梅茬苒食言了，没来参加婚礼，婚礼之前，她还特意给梅茬苒留言了。

“不知道她，我最近也没有她的消息。”梅长河感慨地说道，“如果你见到了她，请告诉她，她还有家，家的大门，会一直为她敞开。”

敬完梅长河，又敬李丛林。

李丛林没有多说什么，只是沉稳有力地说了一句：“恭喜。”就和何方远碰了碰杯，一饮而尽。最终大道至简卖出了6.5亿元的高价，让他在震惊之余，心中愈加佩服何方远的眼光和胆略。

蛟龙得云雨，终非池中物。

依次敬完几位贵宾之后，就轮到了顾南。

“顾南，听说你一直强调你是富二代，比方远钱多。我想问问你，你到底身家有多少？”孔祥云一见顾南，就揶揄他，“我还听说，你希望下一次见面时，何方远能比你钱多，现在你们又见面了，要不要比一比谁的钱多？”

顾南一脸尴尬，也不知是喝酒的原因还是心虚，脸红耳赤，他不敢抬头看何方远，低头看脚尖：“这个，这个，我以前是开玩笑的，不是真要和方远比。再说方远又是我的表妹夫，一家人，一家人还有什么好比的？”

何方远现在身家数亿，再加上身为企鹅电影的副总裁，年薪500万元起，顾南虽然是地道的富二代，但他和顾北的财富加在一起，有1亿元就不错了，和何方远3亿多元的资产相比，差了太多。

谁能想到人生会有这么戏剧性的超越？顾南原以为何方远就算年薪千万元，至少也要十几年才能追上他，还是在他原地踏步的前提之下。却没想到，何方远一出手就打了一个漂亮的翻身仗，直接将他甩到了十万八千里以外。

“还要不要学狗叫呢？”孔祥云记得当初打赌时，有一个赌注是谁输了谁学狗叫。

何方远呵呵一笑：“祥云，说什么呢？顾南是我表哥，和他比谁有钱，不是二吗？再说真正的有钱人，谁会和别人比谁更有钱呢？有钱是好事，但帮助别人赚钱成为别人都需要的人，才是最好的事情。”

“是，是，方远说得对。”顾南忙顺着何方远的台阶下来，举杯敬何方远，“方远，我敬你，祝你和蓝妹百年好合。”

敬完顾南，何方远和蓝妹从雅间出来，开始敬大堂之中的亲朋好友。敬酒足足花了两个小时，累得腰酸腿疼，正想坐下休息一下、吃口东西时，忽然门口冲进来一群人。

当前四人，两男两女，不是别人，正是范记安、付瓜瓜和徐子棋、常辛儿。

众人都惊呆了，明明是何方远和蓝妹的婚礼，怎么又冲进来两对新人，出了什么事情？是砸场子还是……？

正当众人不知所措之时，范记安和徐子棋已经冲到了何方远身前，范记安假装不认识何方远，冲众人一抱拳，大声说道：“不好意思，打扰了，各位，我和这位朋友在楼上结婚，听说楼下也有人结婚，就想过来凑个热闹。同一天结婚，又是同一个酒店，缘分啊缘分，我想和新郎新娘合个影，你们没有意见吧？普天同庆，普天同庆。”

“没意见。”众人见是凑热闹来了，都哄堂大笑。

何方远暗暗一笑，范记安结婚也不忘犯贱，真有他的，他也没说什么，任由范记安折腾。

范记安、付瓜瓜在左，徐子棋和常辛儿在右，何方远和蓝妹在中，包括孔祥云在内的几个伴娘蹲在三对新人的面前，摆出了合影的架势。

“谁来拍照？”何方远问道。

“我来。”一个脆生生的声音从门外响起，人影一闪，一个温婉如邻家小妹的清秀女孩来到了几人面前，她举起了相机，按下了快门键，咔嚓一声，瞬间定格成了永恒。

然后她嫣然一笑：“我能不能和新人们一起合个影？”

“能。”何方远肯定地答道，对她说，“来，站在我面前。”

“不，我要和祥云姐在一起。”她拒绝了何方远，蹲在了孔祥云身边，拉住了孔祥云的手，“祥云姐，如果有一天我无家可归，你会不会收留流浪的我？”

“永远都会。”孔祥云欣慰地笑了，抚摸了一下她的头发，“时光荏苒，但心中的美好，永远不变。”

闪光灯一闪，一幅画面再一次被定格成了永恒。

/ 后记 /

# 过期不候

北京，朝阳区，观唐别墅。

朝阳升起，穿过超过三分之二墙壁面积的落地窗，将房间照得明亮而耀眼。何方远站在落地窗前，窗外高大的合欢树刚刚长满绿叶，距离开花还有几个月的光景。

“爸爸，抱抱。”

儿子何想扑到了何方远的怀中，何方远怜爱地抱起3岁的儿子，摸了摸他满是汗水的鼻子：“妈妈呢？”

“妈妈在做早饭，她说让爸爸十分钟后下楼吃饭，过期不候。”何想有着红红的脸蛋、亮闪闪的大眼，他眼中闪过疑问，“爸爸，过期不候是什么意思？”

“一年之计在于春，一日之计在于晨。”何方远没有等上十分钟，就抱着儿子下楼，“过期不候的意思就是——盛年不重来，一日难再晨。及时当勉励，岁月不待人！”

“我知道，我知道……”何想开心地举起小手，“是陶渊明的《杂诗》，宝宝会背：人生无根蒂，飘如陌上尘。分散逐风转，此已非常身……”

“别让儿子背过于悲伤的诗，他还小，懂什么人生无根蒂？”蓝妹腰系着围裙头系发巾，正在一楼的餐厅摆着碗筷，她接过了何想，“多教他一些欢快的诗，我赞成你从小对他进行国学兴趣的培养，但要有所选择。”

“好，好，教育儿子的问题，你说了算。”何方远嘿嘿一笑，“儿子，来，爸爸再教你一首诗，是《古诗十九首》里面的一首：生年不满百，常怀千岁忧。昼短苦夜长，何不秉烛游！”

“去去去，还来？”蓝妹嗔怪地白了何方远一眼，“你的愁绪传染给我也就行了，别再带坏儿子了。”

“爸爸没有带坏宝宝，宝宝支持爸爸二次创业。”何想有模有样地背起双手，迈开方步，学何方远的口吻，“盛年不重来，一日难再晨。及时当勉励，岁月不待人！”

“儿子要是没有一个开心快乐的童年，都是你的错。”蓝妹拿起筷子打了何方远的右手一下，“孩子的成长需要的是快乐和放飞，不是学习，也不是压迫。”

“你的放飞理念也不对，一棵树苗如果从小不加以修剪和校正，长大后会成为参天大树？你看看小区里面原先的几棵歪脖子树，不是被锯断就是被刨走了。你以为参天大树是一夜之间长成的？没有从一开始就奠定的基础，怎么会有最后的成才？”

“你的意思是从现在开始就要培育儿子的成功观念了？”在教育孩子的问题上，蓝妹和何方远总有分歧，“我爸妈就我一个女儿，少说也会给我留下几亿的财产。你现在虽然是无业游民，之前卖掉的股份也有几亿现金，不管怎么折腾都够用了，何必让儿子从小就为生活所累？”

何方远抱住了蓝妹的肩膀，自从生了儿子之后，蓝妹一改之前的性格，不但温柔体贴了许多，还特别顾家，主要的是，她有一种功成身退的满足感，不但不再关心外界日新月异的变化，连带对何方远创业的支持也少了许多。

“话不能这么说，人人都追求安逸，不想工作，财富从哪里创造出来？成功不是为了获得财富，而是为了赢得认可，而是让自己对别人对社会对国家有用。还有，不要给孩子灌输不劳而获的思想，你爸妈的财产以及我们的财产，都和他无关，他要学会自己赚钱养活自己！”

是的，何方远已经从大道至简跳了出来，成了自由人。

大道至简被企鹅收购之后，何方远和小马哥还算有过一段蜜月期，但蜜月期一过，双方的理念冲突就渐渐显露出来。倒也不是说小马哥眼界不够开阔，毕竟他是企鹅的董事会主席而不是企鹅电影的董事长，他关注的是整个企鹅的生态建设以及企鹅帝国的未来，不仅限于企鹅在文化产业上面的布局。

最终导致何方远离开企鹅的并不是小马哥对文化产业的不够重视，恰恰相反，正是小马哥对文化产业的过度重视。经过沉淀和积累，何方远逐渐认识到了文化产业是一项系统工程，需要在着眼现实的同时立足长远，并不是一桩可以快速变现的生意，也不是买来现成的公司就可以打造一个文化产业帝国，而是需要足够的耐心和深耕细作的布局。

小马哥作为三巨头之一，有魄力有眼光有实力，但每个人都有自己的天花板，都不是无所不能的神仙，都有自己的局限。恰恰文化产业虽是产业，但还是要落到文化上面。

何方远想走自己的道路，想以自己所理解的文化产业布局未来，尤其是在企鹅重新收购了兴众文学之后！

是的，企鹅在投资了三剑客成立了开天中文网，仅仅时隔一年，经过数轮秘密谈判，最终以50多亿元人民币的出价打包收购了兴众文学。三剑客在转身离开兴众文学之后，谁都没有想到，三人的背影还没有离开视线，却又杀了一个回马枪！

打了留在兴众文学的一干人一个措手不及！

还好马大勉已经离开了兴众文学，否则马大勉在面对以胜利者姿态回归的三剑客时，不知该作何感想。不过马大勉从兴众出来之后，创业成功，名下有一家影视公司、一家网站，并且还有评论App，也算是布局了全产业链。

何方远后来还和马大勉有过几次会面，他其实很欣赏马大勉的为人，既商业又文艺，既冲动又感伤，是一个矛盾综合体。之前兴众文学的种种过往，倒也并非他一人之过，他勤勉肯干，为人又有眼光和胸怀，何方远相信马大勉终究会走出自己的一片天地。

三剑客重回兴众文学后，整合了兴众文学和开天中文网，成立了读化集团。读化集团涉及了网络文学、出版、漫画和视频等业务，和企鹅的企鹅视频、企鹅电影形成了一个闭环的生态链。

很快，三剑客将原先乔国界以及马大勉在兴众文学的遗留势力清除殆尽，让自己信任的人把持了主要部门。此举倒也无可非议，任何人都会重用自己信任和用起来得心应手的人。

兴众文学纳入企鹅旗下，再加上企鹅近两年来四处出手，收购了数家影视公司，何方远的大道至简在企鹅系已经不再如以前风光不说，许多资源都开始向其他公司倾斜，如果说这只是何方远决心离开企鹅系的一个原因的话，那么另一个最重要的原因就是外部环境的大变！

大变来自芝麻开门。

原本芝麻开门在文化产业上的布局落后于企鹅好几步，而且大马哥似乎对文化产业兴趣不大。但让人意想不到的是，似乎就在一夜之间，大马哥对文化产业的兴趣有了天翻地覆的变化，从以前的跟随变成了现在的超越策略——芝麻开门成立了芝麻大文娱。

不得不说有两件事情足以彰显小马哥对未来趋势的把握还是快了大马哥半步，更是快了千方三步！一是4G时代，二是文化产业。

2013年，4G刚刚起步时，小马哥就认为4G是未来的趋势，必定势不可当，必须拿到登上4G时代方舟的第一张船票。于是，微信应时改变，成为第一个适应4G并且得利于4G普及的手机端应用。

4G的普及改变的是用户习惯和生活方式，人们以前在电脑端的操作都转移到了手机端。

在微信成功地登上了4G的时代方舟之后不到半年，大马哥意识到了4G时代是一个全新的战场，是三巨头的另一个阵地和另一场生死之战，当即决定芝麻开门全体员工决战一年，全力以赴迎接4G时代，每个人都要改变观念，忘掉以前的成绩，以全新的姿态全速前进。

芝麻开门许多人不理解大马哥的决定，4G才刚刚开始，以芝麻开门的实力，只要想追赶，一样可以后发制人。现在全力投入其中，万一4G时代并没有带来改变怎么办？岂不是在做无用功？

大马哥不理会不解和反对的声音，坚持要求所有人必须严格执行。

芝麻开门许多人的不理解和千方许多人的看法一样，但不同的是，千方高层和员工的意见影响到了李颜红的决定。李颜红并不认为所谓的4G时代会很快到来，千方不必为一个尚未确定的未来而惊慌失措，继续按照自己的步伐前进即可。

也就是从2013年开始，和企鹅、芝麻开门并列为三巨头的千方，因为错失了4G时代来临的巨大机遇，没有拿到第三张4G时代的船票，被企鹅和芝麻开门甩到了身后。而芝麻开门因为大马哥的英明决定，在微信之后，芝麻开门手机端App的装机量由最初的不到100万迅速上升到了数亿的量级。

仅仅一年多，千方的市值就只有飞速上涨的企鹅和芝麻开门的市值的二分之一，而且差距还在逐渐扩大中。到了今天，完全不再是一个量级的对手了。

大马哥在4G时代到来上时虽然落后了小马哥半步，还好后来奋起直追，也赶上了4G时代的第一波浪潮，而在文化产业上也同样如此。

企鹅早早就布局了文化产业，从最早成立企鹅视频到后来成立了开天中文网，再到收购了兴众文学，若论产业链的打通以及生态系统的构建，企鹅当之无愧是首屈一指的，走到了三巨头第一的位置。

大马哥并非对文化产业的重视程度不够，而是无暇顾及文化产业的布局。不过文化产业上的成功不可能一蹴而就，大马哥很清楚一点，国家的经济实力、物质文明发展到一定高度时，人民对精神文明的需求会持续上升。

古人云：“仓廪实而知礼节，衣食足而知荣辱。”精神层次的追求是物质需求满足之后的必然结果，文化产业的兴起是未来国人三十年的上升需求。

在先后成立了芝麻影业、芝麻文学之后，大马哥又收购并整合了天马，决定将文化产业在芝麻开门内部提升到战略层面，于是将芝麻影业、天马以及芝麻文学整合在一起，成立了芝麻大文娱，和企鹅互娱相对应。

芝麻大文娱的成立，标志着大马哥在文化产业上的布局是着眼于眼前并且立足于长远。

中国足够大，大到容纳企鹅和芝麻开门两家文娱集团绰绰有余。何方远不止一次听人说过，现在是从事文化产业的黄金时期，三巨头之中，两大巨头都相继杀入，并且摆出了一统江山的气势，毫无疑问，未来的文化产业必定会全速前进。

当何方远提出辞职时，小马哥颇为惋惜地挽留何方远，不过他最终还是尊重何方远的选择。

辞职后，何方远读书、旅行、陪伴家人，度过了一段安然的时光。他看似自由自在，两耳不闻窗外事，却一直在关注着文化产业的发展和走向。

他从企鹅辞职之后，范记安、徐子棋、孔祥云也相继离职，几人有的前去下江发展，有的南下深圳，孔祥云则干脆出国深造了，至于梅荏苒据说一直在欧洲各国游历，偶尔会发一下朋友圈描述她在欧洲遭遇的友好和歧视。而何方远一直定居在北京。

天下没有不散的筵席，各自都有不同的生活和人生轨迹。

本来一直说想要聚会一次，却总是无法将人全部凑齐。一直等了几年之久，今天难得都在国内，范记安建了一个群，要求所有人今天必须到何方远的家中聚会，谁不到，就会被拉黑。

吃过早饭，何方远交代几句今天要大宴宾朋的事情，就出去跑步了。小区的环境很好，正是春暖花开之时，玉兰花、迎春花、桃花、樱花都迎风怒放。

2018年的春天，比以往来得更早一些，似乎预示着要有什么大事发生。

跑步之后，何方远回到房间刚刚坐下，就听到门铃声响起了。说好的晚上聚会，谁上午就来了？他下楼开门一看，门口站着一个陌生人。

“请问是何方远先生吗？”来人30多岁，瘦高，戴一副金丝眼镜，文质彬彬的样子，像是大学讲师。

“您是？”

“何先生您好，我是芝麻大文娱的庄能飞，马老师今天正好在北京，想请您过去谈谈。”

“不好意思，庄先生，今天有一个筹划了几年的聚会，实在脱不开身。”何方远也知道能和大马哥面谈是极其难得的机会，只是他不能辜负一帮跟随他多年的兄弟。

“这样呀，真是不巧。”庄能飞一脸遗憾，点了点头，转身走了。

何方远并不知道大马哥请他面谈所为何事，却也微有兴奋和期待，不过等庄能飞一走，范记安随即来到，他就将此事抛到了脑后。

范记安不是一个人前来，而是一家人。

范记安和付瓜瓜修成正果，在何方远从企鹅出来后，二人回到了下江生活。范记安在一家影视公司担任了策划总监，付瓜瓜则当上了全职太太和全职妈妈——二人生了一个漂亮的女儿，还好女儿大部分继承了付瓜瓜的优良基因，长得和范记安不太像，却和范记安一样贫嘴。

范记安昨晚就到了北京，当晚就想来找何方远，被付瓜瓜劝住，第二天一早就迫不及待地出发，果然是第一个登门。

几年不见，范记安胖了不少，一张脸变成了大饼脸，眼睛更显得小了几分，一笑更是眯成了一条缝。一见到何方远，他上来就是一个大大的拥抱：“哎呀，何哥，你这身材保持得跟明星一样，怎么着，是不是还想吸引90后美女？蓝嫂子，你可要小心点，现在何哥越来越有男人的魅力了，他正走向男人的黄金时期……”

蓝妹灿然一笑：“还能吸引90后美女说明我还是挺有眼光的，是吧瓜瓜？”

付瓜瓜笑了：“意思是我没眼光了？你知道为什么我要把他喂得像猪一样吗？很简单，他越丑我就越安心。你说他现在的样子，90后美女除非眼瞎了才会喜欢他。”

“怎么说话的？我胖怎么了？我胖是因为没有浪费国家粮食。”范记安一脸不服，“你以为现在90后美女这么肤浅非要看脸？要是这个世界男人也靠脸而不是靠才华和本事吃饭，谁来赚钱？90后美女中还是有许多有品位、有见识的女孩只喜欢成功的男人。”

“你也算是成功男人？”付瓜瓜嗤之以鼻，“你要是成功，世界得落魄成什么样子。”

“我在下江有别墅有奔驰，还有一个美丽的太太和漂亮的女儿，如果这都不算成功，什么叫成功？”

付瓜瓜立刻眉开眼笑了：“你最大的成功是娶了一个好太太。”

谁也没有想到的是，梅荏苒是第二个到来的。

若有诗书藏在心，岁月从不败美人，岁月并没有在梅荏苒的身上留下什么痕迹，她依然是当年的模样，俏皮、可爱、纯真如邻家小妹，穿着牛仔裤和T恤的她浅浅一笑，时光仿佛流转，瞬间回到了从前。

范记安暗中打量何方远几眼，又悄然观察蓝妹的反应，还好，二人都是也无风雨也无晴，相视一笑，前尘往事从此天高云淡。

梅茌苒近几年来一直在欧洲各地，在法国的时间更多一些。她一个人孤独地行走，到现在还是单身。倒也不是奉行单身主义，而是始终没有找到最合适的那个人。

“差不多就得了，你永远找不到最合适你的那个人。其实我们每个人都在寻找自己投影的另一半，可问题是，怎么会有另外一个完全符合你要求的人？”范记安还如往常一样伸手去摸梅茌苒的头，却被梅茌苒闪开，他尴尬一笑，“别太苛求别人了，也别惩罚自己。”

“你操的心真多，别人的事情别人做主。”付瓜瓜打了范记安悬在空中的手一下，“今天在何哥家聚会，只谈未来，不聊过去。”

第三个到来的是徐子棋夫妇。

徐子棋最终没有和常辛儿继续走下去，二人还是以分手告终。也谈不上是谁的原因，反正二人就是觉得越走越近但心理上却是越来越没有感觉。

徐子棋后来南下深圳，找了一个来深圳闯荡的江西姑娘，结婚后，二人美满而幸福。

徐子棋反倒比以前瘦了不少，不过依然白净，见到何方远后，先是愣了片刻，随后眼圈红了，又打了范记安一拳。

“不公平，干吗打我？又不是我让你和常辛儿分手的。”话一说完，又挨了付瓜瓜一下。

徐子棋现在是一家数据公司的CEO，主要是为企鹅视频网站提供数据服务。

孔祥云最后一个到来。

孔祥云刚从美国回来。近年来，她一直在美国发展，除了上学之外，还学习好莱坞的商业影片工业流程以及美剧的制作，可以说，孔祥云现在是一个不折不扣的金牌制片人了。

所有人都到齐之后，差不多是晚饭时间了。

蓝妹在阿姨的帮助下，再加上外卖的助攻，总算弄了一桌子丰盛美食，众人落座完毕，何方远举杯正要致辞时，忽然又有人敲门。

何方远亲自前去开门。

门口站着两个人，一个是上午来过的庄能飞，另一个人一脸标志性的微笑，瘦却精神，穿着普通，T恤加布鞋。

何方远一时惊呆：“大……大马哥！”

“好像正在吃饭，来得早不如来得巧，正好我还没有吃饭，能不能多添一双筷子？”大马哥也不等何方远邀请，自己迈步进来，在范记安等人的目瞪口呆之下，坐在了何方远旁边的位置上，“好丰盛，今天有口福了。”

何方远怎么也没有想到，大马哥会亲自上门，他端起第一杯酒，先是敬大马哥，然后又和众人一起举杯，庆祝数年来的第一次重逢。

听到是众人数年来的首次聚会，大马哥举起酒杯：“一杯敬明天，一杯敬过往，今天我登门拜访，本来是想和何方远聊聊芝麻大文娱的事情，正好你们整个团队都在，可见是来对了。来，干了这杯酒，我们是好朋友。”

众人皆笑。

“方远，在我说明来意之前，我先问你一个问题……”大马哥又露出了标志性的笑眯眯的表情，“你说说看，未来的二马之争，不提别的，只说大文娱方面，谁能笑到最后？”

何方远虽然并不清楚大马哥亲自登门的目的，但也知道这道考试题很关键：“以目前的态势来说，三大视频网站的排名是爱奇艺、企鹅视频和天马……大马哥没意见吧？”

大马哥微笑着点了点头。

“爱奇艺先不用说了，虽然已经上市了，但刚上市就跌破了发行价，可见市场并不看好爱奇艺的未来。视频网站是烧钱的生意，需要长久发展用户并且培养用户的付费习惯，其实和网络文学是一样的路数。也就是说，网络文学走过的道路，现在视频网站正在重复。只不过不同的是，网络文学需要投入的资本和周期比视频网站要少一些、短一些。

“当初三剑客成立了立化中文网，只用了三年时间就实现了盈利，虽然是微利，至少不再继续烧钱了。网络文学和视频网站不同的是，网络小说只需要一个人一台电脑就可以创作，而视频网站的内容却需要影视公司的团队制作。网络作家创作一部网络小说，是智力成果，不能用具体价值衡量，可以是一万元一部，也可以是一千万元一部。而影视公司制作一部影视作品，投入是以几百万元甚至数亿元计，成本巨大。”

范记安眼睛一亮，何方远休息了几年，本以为他已经远离了市场，失去了嗅觉，没想到，何方远依然保持着对市场敏锐的观察力和独特的切入角度，他暗暗点头，老大就是老大，永远不会落后于时代并且领先他们。

大马哥依然不说话，静静聆听。

“视频网站虽然是一个烧钱的行业，但好在前期有网络文学十几年的市场培育以及用户的消费习惯的养成，随着几年来的推广和宣传，从网络付费小说转移过来的人群天然可以接受视频网站的收费模式，以及伴随着互联网和移动互联网长大的90后和00后，也并不排斥收费阅读和收费观看。不过视频网站与内容生产商的合作模式，和网络小说网站截然不同。

“网络小说网站最初和作者合作，都是分成模式，按照付费阅读读者的多少，网站和作者五五分成。付费阅读并不同于外行理解的点击，虽说点击和作品的受欢迎程度有一定的关系，但并不是决定因素。点击类似于热度，是有很多人围观。但付费才是真爱，是一个读者真心喜欢一部作品愿意花钱支持作家写作的支付行为。可以这么说，点击就像现在的许多流量明星，很有人气，所以在电视剧上面有市场，因为电视剧是免费观看的。一旦去演电影，号召力不足以转化为票房，因为电影是付费观看的。”

大马哥饶有兴趣地笑了笑：“说下去。”

“等一名作者成长为大神作者后，网站才会用高价买断该作家的作品，一般是按字数多少的计算方式，从千字500元到千字5000元甚至上万元不等。网络小说一般篇幅较长，300万到400万字一部是常事。所以网络小说网站是先让作家自行在市场上进行搏杀，是一种完全市场化的行为，优胜劣汰之后，才会重点培养成功作家。视频网站不同，视频网站一开始就是高价买断影视作品，往往会出现许多高价买进的影视作品并不被市场接受，但却付出了极大的成本。三大视频网站，每年在采购内容上的花费累加在一起，超过300亿元吧。最终培养了多少付费观众呢？好像还不到1亿吧。”

大马哥点了点头：“确实存在购片成本过高的问题，不过刚开始时是卖方市场，现在已经逐渐转变成了买方市场，两年后，大量优质的影视剧会纷纷涌现，到时购买的主动权就落在视频网站一方。”

“其实一直以来购买的主动权都在视频网站一方，毕竟是金主爸爸，谁都要恭敬三分不是？”何方远呵呵笑了，“我是从视频网站如何健康发展的角度分析问题，因为如果一直烧钱下去，不是健康的方式，没有一家视频网站愿意永远亏损，即便是芝麻开门作为金主爸爸有足够的钱为天马输血。”

“说说看，除了分账模式之外，你觉得芝麻开门和企鹅在文化产业上的布局有什么不同？”大马哥喝了一口茶，“不错，恩施富硒绿茶，健康饮品。”

还是范记安有眼色，当即翻出了何方远珍藏的一盒，悄悄放在了大马哥的座位上。

“分账模式是一个健康并且可以持续发展的模式，可以让优质的影视作品获得更高的回报，将最终的选择权交给市场。先预付一部分保底收益，后面的收益就按照一定比例根据付费观看人数的多少来分账。如此，可以让影视公司将主要精力投入到内容之上，而不是想方设法和负责购片的人拉关系。良性的模式可以让更好的影视作品脱颖而出，也可以吸引更多愿意付费的观众，从而形成良性循环。但除此之外，芝麻开门和企鹅在寻求优质内容上面，有着明显不同的风格。”

快到重点了，大马哥又喝了一口茶，注意到了范记安放在身边的盒子，呵呵一笑，朝范记安点了点头。

范记安当即紧张得停止了呼吸！

不过大马哥并没有和他说话，而是继续聆听何方远的演讲。

“企鹅多以参股控股影视公司的形式，直接收购制作团队，而芝麻开门则是……”何方远有意停顿了一下。

大马哥微微一笑：“接着说，芝麻大文娱的战略方向已定，外界应该还猜不到大文娱的战略布局。”

范记安连朝何方远使眼色，让何方远不要乱说，万一说错了，岂不是前功尽弃？大马哥主动登门来访，诚意十足，肯定是有备而来，何方远近年来远离了市场，怕是见闻和见识都落后了几步。在高速发展的今天，落后半步就是生死两重天。

大马哥对何方远的认可程度，决定了何方远的下一步能走多远，范记安很想何方远东山再起，带领他们再一起征战天下，当年的激情渐渐冷却，他并不习惯现在的安稳，总觉得宝刀未老，总感觉血仍未冷。

只是他自己又不是可以辨清方向的人，所以需要有人带领。

何方远环视众人，范记安一脸紧张，梅在苒轻松自若，孔祥云双手紧握，而徐子棋却是暗中擦了擦额头上的汗水，他不由暗暗一笑，徐子棋虽然瘦了不少，爱出汗的毛病还在。

“其实也可以从一些事情上看出端倪……”何方远看似淡出了江湖，但嗅觉还在，消息渠道也在，激情只是隐藏了，热血只是冷却，但激情可以重新点燃而热血也会再次沸腾，“芝麻大文娱先是由芝麻文学出重金签约作家，在原创内容端布局，是想从源头抓起。又由芝麻影业签约了几个大片制作人，是在制作上布局。又由天马签约了几个著名导演，也是在创作上布局。从原创内容到制片人，再到导演，生态链已经打通。一个优质作家一年创作一部优秀作品，一个优秀导演一年导演一部重头作品，一个制片人一年制作两部作品，可以大大抵消大文娱对外界内容的依赖，从而形成有效的自产自销机制，保证内部可以源源不断地生产出来可供天马播放的影视作品，以达到良性循环……”

大马哥哈哈一笑：“你对大文娱的判断，准确度达到了80%，不简单，名不虚传。方远，如果你重新创立一家影视公司，会是什么定位？”

何方远不假思索地笑道："大商战剧。"

大马哥的眼睛明显亮了一亮："为什么？"

"一是政策导向问题，历史题材的限制太多成本又太高，戏说不允许，正史又难出彩；二是大女主戏过于泛滥，又过于玛丽苏；三是历史机遇的原因，中国改革开放40年来，有太多的故事可以展现，而不仅仅是家长里短情情爱爱。尤其是近二三十年来，中国的高速发展对每个人的生活方式和习惯带来了巨大的冲击和改变，从现在的互联网时代到即将到来的物联网时代，这是一个波澜壮阔的时代，涌现出许多时代精英——当然也包括改变了所有人生活方式的大马哥您——他们需要被记录、被歌颂，时代也需要被展现、被描绘，但真正有力度、有深度的现实主义题材作品非常稀缺，所以如果由我来拍一部电视剧作品的话，一定是讴歌时代，承载改革开放成就，以个人命运折射国家日渐兴盛，以商战为背景的大时代剧集！"

"太好了！"大马哥拍案而起，"中国的商界精英，从生意人到商人再到企业家，走过了一个漫长的成长历程，他们的身上承载了太多的历史记忆，也呈现了中国从站起来到富起来再到强起来的完整的历程，他们为了中国的经济发展做出了不朽的、卓越的贡献，记载他们，就是记载历史，就是从侧面记载中国改革开放的伟大成就！"

"方远，如果我让你操盘这样的一部剧集，你打算从哪里入手？"大马哥心潮澎湃，知道今日没有白来。

何方远知道最严峻的考验来了，他微一思忖："能够真正理解并且能创作出反映时代悲欢作品的作家不多，首先要找对作家，内容为王，先确定内容的主导方向；其次要找到一个自身对时代大潮有切身体会的制片人，这个局就成了一半；再加上大马哥站在全局高度统领以及大文娱鼎力支持，大事可成。"

大马哥挥了挥手："我全力支持，保证做好后勤服务工作，那么作家和制片人，你可是有了人选？"

"作家倒有一个，就是《问鼎》和《交手》的作者，他的《问鼎》写出了时代的波澜壮阔，影响了政商两界的许多精英，同时《交手》也写出了商业精髓，所以如果能结合《问鼎》和《交手》再写一部大时代的商战力作，应该不成问题。制片人有两个人选，一个是敦老大，一个是马老大，不管是敦老大还是马老大，都是亲身经历过时代的浪潮并且置身其中，对时代变迁有切身体会和真实感受，并且他们也制作过许多成名的大作……"

"如果你能组了这个局，这样……"大马哥十分兴奋，拍了拍何方远的肩膀，"方远，你来成立一家影视公司，我来投资。"

"马老师……"范记安唯恐何方远一口答应，忙不迭地跳了出来，"何哥再成立一家影视公司，由芝麻开门投资，以后就只有上市或是被芝麻开门收购两条路可走，说到底，还和当初成立大道至简并没有什么区别……"

"别急，我还没有说完。"大马哥温和地一笑，"怎么，被芝麻开门收购不好吗？是想打造一个市值几百亿的影视传媒帝国？年轻人，做事情的时候不要过于好高骛远，先做好手头的小事，再想以后。未来是一个细分天下的时代，不但消费品会细化，比如主打高端的消费品会有市场，只走低端的消费品，也会有市场。那么影视公司也会面临同样的问题，类型细分。如果方远的新公司主打商战题材，做到了行业的第一，那么就拥有了商战剧的话语权，在未来五到十年，反映时代的现实题材会迎来一个相当长期的春天，方远的新公司不但会成为市场的宠儿，还会成为……"

"还会成为各个地方政府优先合作的对象。"何方远心领神会地笑了，"未来文化产业将会继续下沉到文化特色小镇以及地方宣传中，现在各大城市都在进行人才争夺大战，为的是什么？还不是为了吸引人才以便以后更好地发展？但各地政府吸引人才的政策大同小异，并没有真正体现出自身的特色。相信在不久的未来，人才在选择归属城市时，也会考虑到城市的定位和自己的发展方向是不是相符。因此，地方政府如何宣传自身的与众不同的优势至关重要，什么样的宣传最有效果也最有影响力？"

"影视作品。"大马哥点头一笑。

"对，影视作品的宣传力度无与伦比，对当地的宣传起到了立竿见影的效果。所以如果有一家影视公司擅长现实题材的制作，可以出品接地气、切合实际又和当地突出优势相结合的优秀作品，以后必然会成为独角兽公司。"何方远沉寂已久的激情再次被点燃了，"大马哥，眼前的人就是新公司未来的团队，即将开发的作品也定了方向，你说，你投资天使轮的话，给我们这些人估值多少？"

大马哥环视几人，哈哈一笑："我投2000万，持股20%，你们几个人加在一起，估值一个亿。"

一般天使轮估值一个亿算是很高了，但何方远摇头一笑："马老师要投资的可是一个成熟的有思想并且会成为独角兽的团队，2000万，15%。"

"成交！"大马哥也不讨价还价，哈哈一笑，"让你5%又何妨，谁让我吃了你一顿饭呢？不过我有一个要求，公司只做商战剧，不做其他题材，以后你们就是芝麻大文娱旗下唯一的头部商战剧影视公司。"

送走大马哥，聚会的气氛一时凝重了几分，沉默了片刻，还是梅茌苒打破了安静。

"感觉又像是回到了从前，不过为什么我觉得好像并不是很兴奋很期待？大马哥给出的条件也并不算太优厚，和当初大道至简创业也没有太多的不同。”

徐子棋推了推眼镜：“何哥说干，我就跟着干，就这样。”

范记安高高举起了右手：“何哥，我第一个表忠心，说吧，80%的股份怎么分配？我少说也得要20%吧？”

孔祥云沉吟片刻：“我加入，我要10%的股份，我看好未来。”

何方远点了点头：“股份分配问题接下来再谈，先回答荏苒的疑问。大道至简成立时，我们只是凭着一腔热血和激情上阵，现在不同了，现在是顺时而动应运而起，大商战剧是我们的优势所在，是发展方向，也符合国家未来的文化战略。个人也好，公司也好，只有和国家命运相一致时，才可以真正做大做强。”

“好吧，你说什么就是什么了，我加入就是了。”梅荏苒淡淡一笑，“就这么说定了，重新启程！”

何方远伸出了右手，众人的右手依次放了上来：“这是一个最好的时代，未来30年，文化产业会欣欣向荣。国家的经济发展到一定阶段时，必然会有文化战略上的诉求，真好，我们生在盛世又恰逢其时！”

范记安哈哈一笑：“站队芝麻开门了！”

“不！”何方远坚定地说道，“站队国家的战略方向！所以，赶紧上船，过期不候！”

图书在版编目（CIP）数据

交手. 大结局：最后一战 / 何常在著. — 北京：北京联合出版公司，2018.9
ISBN 978-7-5596-2251-8

Ⅰ. ①交… Ⅱ. ①何… Ⅲ. ①长篇小说－中国－当代
Ⅳ. ①I247.5

中国版本图书馆CIP数据核字（2018）第128439号

交手. 大结局：最后一战

作　　者：何常在
选题策划：北京磨铁图书有限公司
责任编辑：徐　鹏
装帧设计：仙境设计

---

北京联合出版公司出版
（北京市西城区德外大街83号楼9层　100088）
河北鹏润印刷有限公司印刷　新华书店经销
字数380千字　700毫米×980毫米　1/16　印张20.5
2018年11月第1版　2018年11月第1次印刷

ISBN 978-7-5596-2251-8
定价：48.00元

---